Bu Yıl Farklı Olacak

BU YIL FARKLI OLACAK

Orijinal adı: *This Year It Will Be Different*

Yazan: Maeve Binchy
İngilizce aslından çeviren: Belma Dehni

1. baskı / aralık 2008
8. baskı / aralık 2008 / ISBN 978-605-111-039-4
Sertifika no: 11940

Kapak tasarımı: Yavuz Korkut
Baskı: Mega Basım, Baha İş Merkezi
A Blok Haramidere - Avcılar / İSTANBUL

Doğan Egmont Yayıncılık ve Yapımcılık Tic. A.Ş.
19 Mayıs Cad. Golden Plaza No. 1 Kat 10, 34360 Şişli - İSTANBUL
Tel. (212) 246 52 07 / 542 Faks (212) 246 44 44
www.dogankitap.com.tr / editor@dogankitap.com.tr / satis@dogankitap.com.tr

Bu Yıl Farklı Olacak

Maeve Binchy

Çeviren: Belma Dehni

içindekiler

Noel Yaklaşırken

Jenny ve David her yıl Noel'den önceki pazar olağanüstü güzellikte kutlama partileri veriyor ve artık gelenekselleşen bu partilere her ikisi de tüm aile bireylerini davet ediyorlardı. Bir oğulları vardı ve bir gün nasılsa ondan bıkıp usanacaklarını iddia eden yakınlarına Timmy'yi ne kadar sevdiklerini yeterince gösterebilmek için bu toplantıların yeterince uygun bir fırsat olduğunu düşünüyorlardı. Her defasında üzeri birbirinden lezzetli yiyeceklerle donatılmış geniş bir büfe hazırlıyorlar, böylece biri diğerinin tabağındaki mezeye göz dikip, tatmasına fırsat kalmadığından yakınamıyordu. Kırlardan topladıkları hakiki sarmaşıklarla evi baştan sona süslüyorlar, çiçek ve melek desenli parlak kâğıtlara sarılıp şık kurdelelerle bağlanmış, pahalı görünüşlü hediye paketlerini altına yerleştirdikleri Noel ağacında, göze kaba gelen bir süsün bulunmamasına özen gösteriyorlardı. Ama birkaç yıldır süregelen bu toplantılara artık oldukça aşina olan aile fertleri, birazdan alacakları bu yılın ilk hediyesi konusunda oldukça rahat ve emin görünüyorlardı, çünkü onları mıknatıs gibi çeken zarif hediye paketleri kadar, içindekilerin de David ve Jenny'nin ince zevkinin ürünleri olduğunu biliyorlardı.

Yıllar nasıl da geçip gitmişti, kusursuz gerçekleştirilen beş Noel'i geride bırakmışlardı, Jenny temiz ve düzenli mutfağına gidip geldiği sırada ardından konuşulan takdir sözcüklerini anımsıyordu. David'in ilk eşinin bir kez dahi böyle bir davet düzenlemeyi aklına getirmediğini, davet vermek şöyle dursun, Diana'nın onları kahve içmeye çağırdığını bile hatırlamadıklarını söylüyorlardı. İnsanlardan kaçan kibirli Diana için, mümkün olduğunca uzak kalmayı tercih ettiği aile fertleriyle bir araya gelmek feci derecede sıkıcı bir olaydı.

Bu sözler Jenny için her seferinde bir ödül değeri taşıyor, haftalar, hatta aylar öncesinden planlayıp her gün durup dinlenmeden yaptığı alışveriş ve hazırlıkların karşılığını görmenin mutluluğunu yaşıyordu. Dağ gibi hamurdan yoğurduğu üzümlü Noel kurabiyeleri ile çok sayıdaki mezeyi koyacak yer bulamadığı için ikinci bir buzdolabına ihtiyaç duyduğunu söylediğinde David'in homurdandığını gördüğü ilk günden beri bu konuda bir daha ağzını açmamaya karar vermişti. O yüzden geç saatlere dek süren yıl sonu toplantıları nedeniyle genellikle şehirde bir otelde kalmayı tercih eden kocası bazen gece yarısı eve döndüğünde hemen yatmaya gidiyor, onun bütün gün bunları hazırlamaya uğraştığından hiç haberi olmuyordu. Ama Jenny bundan memnundu, David'in bunu bilmesini özellikle istemiyor, bencil güzel Diana'dan farklı biri olduğunu kocasına kanıtlamak için hazırlıkları mümkün olduğunca gizli tutmaya çaba sarf ediyordu. Oğlu Timmy de farklı bir çocuk olacaktı, o her zaman bir melek olarak kalacak, asla nobran ve yıkıcı üvey kız kardeşi Alison gibi tehlikeli bir karaktere sahip olmayacaktı. Timmy gibi sevimli ve iyi kalpli bir çocuk yetiştirdiği için herkes onu takdir edecekti.

Jenny üvey kızıyla ilk karşılaştığında Alison dokuz yaşındaydı. Neredeyse hiç taramadığı için yüzüne gözüne yapışan darmadağınık kıvırcık saçlarıyla aslında yaşının doğallığını yansıtan çok güzel bir kızdı, ama bir o kadar da kaba ve kırıcıydı.

Yeni diktiği elbisesi için "Bunu kaça mal ettin?" diye sormuştu Jenny'ye.

"Bunu neden öğrenmek istiyorsun?" Jenny sinirlerine olabildiğince hâkim olup ona ters bir cevap vermek istememişti.

"Öğrenmem istendiği için." Alison küstahça omzunu silkip bunun o kadar da önemli bir şey olmadığını vurgulamıştı.

"Annen tarafından mı?" Jenny ağzından çıkan bu soru için kendisine kızmıştı, üvey kızı ne yapıp edip onu tahrik etmeyi başarmıştı yine.

"Kesinlikle hayır, bu tip şeylerle ilgilenmek annemin aklının ucundan bile geçmez." Jenny bıyık altından gülerek ona alaylı alaylı bakan Alison'un aslında doğru söylediğini düşünmüştü, güzel olduğu kadar tembel olan Diana'nın gerçekten de ev ekonomisine katkıda bulunabilmek adına ince maliyet hesapları yapacak biri olmadığı herkesçe malumdu.

"Kim o halde?"

"Okuldaki kız arkadaşlarımdan biri, onun parasını yemek için babamın peşinden koştuğunu söyledi."

Jenny bu aptal ve çocukça saptamaya karşı tek kelime bile etmeyip, sessiz kalmayı yeğlemişti.

On yaşına geldiğinde, Alison hafta sonları onlara kalmaya geliyor ve kaşla göz arasında Jenny'nin giysilerini giyip makyaj malzemelerini kullanıyordu. Bir ruju kırması ya da şeklini bozması elbette önemli değildi; ama birini çıkarıp diğerini giyerken elbiselerinin yakasına ruj bulaştırmasına çok sinirleniyordu.

"Bu yaştaki kız çocuklarının giyinip süslenmeye pek meraklı olduklarını bilirsin." David bunu ona söylerken küçük kızına kızmaması için Jenny'ye yalvaran gözlerle bakmıştı.

Jenny nasılsa kaybedeceğini bildiği için üvey kızıyla savaşmamaya karar vermişti, sinirlerine hâkim olmaya çalışıp, yüzünden gülümsemeyi eksik etmezken, kuru temizlemeciyle sezonluk bir anlaşma yapmış, böylece olayı sessizce çözümlemişti.

Timmy doğduğunda Alison on bir yaşındaydı. "Doğum kontrol haplarını almayı mı unuttun?" Alison babasının odadan çıkmasını fırsat bilerek ona birden öfkeyle sormuştu.

"Biz onun doğmasını istedik, Alison, tıpkı annenle babanın seni istediği gibi."

"Ah, öyle mi?" Sanki çok garip bir durummuş gibi Alison'un buna hayret etmesi karşısında, Jenny kalbinin kırıldığını hissetmişti. Oysa bu çocuğu David'den daha fazla istemişti. Neden canavar ruhlu üvey kızı her fırsatta onun kalbini kırmayı başarıyordu?

Alison on iki yaşına geldiğinde okuldan kovulmuştu. Okul müdürü, babasının onu istemediğini düşünen bir çocuğun okulda başarılı olmasının mümkün olmadığını söylemişti. Bu durumda babası onunla daha fazla zaman geçirmeliydi. Ama David bütün gün işteydi, Jenny de öyle; geri kalan hazine değerindeki zamanlarda doğal olarak küçük Timmy'yle ilgileniyorlar, ancak o uyuyup ortalık sessizleştiğinde oturma odasına geçip onunla bir araya gelebiliyorlardı. Ama Alison onlarla oturmak yerine odasına çekilmeyi tercih ediyor, ara sıra oturduğunda ise hiçbir sohbete katılmıyor, her söylediklerini eleştiriyor ya da sürekli karşılarında esneyip duruyordu.

Alison on üç yaşına geldiğinde, onların yanında kalmak istemediğini söylemişti; David'in onu hepten dışladığını düşünüyordu. Bu yüzden Jenny çalıştığı yayınevinde üvey annelik konusunda ne kadar eğitici kitap varsa hepsini okuyor, iş arkadaşlarına içini dökerek neredeyse bu konuda kitap yazacak kadar deneyim kazandığını, ama bu sorunla yüz yüze gelindiğinde, işin kitaplarda yazıldığı kadar kolay olmadığını söylüyordu.

Alison on dört yaşına geldiğinde annesi ölmüştü. Diana yakalandığı amansız hastalıktan ötürü geçirdiği bir dizi operasyondan sonra ansızın ve beklenmedik şekilde hayatını kaybettiğinde, babasına dönüp "Bana bir barınak bulmak zorunda değilsin, kendi başımın çaresine bakabilirim" demişti. Kızının kendisini bir yerden diğerine taşınan bir paket gibi hissetmesi karşısında David'in kalbi çok kırılmış, ama Jenny bu ağır sözleri için ona kızmak yerine kendisini bir an hem onun, hem de Diana'nın yerine koymaya çalışmıştı. Diana öldüğünde daha kırk yaşındaydı. İnsanın yaşamdan zevk alacağı yaşta bu dünyadan göçüp gitmişti. Alison'a gelince, daha çocuk sayılırdı ve şu anda yaşamının tepetaklak olduğunu düşünmekte çok haklıydı. Bu durumda Jenny'yi zor bir yaşam bekliyordu, bu hikâye sandıkları gibi mutlu bir sonla bitmeyecekti sanki; oysa bir zamanlar güneş batarken David'le el ele tutuşup bu birlikteliğin daima sorunsuz olacağı yolunda hayaller kurmuşlardı, ancak bunu gerçekleştirebilmek şu anda oldukça zor görünüyordu. Ama her şeye rağmen bunun için çabalayacak ve başaracaktı, bunu David için olduğu kadar, belki garip gelecek ama, yaşamdan hep korkan ve kimseye güven duymayan Diana için de yapacaktı. Eğer bir gün o da Diana gibi genç yaşta ölecek olursa, kendisinden sonra oğlu Timmy'ye annelik yapacak kadınların ya da akrabalarının ona alıştığı güvenli yaşamı sağlamaları için yapacaktı.

O yüzden bu Noel partisi için önceki yıllardan çok daha fazla, adeta bir köle gibi çalışmıştı. Bazen sabahları gülünç denecek kadar erken saatte yatağından sessizce kalkıp gözlerinden uyku süzülürken mutfağın yolunu tutmuş ve önlüğünü takıp pasta çörek yapmaya girişmişti; tüm işleri bitirip mutfağı tertemiz ettikten saatler sonra kahvaltı için aşağıya inen David, mutfaktan güzel kokuların yükseldiğini söyleyip yanağından makas alırken "Küçük komik kadın" diyerek ona takılmıştı.

Oysa Jenny ne komik, ne de küçük olduğunu düşünüyordu. Kocasının bu alaycı iması karşısında durup bir süre kendisini incelemişti, küçük denecek ufak tefek bir kadın değildi, üstelik uzun boyluydu, evet Diana gibi servi boylu değildi ama uzundu. Her şeyden önemlisi ailesi için canını verecek kadar şefkatliydi, çalışkandı, onların mutluluğu için hem işte, hem evde durmaksızın çalışıyordu. Hayatını onlara adamıştı. Neden kocası bunu görmeyip, sırf tüm aileyi bir araya getirebilmek için hazırladığı partiyi komik ve küçük bir kadının kaprisi olarak algılamakta ısrar ediyordu? Gerçi her fırsatta David onu çok sevdiğini söylüyordu, ama kendisi Noel için bir seremoniden diğer kutlamaya koşturup dururken, evde bu tip bir parti hazırlığı görmeye alışık değildi; çünkü Diana böyle şeyleri çok sıkıcı bulurdu. Ama Jenny'nin bu konuda kavga etmeye niyeti yoktu, ortamı germeyecekti, hele Noel yaklaşırken kavga etmenin hiç sırası değildi.

Alison Noel tatili için beklenenden bir gün önce gelmişti. Jenny işten eve döndüğünde onu mutfakta, yarısından çoğunu bitirdiği bir tepsi dolusu ordövrü yerken bulmuş ve sanki beyninden vurulmuşa dönmüştü. Hazırlaması üç saat süren ve henüz tadına bile bakmadığı kanepeler üç dakikada bitip gitmişti. Jenny onlardan yaklaşık altmış tane hazırladığını biliyordu. Tepeleme bir hamurdan büyük bir sabır göstererek tek tek şekillendirip fırınladıktan sonra içlerine hazırladığı mezelerden doldurduğu kanepeleri buzdolabına koymuştu. Jenny üç saatlik emeğini bir anda heba eden ve gözlerinin üzerini perde gibi kapatan kıvırcık saçlarının arasından onun tepkisini ölçmek isteyen bir yabani gibi hain bakışlarla onu gözleyen Alison'a nefretle bakmıştı.

"Fena olmamışlar. Senin bir işkadını olduğunu sanıyordum, aşçı olduğunu bilmiyordum."

Jenny'nin yüzü öfkeden bembeyaz kesilmişti.

Alison da bunun farkındaydı ama özellikle anlamazdan geliyordu.

"Bunlar ikindi kahvaltısı ya da başka bir şey için değildi, öyle değil mi?" diye sorup alaycı bir gülüşle Jenny'ye bakmıştı.

Jenny sakinleşmek için kendisiyle büyük bir savaş veriyor, derin bir soluk alırken okuduğu kitaplarda önerilen davranışları hatırlamaya çalışıyordu. Sonunda yavaşça yanına gidip onun gözlerinin içine bakmıştı.

"Öncelikle evine hoş geldin Alison, hayır, bunlar ikindi kahvaltısı için değildi... bunlar parti için hazırlanmıştı."

"Parti mi?"

"Evet, her yıl Noel'den önceki pazar günü kutladığımız geleneksel aile partisi."

"Sanırım bir şeyin geleneksel olabilmesi için üç ya da dört yıldan daha fazla bir zaman geçmesi gerekiyor" dedi Alison.

"Bu birlikte kutlayacağımız altıncı Noel olacak, sanırım artık geleneksel olarak adlandırılabilir" dedi Jenny ve şu an fena halde ayağını acıtan ayakkabılarından birini çıkartıp sivri topuğunu üvey kızının başına geçirmeyi hiç bu kadar istemediğini düşündü. Ama bu hem çok vahşi bir tepki, hem de küçük bir çocuğun tahrikine teslim olmak anlamına gelecekti. Oysa Jenny umutla beklediği bu Noel'in çok farklı olmasını istiyordu; kendisini kesinlikle mutlu olmaya hazırlamıştı ve ne olursa olsun hiçbir şeyin bunu engellemesine izin vermeyecekti. O sırada son günlerde insanların sıkça kullandığı bir deyimi hatırlamıştı. Neydi? Hasar sınırını aşmamak mıydı? Bu deyimin anlamını tam olarak bilmiyordu. İnsanın yapabilme gücünü ertelemek gibi bir şey miydi? Eğer tahmini doğruysa, bunu ofiste çalışırken sık sık yapmıştı. Bir şeyi yapmak için önüne geçilmez bir istek duyduğunuzda, onu engellemenin en ideal yolu bunu yaptığınızı aklınızdan geçirmekti; böylece yapmadığınız halde kendinizi onu gerçekleştirmiş gibi hissederek muhtemel bir faciaya karşı kendi kendinizi sigortalamış oluyordunuz.

Nitekim bunun karşılığını anında görmüştü, öfkelendiğini belli etmemesi Alison'un dikkatini çekmişti.

"Evet, haklısın, altı yıl geleneksel olarak adlandırılabilir" diyerek onu onaylamıştı, bakışlarından onunla uzlaşmak ister gibi bir hali vardı. Jenny tüm hoşnutsuzluğuna ve ona duyduğu nefrete karşın, üvey kızından kendisine doğru bir sempati yayıldığını hissediyordu. Ama dereyi görmeden paçayı sıvayacak biri değildi o, bu tip davranışların filmin sonunda kâbusa dönüşebileceğini bilen oldukça deneyimli bir kadındı; kemanın gergin telleri her ne kadar gevşemeye yüz tutmuş gibi görünse de, bir anda gerilip kopacağını da biliyordu.

"Parti için..." diye devam etti Jenny. "Annenin akrabalarından çağırmamızı istediğin birileri var mı?"

Alison ona inanmaz gözlerle bakmıştı. "Buraya mı?"

"Evet, burası senin olduğu kadar akrabalarının da evi. Burada büyük ailemiz için bir Noel partisi veriyoruz, onların gelmesi hepimizi mutlu edecektir."

"Ne için gelecekler?"

"Aynı nedenden dolayı, hepimizin Noel çatısı altında birleşmesi için, birbirimize iyi dileklerde bulunmak ve dostluk adına bir araya gelmek için." Jenny sesinin sinirli tonda çıkmaması için özen gösteriyor, saatlerce uğraştığı boş kanepe tepsisinden gözlerini kaçırıp ona avazı çıktığı kadar bağırmamak için kendisini zorluyordu. Kırıntılarla dolu tepsinin kıyısında on tane kadar kanepe kalmıştı, başını o yöne doğru her çevirişinde büyük bir sabır ve özenle hazırladığı kanepelerinin ne kadar güzel göründüklerine şahit olmak, yatıştırmak için büyük çaba harcadığı öfkesinin yeniden alevlenmesine neden oluyordu.

"Ben Noel partilerinin sadece gösterişten ibaret olduğunu düşünüyorum" dedi Alison.

Jenny ayakkabılarını fırlatıp masaya oturmuş ve içlerini zorlukla doldurduğu geriye kalan kanepelerden ikisinin tadına bakmıştı. Gerçekten çok lezzetli olmuşlardı.

"Öyle mi düşünüyorsun?" diye sordu Alison'a.

"Düşünmüyorum, biliyorum."

Jenny o sırada kafasından kabaca bir hesap yapıyordu. Şu anda on dört yaşında olan Alison, on sekiz yaşına kadar onlarla birlikte kalacaktı. Dört yıl daha onu çekmek zorunda kalacağı anlamına geliyordu bu. Eğer şans yüzüne güler de okuldan kovulmazsa, onlarla sadece tatillerde bir araya gelecekti ama bu dört sömestr, dört Paskalya, dört Noel ve dört uzun yaz tatili demekti. Bu arada Timmy huysuz ve isyankâr üvey kız kardeşinin gölgesinde büyüyecekti ve yedi yaşına geldiğinde Alison evden ayrılacak, geriye kendisi gibi tehlikeli bir erkek kardeş bırakacaktı. Jenny'nin tüm emekleri, şu anda mutfak masasında oturmuş buz gibi gözlerle kendisine bakan üvey kızı sayesinde heba olup gidecekti. Dahası gireceği bunalım eve olduğu kadar iş yaşamına da yansıyacak ve iş arkadaşları tarafından sorunlu bir kadın olarak adlandırılacaktı. Öte yandan, eğer Alison katır gibi inatçı ve asi ruhlu bir kız olmaya devam ederse, yetişkin biri olduğunda herkesin etkileneceği biri olacaktı. Onun hayattan sürekli şikâyet eden memnuniyetsiz biri olması, önüne gümüş tepsi içinde sunulan bir kâse kremalı çileği uzanıp almak yerine, mutluluğunu hep bir ısırganotu yatağında elde etmeye çalışmasına neden olacaktı. Jenny ergin ve eğitimli bir genç kadın olarak, duygularını ve acılarını kimseyle paylaşmak istemeyen sorunlu bir genç kızın bir süre sonra tamamen içine kapanacağını ve sonunda yaşamdan zevk almayan mutsuz bir birey olacağını çok iyi biliyordu. Ama Alison'un yaşındaki bir genç kız bu konudaki uyarılarını anlamak istemeyecekti; omuz silkecek, böyle devam ederse sıkıcı bir tip olacağı yönündeki uyarılara asla kulak asmayacak, hatta bu sözler ona çok anlamsız gelecekti. Neden sıkıcı olsundu ki?

Jenny bu durumda elindeki tek şansın onunla dostluk kurmak olduğuna karar vermişti ama acaba bunu başarabilir miydi? Aralarındaki akrabalık bağını kullanarak onunla güçlü ve sonsuza dek sürecek bir dostluk kurabilir miydi? Okuldan gelen raporlara bakıldığında bu oldukça zor görünüyordu; öğretmenlerinin hemen hepsi Alison'dan yaka silkiyor, yaşıtları onunla arkadaşlık etmek istemiyordu. Hayır, ona kardeşlik, dostluk ve akrabalık sadakatiyle yaklaşmak pek iyi bir yol gibi görünmüyordu. Tam elli tane kanepe yemişti, sabah uykusundan kalkıp sadece bir buçuk saat hamurunu yoğurduğu kanepelerin neredeyse hepsini sırf onu üzmek için yemeye çalışan şeytani karakterli bir kız çocuğuyla anlaşabileceğini hiç sanmıyordu. Çok geçmeden David yorgun argın eve gelmiş, Timmy'yi sevdikten sonra dinlenmeye çekilmiş ve kızı oturma odasının kapısında görünene kadar onun eve geldiğini fark etmemişti.

Şehirdeki tüm aileler Noel için bir araya gelmişti, aralarında gerginlik olanlar bile... ama hiçbir ailede Alison gibi bir baş belası olduğunu düşünmüyordu. O bir çocuktan çok, dört yıl gibi oldukça uzun bir zaman dilimini içeren ilişkileri boyunca aralarında her an patlamaya hazır bir bomba olmuştu.

Alison'un valizindeki eşyaların sağa sola saçılmış olduğunu görüyordu. Onun eşyalarını tertipli tutmasını söylemesi için David'le önceden anlaşmaya varmışlardı. Onun odası! Birden odanın henüz hazır olmadığını hatırlamıştı.

İçerisi onun odasını süslemek için ayrılmış kutular, içinde çam kozalakları ve süsleme malzemeleri olan paketlerle doluydu. Odayı o halde görmesi, Jenny yüzünden babası tarafından istemediğini düşünen Alison'un davranışına mazeret oluşturacaktı. Oysa Jenny ona giysilerini asması için çok sayıda elbise askısıyla birlikte, içinde yeşil bitkilerin ve çiçeklerin olduğu şık hoş geldin vazoları da hazırlayacaktı... Alison'dan ne kadar nefret etse de, Noel'de ona farklı ve sıcak davranmaya, içtenlik göstermeye karar vermişti.

Üvey kızına karşı akrabalık bağlarıyla yaklaşıp dostluk kurma yönteminin işe yaramayacağını anlayıp başka bir yol düşündüğü sırada bir süre sessiz kaldığı için aralarındaki diyalog eksikliğinin farkına varan Alison, Jenny'nin gözlerinin valizleri üzerinde dolaştığını görüp tedirgin olmuştu.

"Benim bir an önce ayak altından çekilmemi istiyor olmalısın" derken ses tonu işkenceye maruz bırakılmış bir kurbanınkine benziyordu.

"Odan konusunda..." diye söze başladı Jenny ama cümlesi yarım kalmıştı.

"Kapısını kapalı tutmam gerektiğini biliyorum." Alison araya girerek homurdanmıştı.

"Hayır, o değil..."

"Kısık sesle müzik dinlemeliyim." Alison gözlerini döndürerek devam etmişti.

"Alison, odan konusunda söylemem gereken şey..."

Alison elindeki valizle odasına doğru yöneldiğinde birden durmuştu.

"Ah, Tanrım, söyle Jenny, daha ne; yapmamam gereken başka şeyler de mi var?"

Jenny kendisini çok bitkin hissediyordu, mücadele etmekten yorgun düşmüştü, şu anda ağlamak üzereydi.

"Sadece orada ne olduğunu söylemeye çalışıyorum sana..." derken sesi titriyordu. O sırada Alison odanın kapısını açmıştı. Noel'de odasını süslemek için bütün hazırlıkların yapıldığını, ama henüz tamamlanmadığını görüyordu. Kutunun içinden bir çam kozalağı alıp koklarken, hiç beklemediği bu durum karşısında hayretle bakışlarını odanın içinde dolaştırıyordu.

"Yarından önce geleceğini tahmin edemedik." Jenny ondan özür dilemeye çalışıyordu.

"Odamı dekore ediyor olmalısınız" dedi Alison, ama sesi bu kez heyecanlı çıkmıştı.

"Evet, ama ne düşündüğünü tahmin edebiliyorum, ancak görüyorsun ki..." Jenny konuşmakta zorlanıyordu.

"Bunlarla mı süsleyecektiniz?" Alison çevresine bakınmaya devam ediyordu.

Jenny dudağını ısırmıştı. Odada evin üç katını süslemeye yetecek kadar yeşillik vardı. Alison bunların hepsinin kendi odası için olduğunu düşünmüyordu herhalde. Jenny, üvey kızının saf bir güzelliğe sahip yüzüne baktı, olabildiğince doğal duran kıvırcık saçlarıyla Raphael'in eşsiz tablosundaki büyüleyici genç kızı anımsatıyordu. Ama o daha çocuktu. Küçücük yaşta annesiz kaldığı için herkesten çok odasının süslenmesine ihtiyaç duyan bir ana kuzusu.

Yayınevinde çalışması onun için bir şanstı, okuduğu kitaplar ona bu konuda en iyi yolu göstermişti, onun için giriştiği özel hazırlık planı tesadüf değildi.

"Evet, bunun için çok şey yapmaya karar vermiştik. Seni karşılamak için burayı çok güzel bir hale getirmeyi planlıyorduk... ama senin erken gelebileceğini düşünemedik ve şimdi buradasın... belki..."

"Belki size yardım edebilirim, izin verir misiniz?" dedi Alison, gözleri sevinçle parlıyordu.

Jenny şaşkındı ama bu barış anının sonsuza dek sürmeyeceğini de biliyordu. Önlerindeki yol yeterince aydınlık olmasa da, tıpkı bir sinema filmi gibi ara sıra aydınlanabiliyordu. Birbirlerinin kollarına atılmayacaklardı, ama hiç değilse aralarında ufak da olsa bir dostluk işareti belirmişti. Belki de bu sadece Noel günü ve partisi boyunca geçerli olacaktı ama bu bile yeterliydi.

O sırada oğlunun onu bulmak için koşturan ayak seslerini duymuştu.

"Neredeydin, neden eve gelir gelmez yanıma gelmedin?" diye annesine sitem etti.

Jenny oğlunu sımsıkı kucaklamıştı. "Kız kardeşini karşılıyordum." O sırada Alison'un yüzüne ters bir şey söyleyeceği endişesiyle çekinerek bakmıştı. Ama Alison eğilip Timmy'nin boynuna sarmaşıktan bir kolye takarak burnuna dokunmuştu: "Mutlu Noeller, küçük kardeşim."

On Karelik Bir Noel Filmi

Maura tam bir Noel âşığıydı. Jimmy ise buna güç dayanıyordu. Maura çocukluğundan beri Noel'i coşku içinde kutlamaya alışmıştı, dört gözle beklenen Noel'e bir ay kala dini takvimden her gün bir yaprak daha koparılır, özenle seçilip yazılan tebrik kartlarının üzerindeki kutlama sözcükleri yüksek sesle okunur, sonra renkli birer boncuk gibi kırmızı bir kurdeleye peş peşe dizilen bu kartlardan devasa bir kolye yapılırdı. Noel ağacının nasıl olacağı hakkında ekim ayında plan yapmaya başlanırdı. Aile fertlerinin birbirleri için büyük bir sevinçle seçtikleri şık hediye paketleri en az bir hafta öncesinden ağacın altına yerleştirilir, herkes içinde ne olduğunu bilmediği bu paketlerden çıkacak hediyenin kendisine şans getirmesinin umarken, aynı zamanda istemedikleri bir şey çıkacağı konusunda komik, çocuksu bir korku yaşarlardı.

Evlendikleri ilk yıllarda, Jimmy evliliğin çok mutlu bir birliktelik olduğunu söylüyordu, kocasının onu burnunun ucundan öpüp tatlı sözcükler fısıldamasına alışmıştı. Ama yıllar geçtikçe Maura evliliklerinin giderek sıradanlaştığını, güzellikleri yavaş yavaş yitirmeye başladıklarını fark ediyordu. Onu ayakta tutan tek neşe kaynağı, içinde bir sır gibi sakladığı, yıllardır hiç hızını kesmemiş olan Noel heyecanıyla peş peşe dünyaya gelen bebekleriydi. İçlerinde en küçükleri dört yaşındaki kızı Rebecca'ydı, o yüzden bu yıl Noel Baba'yı sadece o bekliyordu. Küçükten büyüğe doğru sıraladığında John, James ve en büyükleri olan Orla geliyordu. Ama kaç çocuğunuz olursa olsun, eğer içinizdeki çocuk hâlâ yaşıyorsa Noel ağacını parlak ampuller, rengârenk mumlarla süslemek ve tepesinde kocaman bir kurdelesi olan, altından minik altın çanların sallandığı kutsal çelengi sokak kapısına asmak için fazla büyümüş sayılmazdınız. Maura bütün bunları hazırlarken tek başına olmaktan çok mutluydu, Jimmy akşamları yorgun argın eve döndüğünde ona yük olmak istememişti. Ona sadece çocuklara alacakları hediyeler konusunda akıl danışmıştı, çünkü hediyeler konusunda tek başına karar vermekte zorlanıyordu.

James on yaşındaydı, ona bir bisiklet almışlardı. John sekiz yaşındaydı, elektronik bir oyuncak zaten sıkça dile getirdiği bir şeydi. Rebecca hediye için daha çok küçüktü, ona alınacak en güzel şey bir düzine gürültülü oyuncaktı. Ama Orla... en büyükleriydi ve acaba on dört yaşındaki bir kız çocuğunu mutlu etmek için ne almaları gerekirdi? Maura en uygun hediyenin okul arkadaşlarıyla birlikte saatlerce vitrinlerine baktıkları şık bir butiğe ait hediye çeki olduğunu düşünüyordu. Ama Jimmy, Orla'yı hızlandırılmış daktilo kursuna yazdırmanın giysiden çok daha yararlı bir hediye olacağını söylüyordu. Bu konuda ortak bir karara varmakta zorlanırlarken, Maura nasılsa her zaman kaydettirme şanslarının olduğu daktilo kursunun Noel için hiç de sürpriz olmadığını savunuyor, ayrıca bunun tıpkı kilolu bir kadına spor salonu aboneliği vermekle eşdeğer çok tatsız bir hediye olduğunu söylüyordu. Jimmy ise, küçük bir kız çocuğuna içinde açık saçık giysilerin olduğu pahalı bir butiğin hediye çekini vermenin büyük hata olacağını, eğer bunu yaparlarsa aklı başında bir anne baba olarak kızlarını hayattan alacağı doyum konusunda şimdiden yanlış yola sokmuş olacaklarını ileri sürüyordu. Sonuçta bunların hiçbiri olmamış, ona Polaroid bir fotoğraf makinesi almaya karar vermişlerdi. Böylece yakaladığı enstantaneleri anında çekerken, başlı başına bir sanat olan fotoğrafçılık konusunda da pratik yapmış olacaktı. Çekeceği Noel fotoğrafları kadar doğada gördüğü her ilginç kareyi ölümsüz bir anı haline dönüştürebileceği hem çok zevkli, hem de yararlı bir uğraş olacaktı onun için. Makineyi şık bir paket yaptırmışlardı. İç içe geçmiş birkaç kutunun sonuncusundan üzeri oluklu mukavvaya sarılı fotoğraf makinesi çıkmadan önce, Orla pakete yüzlerce kez dokunsa bile içinde ne olduğunu Noel gününe kadar tahmin edemeyecekti.

Maura Noel süresince onlarda kalacak olan annesine elektrikli bigudi seti almayı düşünüyordu. Annesi hep şık ve bakımlı bir kadın olmuştu, Maura onun modaya düşkünlüğünün hiçbir zaman geçmediğini düşünüyordu. Jimmy ise onun yaşındaki bir kadının süsüyle uğraşmasının gereksiz olduğunu, içi kürklü bir mantonun uygun bir hediye olacağını söylüyordu. Onun Noel süresince onlarda kalmasına itiraz etmemişti, ama dört gözle beklediği de söylenemezdi. Kendi anne babası oldukça uzaktaydı; o yüzden onlara hediyelerini postayla göndermişlerdi. Ayrıca Noel sabahı telefonla arayıp yeni yıl için iyi dileklerde bulunacaklardı, Jimmy'nin ailesi bu olayı fazla abartmaktan pek hoşlanmazdı.

Maura, yirmi yaşındaki Fransız dadı Marie France için çok şık altın bir broş almıştı. Marie France'ın gerçek gümüş, altın ya da saf ipek dışında bir hediyeyle mutlu olmayacağını biliyordu, o hiçbir şeyin sahtesini kullanmaya alışkın biri değildi, tiyatroya gittiklerinde bile en iyi koltuklarda oturmak isterdi. Ayrıcalıklı olarak nitelendirdiği kendi ulusunu soyutlayarak ülkedeki diğer etnik grupların zevki ve yaşam tarzı konusunda olumsuz bir saplantıya sahip olan Marie France'a bir İrlandalının da yeterince zevkli olabildiğini kanıtlamış olacaktı böylece. Bundan böyle kaba olarak adlandırdığı İrlandalılar hakkında şikâyet edeceğini sanmıyordu. Aslında Marie France'ın rafine zevkleri olan iyi bir kız olduğunu düşünüyordu; gerçi biraz somurtkan, kibirli ve alaycı bakışlara sahipti ama onun daha çok genç olduğunu düşünerek bu davranışlarını toyluğuna veriyordu. Burnu büyük Fransızlar, aslında nezaket konusunda dünyanın şapka çıkardığı İngilizleri nedense her daim küçük görmeye ve onlardan bir şey öğrenmeyi peşinen reddetmeye pek meraklıydılar. İşini mükemmel yapıyordu, Rebecca'nın ne istediğini tam olarak bilen ve çocukların dilinden anlayan iyi bir dadıydı, ama işinin sınırları dışına asla çıkmıyordu. Maura ise onun hiç değilse Noel zamanı prensiplerinden ödün vererek yılda bir kez kutlanan bu özel günde en azından sebzeleri ayıklamasına ya da yerleri süpürmesine yardımcı olmasını istiyordu. Onu aileden biri olarak görüyordu; kendisine ait bir odası vardı, her gün üç öğün yemek önüne hazır geliyordu. Üstelik Rebecca sorun çıkarmayan bir çocuktu, vaktinin çoğu boş geçiyordu, bu süre içinde kursa gittiği gibi derslerine de çalışıyor, yine de geriye bir yığın zamanı kalıyordu. Ama Marie France ne yazık ki ona ev işleri konusunda yardım etmeye meyletmiyordu. Her neyse, şimdi onu düşünerek sinirlerini germek istemiyordu. Mary France keyfini kaçırmayı başaramayacaktı. Tıpkı küçük bir çocukken annesiyle birlikte büyük bir mağazaya girdiğinde gördüğü harika oyuncaklar karşısında çılgına döndüğü gibi, içindeki Noel coşkusu hiç geçmemişti. Şu anda aynı heyecanı yaşıyordu, küçük trampetçi çocuk ya da Mary'nin bebeği gibi... oynadığı muhteşem oyuncakları bugünkü gibi hatırlıyordu. Eve döndüklerinde çok geçmeden caddenin ışıkları yanar ve Maura mutlu bir Noel'i daha kucaklayıp onu sonuna kadar neşe içinde yaşayacak olmanın mutluluğuyla dolup taşardı.

Annesi beklediklerinden önce gelmiş, yanında kocasından yeni boşanmış arkadaşı Brigid'i de getirmişti. Eğer mümkünse Brigid de Noel'i onlarla birlikte geçirmek istiyordu; başka gidecek yeri olmadığını, Noel'i tek başına geçirmenin onun için çok sıkıcı olacağını söylemişti. Maura bu sözler üzerine "Elbette" demişti. Noel tanıdık, tanımadık insanların birbirleriyle kaynaşıp mutlu olduğu yılın en özel zamanıydı, üstelik Brigid yabancı biri de değildi, onunla okul yıllarından beri iyi arkadaştı. Ama Jimmy ona belli etmese de Brigid'in gelişine epey bozulmuştu. Ev sahibinden izin almaksızın bavulunu kaptığı gibi onlara yatıya gelen birinin akli dengesinin pek yerinde olmadığını söylüyordu. Onun kafadan çatlak olduğu zaten belliydi, kocası onun gibi birini başından def ettiği için şu anda özgürlük çığlıkları atıyor olmalıydı. Sofraya fazladan konacak bir tabağın ya da yiyeceği bir iki dilim jambonla hindinin peşinde değildi elbette, ama yatıya gelme fikri çok saçmaydı. Aslında onu buraya kadar peşinden sürükleyen Maura'nın annesi de normal sayılmazdı, erkenden karşılarında bittiği yetmiyormuş gibi, Brigid'in bu garip isteğine uygun bir dille itiraz etme çabası bile göstermemişti. Onun oturma odasındaki sedirde uyumasının kimseye zararı olmayacağını söylüyordu, o yüzden kadını peşine takıp getirmekte hiçbir sakınca görmemişti. Ayrıca çılgın kayınvalidesi kendisi için ayrılan misafir odasını ona verip, kendisi sedirde yatabilirdi, bunda kızacak ne vardı?

İlk akşam hep birlikte Noel şarkıları söylemişlerdi. Maura gözlerini kapatıp onlara bu mutluluğu yaşatan Tanrı'ya dua ederken, Orla her birinin farklı perdeden çıkan sesiyle çok komik bir durumun söz konusu olduğunu düşünüyordu. Büyükannesi Grannie'nin sesi hepsinden baskın çıkarken, Brigid sanki havlar gibiydi. Jimmy de kızından farklı düşünmüyordu, buradakilerin hiçbirinin aklı başında kişiler olduğu söylenemezdi. O sırada bunun olsa olsa birinin sesini bastırmaya yönelik komik bir oyun olduğunu sanan James ve John da çıldırmış gibi bağırmaya başlamış, çok geçmeden Rebecca da onlara katılmıştı; eline aldığı tefi olanca kuvvetiyle yere vurarak bu acayip komik oyuna kendince katkıda bulunuyordu.

Ertesi sabah kilisedeki ayinden sonra hepsi oturma odasında bir araya gelip hediyelerinin verilmesini beklemişlerdi. Maura'nın annesi elektrikli bigudilere bayılmış ve hemen denemek istemiş, alelacele saçlarını birkaç tanesiyle sarıp kimseye sormaksızın fişini çektiği lambalardan birinin yerine prize saç setinin fişini takıvermişti. Marie France altın broşu görünce hafifçe tebessüm ederek omuz silkmekle yetinmiş, Jimmy yeni anorağının oldukça makbule geçtiğini söylemişti; artık epey eskimiş olan diğerini giymekten nefret ettiğini, yerine yenisini almayı planladığını belirtirken gerçekten çok mutlu olduğu görülüyordu. Maura elektrikli el süpürgesini görünce mümkün olduğunca içten olmaya gayret göstererek tebessüm ederken, her defasında koskoca elektrik süpürgesini çıkarmak yerine bunun çok daha kullanışlı olacağını düşündüğünü söyleyen Jimmy'ye hak vermişti.

Hediyeler açıldığı sırada Orla'nın oldukça sessiz olduğu Maura'nın dikkatinden kaçmamıştı. Onun bu mutsuz halini görünce onun için düşündüğü hediye çekini vermediğine çok pişman olmuştu. Şu an onu karşısına alıp yaşamın gerçekleri hakkında konuşmak istiyordu, ama ilk bakışta kolay gibi görünen bu diyalog aslında çok zordu. Kuşkusuz bütün anneler kızlarıyla benzer bir konuşma yapmayı denemişti; ama anne olmanın ne demek olduğunu ancak büyüyüp evlendiğinde, çocukları olup kocaman bir aileye kavuştuğunda anlayabileceğini söylediğinde Orla'nın bunu bir çırpıda kavrayabileceğini hiç sanmıyordu. Denese bile büyük olasılıkla başarılı olamayacak ve istediği sonucu alamayacaktı. Üstelik onun işi diğerlerine göre iki kat daha zordu, çünkü sevimli Rebecca büyüdüğünde aynı sorunu bir kez daha yaşayacaktı, o yüzden şimdi Orla'ya verecekleri sayesinde küçük kız kardeşinin önünde iyi bir model oluşmasını sağlayabilirdi. Rebecca'nın sağlam adımlarla yürüyebilmesi, Orla'nın iyi yetişmesiyle doğru orantılıydı. Aslında Orla yaşıtları gibi kaba ve asi ruhlu bir kız değildi. Onun için fazla uğraşması gerekeceğine ihtimal vermiyordu. O büyüklerine asla karşı gelmez, kendi yolunda yürümek için ısrarcı olmazdı. Ama artık onlarla bir arada bulunmaktan... sanki biraz sıkılıyor gibiydi. Sanki büyük bir aile olma fikri bu yaşta onu pek sarmıyordu. Ama bu konuda Jimmy'ye tek bir kelime dahi etmeyecekti, çünkü yeni gençliğin istekleri konusunda asla taviz vermeyi düşünmeyen Jimmy, ara sıra sevgili kızının da o hiç onaylamadığı zamane gençlerinin fikirlerine sahip olabileceğini aklının ucundan bile geçirmiyordu. İlk göz ağrısı büyük kızı biricik Orla, güneşin, ayın ve gökteki tüm yıldızların parlaklığını üzerinde barındıran bir melekti. O yaşıtlarından çok farklıydı. Onun ailesi hakkında kritik yaptığı gerçeğiyle yüz yüze geldiğinde, şoka girip bunun asla doğru olmadığını söyleyecek, onun büyüdüğünü kabullenmesi babası için epey zor olacaktı. Bu durumda Maura ona hiçbir şey söylememeye karar vermişti. Ama şu an sessizce oturup uzun sarı saçlarını omzuna dökmüş olan güzel kızı Orla hediye paketini açarken, beğenmeyecek olmasının endişesiyle dudağını kemiriyor, bu zor politikayı tek başına yüklenmenin ağırlığı altında ezildiğini hissediyordu. Ve sonunda fotoğraf makinesi paketten çıkmıştı.

"Çok güzel, teşekkürler baba, teşekkürler anne" dedi Orla kısaca, sesi tıpkı Maura'nın Noel hediyesi olarak elektrik süpürgesi aldığında çıkardığı tonda çıkmıştı: Sade ve sıradan.

"Bununla insanların fotoğraflarını çekerken bu sanatı giderek ilerletir, bir gün çirkin bir ördek yavrusunu bile kuğu gibi gösterebilmeyi öğrenebilirsin" dedi Maura'nın annesi.

"Teşekkürler, Grannie" dedi Orla.

"Ya da yıllar sonra dostun sandığın kişilerin fotoğraflarına bakıp, zamanını boşuna heba ettiğini düşünür, onlara bunca yıl dayanabildiğin için kendini tebrik edersin" dedi Brigid, koltuğa oturmuş sessizce sigarasını tüttürüyordu, onu terk edip giden kocasına hâlâ çok kızgındı.

"Evet, bak bu harika bir fikir, Brigid Teyze" dedi Orla.

Maura kızındaki kırgınlığı fark edebiliyordu, hayal kırıklığına uğramış olduğu açıktı. Ama Orla diğer seçeneğin ne olduğunu bilseydi... babasını daktilo kursu kaydından vazgeçirebilmek için akla karayı seçmişti, kızlarının bu kursu Paskalya tatilinde de alabileceğini söyleyerek Jimmy'yi zor ikna etmiş, o zamana kadar Orla'nın daktilo konusunda bir kitap okuyup hazırlık yapması gerektiğini söylemişti. Eğer Orla bunu bilse, belki de annesine beklediği o sıcacık gülümsemeyle bakacaktı. İçinden kızının hediyesine alıcı gözüyle bir kez daha bakıp beğenmesi için dua ediyordu. Belki de bir süre sonra ona ısınacaktı, belki de fotoğraf çekmeye başladığı anda bunun büyüleyici bir uğraş olduğunu fark edebilecekti. Aslında bunu ona anlatmalıydı, belki de tartışmalıydı, ters bir tepkiyle karşılaşsa bile bunu denemeli ve ne yapıp edip bu fikrin doğruluğuna inandırmalıydı onu. İçine on karelik bir film yerleştirdikleri fotoğraf makinesinin, on dört yaşında bir kız çocuğu için harika bir hediye olduğuna inanmışlardı, ama önemli olan Orla'nın da buna inanmasıydı.

"Hemen bir poz çeker misin?" James makinenin çalıştığını görmek için sabırsızlanıyordu.

"Haydi hepimiz surat yapalım" dedi John, aklınca şaka yapmak istemişti.

"Durun, kafamdan şu bigudileri çıkartayım önce" dedi Maura'nın annesi, torunu Noel hediyesini denerken, kafasının dikenli kestane ağacı gibi görünmesini istemiyordu.

Ama Orla omzunu silkmişti. Maura bu hareketin kızının aile fotoğrafı çekmek istemediğinin bariz kanıtı olduğunu düşünüyordu. Aslına bakacak olursa, Marie France da bundan pek hoşlanmış görünmüyordu.

"O Orla'nın fotoğraf makinesi, neyi isterse onu çeker" dedi Maura, bu savunma karşısında kızından bir tebessüm beklemişti, hiç değilse bir teşekkür bakışı. Ama Orla yine omuz silkmekle yetinmişti.

"Önemli değil" dedi. "Eğer isterseniz toplu bir resim çekebilirim."

Bunun üzerine hepsi poz vermek için uzun bir hazırlanma sürecine girişmişlerdi. Mary France hemen gidip rujunu tazelemiş, o sırada Maura onun altın broşu takmadığını fark etmişti. Çok geçmeden hepsi bir araya toplanmış, yetişkinler sedirde yan yana dizilirken, çocuklar onların önünde çömelmişti. Orla makinenin düğmesine basmış ve sanki bir sihir gibi ilkin yeşil bir kâğıt parçası olarak görünen fotoğraf, hepsinin gözü önünde yavaş yavaş şekillenmeye başlamıştı. Hepsi büyülenmiş gibi fotoğrafa bakıyorlardı, bazısının gözleri şeytan gibi kırmızı çıkmıştı. Hepsi aynı kanıdaydı, bugüne dek böyle mucizevi bir alet görmemişlerdi, bu bir teknoloji harikasıydı.

Noel için öğle yemeğini hazırlanırken diğerleri görev dağılımı yapmışlardı; oğlanlar yerdeki kâğıtları toplayıp çöp sepetine atacak, Jimmy şarap seçmek için mahzene inecekti. Grannie daha sonra atıştırmaları için sehpaların üzerine konacak kuruyemiş ve çerez tabaklarıyla, içkinin yanında servis edilecek çikolataları tanzim edecek; Brigid eline verilen temiz keten bezle bardakları parlatacaktı. Marie France'a hiçbir iş verilmemişti, bir köşede öylece oturuyordu. Maura etin sosunu hazırlamak için mutfağa gitmişti. Mutfaktaki ocağın üzerinde yemekler pişiyordu, masanın üzerinde salona götürülecek yemek tabakları diziliydi ve Rebecca'nın ayağının altında dolaşmasından tedirgin olan Maura, oğlanlara onu hemen mutfaktan çıkarmalarını emretmiş, sonra da sinirli bir şekilde onlara bağırdığı için pişman olmuştu. Bugün Noel'di, neden bu kadar sinirliydi? Sanki bir şeylerin ters gittiğini hissediyordu, evin içinde bir yerlerde yanlış bir şeyler oluyordu. Yine o aptal korkulara kapıldığını düşündü, kötü bir rüyaya benzeyen bu duygudan kurtulmalıydı hemen. Bunları düşünürken bir an konsantrasyonunu yitirmiş ve fırından çıkarmaya çalıştığı hindiyi elinden düşürmüştü. Bir anda kendisini yerde bulan hindiye öfkeyle bakıyordu, onu bacaklarından kavrayıp hırsla yerden alırken, annesi ya da Jimmy'nin bu manzarayı görmediği için Tanrı'ya şükrediyordu; aksi takdirde, büyük olasılıkla onu yerden alır almaz servis tepsisine koyduğunu gördükleri anda burunlarını kıvırıp tiksinerek baktıkları hindiye ellerini bile sürmeyecekleri gibi, yine saatlerce Maura'nın bu yalapşap iş yapma huyundan yakınacaklardı. Ama Maura hiç de tiksinecek bir durum olmadığını düşünüyordu, ocaktan aldığı sosu özenle hindinin üzerine gezdirmeden önce sırtının üzerindeki kızarmış kalın kabuğu soyup çıkarmış ve elindeki sosu üzerine dökerek hatasını kapatmaya çalışmıştı; ama o sırada Orla'nın mutfakta olduğunu fark etmemişti, dönüp baktığında kızı düşünceli bir şekilde fotoğraf makinesini inceliyordu.

"Gerçekten onu beğendin mi, aşkım?" diye nazikçe sordu.

"Evet tabii, beğenmemem için bir neden var mı?" diyerek annesine gülümsemişti. Maura kızının her zaman yanında olduğunu düşündüğünü biliyordu ve ona tepki koymasını gerektirecek bir durum yoktu.

"Az önce parlayan şey onun flaşı mıydı? Sanki bir an gözlerimi bir ışığın kamaştırdığını fark ettim, yoksa bana mı öyle geldi?"

Orla yine omzunu silkmişti. Kızının yabaniler gibi hiç konuşmadan sadece omzunu silkmekle yetindiği bu ilkel davranışı görmeye artık dayanamadığını düşünürken oğlanlar mutfağa girmişti.

"Bir tane daha çekmeyecek misin? Şimdi de bizi dışarıda çeksene" diyerek ona yalvarıyorlardı.

"Hayır."

"Hadi, lütfen Orla, o bu işe yarıyor."

"Hayır, onu bana verirken ne istiyorsam onu çekeceğimi söylediler."

"Peki ne çekeceksin?" Onun sabrını taşırmak üzereydiler.

"Doğal fotoğraflar çekeceğim, Noel için hepinizin bir arada olduğu bir fotoğraf çektim, bundan sonrası bana ait, poz verilerek çekilen fotoğraflardan hoşlanmıyorum."

Onun bu cevabı karşısında oğlanların fotoğraf makinesine duydukları ilgi dağılmıştı. Maura buna çok sevinmişti. Belki de Orla hediyesini gerçekten beğenmiş ve fotoğraf sanatına karşı ilgi duymaya başlamıştı. Eğer bu doğruysa harikaydı. Kızı omzunu silkse de, Maura onun için çok yerinde bir hediye seçtiklerini düşünüyordu.

Orla mutfaktan çıkıp şarap mahzenine inmişti. Babası onun geldiğini duymamış, ancak yumuşak flaş patladığında kızının orada olduğunu fark edebilmişti.

"Orla!" diyerek ona doğru hırsla yönelirken, kollarının arasındaki Marie France'ı telaşla itmiş, o sırada birden boşta kalan kız sendelemiş, ama bütün bunlar sanki hızlı çekilen bir filmin karesi kadar seri olmuştu. Marie France mahzenin kapısında duran Orla'ya zoraki bir gülümsemeyle bakarken, bir yandan bluzunu düzeltmeye çalışıyordu.

"Bu ne tür bir aptal oyun?" diye sormuştu babası ama yeterince hızlı hareket edemediği için, Orla çoktan oradan çıkıp, tekrar mutfaktaki annesinin yanına dönmüştü. Noel yemeği hazırlamak için uğraştığı sırada kocasının kendisini aldattığından tamamen habersiz olan Maura, kızına ne çektiğini sormuştu.

"Hiçbir şey. Söylediğiniz gibi istediğim fotoğrafları çekiyorum."

"Ah, lütfen Jimmy, onu kendi haline bırak. O onun makinesi, bırak ne istiyorsa onu çeksin" diyen Maura telaşla Orla'nın peşinden mutfağa gelen kocasını uyarmış ve elindeki tepsiyle mutfaktan çıkmıştı.

"Az önce gördüğün bir oyundu tatlım, biliyorsun işte, bir tür Noel oyunu." Jimmy kızına bunları söylerken oldukça üzgün görünüyordu, ama Maura kocasının yüzündeki suçlu ifadeyi fark edecek durumda değildi. Orla babasına tek kelime dahi söylemeden mutfaktan çıkıp, çektiği fotoğrafları huzur içinde inceleyeceği başka bir yer aramaya yönelmişti.

O sırada Brigid salonda bardakları parlatmakla meşguldü ama kafasının içi olumsuz düşüncelerle doluydu. Bir başkasının evinde ne işi vardı? Onu bunu yapmaya zorlayan o piç herif yüzünden, yılın en özel zamanında başka bir ailenin yanında kalmaya ihtiyaç duyacak kadar yalnız hissetmişti kendisini. Ama gününü gösterecekti ona, onu fena halde cezalandıracaktı. Eğer eline istediği miktarda para geçecek olursa o ne yapacağını çok iyi biliyordu. Ama ne yazık ki hayat bazıları için çok acımasızdı. Maura'nın büfesinin içindeki gümüşlere ve kristal bardaklara baktı, o kadar fazlaydı ki, en ufak bir gümüş bile kim bilir kaç pound ederdi? Örneğin içine kurşunkalem doldurulmuş olan şu küçük gümüş kutu bir anda ortadan kaybolsa kimse farkına varmazdı. Onu usulca el çantasının içine tıkarken arkasında bir hışırtı duymuş ve birden flaş patlamıştı. Salon kapısının önünde duran Orla yaptığı işten oldukça etkilenmiş şekilde ona bakıyordu.

"Onun tozunu alıyordum, Orla, bilirsin, onu çantamın üzerindeki kalın bezle parlatmanın daha iyi olacağını düşündüm."

"Biliyorum, Brigid Teyze" dedi Orla. O sırada Brigid çektiği fotoğrafı ona göstermesi için Orla'ya yalvarmış, ama o dinlemeyip hemen uzaklaşmıştı.

Oturma odasında Grannie'yi bir yandan çerezlerden atıştırıp, diğer yandan Noel için birlikte içecekleri Brandy şişesini başına dikerken yakalamıştı. Orla'yı gördüğünde bir an boğulacak gibi olan büyükannesi, kocaman açılmış gözlerle ona bakarken, makinenin sesini duymamış olmayı dilemişti.

"Aptallık yapma, küçük bir kız gibi makinenin içindeki filmi boşuna harcıyorsun."

"Biliyorum, Grannie, ama ben zaten henüz bebek sayılırım" dedi Orla.

Öğle yemeği zamanı gelmişti, Maura sofranın hazır olduğunu heyecanla söylerken herkes masadaki yerini almıştı. Ama oğlanlardan hayret verici şekilde ses çıkmıyordu. Orla kapıyı vurmadan onların odasına daldığında, John'un acemice içtiği sigara dumanı genzine kaçıp öksürmeye başlamıştı ama James'in sigaranın tadından oldukça zevk aldığı görülüyordu.

"Gelecek nesillere iyi birer örnek olacaksınız" diyen Orla düğmeye basmış ve flaş patlamıştı.

"Bizi öldürürler" dedi James. "Noel'imizi zehir edersin."

"Eğer görürlerse" diye cevap verdi Orla.

Odasına gidip annesi onu çağırıncaya kadar beklerken, çektiği fotoğrafları yatağının üzerine sermişti. Birinci fotoğrafta aile büyükleri sedirde oturuyordu, küçükler onların önünde çömelmişti, kırmızı gözlü çıkanlar kendilerini zaten biliyor olmalıydı. İkinci fotoğrafta annesi yere düşürdüğü hindiyi alıp tepsiye koyuyordu, üçüncüsünde babası Marie Farnce'ı kollarının arasına almıştı, dördüncüsünde büyük annesi Grannie, Brandy şişesini gizlice başına dikiyor, beşincisinde annesinin okul arkadaşı Brigid büfedeki gümüş kutuyu aşırıyor, altıncısında iki erkek kardeşi odalarında sigara içiyordu. Geriye dört poz kalmıştı. Belki de onları Noel pastası masaya geldiği sırada ya da yemekten sonra hepsinin ağzı bir karış açık kalmış uyuklarken kullanacaktı.

"Yemek hazır." Annesinin heyecanla aşağıdan ona seslendiğini duymuştu.

Onun hindiyi yerden alıp tepsiye koyduğu fotoğrafı yırtıp küçük parçalara ayırmıştı. Annesi iyi ve fedakâr bir kadındı, onca kişiye severek hazırladığı yiyecekler sırasında hiç istemeden yaptığı hata hoş görülebilirdi. Aslında biraz fazla heyecanlı biriydi, ama iyi bir kadındı. Diğerlerine göz gezdirdi, içlerinde tek masum kare annesine aitti. Hayır, bu asla bir felaket tablosu değildi. Ama diğerlerini saklayacaktı.

Aşağıya inip annesinin hazırladığı öğle yemeği masasındaki yerini alırken başını gururla kaldırmıştı. Ona doğru dikilen bakışlar, bu yıl herkes için önemli biri olacağını hissettiriyordu. Oysa bugüne dek hiç ciddiye alınmamıştı.

Bayan Martin'in Dileği

Elsa Martin New York'a hiç gitmemişti. Pasaportu vardı, Amerika Birleşik Devletleri için gerekli vizesi bile mevcuttu, evlendiğinde balayı için Florida'ya gitmeyi planladıkları günden beri hazırdı.

Elsa'nın aklına orada geçirmeyi düşündüğü muhteşem balayı gelmişti.

O günden beri pasaportu aynı çekmecede, büyükannesinin hatırası olan küçük gümüş kutunun içinde duruyordu, albümlerle birlikte öğrencilerinin Bayan Martin'e mutluluk dileklerini gönderdiği tebrik kartlarını da saklıyordu. Aslında onları şimdiye dek çoktan atmalıydı belki de, ama uçlarından minik at nalları ve evlilik çanlarının sarktığı samimi kartları gözden çıkarmaya içi el vermemişti. O güne ait kurumuş gonca güller, hiç açılmamış denizkabukları, onun başlamadan biten mutluluk öyküsünü temsil eder gibiydi.

Bir süre Tim'in mektubunu da aynı yerde saklamıştı; onu aslında sevmediğini ve bu işi daha fazla götüremeyeceğini belirtip ondan af dileyen mektubunu. Ama bir yıl sonra Elsa mektubu oradan alıp yakmıştı, çünkü kendisini sık sık onu okurken buluyor ve ruh sağlığını giderek yitirmeye başladığını fark ediyordu. Sanki elindeki mektubun içinde onu mutlu edecek bir şey varmış gibi, sanki satırlar arasında onu terk etmesinin nedenini bulacakmış gibi, belki bir gün yeniden döneceği umuduyla defalarca okumuştu.

İnsanlar Elsa'nın harika bir insan olduğunu, ama Tim'in gelgeç gönüllü bir oyunbozan ya da akıl hastası olabileceğini konuşuyordu. Onlara göre Elsa'nın böyle birini çoktan başından def etmesi gerekiyordu, bir günü diğerine uymayan adamın onu evleninceye dek oyalamasını ve nikâha on gün kala terk etmesini Elsa'nın olağanüstü bir sakinlikle karşılamasına hayret ediyorlardı. Elsa düğün için gelen hediyelerin hepsini nazik bir dille yazdığı birer notla geri göndermişti. "İki tarafın karşılıklı rızasıyla varılan anlaşma sonucu, evlilik törenimizin iptal edilmesine karar verilmiştir, bu yüzden büyük bir cömertlik göstererek gönderdiğiniz zarif hediyeniz ve mutluluk dilekleriniz için teşekkür eder, bu durumda onu kabul edemeyerek geri gönderdiğimi bildiririm." Kalbi ortadan ikiye ayrılsa da, dosta düşmana karşı, yaşadığı kâbus hiç gerçekleşmemiş gibi sağlam durmak ve sözlerini olağanüstü dikkat sarf edip seçmek zorunda kalmıştı.

İçlerinde ona karşı tek dürüst olan çocuklardı.

"Evlenmediğiniz için çok mu üzgünsünüz, Bayan Martin?" diye sormuştu bir öğrencisi.

"Çok değil, biraz üzgünüm" diye gülümseyerek cevap vermişti.

Öğretmenler odasında kimse ona nikâhın iptal nedenini sormamıştı, Elsa bu konuda tek kelime etmek istemediğini onlara belli etmişti zaten ve olay bir sır olarak kalmıştı. Herkes onların birbirlerine uygun olmadığını düşünüyordu, o yüzden evlendikten hemen sonra boşanmak yerine, başlamadan bitmesi çok daha iyi olmuştu.

Elsa'nın kız kardeşleri ilk günden beri Tim'den hoşlanmadıklarını söylüyorlardı, onun küçük ve sinsi bakan gözleri vardı. Ama Elsa'nın yanında değil, kendi aralarında konuşuyorlardı; ondan yol yakınken kurtulduğu için aslında şanslı sayılırdı.

Elsa'nın arkadaşları Tim'i yeterince iyi tanımadıkları için onun hakkında yorum yapamıyorlardı. Bu yüzden hepsi ona karşı sıcak davranmaya çalışırken, kafalarında soru işaretleri de yok değildi. Tim ansızın onun karşısına çıkıp bir anda aklını başından almış olmalıydı. Belki de bu ilişkinin başlangıcında bir gariplik vardı ve gerçek ancak beş yıl sonra ortaya çıkmıştı. Olayın ardından yıllar geçmiş, öğrencileri artık büyümüştü. Bayan Martin'in evlilik hayallerinin hüsranla bittiğini, o gün için ona gönderdikleri kartları bile unutmuşlardı. Diğer öğretmenler de öyle. Ama okula yeni bir öğretmen gelip, Bayan Martin'in özel yaşamı hakkında soru soracak olursa, birden akıllarına yıllar önceki bu üzücü olay geliyordu. Neden evlilik töreni son anda iptal edilmişti? Aslında bu kimseyi ilgilendiren bir şey değildi, ama Elsa'nın yaşamının dönüm noktası olmuştu. O günden sonra Elsa bir daha kendisine gelememiş, içinde küllenmeye yüz tutan heyecanı nüksettikçe bastırmaya çalışırken, insanların nasıl bir günde karar değiştirdiklerini merak etmeye başlamıştı. Bir gün onun Tim'in ümitlerini ve hayallerini paylaşan iyi bir insan olduğunu düşünürlerken, ertesi gün her şeyin başlangıçtan beri hata olduğunu söyleyebiliyorlardı. Tıpkı Tim gibi. Oysa onda hiçbir değişiklik yoktu, o neyse hep oydu. Onun hakkında bu derece zıt görüşe sahip olabilmelerinin nedeni, onun suskun kişiliğinden kaynaklanıyor olmalıydı. Önünüzde sizi sürekli rahatsız eden büyük bir sorun olsa bile, onu yokmuş gibi farz etmek zorundaydınız, evet tabii ki bu çok zordu, ama bu işin başka yolu yoktu... aksi takdirde insanlar bir süre sonra karşı tarafa hak verip sizi suçluyorlardı. Bu haksız ithamlarla yüz yüze kalmamak için kendinizi içine düştüğünüz bunalımdan kurtarmak zorundaydınız ve bunu ancak siz yapabilirdiniz, başkası değil. Üzerinize giydiğiniz kasvetli giysiyi çıkartıp kuşku, karamsarlık ve endişelerden hemen kurtulmalıydınız. Nitekim Elsa'nın arkadaşları onun işiyle gereğinden fazla bütünleştiğini, sosyal yaşamdan elini eteğini çektiğini söylüyorlardı. Kendisine hiç zaman ayırmıyordu, oysa onun hayallerini biliyorlardı ve olmak istediği yere varabilmek için çaba göstermesi gerekiyordu.

Noel onun için üzüntü kaynağı demekti, yılın en güzel zamanı olmasına rağmen yapayalnızdı ve hal böyle olunca, Noel onun bir şeylerin eksikliğini en keskin şekilde duyduğu epey dokunaklı bir dönem oluyordu. Ne kadar garipti, herkes Noel'i coşkuyla kutlamaya hazırlanırken o gelmesini hiç istemiyordu; hatta Noel onun için yılın en kötü zamanıydı. Bir yıl kız kardeşlerinden birine gitmişti, Londra'nın güneyinde kasvetli bir evde oturuyorlardı, bütün gece eniştesinin alkol muhabbetine dayanmış, soğuk esprilerine katlanmaya çalışmıştı. Ertesi yıl diğer kız kardeşinin küçük, mütevazı evine konuk olmuş, ama Elsa mutfaktan dışarı çıkmayıp, yemek pişirmek ve bulaşık yıkamaktan başka bir şey yapmamıştı. Daha sonraki yıl Noel'i bir öğretmen arkadaşının evinde karşılamış, birlikte Noel şarkıları söyleyip patlayana kadar yemişlerdi. Son Noel'deyse İskoçya'ya gitmişti, kocasından yeni boşanmış bir arkadaşıyla birlikte yeşillikler arasında uzun yürüyüşler yaparlarken, aşırı derecede öfkelendikleri erkeklerin kötülüğü üzerine hararetle tartışmışlardı. Onlar bu dünyaya sırf kadınlara acı vermek için gelmiş gereksiz yaratıklardı. Aslında alayını bu dünyadan silip süpürmek gerekiyordu, ancak o zaman rahat bir nefes alabilirlerdi.

İşte şimdi de beşinci Noel gelip çatmıştı. Ama bu yıl kendisine yapılan tüm davet tekliflerini kibarca geri çevirmişti. Minnettarlığını belirtip ikna edici bir mazeret öne sürmüş, bu yıl uzun ama sade bir gezi planladığından söz etmişti. Okulun oldukça geniş olan konferans salonunu bölerek yapılan derme çatma müsamere odasındaki Noel konserini dinlerken, kendisini yıllardan beri okulda bir gelenek haline gelen sahnedeki görüntülere kaptırmıştı. İsa'nın doğumunu temsil etmek için kılık değiştirmiş öğrencilerinden oluşan kanatlı melekleri, üzerine koyun postundan bir kepenek geçirmiş olan çobanı ve başlarında birer taç bulunan üç bilge adamı her yıl olduğu gibi yine ilgiyle izliyordu. Onları seyreden anne babalarının hayranlık dolu bakışları altında çocukların aşırı heyecanlı oldukları görülüyordu. Hepsi Elsa'ya içtenlikle sarılarak bu yılın onun için çok güzel geçmesini dileyip sevgili öğretmenleriyle vedalaşmışlardı. Elsa o sırada hep düşündüğü gibi öğretmenliğin diğer tüm mesleklerden çok daha kutsal olduğunu bir kez daha hissetmişti. Bu duygu özellikle Noel zamanı daha da önem kazanıyordu. Düşünsenize, basit ama böylesine alabildiğine samimi bir toplantı dururken, herkesin birbirine yapmacık gülüşler gönderdiği, soğuk, yavan ve bitmek bilmez Noel partilerinde bulunmak ister miydiniz? Bu size ne kadar mutluluk verirdi? O sahte davranışlara dayanmak mı, yoksa hemen hepsinin iyi huylu olduğu bir bakışta anlaşılan insanların bulunduğu sıcacık bir ortamda bulunmak mı size cazip gelirdi?

"Noel'de nereye gideceksiniz, Bayan Martin?" diye sormuşlardı. Ancak annelerinin şefkatli ve emin kolları arasında çok merak ettikleri bu soruyu ona sorma cesareti gösterirlerken, mutsuz olmasını hiç istemedikleri öğretmenleri için endişelendiklerini ve onu gerçekten çok sevdiklerini hissettirebilmenin heyecanlı telaşı içinde oldukları yüzlerinden anlaşılıyordu.

Onlara her yıl olduğu gibi planını açıklamak istemeyen Elsa, gideceği yerin tam olarak kesinleşmediğini, ama Noel pastasından tıka bısa yememekte kesin kararlı olduğu şeklindeki klişe açıklamayı yapmıştı. Ama bu yıl farklı bir şey olmuş ve onun cevabından tatmin olmayan öğrencilerinden küçük Marion Matthews sanki onun kafasından geçenleri okumuş gibi birden diğerlerine dönüp "Amerika'ya gidecek. Bize bunu daha önce söylemişti" demişti.

Söylemiş miydi? Elsa böyle bir şey söylediğini hiç hatırlamıyordu.

"Hatırlamadınız mı, bize bu Noel'de Amerika'ya gideceğini ve Özgürlük Heykeli'nin önünde bizim için dilek dileyeceğini söylemişti." Marion heyecanla diğerlerine bağırmıştı.

Evet, hatırlamıştı. Onlara Noel'de Özgürlük Heykeli'nin önünde içtenlikle dilekte bulunduktan kısa bir süre sonra dileği gerçekleşen bir adamın hikâyesini okumuş ve kendisinin de aynını yapmak istediğini söylemişti.

"Daha önce oraya gidip hiç dilek dilediniz mi, Bayan Martin?"

"Hayır, oraya hiç gitmedim" dedi Elsa. "Ama gidecek olursam, sizin için dilek dileyeceğim."

Yedi yaşın vermiş olduğu saflıkla onun sözlerini hemen ciddiye aldıklarını görüyordu. Peki Bayan Martin onlar için yeni bir müsamere salonu dileyebilir miydi? Eğer yeni bir salona kavuşacak olurlarsa, orada her türlü gösteriyi gerçekleştirebilirlerdi; dans ederler, şarkılar söylerler, piyesler düzenlerler, hatta basketbol oynayıp jimnastik bile yapabilirlerdi. Elsa onların bu isteğini çok olumlu karşılayarak, eğer giderse kesinlikle yapacağını söylemişti, ama şunu da akıllarından çıkartmamalıydılar; insanların her dileğinin mutlaka gerçekleşmesi gerekmezdi.

Sonunda Noel tatili başlamıştı. Çocuklar bir sonraki sömestri akıllarına bile getirmeksizin, Bayan Martin'in dileğinin mutlaka gerçekleşeceği inancıyla tatile girerlerken, onun çıkmayı planladığı Amerika gezisini çoktan unutmuşlardı. Şu an akılları bu uzun tatil boyunca yaşayacakları maceralar ve alacakları birbirinden güzel hediyelerle meşguldü. Ama Elsa unutmamıştı. Eve gider gitmez odasındaki çekmeceyi açıp gümüş kutunun içindeki pasaportuna bakmıştı. Ona bakarken kendisini her zamankinden daha farklı hissediyordu, eskisi gibi tedirgin değildi, kafasındaki saplantılı düşüncelerden ve endişelerden kurtulmuştu; en azından daha az endişeliydi, gevşemiş, rahatlamıştı. Ama belki de kurduğu çılgınca düşün yarattığı geçici heyecandı bunun nedeni.

Pasaportu çevirip arkasına baktı, üzerindeki kılıfın arasına yirmi dolarlık banknotlar sıkıştırılmıştı. Bu paraları oraya koyalı tam beş yıl olmuştu, acaba o günden bugüne değeri artmış mı, yoksa azalmış mıydı? Bunca zamandır onları bozdurmak neden hiç aklına gelmemişti? Ona acılarını hatırlatacak olan pasaportu eline almak istemediği için tamamen unutmuştu. Ama şimdi ona sanki bir kehaneti haber verir gibiydiler. Paraları saydı, on tane yirmilik, iki yüz dolar ediyordu ve eğer gerçekleştirmeyi aklından geçirdiği tatile çıkacak olursa, bu para onun için ekstra bir harçlık demekti. Bunu orada istediği gibi harcayabilir, böylece tatilini lükse çevirebilirdi. Ama bu parayı ille de orada harcaması gerekmediğini düşünüyordu, bunca yıldan sonra neden birden oraya gitmek istediğini kendisi de bilmiyordu. Yoksa değişiyor muydu, bu değişiklik onun için bir Noel hediyesi miydi? Doğruyu söylemek gerekirse, şu an kafasında oraya gitmek istemekten başka bir fikir yoktu, olsa bile yeterince sıcak bakamıyordu.

Tek başına New York'a gitmek üzere uçak biletini ayırtıp uygun bir otel için iyi bir seyahat acentesi aramaya koyulmuştu. Korktuğunun başına gelmemiş olduğunu görüyordu, buna çok sevinmişti; kimse neden tek başına oraya gitmek istediğini sormamıştı ona. Sormayacaklarını bildiği halde neden bunca yıl bir saplantıya dönüştürmüştü bunu? Sonuçta o yetişkin bir kadındı, tek başına her yere gittiği gibi, seyahate de çıkabilirdi. Bu tamamen onun hür iradesine kalmış bir şeydi.

Uçaktaki diğer yolculardan kimi kitap okuyor, kimininse film izlemeyi ya da uyumayı tercih ettiği görülüyordu.

"Ne kadar güzel bir Noel geçireceğinizi biliyor musunuz?" demişti gümrükteki görevli.

"Bu güzelliğin keyfini çıkarmaya bakın" demişti bir başka memur.

"Dünyanın en mükemmel şehrindesiniz" demişti onları terminale taşıyan servis otobüsü şoförü.

Otele geldiğinde resepsiyon görevlisi genç kız, odasına küçük bir Noel ağacı isteyip istemediğini sormuştu. "Bazı aileler bunu özellikle istiyor, bazılarıysa Noel'in anlamını tamamen unutup, sadece tatil yapmayı düşünüyorlar; bu durumda biz de her misafire sormak zorunda kalıyoruz" demişti.

Elsa bir an durup düşündükten sonra "Ben Noel ağacına bayılırım" diye cevap vermişti. Bu onun gerçek duygularıydı, ama beş yıldır evinin kapısına kutsal çelengi asmak bile içinden gelmemişti.

Odasına çıkar çıkmaz, İngiltere'deyken neredeyse giymeyi unuttuğu rahat spor ayakkabılarını ayağına geçirip, büyük olasılıkla çılgın bir kalabalığın olduğu şehrin geniş caddelerinde yürüyüşe çıkmaya karar vermişti. New York'un çok kalabalık ve hareketli bir şehir olduğunu duymuştu, ama caddede yürüyebilmek için neredeyse birbirlerine teğet geçen insanların oldukça nazik olduğu da görülüyordu; onun aksanını fark edip samimi bir şekilde gülümsemişlerdi.

Olağanüstü derecede ışıklandırılmış muhteşem Rockefeller Meydanı'ndaki buz pateni sahasının önünden geçip, üzeri sanki ona göz kırpar gibi sürekli yanıp sönen rengârenk ampullerle süslü devasa Noel ağaçlarıyla donatılmış Manhattan Caddesi'nde, uçsuz bucaksız bir ışık seli içinde yürümeye başladığında, onlarca kattan oluşan alışveriş mağazalarının birbirinden şık vitrinlerine bakarken, bir insanın hayal sınırlarını zorlayan, akıllara durgunluk verici güzellikteki hediye paketleri karşısında büyülenmişti. Duyduğu heyecandan tek kelimeyle dehşete düşmüştü. Otele döner dönmez Doğu kökenli ufak tefek kat görevlisi genç kız ona küçük Noel ağacını getirmişti.

"Ailenizde Noel bayramı kutlanır mı?" diye sordu Elsa. Kendi ülkesinde bu tip kişisel bir soru sormak, veya herhangi birinin dini tercihi veya kültürü konusunda bilgi edinmek gibi bir alışkanlığı olmamıştı; anlaşılan New York onun kişiliğini değiştirmişti.

"Hangi ulus ve dinden olursa olsun, bu ülkede yaşayan herkes Noel'i çok sever, insanlar yılın bu zamanında her zamankinden daha olumlu ve iyi huylu olur" diye cevap vermişti genç kız, bu sözleriyle Noel'in onlar için de çok önemli bir olay olduğunu vurgulamıştı.

Resepsiyonda ona bir tanıtım broşürü uzatmışlardı. Bu sadece Noel'e özgü özel bir şehir turuydu. Kilisede Noel şarkılarını seslendirecek bir çocuk korosunu dinlemelerinin ardından New York'u gezmek üzere büyük bir gezi otobüsüne binecekler ve değişik uluslardan olmalarına rağmen özgürlük çatısı altında birleşen insanların hep birlikte coşkuyla Noel'i kutladığı çeşitli yerleşim mahallelerine gideceklerdi. Daha sonra Noel için özel olarak hazırlanmış mükellef bir öğle yemeğinin ardından tekne turuna çıkacaklardı. En önemlisi, bu tur sırasında Özgürlük Heykeli'nin önünden geçeceklerdi.

"Onun önüne geldiklerinde, insanların dilek tuttuğu doğru mu?" diye sormuştu Elsa resepsiyon görevlisi kıza.

"Doğrusu bunu yaptıklarını bilmiyordum. Ben bu şehirde doğup büyüdüm, belki de burayı ilk kez ziyarete gelen turistler heykeli karşılarında gördüklerinde, onun kendisinden emin duruşu karşısında dilek tutmak istiyor olabilirler" diye cevap vermişti.

Elsa elindeki gezi broşürünü incelemişti. Çok ilginç olduğu kesindi ama pahalıydı. O sırada birden aklına yıllardır unuttuğu sihirli para gelmişti, on adet yirmilik banknot, onların kendisine ait olduğunu kabul edemiyordu ama gerçekti. "Ben bu geziye kaydolmak istiyorum" dedi.

Sayıları yirmi kadardı. Çoğu çiftlerden oluşuyordu. Hepsinin yakasına neredeyse yemek tabağı büyüklüğünde, mor renkte koca birer isimlik takılmıştı. Tanışma faslı sırasında bazıları birbirlerinin fotoğrafını çekiyordu.

"Sizin makinenizle resminizi çekmeme izin verir misiniz?" Bir adam Elsa'ya sormuştu. Hayatında ilk kez gördüğü bir adamın onun fotoğrafını çekmek istemesinden pek hoşlanmamıştı ama büyük olasılıkla yüzünü bir daha görmeyeceğini düşündüğü adama kabalık yapmak istememişti.

"Çok sevinirim" dedi, onu hayal kırıklığına uğratmadığına sevinmişti.

Tur sırasında herkes kısa sürede birbiriyle kaynaşmıştı. Yaşlı bir Vietnamlı çift bundan otuz yıldan fazla zaman önceki Vietnam Savaşı sırasında ölen oğullarından söz ediyorlardı. O günden beri oğullarıyla aynı gün ölen Amerikalı bir çiftle yazışmışlardı. Bu onların bu ülkeye ilk ziyareti ve aynı kötü kaderi paylaştıkları mektup arkadaşlarıyla ilk buluşmalarıydı. Elsa yetmişli yaşlarda olduklarını tahmin ettiği bu dört yaşlıya dikkatle bakmıştı. Dördü de metanet ve sabırla birbirleriyle dayanışma içinde yan yana oturmuşlardı. Bu savaşın neden yapıldığını sessiz bakışlarla birbirlerine sorarlarken, sanki bu korkunç acıya katlanmaları için mistik bir gücün kendilerine yardım ettiği anlaşılıyordu. Onlar için artık büyük ya da küçük, üstesinden gelinmeyecek hiçbir sorun yoktu; önemli olan hayatta olmak ve yaşayabilmekti. Bunun değerini ancak ölümün soğuk yüzüyle karşılaşan biri anlayabilirdi.

Elsa ana kızdan oluşan bir başka çifte bakmıştı. Annesiyle düzenli beslenme alışkanlığı üzerine sürekli tartışıyorlardı; bu bir anlamda yaşlının gençle çeliştiği nesil çatışması olmalıydı. Turda çeşit çeşit insan vardı, ama kendi içlerinde anlaşsınlar ya da tartışsınlar, hepsinin ortak paydası, sanki kırk yıllık dost gibi buradakilerle arkadaşlık kurmaktı. İçlerindeki tek sessiz kişi Elsa'nın fotoğrafını çeken adamdı. Yanına gidip sohbet etme girişiminde bulunmak isteyenlere kibarca gülümsemekle yetiniyordu. New York'u daha önce görmüş gibi bakıyordu, belki de bu şehirdendi; ama doğrusu bu biraz garip olurdu. Neden doğma büyüme bir New Yorklu kendi şehrini turistlerle birlikte gezsin?

Hafif kar atıştırdığı sırada Özgürlük Heykeli'ne yaklaşıyorlardı. Elsa heykelin heybetli duruşu karşısında, sanki garip bir korkuyla karışık saygı duyduğunu hissetmişti. Gerçekten de insanın onu görür görmez dilek tutası geliyordu, bu konu bu yüzden dile getiriliyor olmalıydı. Kim bilir, belki de bu özgürlük sembolü, büyük ümitlerle geldiği bu ülkede yepyeni bir hayata başlayacak olan kaç kişinin tüm içtenliğiyle dilediği dilekleri yerine getirdiği için bu kadar önemliydi. Ona doğru iyice yaklaştıklarında, gözünü ayırmadan bakarak çocukların istediği yeni müsamere salonu için dilekte bulundu.

"Gerçi bu çok önemli bir istek değil" dedi, yaptığı bu saçmalığa mümkün olduğunca inanmak için çaba sarf ederken, bu sözlerin yüksek sesle ağzından döküldüğünü fark etmemişti. "Eminim çok daha büyük dileklerde bulunuyorlardır, ama çocuklara söz verdim. Eğer bu dilekleri gerçekleşirse, orada konserler verip, istedikleri oyunu sergileyeceklerine inanıyorlar. Umarım gösteri amaçlı bu basit dilek seni kızdırmaz, ama okulda böyle bir salonu inşa edecek yer olmasına rağmen, ne yazık ki onun için ayrılacak bir fon yok, anlarsın işte, yardımına ihtiyaçları var."

Birden yüzünde bir flaşın parladığını fark etmişti, az önceki adam, bu kez izin almaksızın onun fotoğrafını çekmişti.

"O kadar içten dua ediyordunuz ki, bu anı görüntülemek istedim, umarım bana kızmamışsınızdır." Nedense adama bu garip davranışı için kızamamıştı, ses tonu ve samimi sözleri onunla rahatlıkla konuşabileceği biri hissi uyandırmıştı. Elsa ona çocukların yeni bir müsamere salonu isteğinden söz etmişti, böylece Londra'ya döndüğünde onlara verdiği sözü yerine getirdiğini söyleyerek mutlu olacaklarını düşünüyordu. Tekne turundan sonra hep birlikte gittikleri tavernada Elsa ona Tim'den de söz etmiş, onu ansızın bırakıp gittiğini anlatırken, pasaportunun arkasına sakladığı dolarların yıllar sonra bu tura katılmasına vesile olduğunu anlatmıştı.

Adam da ona altı ay önce ölen arkadaşı Stefan'ın hikâyesini anlatmak istemişti. Her yıl Noel'de onunla bir araya gelmek isteyen Stefan'ın tek isteği Özgürlük Heykeli'nin önüne gelip, Amerika'da bir evi olmasını sağladığı için ona teşekkür etmekti, ama hiçbir zaman bu evde oturmak kısmet olmamıştı. Çünkü anne babası çok yaşlıydı, her ikisi de bakıma muhtaçtı, yaşamlarını tek başlarına sürdürmeleri mümkün değildi ve tek oğullarının onlardan binlerce kilometre uzaklıktaki başka bir kıtada, bir erkek arkadaşıyla birlikte yaşamasına hiç sıcak bakmamışlardı. Onun evlenip mutlu bir yuva kurmasını ve uçsuz bucaksız servetlerinin tek varisi olan oğullarının yetiştireceği sağlıklı çocuklarla nesillerinin sürdürülmesini istemişlerdi. Onlara kızamamıştı, bu onların en doğal hakkıydı. O yüzden Stefan'la tek bir Noel'i bile birlikte geçirememişlerdi. Yıllarca onu hayal kırıklığına uğratan yaşlı anne babasıyla birlikte girdiği Noel'de neşelenebilmek için çaba sarf eden Stefan, ondan haber alamasa da sevildiğini bilerek bir şişe votka içip tek başına oturmuş, kurt gibi kemiren kafasındaki düşüncelerden ancak bu şekilde kurtulmaya çalışmıştı.

İşte sırf bu nedenden dolayı, her yıl onunla ilk kez karşılaştıkları New York Limanı'nın girişindeki Özgürlük Heykeli'nin önüne gelip onun adına selamlıyor ve buraya her gelişinde, görür görmez vurulduğu Amerika'ya davet ettiği için Stefan'ın ona özel bir viyolonsel konseriyle teşekkür edişi aklına geliyordu. Bu muhteşem konser sırasında çevredeki insanların ona hayranlıkla baktıklarını ve onun kemanı çalmadığından, adeta konuşturduğundan söz ettiklerini hatırlıyordu. Stefan'dan söz ederken gözyaşlarına hâkim olamadığı görülüyordu. Burada onun adına büyük bir konser salonu inşa ettirmek istiyor, ama bunun için uygun projenin gelmesi gerekiyordu. Bunu Stefan'dan bile çok istiyordu, böylece hem herkesin onun adını öğrenmesini sağlayacak, hem de bu isteğini yerine getirmiş olacaktı. Çünkü o, âşık olduğu şehirde yaşamak isteyen sıradan bir göçmen değildi, o çok değerli bir müzisyendi, büyük bir virtüözdü. Ama ne yazık ki anne babası hayattayken bu isteği gerçekleşememişti. Son yıllarını, belki de aylarını huzur içinde geçirmelerine izin vermesini isteyen anne babası, Stefan'ın onları anlayışla karşılayacağından emin olduklarını söyleyince, Stefan kendisini onlara feda etmişti.

"Hiç konser verdi mi?" diye Elsa sordu.

"Hayır, sadece okullarda müzik eğitmenliği yapmayı düşünüyordu" dedi adam. Birden ikisinin de yüzü büyük bir gülümsemeyle aydınlanmıştı. Çünkü o anda her ikisi de Stefan'ın anısını nasıl yaşatabilecekleri konusunda harika bir çözüm bulmuşlardı. Onun adına Londra'da inşa edecekleri bir konser salonu belki buradan üç bin mil ötede olacaktı ama, bu sayede tüm dünya çocukları onun adını öğrenecekti. Elsa'nın çocukları buna çok şaşıracaktı. Çünkü Bayan Martin'in dileği çok çabuk gerçekleşmiş olacaktı. Stefan'a gelince; adının dünyanın ikinci büyük sanat şehrinde duyulmaya başlamasının verdiği mutlulukla yattığı yerde huzur içinde uyuyacaktı; çünkü biliyordu ki, adı kısa süre sonra çok sevdiği şehirde de duyulacaktı ve bunun anlamı, onun adına New York'ta ikinci bir konser salonu inşa edilmesi için proje teklifi yağması demekti.

Ya Sen?

Ellie aslında burada çalışmaktan pek hoşlanmasa da, görevini layıkıyla yerine getirmeye çabalıyor yaşlı konuklarının hepsini seviyordu. Genellikle emeklilerin tercih ettiği Woodlawns'a gelen yaşlılar buraya bayılıyor, hatta burada ölmek istiyorlardı. İçinde rahatlıkla yürüyebilmeleri için geniş bahçeleri olan huzurevinin aşağısından geçen nehir kıyısındaki asırlık birkaç ağaç arasında dolaşıp, keşif gezilerine çıkıyorlar ve aslında tam olarak bir ormana benzemese de, hayata umutla bağlanmaları için yeterli olan yeşillikler içindeki bu yerden hiç ayrılmak istemiyorlardı. Evin önünden geçen yol Rest Haven'a, ona paralel olan diğer yol ise Santa Rosa della Marina'ya gidiyordu. Bu yüzden oldukça esaslı bir yerde inşa edilmiş olan Woodlawns'un, beğenilmenin haklı gururunu yaşayan mağrur bir duruşu vardı.

Ellie yaşlı konukları tarafından sevilen popüler biriydi. Çünkü onlara "sayın" ya da "değerli konuğumuz" şeklinde resmi bir tarzda hitap etmiyor, sanki hepsi sağır ya da deliymiş gibi avazı çıktığı kadar bağırıp yaşlı bir bunak olduklarını yüzlerine vurmuyordu. Onlara kendilerini nasıl hissettiklerini asla sormuyor, bu moral bozucu soruyla, bir ayaklarının çukurda olduğunu ve nasılsa sayılı günleri kaldığını hatırlatmak istemiyordu. Ya da sesini iyice alçaltıp, ölmek üzere olan kişilere saygı göstermek gerektiği için mecburen böyle davrandığını hissettirmiyordu. Hatta sürekli sorun çıkaran erkek arkadaşına kafası bozulduğunda, onlara tatsız flört hikâyesinden söz edip dert bile yanıyor, böylece onların deneyim sahibi kişiler olarak gençler tarafından önemsendiklerini görüp hayata daha sıkı sarılmalarını sağlıyordu. Her gün sabah çayını neşe içinde odalarına servis yaptığında, içeriye bir enerji dolduğunu ve gözlerinin parladığını görmek onu çok mutlu ediyor, gün ortasına doğru dinlenme odasındaki keyifli kahve sohbetlerine severek iştirak ediyordu. Ama bu arada kendisini tamamen unutmuştu, saçı başı darmadağındı, sürekli koşuşturma halindeydi. Personel odasına girip aynaya bakacak, kendisine çekidüzen verecek bir saniye bile boş vakti olmuyordu. Onlarla gevezelik edip aileleri hakkında sorular soruyor, isteklerine baştan savma yaklaşmıyor, elinden geldiğince aileden biri olduklarını hissettirmeye çalıştığı kaprisli ihtiyarların bitmek tükenmek bilmez sorularına sabır gösterip her defasında dikkatle dinliyordu. Hepsinin adını ezberlemişti, bunun işletme için olduğu kadar, kendisi için de avantaj olduğunu düşünüyordu; kim bilir, belki bir gün hiç beklemediği bir anda, yaşlı konuklarının yakışıklı oğulları ya da torunlarıyla flört etme şansı doğabilirdi.

Ellie, Woodlawns'ta ara sıra çalışıyordu, harçlığını çıkarabilmek için kısa süreli olarak yaptığı başka işler de vardı, ama sürekli değiştirmek zorunda kaldığı bu işlerden çok aşk hayatı üzüyordu onu. Başından beri düzgün gitmiyordu, Dan'le hep sorun yaşıyor, bu yüzden bazen yaşamının çok sıkıcı olduğunu düşünüyordu. Dan ona Noel'de birlikte tatil yapma sözü vermişti ama Ellie bunun için heyecanla hazırlık yapmasına rağmen, bilinmeyen bir nedenden dolayı erkek arkadaşı son anda geziyi iptal etmişti. Oysa biriktirdiği tüm parayı sırf bu tatil için giysilere harcayıp beş parasız kalmıştı. Yine de son ana kadar umutla Dan'in fikrini değiştirmesini beklemiş, ama sonuç değişmemişti. Artık umudunu tamamen yitirdiğinde, Noel tatilini geçirecek uygun bir yer aramış ve sonunda kafasını ancak işle meşgul edip, Dan'i aklından çıkarabileceği tek yerin burası olduğuna karar vermişti. Aslında Kate'e onu tamamen unuttuğunu söylemiş, artık yaşamında yepyeni, altın bir sayfa açacağına söz vermişti. Ama Kate bundan pek emin değildi. Evet, küçük kız kardeşi iş konusunda hırslıydı, canlıydı. Heyecanlı ve güvenilir biriydi. Peki aşk konusunda güvenilir miydi? Hayır.

Kate bugüne kadar onun erkekler konusunda hep yanlış seçimler yaptığını görmüştü. Son flörtü Dan'in diğerlerinden hiç farkı yoktu, hatta ona göre içlerinde en hödük olanıydı. Onun gece yarısı, herkes derin uykudayken huzurevinin önüne gelerek, Ellie'yi aşağıya çağırmak için sonuna kadar arabasının kornasına basıp bir anda ortalığı ayağa kaldırdığı aklına geldiğinde, Kate'in sinirleri tepesine sıçrıyordu. Ellie'nin bu beş para etmeyen serseri için kendisini çok ucuza sattığını düşünüyordu. Sadece o değil, bugüne kadar hepsinin kendisini bozuk para gibi harcamasına izin vermişti. Oysa genelde erkekler fedakârlıktan anlamazdı. Kaldı ki böyle ipsiz sapsızlar için küçük parmağını bile oynatmaya değmezdi. Ellie gibi güzel ve iyi niyetli bir kızı hiçbiri hak etmiyordu, küçük kız kardeşi onların ucuz sevgisini dilenmek zorunda kalacak biri değildi.

Aslında Kate de kız kardeşi önünde güçlü bir kadın örneği teşkil ediyor sayılmazdı, ne yazık ki o da bir erkeğe hak ettiği şekilde davranmayı becerememişti. Kocası Kate'den çok daha genç bir kadınla ansızın kaçtığında şaşkına dönmüştü. Üstelik onunla sahip oldukları servetten tek kuruş bile bırakmaksızın, hepsini alıp ortadan toz olmuştu. Kate'in o parayı bir daha biriktirmesi çok zor görünüyordu. Woodlawns boğazına kadar borç içindeydi. Evet, şimdilik çok tutuluyordu ama, bu borçları ödeyebilmek için bir an önce genişlemeleri gerekiyordu. Küçük huzurevi ancak kendi masraflarını çıkartabiliyordu, daha fazla para kazanmaları, bunun gibi en az beş tane daha açabildikleri takdirde mümkün olabilirdi. Ama buranın değişmez müdavimi olan Donald, Georgia, Hazel ve Heather'la... diğer deyişle Woodlawns'ın tutulmaması için ellerinden gelen huysuzluğu ardına koymayan baş belası dörtlüyle bunu gerçekleştirebilmek hiç kolay görünmüyordu. Konukları buraya geldiklerine neredeyse pişman eden bu azılı dörtlünün inanılmaz kaprisleri yüzünden, zorlukla bulduğu personel arkasına bakmadan kaçıp gitmiş, tatsız konuşmalarıyla buradan soğuttukları konuklar, Woodlawns'tan şikâyet etmeye başlamışlardı. Kate aslında dördünü de kapının önüne koyup bir güzel sepet havası çekmek istiyordu ama vicdanı buna elvermiyordu.

Hiçbirinin Noel'de gideceği bir yer yoktu, ne bir aile, ne bir arkadaş. Bu gidişle de olamayacaktı. Bu yüzden diğer konuklar gittiğinde hepsi Kate'in başına kalacaktı. Emekli bir yargıç olan Donald suç istatistikleri üzerine yine tatsız nutuklarından birini çekecek, burnu büyük Georgia son günlerde artık toplum içinde sınıf farkı kalmadığından yakınıp, kendisinin ünlü ve başarılı bir artist olduğu gençliğinde herkesin haddini bildiğinden söz edecekti. Hazel ve Heather ise ona sonuna kadar hak verecek, ne kadar muhafazakâr olsalar da, anne babalarıyla birlikte yaşarken şimdikinden çok daha mutlu olduklarını söyleyip zamane gençliğini eleştiri yağmuruna tutacaklardı. Bunları düşündüğünde şimdiden içi daralmış, kendisini çok mutsuz hissetmişti. Her şeyin gökten zembille inmesini bekleyen huysuz, kaprisli, sürekli eleştirmekten başka topluma en ufak bir faydası olmayan birbirinden zor dört deli Noel'de burada, Woodlawns'ta kalacak, yaklaşık yirmi kişiden oluşan huzurevi sakinleri, o gün yakınları ya da arkadaşlarının yanına gittiğinde, yine onu hayatından bezdireceklerdi. Evet, onunla arkadaş olmuş, hatta onu kendi ailelerinden biri olarak gören yirmi *normal* insan, her yıl olduğu gibi kendilerine hediye olarak verilen birer şişe şarap ve çikolatayı alıp, Noel'i geçirmek üzere onları dört gözle bekleyen yakınlarının yanına koşmadan önce, yine ona yardım edecekleri bir şey olup olmadığını soracaklar ve Kate onlara sarılıp mutlu Noeller dileyerek yolcu edecekti. Geri döndüklerindeyse, Noel günü öğle yemeği sırasında başlarına geçirdikleri mor renkli kâğıt şapkalarıyla neşe içinde çekilmiş fotoğraflarını ona gösterip, tatlı anılarından söz edeceklerdi.

Buradaysa tek kelimeyle cehennem azabı yaşanacaktı.

Hepsi kibirli bir havada masalarına oturup Noel yemeğinin önlerine servis edilmesini bekleyecek ve tabakların içindeki yiyecekleri görür görmez eleştirilere başlayacaklardı. Donald ve Georgia her zamanki gibi ayrı ayrı masalara oturacaklar, Hazel ile Heather ise birbirlerinin kulağına fısıldayıp dedikodu yapmak için yan yana oturmayı tercih edeceklerdi. Oysa onun geçirmek istediği Noel bu değildi ve bunları düşündüğünde derin bir iç çekmişti. Ama Kate, hiç değilse bu yılın farklı olacağını düşünüyordu. Çünkü Ellie buradaydı ve büyük olasılıkla ona yardım edecekti. Böylece baş belası dörtlü gece erkenden yatmaya çekildiğinde birlikte bir şeyler içebilirlerdi. Kate normalde her şeyi tek başına halletmeye çalışıyordu, çünkü personelden hiç kimsenin iş konusundaki sorunları canavar ruhlu Georgia, Donald, Heather ya da Hazel'la paylaşmasını, böylece işlerin iyice arapsaçına dönmesini istemiyordu. Ama Ellie'nin de onun elinden tutacağına pek inanmıyordu, eğer Dan olacak o budala ansızın kapıda görünecek olursa, Ellie'nin işi gücü bırakıp ona koşacağından adı gibi emindi.

Onun yaşamına bir yere kadar müdahale edebilirdi; Ellie'nin annesi değil, kız kardeşi olduğunu kendisine hatırlattı. Anne deyince birden aklına anneleri gelmişti. Gerçi ikisini de rahatsız etmediği gibi, onların kendi ayakları üzerinde durmasını salık veren annesi, ülkenin ucunda bir yerde tek başına yaşıyordu. İş güç yüzünden kadıncağızın ne halde olduğundan bile habersizlerdi, çünkü yaşlı kadın onlardan medet ummadığını, kendilerini dört elle işlerine verip onunla ilgilenmemelerini söylemişti. Belki de bu yüzden, Noel'e birkaç gün kala tatil için hemen hepsi otelden ayrılacak konuklar nedeniyle işi şimdiden yavaşlatıp evlerine gitmeye hazırlanan personelden hiç kimsenin olmayacağı dönemde, otelde kalacak korkunç dörtlüyle boğuşmaya hazırlanırken, Kate'e annesinin felç olduğu haberi gelince ahizeye donmuş gibi bakarak, buna çok zamansız ve hazırlıksız yakalandığını düşünmüştü. Gerçi felç hayati tehlike arz eden ölümcül bir hastalık değildi ama hiç değilse birinin Noel'de onun yanında olması gerekiyordu. Ama Kate küçük kız kardeşi Ellie ile annesinin çabuk parlayan iki değişken ruhlu karakter olduğunu çok iyi biliyordu. Bu durumda kendisi gidecekti ve bu Woodlawns'u kapatmak zorunda kalacağı anlamına geliyordu. Çünkü kız kardeşinin asalak dörtlüyle asla başa çıkamayacağını biliyordu.

Derin bir iç çekmiş ve ilk şoku üzerinden attıktan sonra sakince ne yapabileceğini düşünmeye başlamıştı. Bu durumda ne yapabilirdi? Donald'a Rest Haven'da bir yer ayarlayabilirdi, evet bu olabilirdi. Ama büyük olasılıkla geldiğinde Donald'ı karakoldan teslim alır ve hakkında dava açıldığını duyardı; çünkü onun züppe diyerek adlandırdığı Rest Haven halkını bastonuyla dövmeye kalkışacağından adı gibi emindi... Evet, Rest Haven bu civarı bilen herkes tarafından snop olarak adlandırılan dünyanın sayılı zenginlerinin yaşadığı bir yerdi ve Noel tatili boyunca Donald'ın deli saçması kaprislerine katlanmazlardı. Böyle bir durumda işi daha da zorlaşmayacak mıydı? Derdi birken iki olacak, Donald'la mı, yoksa Rest Haven halkıyla mı uğraşacaktı?

Peki ya Georgia? Onun da Rest Haven'da sabıkası vardı, bir ara oradaki bir barda aşırı içki içip şamata yapan bir gruba zengin olmalarının şımarıklık yapmalarını gerektirmediğini söyleyerek ucuz züppeliklerinden dem vurmuş, o yüzden tıpkı Donald gibi onun da Rest Haven'a gitmesini yasaklamıştı. Aynı yasak Santa Rosa della Marina için de geçerliydi, çünkü Georgia çoğunluğu İtalyan ve İspanyollardan oluşan oradaki zengin halkın restoran ve konaklama sektörüne yatırım yapmış kaba saba kişilerden oluştuğunu yüzlerine haykırıp, alt tarafı garson olan kara cahil bir sınıfla muhatap olmak zorunda olmadığını söylemişti.

Hazel ile Heather'a gelince, belki diğer ikisine göre daha genç ve yumuşak başlıydılar ama Rest Haven ve Santa Rosa halkına karşı beyinleri yıkanmıştı, ya onlar da içlerindeki nefreti aynı şekilde kusacak olurlarsa?..

Oturup başını elleri arasına alarak düşündüğü sırada Ellie içeri girmiş ve onun bu çaresiz halini görünce sevgiyle yanına yaklaşıp "Takma kafana" demişti.

"Otur Ellie" dedi Kate, asabiyetle duygusallığı aynı anda yaşadığı görülüyordu. Evet, anneleri ölüm döşeğinde değildi çok şükür, ama bu onu Noel günü yapayalnız ve hasta halde kaderiyle baş başa bırakmalarını gerektirmezdi. Bugün hemen yola çıkmalıydı.

"Gitmeden önce onları bir yerde toplayıp yokluğumda burada, Rest Haven ya da Santa Rosa'da sorun çıkartmamaları için uyarmam ve ister istemez biraz alttan almam gerekiyor" dedi Kate, en uygun yerin yemek salonu olduğunu başıyla işaret etmişti.

"Sen yokken burada ille de kötü şeyler olacağını düşünmemelisin" dedi Ellie, yüzünde şefkatli bir ifade vardı.

Ama ne yazık ki, kız kardeşinin bu iyi niyetli görüşünün aksine, Kate yokluğunda işlerin hiç de yolunda gideceğine inanmıyordu.

"Düşünmek zorundayım, Ellie, bu bir işkadınının en başta düşünmesi gereken şey, şu anda benim yaptığım, altın madenini delilere teslim etmekle eşdeğer; burası bizim için altın yumurtlayan tavuk Ellie, dahası onların sorumluluğu bize ait. Kanunları biliyorsun. Ayrıca buranın kredisini düşürmelerine izin veremem, aksi takdirde buraya bir daha tek kişi bile gelmez. Bu durumda çekip gitmem hiç akıl kârı bir şey değil."

Ses tonu kederliydi, çaresizlik içindeydi. İkisi de çok iyi biliyordu ki, burada gece geç saatlere kadar özveriyle çalışmazsa, buraya hiç kimse gelmezdi ve bu onların beş parasız kalmaları demekti.

"Burayı idare edecek birini bulamadın mı?.."

"Hayır. Noel'e birkaç gün kala bulmam çok zor. Beş katı maaşı gözden çıkardım, ama yine de bulacağımı sanmıyorum." Kate son bir umutla telefona uzandığında Ellie onu durdurmuştu.

"Ben bu paraya bu işi memnuniyetle yaparım."

"Ne?"

"Alt tarafı bir hafta Kate, annemin yanına gönül rahatlığıyla gidebilirsin."

"Yapamazsın. Dördü birden seni deliye döndürür, hayatın kâbusa döner."

"Onları tanımadığımı mı sanıyorsun? Ama sonuçta normal maaşımın beş katını almak için buna katlanabilirim. Git, Kate, eline geçen bu fırsatı kaçırma, gözün arkada kalmasın."

"Bu işkenceye katlanacak kadar çok mu paraya ihtiyacın var?"

"Zayıflamak için son günlerde çok ünlü ama oldukça pahalı bir termal merkezine gitmeye karar verdim. Bunun için durmadan para biriktiriyorum. Çünkü anlaşılan Dan yaşı çok küçük ve çok zayıf kızlardan hoşlanıyor."

"Genelde tüm erkekler çok küçük ve çok zayıf kızlardan hoşlanır. Nedense bu onlar için bir kadınla birlikte olmanın iki değişmez kuralıdır, sanki başka bir şey önemli değilmiş gibi" dedi Kate ses tonu alaycıydı.

"Eğer doğrusu buysa, o halde biz de oyunu kuralına göre oynamak zorundayız, her neyse, şimdi bunları konuşmayalım. Git ve annemi gör, burayı da bana bırak."

"Bunu yapamam, Ellie."

"Sen onları dize getirme işini bana bırak ve git!" diye yalvardı Ellie.

Bunun üzerine Kate valizini hazırlamaya başlamıştı.

Ama diğerleri onun yokluğunda evi Ellie'nin idare edeceğini duymaktan pek hoşnut olmamıştı.

"Noel'de yeni yetme bir pasaklının eline kaldık" diyerek homurdanmıştı Donald.

"Üstelik yemek konusunda en ufak bir bilgisi dahi yok, nasıl olsun ki, sonuçta o basit bir servis elemanı, işi valiz taşımak" demişti Georgia.

"Buraya geldiğine göre, mutlaka erkek arkadaşıyla sorun yaşıyordur" demişti Heather.

"Hiç değilse iyi kötü bir erkek arkadaşı var, bizim o da yok" diyerek hayıflanmıştı Hazel.

Kate havaalanından Ellie'yi arayıp "Çıldırmış olmalıyım" demişti. "Kesinlikle aklımın başında olmadığını düşünüyorum, yoksa orayı sana bırakıp asla yola çıkmazdım."

"Bana güvendiğin için teşekkürler, Kate."

"Onları tahrik edecek bir şey yapma. Lütfen Ellie, Woodlawns bizim sahip olabileceğimiz en değerli şey. Eğer başlarına bir şey gelirse, ikimiz de mahvolduk demektir ve..."

"İyi yolculuklar Kate."

Ellie onu daha fazla dinlemeksizin telefonu kapattıktan sonra, omuzlarını dikleştirerek kendisini zorluklarla yüzleşmeye hazırlamıştı. İlk iş olarak Noel üzeri onlara huzurevinin mali durumunun tahmin ettiğinden de kötü olduğunu açıklayıp, eğer burada kalmaya niyetleri varsa, kemerleri sıkma politikasına katlanmaları gerektiğini söylemişti. Anlaşılan dünyadan haberleri yoktu.

"Sanırım yediğimiz iki lokma yemeğe de göz dikti, bu cimrilikle paraları cebe indirmeyi planlıyor olmalı" derken Donald'ın öfkeden mosmor kesildiği görülüyordu.

"Asıl kendisi az yesin, eğer bunu yapsaydı erkek arkadaşını kaybetmezdi zaten" dedi Heather.

"O halde bir erkeği nasıl elde tutacağımızı çok iyi biliyor olmalısın, bari söyle de biz de öğrenelim" dedi Hazel.

"Bu kesinlikle benim burada geçireceğim son Noel olacak" dedi Georgia. "Kate Harris'in ülkenin öbür ucuna giderken, bizi çömez bir belboya emanet ettiğine inanamıyorum..."

"O beğenmeyip burun kıvırdığımız Santa Rosa'daki otellerin bile hiç değilse iyi birer aşçısı var" dedi Heather.

"Ama nedense süprüntü yiyorlar" dedi Donald. Her defasında olay çıkarttıkları için kesinlikle haklı olmalarına rağmen, nedense suçlu bulunup kendisi gibi oraya gitmesi yasaklanmış olan Georgia'yı da tahrik etmek istemişti.

Ellie yemek salonunda dördünün de aynı masada oturmasını teklif ettiğinde, ona buz gibi gözlerle bakıp hallerinden memnun olduklarını, rahatsız edilmemelerini söylemişlerdi. Bu durumda Ellie tatsızlık çıkarmamak için fazla ısrarcı olmamıştı. Onlara tek tek servis yaparken, öfkelenmek yerine pahalı zayıflama merkezi için alacağı beş katı maaşı ve lüks güzellik seanslarını düşünüyordu.

Yirmi yedi yaşındaydı... belki çok genç değildi, ancak yaşlı da sayılamazdı. Gideceği termal tesiste vücuduna masaj yapılacak mucizevi yosunlu ürünlerle, erkek arkadaşı tarafından fazlalık olarak görüldüğü anlaşılan o yedi yaştan bir çırpıda kurtulacağına, şıp diye tekrar yirmi yaşına ineceğine inanıyordu. Dan onu gördüğünde, aniden bu kadar küçülebildiğine şaşırıp dilini yutacaktı.

Dan.

Acaba Dan'le ikisi yaşlandığında, tıpkı buradaki mutsuz ve huysuz dörtlü gibi zor insanlar mı olacaklardı?

Tabii ki hayır.

Bir keresinde ikisini de aynı anda hıçkırık tuttuğunda, birlikte yaşlanacaklarına, içlerindeki umudu hiç yitirmeyeceklerine, hayatı heyecanlı bir macera olarak görüp zevk almaya ve ufak şeylerden tatmin olmaya çalışacaklarına söz vermişlerdi. Ama acaba gerçekten öyle mi olacaktı? Belki de şu anda Woodlawns'un yemek salonunda oturan bu dörtlü de bir zamanlar öyle düşünmüştü. Onlara dikkatle baktı, birbirlerini çaktırmadan süzerlerken sinsice kritik ediyorlar, içi boş, samimiyetsiz kahkahalar atıyorlardı; sanki sadece birbirlerine baskın çıkmayı amaçlayan sahte bir kahkaha yarışı içindeydiler.

Oysa sözüm ona Noel'i birlikte geçirme hevesi içindeydiler. Bu samimiyetsiz, küstah ve kibirli yaratıklar için harcanan zamana yazık olduğunu düşündü. Olayın gerçek anlamını idrak etmekten ne kadar uzak, ne kadar sığ ve beyinsiz insanlardı. Bunları düşünürken birden Kate'in telefonuyla yerinden sıçramıştı.

"Her şey yolunda" diye yalan söyledi. "Annem nasıl?"

"Daha iyi" dedi Kate, o da ona yalan söylemek istemiş, ama sonra gerçeği kardeşinden saklamanın bir anlamı olmadığına karar vermişti. "Aslında değil, henüz konuşamıyor ve yeterince hareket ettiği söylenemez, ama her geçen gün daha iyiye gidiyor..." Birbirlerini teselli etmişlerdi, en azından anneleri ölümcül bir hastalığa yakalanmamıştı. Woodlawns'a gelince, henüz yanıp kül olmamış, ya da yerin dibine göçmemişti, bıraktığı gibi dimdik ayakta duruyordu, üzülüp kendisini mahvedecek bir durum yoktu ortada.

Ama günler Ellie için giderek daha da zorlaşmaya başlamıştı, sinirlerine hâkim olmaya çalıştıkça üzerlerine geldiklerini görüyordu. Bir akşam, konukların sabah kahvesini içtiği odadan güzel bir müzik sesi duyup hemen oraya yönelmiş ve Donald'ı kendisinden geçmiş bir halde piyano çalarken bulmuştu. Gözleri kapalıydı. Onu hayranlıkla izlemeye koyulmuştu, ama Donald onun odaya girdiğinin farkında bile değildi ve fark ettiğinde aşırı derecede öfkelenmiş, başkalarını sinsice izlemenin çok ayıp bir şey olduğunu söyleyerek hiddetle bağırmıştı. Bu arada üzerine paltosunu giymeden dışarı çıkan Georgia küçük bir çocuk gibi yağan karın altında uzun süre dolaştıktan sonra koşarak odasına çıkmış ve buz kestiği için olsa gerek, her zaman başına taktığı türbanı aceleyle kafasından sıyırıp sıcak duşun altına kendisini zor atmıştı. Daha sonra da aşağıya inip her zaman içtiği Bombay Safir Martini'den sipariş etmiş, ama zeytinsiz servis edildiği için Ellie'ye huysuzca çıkışmıştı. Heather postanın zamanında dağıtılmadığından yakınmış, bundan böyle eve gelen tüm mektupları Hazel'a teslim etmesini emretmişti.

"Ama üzerinde Hazel'ın ismi yazılı olmayan mektupları neden..." Ellie'nin cümlesi yarım kalmıştı.

"Ona vereceksin dedim!" Heather kısık gözleriyle ona sinsice bakmıştı.

Akşam yemeğindeyse iyice çığırından çıkmışlardı, Donald tabağındaki bezelyeleri bıçağını raket gibi kullanarak Georgia'nın masasına göndermeye başlamış, bunun üzerine ona misillemede bulunan Georgia tabağında ne var ne yok hepsini Donald'a aynı yolla iade etmişti. Havada bezelye taneleri uçuşurken Hazel'la Heather tabaklarını kaptıkları gibi yemek salonunun bir köşesine çekilip panik için titremeye başlamışlardı. Bu korkunç manzarayı gören Ellie'nin kalbi sıkışmıştı. Koskoca tesisin kaderi bu dört delinin elindeydi ve bu gidişle Kate'in üzerlerine titrediği konuklarını teker teker kaybedeceğini düşünüyordu; bunları gören diğer hepsi sonunda çekip gidecekti. Dahası sabahleyin Noel nedeniyle insanlarla röportaj yapan televizyon kanallarından birine özellikle konuşmak isteyen Donald, Rest Haven'a giden yolun üzerine çıkıp onları beklemiş ve elindeki bastonu öfkeyle sallayarak kendisine yöneltilen sorulara hakarete varan abuk sabuk cevaplar vermişti. Ellie bu manzarayı gördüğünde, Kate'in yüzünün alacağı şekli tahmin edebiliyordu.

Büyük bir sabırla tüm bu deli saçmalıklarına ve ardı arkası gelmez kaprislere göğüs geren Ellie'nin sabrı sonunda taşmıştı. Elindeki elmalı turta ve dondurmayı masanın kenarına bırakıp ellerini beline koydu.

"Sabrımın son damlasına kadar taştığını size bildirmek istiyorum" diye söze başladı.

"Sabrın mı taştı? İyi de bundan bize ne?" dedi Donald.

"Affedersin ama, sen maaşlı bir çalışansın, aldığın paranın karşılığını ödemek zorundasın, gerisi seni ilgilendirmez" dedi Georgia.

"Sanırım gerçek Bayan Harris artık geri dönmeli" dedi Hazel.

"Üstelik Bayan Kate Harris, bu sahneleri hiç garip karşılamazdı" dedi Heather, kız kardeşiyle aynı fikirde olduğunu belirtmişti.

"Siz buna sahne mi diyorsunuz?" dedi Ellie, gözleri öfke saçıyordu. "İnanın bana, siz henüz sahne falan görmediniz."

Hayretle birbirlerine bakmışlardı. Bu küçük kız onlara ne demeye çalışıyordu böyle?

"Sizler bugüne dek gördüğüm en kötü insanlarsınız" diye devam etti Ellie. "Buraya tek santimlik bile güzellik sağlamayı gereksiz bulan sizin gibi zavallı bencil yaratıklardan korkup çekineceğimi mi sandınız? Bana ne, ne yaparsanız yapın, umrumda bile değil. Ama size şunu hatırlatmak isterim, istediğiniz gibi yaşıyorsunuz, istediğiniz kişiyle arkadaşlık ediyorsunuz, istediğiniz yere gidiyorsunuz, kafanıza estiğinde odanızdaki mobilyaları bile yenileriyle değiştirebiliyorsunuz, sizin rahatınızı sağlayabilmek adına durmadan uğraşan kişilere 'lütfen' ya da 'teşekkürler' gibi çok basit iki nezaket sözcüğünü dahi sarf etmeye gerek görmüyorsunuz. O halde siz de benim umrumda değilsiniz. Ben bugün var yarın yokum, siz bilirsiniz, bu şekilde davranmaya devam edebilirsiniz. Ancak evet, o kadar kötü insanlarsınız ki, Woodlawns'a gelen konukların hepsi sizin yüzünüzden birer birer gidiyor, zavallı

Kate'in buraya toplamak için çırpındığı insanların hepsi, çok yakında tamamen gidecek, o zaman burada tek başınıza oturup top oynarsınız. Şikâyet edip eleştirecek kimse bulamayacağınız için birbirinizin gözünü oyarsınız. Oysa siz bu deli saçmalıklarını yaparken, ben asker gibi saat altıda yatağımdan kalkıp yumurtalarınızı haşlıyor, ekmeklerinizi kızartıyorum. Akşam yemeğinizi özenle hazırlamaya çalıştığım sırada, beni Martini sipariş etmek gibi saçma isteklerinizle meşgul ederken, sığındığınız kapıya kendi elinizle zarar verdiğinizi düşünemeyecek kadar budalasınız. Bahçedeki çimlere yayılıp elinize kadar getirilen mektupları okuyor, ama onların zamanında gelmediğinden şikâyet ediyorsunuz. Buranın konukları değil de hissedarları gibisiniz, bu değirmenin nasıl döndüğünden habersiz, şımarık ve kibirli davranışlar içindesiniz. Masalarınıza tek tek servis yapmamı isteyerek, aklınızca beni komik duruma düşürüp yıprattığınızı sanıyorsunuz, ama asıl komik olan sizlersiniz; diğer konukların sizin bu garipliğinizden yaka silktiğinin, hiçbirinin yüzünüzü görmek istemediğinin farkında değilsiniz.

Dünyanın yarısından çoğu Noel için küçük de olsa bir çam ağacı süslerken, siz bunu yapmama izin vermediniz, bunun basit ve ilkel bir davranış olduğunu söylediniz. Ruhunuzu şeytana satmış olmalısınız. Zaten bu o kadar belli ki, kaç gündür bekliyorum, birinizin dahi aklına annemizin sağlığını sormak gelmedi. Bir kez bile.

Ama merak etmeyin, burası çok yakında kapanacak, o zaman istediğiniz yerde yaşayabilirsiniz. Görünen köy kılavuz istemez. Bu çok açık. Sonunda bunu başardığınız için kendinizle ne kadar gurur duysanız azdır. Evet, dördünüz birleştiniz, birlikten kuvvet doğarmış. İyi iş başardınız, sizi kutlarım.

Ama bunu yaparken kendi kalenize gol attığınızın bilmem farkında mısınız? Korkarım, kendi evini yıkanlara deli diyorlar. Burası satılırsa nereye gideceğinizi hiç düşündünüz mü? Rest Haven ve Santa Rosa'da çıkardığınız rezaletler, ağzınızdan çıkan hakaret dolu sözler yüzünden sizden nefret ediyorlar, bu da çok yakında kovulacağınız anlamına geliyor. Sonunda kimsesizler için açılan sidik kokulu bir derneğe sığınır, orada bir dilim ekmek, bir tas çorba için sıra beklersiniz. Ne yapacaksınız, kendi düşen ağlamazmış.

Size şu anda oraya gitmek yerine, lüks yaşamınızdan ödün vermeden, rahat edeceğiniz başka bir yer söylemeyi çok isterdim; evet, gerçekten size bir adres göstermeyi çok isterdim, ama ne yazık ki yok. Bense bir hafta sonra paramı alıp buradan gideceğim, hepinizi unutacağım, bana yaptıklarınızı hatırlatmakta bile güçlük çekeceğim. Burada geçirdiğim bir hafta, benim için bir dahaki yıl telafi edeceğim kötü bir Noel tatilinden öteye geçmeyecek, sadece bindiğiniz dalı kesmek için nasıl aptalca bir gayret ve heves içinde olduğunuzu, zavallı Kate'e ve kendinize verdiğiniz hasarı hatırladığımda üzüleceğim. Hepsi bu.

Ve son olarak masada gördüğünüz, sizin için özenerek yaptığım şu elmalı turtayı mutfağa götürüp orada afiyetle yiyeceğim; üstelik sizlerin payını da, çünkü onu yemeyi hiçbiriniz hak etmiyorsunuz" diyerek turtayı masadan almış ve kapıyı ardından hızla vurarak yemek salonunu terk etmişti.

Şaşkınlıkla birbirlerine bakıyorlardı, sersemlemişlerdi.

Hiçbiri tek kelime dahi edemiyor, ağızlarını bıçak açmıyordu.

Mutfaktaysa durum çok farklıydı, Ellie elmalı turtadan neşe içinde kocaman bir dilim kesip yanına dondurmasını servis ederken, Kate'den telefon gelmişti. Sesi çok yorgun çıkıyordu, ama sevindirici olan şey annelerinin hızla iyileşiyor olmasıydı. Duyuları normale dönmüştü, sağ tarafında bariz bir düzelme vardı.

"Woodlawns'ta işlerin nasıl gittiğini sormaya cesaret edemiyorum, ne haber?" Kate'in sesi iyi gelmiyordu. Ellie olanlardan söz etmeyip sadece iyi uykular dilemeye karar vermişti.

"Ah, bilirsin işte, her şey bıraktığın gibi, değişen bir şey yok. Merak etme her şey yolunda."

"Sen harika bir kızsın, Ellie, sen bir meleksin. Senin için söyleyecek bundan daha başka bir söz bulamıyorum."

Aslında Ellie'nin ona anlatacağı çok şey vardı ama bu gece değil. Kendisine büyük bir fincan Brandy'li kahve hazırlamış, sonra da irice bir dilim kestiği elmalı turtayla birlikte yemek salonuna uğramadan odasına yönelmişti.

Gözüne vuran güneş ışığıyla uyandığında... Tanrım saat kaç olmuştu? Dokuzu geçiyordu. Saat sekizde kahvaltı servisi yapması gerekiyordu. Hemen yatağından kalkmış, elini yüzünü yıkayıp dişlerini fırçalayarak ağzındaki Brandy kokusunu yok etmeye çalıştıktan sonra üzerine giysilerini giymiş ve koşarak aşağı inmişti.

Yemek salonunun kapısını açtığında, bir gece önceki pisliğin temizlenmiş, bulaşıkların yıkanıp kaldırılmış olduğunu görmüştü. Dahası hepsi aynı masaya oturmuş kahvaltı ediyordu. Ellie'nin masasında bir tabak dolusu kızarmış ekmek ve bir termos dolusu çay duruyordu.

Anlaşılan hizaya gelmişlerdi.

Davranışları normal bir insanınkine dönmüştü, belki de bu

dersi onlara vermekte çok gecikmişti. Ama Ellie hiçbir şey olmamış gibi davranmaya karar verdi.

"Yumurta isteyen?" diye neşeyle seslendi.

Hepsi başlarını iki yana sallamıştı. Hayır, teşekkürler, fazlasıyla doymuşlardı. Ama ses tonları normal çıkıyordu, bir ima ya da alay söz konusu değildi. Ellie dünyanın tersine döndüğünü düşünüyordu. Bir gece önceki öfkeli ve ağır konuşmadan sonra hiçbiri küsmüş gibi durmuyordu. Oysa onların böyle olgun davranacağını rüyasında görse inanmazdı.

Heather boğazını temizleyip seslendi:

"Çay fincanını alıp bize katılmak ister misin?"

"Ah, tabii" dedi Ellie. Midesine yumruk yemiş gibi olmuştu. İşte bu kadar. Onun haklı olduğunu nihayet anlamışlardı. Güzel. Ama yine de yelkenleri hemen suya indirmemeliydi, yüzünden gülümsemeyi eksik etmeksizin çayını alıp yanlarına oturdu.

Georgia'yı sözcü seçmişlerdi.

"Biz aramızda düşünüp, arkadaşlarımızın hepsine birer mektup yazmaya karar verdik; onlara buranın ne kadar güzel bir yer olduğundan söz edeceğiz." Hepsinin bu konuda kararlı olduğu görülüyordu.

Ellie onlara şaşkın bakışlarla bakıyordu. "Evet, hımm... bu çok yerinde olur, üstelik tam da Noel zamanı" diye cevap verdi.

"O halde, bugün şehir merkezine inip alışveriş yapmalıyız" dedi Georgia. "Bir hindi bile alabiliriz, ne dersin?"

Ellie daha önce onlara bir hindi siparişi vermeyi teklif ettiğinde hepsinin kahkahalarla gülüp alay ettiğini hatırlamıştı. Hazel ile Heather ördekten başka kümes hayvanı yemeyeceklerini söylemiş, Donald beç tavuğu sevdiğini, Georgia ise kırmızı et dışında kümes hayvanlarına ilgi duymadığını, onu yemektense bir düzine istiridyeyi tercih edeceğini belirtmişti. O yüzden Ellie hepsinin damak zevkine hitap eden ızgara biftek ve böbrek hazırlamayı planlamıştı. Ama dün geceki olaydan sonra bunun onlara zeytin dalı uzatmak gibi olacağını düşünerek son anda vazgeçmiş ve bundan böyle ne bulurlarsa onu yemelerine karar vermişti. Onlar Noel'i küçümsediklerine göre, özel bir yemek hazırlamanın anlamı yoktu.

"Hindi!" diye hayretle çığlık attı, sanki bundan daha önce onlara hiç söz etmemiş gibi. "Hiç fena olmaz, değil mi?"

Donald bir Noel ağacı süslemeyi düşündüklerini söylerken, Heather ve Hazel çarşıya indiklerinde kiliseye uğrayacaklarını belirtmişti. Ellie'nin bu ani değişimden adeta başı dönüyordu, çok geçmeden Kate'in eski arabasını alıp hep birlikte şehir merkezinin yolunu tutmuşlardı.

Georgia hemen bir mağazaya girip kuruyemiş, kraker, şekerleme ve renkli küçük ampuller satın almış, ardından genç bir adamla çam ağacı pazarlığına girişmişti. Onun öğleden sonra adrese teslim edilmesini istiyordu. Heather ile Hazel kesilmiş hindi satan dükkânlar arasında dolaşırken, hayvanların hangisinin daha yağlı olduğu konusunda çevredeki çiftçilere akıl danışıyorlardı. Donald bir içki mağazasından içeri dalıp yaşlı sahibine içki konusunda pek fazla bilgisi olmadığını, ama dört güzel bayan için en kalitelisinden bir şarap almak zorunda olduğunu söylemiş, onlara mahcup olmaması için yardımcı olmasını özellikle rica etmişti.

Ellie diğer ihtiyaçları temin etmeye çalışırken, bu beklenmedik ve ani uysallıklarına rağmen yine de ne yapacakları belli olmayan dört deliden gözünü ayırmamaya çalışıyordu.

Nitekim Georgia gözden kaybolmuştu. Ellie telaşla bir aşağı bir yukarı koşturup onu bulmaya çalışırken bir girdiği yere tekrar giriyordu, panik içindeydi. Bir barın açık kalmış kapısından içeri baktı, öğle yemeğinden önce oturmuş sakince müzik dinleyip içkilerini içen bu şanslı insanları doğrusu çok kıskanmıştı, hiç değilse deli bir kadına göz kulak zorunda değildiler. O sırada içerde bir kadının şarkı söylediğini duymuştu.

Haziran'da New York'a bayılırım
Ya sen?

Bu ses kulağına hiç yabancı gelmemişti. Hemen içeri daldı. Georgia içerdeki tüm müşterilere orkestra şefliği yapar gibi barın üzerine oturmuş, şarkı söylüyordu. Ve birden kreşendo yaparak alkışlar arasında şarkısını bitirdi. Barın yüksek tezgâhından aşağıya sarkıttığı muntazam bacakları Ellie'nin dikkatinden kaçmamıştı. Hâlâ çok güzellerdi. İnerken birden dengesini kaybederek avuçları üzerine düşer gibi olmuştu. Neyse ki düşmemişti, dahası onun yerden kalkmasına yardım ederken sırtını sıvazlayıp hâlâ harika şarkı söylediğini belirten insanlar, alkışlar arasında onu bardan uğurlamışlardı.

"Seni diğerlerinin de duymasını isterdim" dedi Ellie. Ama Georgia onu duymamıştı, o sırada hayranlarına gülümsemekle meşguldü.

Aldıkları malzemeleri arabanın bagajına koyduktan sonra, Ellie onları istedikleri üzere kasabanın kilisesine götürmüştü. Donald papaza yaşlı insanların kaldığı bir huzurevinden geldiklerini, kilisedeki genç görevlilerden bir grubun gelip Noel hazırlığı için kendilerine yardım etmesini rica etmişti.

Woodlawns'a döner dönmez Noel ağacı da gelmiş ve hep birlikte kardan adam yapmak için dışarı çıkmışlardı. Birbirlerine kar topu atarken çocuklar gibi neşe içinde oldukları görülüyordu. O andan itibaren yemekte hepsi aynı masayı paylaşmaya karar vermişti.

İkindi kahvaltılarını bitirdikten sonra Noel ağacını süslemeye girişmişlerdi. Donald, dokuz yıldan beri ağzına içki koymadığından bahsederken takdir sözlerinin mırıldandığını duymuştu, ama Ellie bakışlarındaki kederi fark etmekte gecikmedi.

"Yeterli dersi almıştım" dedi Donald. "Neler kaybettiğimi göremeyecek kadar aptal olduğumu sonunda anlayabilmiştim."

"Neler kaybettin?" diye sordu Ellie.

"Her şeyimi, karımı, işimi, saygınlığımı."

"Karın öldü mü?" Onun buz gibi durduğunu görünce, Ellie bunu sorma cesareti gösterdiği için kendisine kızmıştı.

"Evet, evet, o öldü."

Georgia elini onun sırtına koymuştu. "Ama o güne dek seninle yaşadığı harika hayatın kendisine yettiğini düşündüğünden eminim" dedi. Georgia? Bu dokunaklı sözleri Georgia mı söylüyordu? Doğrusu kulaklarına inanamıyordu.

"Ve ona karşı çok iyi bir eş olduğun kesin" dedi Heather.

"İyi bir yargıç olmakla birlikte" diye ekledi Hazel. Kız kardeşler aynı fikirde miydi? Bu inanılır şey değildi.

Ellie mucizevi şeyler yaşıyordu.

Gece geç saatlere kadar sohbet etmişlerdi. Georgia mesleğinde istediği başarıyı yakalayamadığını itiraf etmişti. Bu yüzden iki mükemmel kocayı boşu boşuna kurban etmişti.

"Ben mesleğin için gösterdiğin çabanın hiç de gereksiz olduğunu düşünmüyorum, üstelik onların senin gibi iyi niyetli düşünmediklerine de bahse girerim!" Donald onu oldukça ateşli bir biçimde savunmuştu.

Heather ile Hazel ise anne babalarından söz etmişlerdi yine, ama bu kez övgüyle değil.

"Onlar çok eski kafalı tiplerdi" dedi Heather.

"Ve hep haklı olduklarını düşünüyorlardı, bir an bile aksini düşünmeksizin" diye onaylamıştı Hazel.

"Hazel'ın bir erkek arkadaşı vardı" dedi Heather.

"Ama babam onun uygun biri olmadığını, bu birlikteliğe asla rıza göstermeyeceğini söylemişti" dedi Hazel, sesi çok üzgün çıkmıştı.

"O yüzden Hazel, bakması için bebeğini başka birilerine verdi" diye açıkladı Heather.

Herkes birbirine bakmıştı, bunu duyduklarına çok üzülmüş olduklarıaçıktı.

"Ama o bir gün mutlaka öz annesini arayacaktır, buna kesinlikle inanıyorum" dedi Hazel umutla, bunu duyunca hepsi yeniden neşelenmişti.

Hep birlikte oturup ertesi günün planını yaptılar. Hepsi akşam yemeği için en şık giysilerini giyecekti. Dan'le gerçekleştiremediği Noel gezisi için satın aldığı giysilerden birini giymeye karar veren Ellie, onu ilk kez bütün bir gün hiç düşünmediğini fark edip kendisine çok şaşırmıştı. Georgia'nın gece yatmadan önce içtiği Brandy Alexander'ı hazırlarken, ona artık Dan'i tamamen unuttuğunu ve bu işi bitirdiğini söylemişti.

"Kararının doğru olduğuna inanıyorum tatlım, çünkü sen bir erkeğin aklını başından alacak olağanüstü özelliklere sahipsin. Gece yarısı zart zart kornaya basan kaba bir adam asla hak edemez seni" dedi Georgia. "Ellie, yarın için örtü takmak yerine saçlarımı görmelerine izin vermeyi düşünüyorum, ne dersin?"

"İstersen saçlarını sana çok yakışacak bir modelde kesebilirim" diyen Ellie ona samimi bir teklifte bulunmuştu. Ardından Donald'ın giyeceği takım elbisenin gömleğini ütülemiş ve kız kardeşlere giyecekleri konusunda yardım etmeye gitmişti. Hepsi büyük bir coşku içinde Noel'i karşılamaya hazırlanıyordu.

Ertesi akşam Noel'di ve yemek salonuna ilk gelen Donald olmuştu. Oldukça şık bir takım elbisenin içinde çok yakışıklı görünüyordu. Heather ile Hazel neredeyse mücevher kutularını boşaltmış gibi ne varsa takıp takıştırmışlardı. Georgia, gümüş rengi yeni moda saçları parıldayarak siyah klasik elbisesiyle merdivenlerin başında göründüğünde kadro tamamlanmıştı.

Akşam yemeği sırasında Kate aradığında telefona Georgia bakmıştı.

"Ellie'yi mi istiyorsun? Evet burada, ama umarım seninle konuşacak kadar ayıktır, bir şişe Brandy'yi midesine indirdi de... Biri Ellie'yi çağırabilir mi? Kate telefonda. Ah, bu arada, annen nasıl Kate? İyi mi? Çok güzel, buna çok sevindim. O halde hepimiz onu görmek istiyoruz, gelirken onu da getirmeye ne dersin? Hepimiz bundan büyük mutluluk duyarız. Mutlaka getir, tamam mı?"

Ellie gelmiş ve Georgia telefonu ona uzatmıştı. Hepsi başına toplanmıştı, Kate'in söyleyeceklerini duymak istiyorlardı.

"Hayır, tabii ki hayır, sarhoş falan değilim. Kate, herkes burada, yanımda. Hepimiz bir aradayız. Evet, tabii ki. Annemi mi getireceksin? Ah, bu harika bir haber. O halde ben de sana harika bir haber vereyim. Buradaki herkes arkadaşlarına mektup yazmaya karar verdi. Onları Woodlawns'a gelmeye ikna etmek için. Ah, bu arada bir şey daha var, cuma günü evin çitlerini onarıp boyamak için kiliseden bir grup genç gelecek. Pencereleri de onaracaklar. Ağaç hazır olduğunda burada olur musun?

Tabii ki Noel ağacı, Kate, şimdiden harika görünüyor. Biz hepimiz çok iyiyiz, bana sürekli nasıl olduğumu sorup durma. İyiyim. Hayır, henüz aramadı ama artık bunun önemi yok. Anneme onu çok sevdiğimi söyle. Ayrıca buradaki herkes ona sevgilerini gönderiyor. Hoşça kal Kate..."

O sırada gök gürültüsüne benzer bir araba kornası duyulmuştu. Dan, Noel günü onu görmeye gelmişti. Bunun üzerine Ellie kapıya çıkmış, diğerleri de yemek salonunun kapısı önünde birikip hiç ses çıkartmadan heyecanla onun söyleyeceklerini dinlemeye koyulmuşlardı.

Dan her zamanki gibi arabasından inmemişti. "Arabayla turlamak için seni almaya geldim, tatlım" diye seslendi. "Hemen şimdi paltonu kapıp yanıma gelmeye ne dersin?"

"Mutlu Noeller, Dan" dedi Ellie.

"Hey, tatlım, bu ne biçim cevap? Evet mi, hayır mı? Ne demek şimdi bu?" Başını hayretle Ellie'ye döndürmüş cevabını beklerken, yüzünde her zamanki alaycı ifade vardı. Onunla birlikte çılgınca turlamak için sabırsızlanması gerekirken, bu saçma cevaba hiçbir anlam verememişti.

"Yaşlıların dilinde elveda demek Dan." Ellie başka tek söz etmeden içeri girip kapıyı ardından kapatmıştı.

Yemek salonunda bir anda çılgın gibi bir alkış kopmuştu. Herkes Ellie gelip masaya oturmadan önce birbirine sarılıp kucaklaşıyordu. Ellie tekrar yemek salonuna döndüğünde, Donald'ın piyanonun başına geçtiğini görmüştü. Onu ilk kez dinlenme salonunda gördüğü günkü gibi gözlerini kapatmıştı. Ellie onun sanki kalemle çizilmiş gibi muntazam yüz hatlarına baktı, aslında oldukça yakışıklı bir adamdı. Georgia onlar için güzel bir Noel şarkısı söylemiş ve bir gün önce herkesin düştüğünü sanıp endişelendiği barda verdiği küçük konserden söz etmişti. Bu arada Heather, neden Ellie'ye posta konusunda ısrarcı davrandığını itiraf etmişti; çünkü Hazel sürekli oğlundan mektup bekliyordu, eğer onu yanına çağıracak olursa hemen koşup gidecek ve bir daha geri dönmeyecekti. Ama Hazel bu açıklama üzerine, kız kardeşini hiçbir zaman yalnız bırakmayacağını söyleyerek onu şaşırtmıştı, milyon yıl geçse de Heather'dan asla ayrılmayacaktı...

Ama Ellie çok yakında buradan ayrılmak zorundaydı, kendisine yeni bir hayat kuracaktı. Ancak o güne kadar bitirmesi gereken işler vardı, öncelikle kiliseden gelecek çocukları bekliyordu, buranın tamiratı bitmeden hiçbir yere gidemezdi. Sonra annesiyle kız kardeşi evlerine geliyordu, hazırlık yapmalıydı. Kısacası çok işi vardı, "az laf çok iş" onun yaşam düsturuydu ve bu sadece kendisi için değil, herkes için en doğru yol olmalıydı...

Noel Rastlantısı

Bu onların beşinci Noel'i olacaktı, ama Chris birliktelikleri süresince her yıl olduğu gibi yine ayrı kutlayacak olmalarından hiç üzüntü duymuyordu. Bunu asla sorun haline getirmemişti, sonuçta insan kalbinde taşıdığı sevgiyle her an mutlu olmasını biliyorsa, Noel'e ayrı ya da birlikte girmelerinin önemi yoktu. Bu açıdan baktığında, evli çiftlerin yıldönümlerinde baş başa yemek yemesini ya da özel bir yere gitmesini de çok yapay buluyor, bunun gösterişten başka bir şey olmadığını düşünüyordu; sanki aşklarını tazelemek için ille de bu tarihi beklemek zorundalarmış gibi. Arkadaşları bundan tam beş yıl önce, soğuk bir kış günü onun Noel'le tanışma hikâyesini duyduğunda, bu garip rastlantıya çok şaşırmış, Chris'in anlattıklarına inanmakta adeta zorluk çekmişlerdi. Gerçekten de o yıl sihirli bir kış olmalıydı. Onunla ilk kez Noel günü tanışmışlar, ikisi de Noel bebekleri olduklarını, bu yüzden ailelerinin onlara Chris ve Noel adlarını koyduklarını öğrenmişlerdi. Çok sayıda ortak beğenileri ya da hoşlanmadıkları şeyler vardı; örneğin ikisi de olimpiyat oyunlarını izlemekten nefret ediyor, hele dekatlon, disk ve cirit gibi sporların adını bile duymak istemiyorlardı. Öte yandan hayranlıkla izledikleri filmlerin hemen hepsi aynıydı, eğlence anlayışları da tıpatıp uyuşuyordu, otuzlu yaşlarda olduklarından, artık gece kulüplerine gitmek için biraz yaşlı olduklarında hemfikirlerdi.

İlk çıktıkları gün, gözleri doğuştan görmeyen ünlü zenci şarkıcı Stevie Wonder'ın "I Just Called To Say I Love You" şarkısı piyasaya yeni çıkmıştı. Bu şarkıyı büyük bir beğeniyle dinledikleri o günü Chris hiç unutamamıştı ve yaşadığı sürece hep aynı mutlulukla hatırlayacaktı. Bu şarkı ona olan aşkını itiraf etmesi için Noel'in sloganı olmuştu, onu nereden olursa her aradığında hep bu şarkıyı söylüyordu. Caddenin köşesindeki telefon kulübesinden, otel lobisi veya tren istasyonundan ya da karısının duyamayacağı bir köşe bulup evden gizlice aradığında ona aşkını hep bu şekilde itiraf ediyordu.

Çocukları o zamanlar daha küçük sayılırdı. Noel'in çocukları. Aslında tamamen içgüdüsel olarak yaptığı bu komik soyutlamadan artık vazgeçmesi gerektiğini düşünüyordu. Onlar sadece Noel'in değil, elbette ki karısının da çocuklarıydı. Onları birlikte yapmışlardı. İlk tanıştıklarında biri yedi, diğeri sekiz yaşındaydı. Ama yıllar geçtikçe büyümeleri gerektiği halde küçük kalmakta inat edermiş gibi garip davranışlar içindelerdi. Herkesin çocuğu büyüyor ama Noel'in çocuklarının görüntüleri nedense hiç değişmiyordu. Hâlâ emekleme aşamasındaki bebekler gibiydiler, babalarının eve gelmesini dört gözle bekliyorlar, içeri adımını atar atmaz paçasına yapışıyorlar, her gün birkaç kez işten telefon etmesini istiyorlar, akşama gelirken getirmesi için bir yığın ıvır zıvır sipariş veriyorlardı. Noel'in tek dinlendiği zaman olan tatil günleriyse, sanki beş yıllık kalkınma programı gibi aylar öncesinden planlanmıştı; bu yüzden ancak diğer günlerde, iş toplantılarını bahane edip buluşabiliyorlardı. Hal böyle olunca, Noel zamanı görüşmeleri mümkün değildi. Noel ancak tebrik kartı almayı bahane edip evden kaçabiliyor, Chris'e bu boğucu duruma artık dayanamadığından dert yanıyordu. Oysa şu anda biri on iki, diğeri on üç yaşındaydı, artık koca çocuk olmuşlardı ama fotoğraflarda bile büyüdükleri görülmüyordu. Hâlâ bebek giysileri giyiyorlardı. Noel bunun şeytan fikirli karısından kaynaklandığını düşünmeye başlamıştı. Onu sürekli sorumluluk altında bırakmak ve henüz yeterince büyümemiş olan çocuklarının isteklerini kendi zevkleri önünde tutmasını önlemek için kendince komik bir önlem alıyor olmalıydı. Sanki evlilik, mutlu ol ya da olma, bık ya da bıkma, her ne olursa olsun eşlerin birbirini ömrünün sonuna dek azap içinde tutmasını gerektiren zoraki bir anlaşmaymış gibi, ona bunu hatırlatmak için sürekli çocukları kullanıyordu.

Evet, onunla evlilik dışı bir ilişkileri vardı ve Chris çoğu evli çiftin bu tip gizli birlikteliklere asla sıcak bakmadığını biliyordu, ama başından beri sevgi, saygı ve anlayış çerçevesinin dışına bir santim bile çıkmamış olan arkadaşlıklarıyla, aslında örnek bir çift olduklarını düşünüyordu. İlk günden beri birbirlerine karşı son derece nazik ve anlayışlıydılar, belki evli çiftlerin arasında bile onlar gibilerinin sayısı bir elin parmaklarını geçmezdi. Chris bu konuda dergilerde çıkan anketleri yapmaya pek meraklıydı. Örneğin "Uyumlu bir çift misiniz?" başlıklı teste dürüstçe cevaplar verirken, bu tip anketlerin ilişkilerini gözden geçirmelerinde çok yararlı olduğunu düşünüyordu. Aslında testi cevapladığında uyumlu bir çift olduklarını göreceğinden adı gibi emindi ama yine de merak ediyordu. Evet, birbirlerine günün nasıl geçtiğini sorduklarında, her zaman duymaya alışık oldukları olayları sanki çok ilginç bir hikâyeymiş gibi her seferinde dikkatle ve sempatiyle dinliyorlar, hayır, araya girip bunları daha önce de duyduklarını söyleyerek asla kabalık yapmıyorlardı. Evet, bir araya geldiklerinde, yorgun, bitkin ve pasaklı görünmeyip birbirlerine olan saygılarını kaybetmemeye özen gösteriyorlardı. Evet, onlar sohbet etmek yerine televizyon izlemeyi tercih etmiyorlardı. Evet, sevişirken birbirlerine karşı son derece şefkatliydiler, cinsellikte ikisinin de kitabında bencilliğe yer yoktu. Evet, bu konudaki ihtiyaçlarını rahatlıkla birbirlerine söyleyebiliyorlardı; hatta Chris bunu bir sohbete dönüştürdüklerini bile söyleyecek kadar ileri gidebilirdi. Evet, onlar kesinlikle çok uyumlu bir çiftti.

Bir keresinde de "Romantik misiniz?" başlıklı testi cevaplamıştı. Evet, evet, kesinlikle çok romantiklerdi. Noel onunla Chris'in dairesinde her buluştuğunda tek bir gül getirirdi. Evet, Chris akşam yemeğini hep masaya hazırlardı, Noel'e tepsi içinde yemek getirdiği görülmüş şey değildi.

"Bağnaz bir domuz musunuz?" başlıklı ankette de sonuç değişmemişti. Hayır, Noel asla böyle biri değildi. Elini kalbine koyup dürüstçe söylemek gerekirse, Noel her fırsatta onun yaptığı işe de, zekâsına da hayran olduğunu belirtir, ona her zaman mükemmel bir dişi olduğunu söylerdi. Her konuda görüşünü alıp fikirlerine saygı duyardı. Ona hiçbir zaman aşırı tutucu biri gibi kaba davranmamıştı. Buna karşılık, Chris de onun aniden patlayan ama nadir görülen küçük kıskançlık öfkelerini görmezden gelmişti.

Kısacası Chris'in bu testlerin hiçbirinden utanıp çekinecek, ya da kaçacak durumu söz konusu olamazdı. O yüzden aslında "Aşkınız hâlâ canlı mı?" başlıklı anketi yapmaya bile gerek görmüyordu, ama sırf aklı kalmaması için cevaplamıştı. Büyük olasılıkla çoğunluk bu konuda başarısız olurken, o kendisini şimdiden büyük bir zafer elde etmiş hissediyordu. Onların aşkı her dem tazeydi ve hep öyle kalacaktı. Evet, yenilikçi ve son derece açık görüşlüydüler; evet, sınırların ötesine geçmek konusunda kimse ellerine su dökemezdi; evet, birlikte değişik yerlere seyahat yapmak istiyorlardı, gerçi bunu bir türlü gerçekleştirememişlerdi ama olsun, bu onların aşkının zayıflamasına engel değildi. Bunun için Noel'i suçlayamazdı. Önemli olan her zaman, her durumda mutlu olmasını bilmekti. Elbette tatile de gideceklerdi, örneğin gelecek yıl bunu mutlaka yapacaklarına söz vermişlerdi. Bu onların aşklarının hâlâ ilk günkü gibi canlı olduğunun bariz kanıtı değildi miydi?

Noel de bu küçük psikolojik testleri yapmaktan zevk alıyordu. Hatta bazen Chris'in gözünden kaçmış olan bazı iş dergilerindekileri de çözüyordu. Örneğin şu anda "Aşkınızla stres yüzünden hiç kavga ediyor musunuz?" başlıklı testi cevaplıyordu. Hayır, kesinlikle. Kavga etmek şöyle dursun, bir araya geldiklerinde hep kahkahalarla gülüyorlardı, Noel'in Chris'le olan aşk hayatı düşünülenden çok farklıydı. Onlar harika bir çiftti. Ama ikinci test oldukça ciddi bir mesaj taşımakla birlikte, kişiyi kendisiyle gerçek anlamda yüzleşmeye yöneltiyordu. "Aldatan biri misiniz?" Gerçi bugüne kadar Chris'le ilişkilerini çok dikkatli yürütmüşler, kimseye hissettirmemişlerdi ama yine de hayır, öyle biri olmadığına karar vermişti. Çünkü bu konuda onu kimsenin suçlamasına izin verecek bir durum yaratmamıştı. Evet, onunla birlikteliği yüzünden karısını aldatmış oluyordu, ama bu onun sürekli aldatmaya meyilli biri olduğunu göstermezdi. Nitekim hayatında ilk kez böyle bir şey yaşıyordu ama zamanı geldiğinde her şeyi gün yüzüne çıkaracak, artık bu evliliği yürütemediğini karısına açıklayacaktı.

O yüzden sırf Noel üzeri aile bireylerinin birbirlerine iyice kenetlenmelerini sağlayıp, kısmen de olsa topluma yararlı bir hizmet vermeyi amaçlayan çeşitli dergilerin yayınladığı Noel tatili konusundaki anketler onları hiç rahatsız etmiyordu. Her ne kadar o gün yine birbirlerinden kilometrelerce ötede ayrı kalacak olsalar da mutsuz olmuyorlardı. Noel şu anda Chris'in geçen Noel aile fertleriyle birlikte çektirdiği fotoğrafa bakıyordu, çevresinin kız kardeşleri, damatlar, yeğenler, kuzenler ve eski aile dostlarıyla sarılı olduğu görülüyordu. Her yıl olduğu gibi yine aynı şeyleri yaşayacaklardı; onun şöminenin yanına oturup çok sevdiği anketleri yapacağını biliyor, yüzündeki o kocaman gülümsemeyi şimdiden görür gibi oluyordu. Çünkü Chris o sırada Noel'in de şöminenin yanına oturup aynı testleri cevaplayacağından ve hepsinin kelimesi kelimesine onunkiyle aynı olacağından emindi. Ama Chris o sırada Noel'in iki çocuğu ve karısıyla birlikte, sırf mutlu aile tablosu çizebilmek adına büyük özveri ve sabır gösterip kendisine tek kelimeyle işkence edeceğini de biliyor, dört bir tarafa saçılmış bebek çıngıraklarını ve Noel Baba'nın çorabının içinde satılan en küçük yaş gurubuna ait oyuncakları görünce zorlukla hâkim olmaya çalıştığı sinirlerinin iyice gerilip sonunda bir bomba gibi patlamasından endişe ediyordu. Büyük olasılıkla babalarının rahatça gazete okumasına bile izin vermeyeceklerdi. Ama Noel, çocukları tarafından uğradığı bu amansız tacize rağmen, başka çiftlerin endişeyle yaklaştığı anket sorularına kendisinden emin bir şekilde başını sallayıp gülümseyerek cevap verince, sıkıntısından bir anda kurtulup rahatlayacaktı; bundan adı gibi emindi. Evet, onlar uyumlu, romantik, açık görüşlü, asla tutucu olmayan bir çiftti ve toplumdaki yanlış önyargının aksine hiç de önlerine geleni aldatmaya meyilli kişiler değillerdi. Dört katagoride de kazanmışlardı, zafer onlarındı. Bu sınavdan başarıyla geçmeleri, onların soğuk bir kış günü öğleden sonra başlayan birlikteliklerinin hızını kesmeden ilk günkü gibi devam ettiğini gösteriyordu, sıra Noel tatili anketini cevaplamaya gelmişti.

Bu yıl gazete farklı bir format kullanmıştı. Soruların karşısında "evet", "hayır" ve "olabilir" şeklinde içine çarpı işareti konan seçenek kutuları olmadığı gibi, "Eğer 75'in üzerinde evet cevabınız varsa, siz çok mutlu bir aile sınıfına giriyorsunuz" ya da "Eğer 20'nin altında hayır cevabınız varsa, aile içi ilişkilerinizi acilen sorgulamalısınız" şeklinde klasik görüşlerin yer aldığı sonuç kısmı da yoktu.

İki başlık altında toplanan test bu yıl tamamen yeni bir tarzda hazırlanmıştı. Başka bir kâğıda ya da yandaki boşluğa cevaplarını yazacağınız soruları tek kelime ya da kısa bir cümleyle yanıtlamanız gerekiyordu. Sonra da gazeteyi eşiniz ya da sevgilinize verip, aynı soruları cevaplamasını istiyordunuz. Böylece aralarında kilometreler olan Chris ve Noel, diğer bir deyişle şu anda otuz beş yaşına gelmiş olan Noel bebekleri, geniş koltuklarına rahatça kurulup bu ilginç anketi merakla cevaplamaya koyulmuşlardı. İlk anket başlığı "Şu bizim küçük sandığımız öfkeler"di. Bu aslında bir anda eşiniz ya da gönül verdiğiniz kişinin yüzünü ekşitmesine neden olabilecek önemli bir başlıktı. "Dürüst olmak" adlı diğer başlık ise, altında sıralanan soru adedine bakıldığında, doğruyu söylemek gerekirse insana ciddi boyutta ürkütücü geliyordu, ama gerçekten dürüst olduğunuza inanıyorsanız endişelenecek bir durum yoktu.

Chris'in evinde, yeğenleri Noel ağacını süslemek için heyecanlı bir coşku içindeydi, kız kardeşleri yaklaşan yeni yıl hakkında sohbet ediyor, anne babası koltuklarında uyukluyor, Chris ise her zamanki gibi koltuğuna gömülmüş anketi cevaplıyordu. Her yıl olduğu gibi yine babasının hâlâ gözde bir bekâr olan genç iş ortağı da Noel'i onlarla birlikte geçirecekti. Adam şu an Noel ağacının yanıp sönen ampullerinden bozulmuş olanları değiştirmekle meşguldü. Yarısı sönmüş ampuller yüzünden ağacın altına yerleştirilecek şık hediye paketlerinin yeterince parlak görünmeyeceğini, olayın hiçbir esprisinin kalmayacağını söylüyordu. O sırada Chris'in hararetle anketi cevapladığını fark etmişti.

"Benim bildiğim, bunları cevaplamaya sadece evli çiftler meraklıdır, nedense buna çılgınca bir eğilim duyarlar" dedi imalı bir şekilde.

Birden çok şaşıran Chris ona önce endişeyle bakmış, sonra hemen toparlanmıştı. Evli bir adamla gizli ama çok mutlu bir aşk ilişkisi yaşadığını kesinlikle kimse bilmemeliydi, hele bunu anne babasına sızdıracak olursa mahvolurdu. O yüzden hemfikir olduğuna inandırmalıydı onu.

"Ah, bu kesinlikle çok doğru, zaten o yüzden cevaplamaya ancak biz bekârlar cesaret edebiliyoruz. Nasılsa bu konuda bizi bağlayan bir şey yok."

Adam gülümsemişti ama Chris onun her yıl olduğundan daha farklı baktığını anlamıştı, belki onun da gizli bir ilişkisi vardı. Adamın ima dolu yüzünü görmemek için gazeteyi iyice yukarı kaldırdı.

Noel'in evindeyse nasılsa yapılacak bir şey olmadığını söyleyen çocuklar arkadaşlarıyla birlikte dışarı çıkmadan önce hediyelerini açmışlar, ama nedense bu kez çocuk olduklarını kabul etmeyip, babalarının evlerinin yakınındaki tepede uçurabileceklerini düşünerek aldığı görkemli uçurtmalardan hiç mutlu olmamışlardı, farklı bir hediye bekliyor olmalıydılar. O sırada Noel'in karısı babasıyla annesine artık tekrar işe başlayabileceğini açıklamıştı. Evet, bu aynı zamanda seyahat edeceği anlamına da geliyordu. Nasılsa çocuklar yeterince büyümüştü, kendilerine bakabilecek yaştaydılar, ilk yıllardaki gibi sürekli gözetim altında tutulmaları gerekmiyordu.

Karısının onlarla koyu bir sohbete dalmasını fırsat bilen Noel, gülümseyen bir yüzle küçük öfkelerle ilgili anketi cevaplamaya koyulmuştu. Peşinen söyleyebilirdi ki, Chris onu hiç öfkelendirmemişti, ilişkileri boyunca bir kez bile böyle bir şeyin olduğunu hatırlamıyordu. Ama karısı cephesinden bakacak olursa... işte o zaman durum değişiyordu, çünkü onunla olan yaşamı neredeyse tamamen öfke üzerine kuruluydu! Bu onun daha en baştan maça bir sıfır mağlup başlayacağı anlamına geliyordu. İşte ilk soru:

"Eşiniz ya da sevgilinizin öfkeden çıldırmanıza neden olan, ağzına pelesenk ettiği bir sözcük var mı?" Elbette Chris'in böyle bir takıntısı yoktu. O her zaman taptaze sözcükler sarf eder, hatta bir sözcüğü aynı cümle içinde ikinci kez tekrar etmemeye özen gösterirdi. Ama karısı, belki günde dört yüz kez "aslına bakarsan" diyordu. Kullandığı diğer saplantılı kalıpsa "dürüst olmak gerekirse"ydi. Tanrım, bu sözü olur olmaz her cümlenin başında kullanıyordu. Oysa bunu bu kadar sık kullanan biri aslında dürüst olmadığını kendi ağzıyla itiraf etmiş oluyordu. En önemlisi, bu oldukça ciddi anlam taşıyan sözcüğü gerçek amacından saptırıp hiç ilgisi olmayan yerlerde bile kullanmasıydı. Örneğin oldukça uzun süre otobüs beklediğinden ya da telefonda konuşma süresinden söz ederken, varsayalım bu süre on beş dakikaysa, hemen düzeltip "aslında dürüst olmak gerekirse tam on yedi dakika bekledim" ya da "Hayır, dürüst olmak gerekirse, o bana telefon ettiğinde saat tam üç değil, iki buçuktu, ama aslına bakarsan, bu o kadar da önemli değil, nasılsa her gün telefon ediyor" diyordu. Hayır, Chris'in kesinlikle böyle sinir bozucu bir takıntısı yoktu ve o sözcükleri hep yerinde kullanmayı bilen bir kadındı. Karısından duymaktan nefret ettiği bir sözcük daha vardı. "Tamam mı?" Noel bu sözcüğü çok banal buluyor, hele böyle kabadayıca bir sözcüğü bir kadının ağzına hiç yakıştıramıyordu. "Bugün kapı komşumuzu gördüm, tamam mı? Onunla lafladık filan, tamam mı? Sonra şöyle dedik tamam mı? Böyle dedik, tamam mı?" Neden her cümlenin sonuna "tamam mı" şeklinde bir ekleme yapma gereği duyuyordu? Noel bu sözcüğü onun ağzından her duyduğunda sinirleri tepesine sıçrıyordu. Ama Chris cephesinden cevaplandırdığında, kendisini adeta cennette hissediyordu. İkinci soru "Eşiniz ya da sevgilinizin yıllardır giymesinden nefret ettiğiniz, onu hemen çöpe atma isteği duyduğunuz bir giysisi var mı?" Var tabii, olmaz mı? Onun vizon kürkten boyun atkısı. Üstelik tıpkı sözle icraatın birbiriyle taban tabana zıt olduğu komik karikatürlerdeki gibi, boynunda bu atkı olduğu halde "Kürk için hayvanların katledilmesine kesinlikle karşıyım, ama vizon çok farklı, daha doğmadan annelerinin karnından alınan yavrular katledilmiş olmuyor, öyle değil mi? Çünkü sonuçta henüz özgürlük nedir bilmiyorlar" diyordu. Durun, durun sakın bu sözlerin sahibinin Chris olduğunu sanmayın, bu dahiyane sözler hep olduğu gibi yine karısına aitti. Chris ise kürk giymekten nefret etmekle kalmayıp, onu giyenleri gördüğünde kavga ediyor, giymemelerini gerektirecek bir sürü neden sıralıyordu. O her zaman pastel renkleri, spor ve sade giysileri tercih ederdi. En tercih ettiği renk, gözleri gibi gri maviydi, ara sıra da eflatun. Bu yüzden onu asla kıpkırmızı bir elbise ya da kanarya sarısı bir kazakla göremezdiniz. Hayır, onun üzerinde görüp hemen çöpe atma isteği duyduğu bir giysi söz konusu değildi. Derin bir iç çekip gülümsemişti, aşk konusunda çok şanslı olduğunu düşünüyordu. Onun âşık olduğu kadın, konuşmuş olmak için konuşan ya da saçma sapan giysiler giyen biri değildi, olamazdı da. Çünkü o zaman ona âşık olması mümkün olmazdı.

Chris'in evindeyse "Dürüst olmak" başlıklı anket onu biraz düşündürmüştü doğrusu. Bir sözcüğü üst üste tekrarlamasına gelince, Noel'in böyle bir takıntısı var mıydı? Galiba vardı. Onunla akşam yemeğine çıkacaklarında ya da Noel onun dairesine yemeğe geleceğinde randevulaşmak için telefonda konuşurlarken ona sürekli "Çocukların odasına gidip konuşmalıyım" diyordu. Ama bu ondan nefret edecek kadar öfkelenmesini gerektirecek bir şey değildi. Sadece alması gereken bir tedbirdi. Ah, bir de ona cintonik hazırladığında, sanki ilk kez içiyormuş gibi her defasında aynı soruyu soruyordu. "Buz ve limon?" Ama bunlar saplantılı ya da sinir bozucu sözler değildi tabii. Onun nasıl içtiğini bildiği halde şaka yapıyor olmalıydı. Hayır, elbette bunları yazmayacaktı, bu öküzün altında buzağı aramak gibi bir şey olurdu. Gazeteyi indirip babasının iş ortağının ne yaptığına baktı, belki de hâlâ onu gözetliyordu. Ama hayır, işiyle meşguldü, eskimiş ampulleri yenileriyle değiştirmeye devam ediyordu. Onlardan çok fazla almış olmalıydı, Chris, hiç çocuğu olmayan birinin bunca saattir sırf çocukları mutlu edebilmek için çalıştığını düşününce, onun iyi bir adam olduğuna karar vermişti. Gazeteyi tekrar kaldırıp ankete devam etti. Sıra üzerinde görmesini istemediği çöpe atılacak giysiye gelmişti. Ama Chris onun eskimiş iç çamaşırlarından başka çöpe atacak bir giysisi olduğunu hatırlamıyordu. İyice düşündü. Belki kaç yıldır giydiği için oldukça yıpranmış olan kırmızı beyaz çizgili sabahlığıyla, artık kesinlikle çok komik kaçacağına inandığı Gorbaçov döneminin modası kürk şapkasını, yazın giydiği eskimiş sandaletlerini ve bir de araba kullanırken taktığı deri eldivenlerini çöpe atıp yenilerini alma zamanı gelmişti. Ama bunların hiçbiri onu öfkelendirecek giysiler değildi. Hayır bunları da yazmayacaktı, çünkü söz konusu olan eskiyi yeniyle değiştirmek değildi, çöpe atma isteği duyulan sinir bozucu bir giysiydi.

Aynı başlık altında toplam yirmi soru daha vardı. Noel bunun en azından beş tanesinde karısının sınıfta kaldığını, ama kız arkadaşının hepsinde geçtiğini görmüştü. Ama Chris için durum farklıydı, ne yazık ki yirmisinde de Noel'i kusurlu bulmuş ve bu onun yirmi kez gözyaşlarını içine akıtmasına neden olmuştu. Evet, bunlardan üçü Noel'in yeme içme alışkanlığına ait önemsiz şeylerdi ama, onun iki kez yalan söylediğini görmüştü ve işte bu çok önemliydi, yanı sıra kabuğunu kırmak konusunda çok pasif kaldığı altı kusuru daha vardı. Aslında kendini bunları önemsememeye zorlasa da, tıpkı yanıp sönen tehlike sinyalleri gibi gözüne çarpıyordu. Ama o hiçbirini yazmayacaktı. Buna gerek yoktu. Nasılsa bir gazete sayfasındaki sıradan bir test, onun kötü alışkanlıklarını bir çırpıda değiştirecek kadar etkili olamazdı. Ancak uyanması için yeterli olmuş ve testin başlangıcında gözlerinde beliren zafer pırıltılarının yerini endişe bulutları almıştı. Birazdan onu arayıp yine Stevie Wonder'ın şarkısını söyleyeceğini biliyordu. Ama Chris ona hiçbir şey söylemeyecekti, çünkü onu ne kadar çok severse sevsin, karısını terk etmesinin mümkün olmadığını biliyordu; ondan bunu yapmasını hiçbir zaman istememişti. Sonuçta bunlar onun kötü bir adam olduğunu göstermezdi, ama kişilik konusunda zayıf biri olduğu açıktı.

Noel'se yanlış beslenme dahil karısının yedi hatasını tespit etmişti, ama en önemlisi hem karısı hem de sevgilisine karşı yeterince dürüst olmadığını fark ederek Chris'i kaybetmekten korkmuştu. Karısının yeniden işe girecek olması bu oldukça gecikmiş hatayı telafi etmesi için bulunmaz bir fırsattı. Çocukları nasılsa büyümüştü ve bu gece artık yollarını ayırmaları gerektiğini söylemenin tam zamanıydı. Ona bundan sonraki yaşamına onsuz devam etmeyi planlamasını, artık yeterince büyümüş olan çocuklarının önceden olduğu gibi kendisine ihtiyaç duymayacağını söyleyecekti. Sonra da Chris'e yıllardır hak ettiği müjdeyi vermeyi planlıyordu. Üstelik ona telefon etmek için bu kez yatak odasına çıkmasına, çocukların odasına girmesine veya caddenin köşesindeki kulübeye gitmesine gerek yoktu. Dürüst olacaktı. Chris'e bu kararını bildirmek için can atıyor, onun ne yapacağını çok merak ediyordu. Büyük olasılıkla hemen evden çıkıp şehirdeki kendi dairesine gelecekti. Öyle ya, artık Noel gecesini ailesiyle birlikte geçirmesine gerek yoktu. Noel onu bir an önce görmek, bu kararı birlikte kutlayıp, buz ve limonla içtiğini bildiği halde sırf takılmak için her defasında nasıl içtiğini sorduğu cintoniği hazırlamak için sabırsızlanıyordu. Onu hemen şimdi görmeliydi. Ama önce telefon etmeye karar verdi, ona artık özgür bir adam olduğunu haykırıp bunu hemen kutlamaları gerektiğini söyleyecekti.

Telefon çaldığı sırada Chris, ailesi, yakın dostları ve babasının genç iş ortağıyla coşku içinde oyun oynuyordu. Oyuncağın aşırı gürültüsünden telefonun sesini sadece genç adam duymuş, ama Chris'e haber vermeye gerek duymamıştı. Nasılsa herkes buradaydı. Noel gecesi bazı münasebetsiz insanlar böyle geç saatlerde sırf başkalarına rahatsızlık vermek için ararlardı, bu da onlardan biri olmalıydı.

Noel Hediyesi

Noel yaklaşıyordu, her yer ışıklandırılmış, mağaza vitrinlerinde irili ufaklı Noel Babalar belirmeye başlamıştı, kasaplar günler öncesinden hindi siparişi verip kesinlikle unutulmamasını tembih eden titiz müşterilerinin taleplerini karşılamaya hazırlanıyordu. Annesi de bir tane sipariş vermişti. Ama Joe iyice emin olmak için günde birkaç kez sormaya devam ediyordu.

"Of, Joe, içime fenalık getirdin, daha kaç kez soracaksın? Herhalde Noel günü hindi yerine fırına girip, iyice kızardıktan sonra üzerime sos dökerek kendimi servis edecek değilim. Tabii ki sipariş verdim. Unutmak gibi bir hata yapmam için çıldırmış olmam gerek."

Annesi haklıydı, Joe sonunda ısrarından vazgeçip sesini kesmişti. Bütün isteği, hiç değilse bu yıl her şeyin yolunda gitmesiydi, ama Noel'e bir gün kala yine büyükannesi ile büyükbabası geliyordu; her şey yine bir anda ters yüz olacaktı. O yüzden gelişlerine sevindiğini söyleyemezdi. Evli bir çift olmayan büyükannesi, annesinin annesi, büyükbabası ise babasının babasıydı. Aslında bu iki inatçı ihtiyar, oldum olası birbirlerinden hoşlanmamalarına rağmen, her yıl Noel'de buraya birlikte gelirler ve Joe'nun endişelenmekte ne kadar haklı olduğunu kanıtlarcasına daha ayaklarını basar basmaz, evdeki huzur yerini sert rüzgârlara bırakırdı. Büyükannesi hiç bıkmadan hep aynı şeyi söylüyordu; eğer annesi Joe'nun babası olan bu kaba ruhlu adamla evlenmeseydi, şimdi çok daha büyük ve güzel bir evde oturuyor olacaklardı. Hoşgörüsüz ve oldukça ters bir adam olan büyükbabası ise, zamane insanlarının hayat görüşlerinin çok dar oluşundan, bazı önemli değerleri hiç umursamadıklarından yakınırdı, ona göre dünya artık eskisi gibi değildi.

Joe, yılın on bir ayı gayet iyi geçinmelerine rağmen, onların gelişiyle annesiyle babasının sudan sebeplerle kavga etmelerinden endişe duyuyordu. Oysa daha birkaç gün önce bu yılın çok farklı olacağını söyleyip, birbirlerine iyi dileklerde bulunmuşlardı. Joe bu büyünün bozulmasını hiç istemiyordu, ama şimdiden diken üstünde oturur gibi sinirli halleri gözünden kaçmıyordu. Henüz on yaşındaydı ama evde ne gibi tatsızlıklar yaşanacağını önceden görebiliyordu. Büyükannesiyle büyükbabası niçin her gelişlerinde evlerinin üzerinde kara bulutların dolaşmasına neden oluyorlardı?

"Noel'in kutsal büyükannesi yine geliyor, anne" demişti üç gün önce.

"Bunun ne anlama geldiğini sanırım biliyorsundur, baban yine her yıl olduğu gibi durmaksızın aynı şarkıyı söylemeye başlayacak; bak, şu an radyoda çalıyor." Joe annesinin sinirden gerilmesine neden olan şarkıya kulak vermişti:

Beyaz Noel şarkısını duyunca
İçimden hep çığlık atmak gelir
Artık büyümüş olsam bile
Çocukken yaptığım gibi koşup
Kendimi karların üzerine atarım

Joe şarkıya bayılmıştı, gerçekten de babasının sevdiği kadar vardı, harika bir parçaydı. Ama annesi hiç de öyle düşünmüyordu. Ailece sıkı bir Bing Crosby hayranıydılar. Üstelik sadece müziğe değil her şeye karşı böyle seçiciydiler. Onların bu önyargılı tutumu babası tarafından hep alay konusu olmuştu, her defasında bu komik saplantı fanatizmine şaka yollu göndermeler yaparak takılmayı âdet haline getirmişti. Bir keresinde sırf kayınvalidesini kızdırmak için yemek masasına özellikle kâğıt peçeteler dizmiş, Joe bunu görünce babasına ateşle oynadığını söylemişti.

"Noel yemeğimizi Yaşayan Ölülerin Gecesi'ne çevirmeye kararlı olmalısın baba."

Nitekim çok geçmeden Noel sofrasında mutlaka keten peçetelerin bulunması gerektiğini söyleyen büyükannesi, damadının bu densizliğine aşırı tepki göstermiş, dahası annesi de büyükannesinin tarafını tutmuştu. Ağzını ha kâğıt peçeteye, ha gazeteye silmişsin, hiç farkı yoktu. Kadıncağız çok haklıydı; ayaküstü çerez atıştırmayacaklar, yılda bir kez kutlanan Noel yemeği yiyeceklerdi.

"Seninle flört ederken böyle abuk saplantıların olduğunu bilmiyordum, sadece beni sevdiğini sanıyordum" diyerek sitem etmişti babası.

"Of, aptal olma, ne ilgisi var? Tabii ki seviyordum, hala da seviyorum" demişti annesi, ama Joe, onun bunu kalpten söylediğine inanmıyordu. Otomatik pilota alınmış gibiydi.

Joe arkadaşı Thomas'ın evinde de aynı sorunun yaşanıp yaşanmadığını merak ederek sormuştu. Thomas bu konuda çok dertliydi, keşke sadece tek bir sorun olsaydı, düzinelerce vardı. Ama bunların içinde onu en çok üzen, Noel zamanı alınan özensiz hediyelerdi. Onların ailesinde hiçbir zaman kişiye uygun hediyeler alınmazdı, bu konuda yaşın, hatta cinsiyetin bile önemi yoktu. Bir keresinde Noel hediyesi olarak sanki küçük bir kız çocuğuymuş gibi kabarık elbiseli bir taş bebek almıştı. Thomas onu görünce resmen hasta olmuştu, nasıl olmasın? Joe çok utanan arkadaşına iyilik yapmak istemiş ve taş bebeği alıp köpeğinin kulübesine koymuştu, bebeğin başını yiyen köpek bile hastalanmıştı.

"Annenle baban hiç tartışır mı?"

Thomas bir an durup düşünmüştü. "Tartışmazlar, kükrerler..." dedi sonunda. "Gerçi bu her zaman olmaz, ama olduğunda yer yerinden oynar." Joe bunu duyunca kendisi kadar arkadaşı için de üzülmüştü, ama yazık ki elinden bir şey gelmiyordu.

Keşke büyükannesiyle büyükbabası gelmeseydi diye geçirdi içinden. Şu an kendini çok mutsuz hissediyordu ve bunun tek nedeni onlardı. Oysa anne babasıyla baş başa ne kadar güzel bir Noel geçirmeyi planlamıştı. Yemekten sonra televizyon izleyecekler, sonra belki Thomas'lara gidecekti, Thomas da onlara gelebilirdi. Annesiyle babası yalnız kaldığında sohbet edip gülecekler, "Onu hatırladın mı, bunu hatırladın mı?" diyerek eski günleri yad edip hoşça vakit geçireceklerdi.

Her yıl büyükbabası eski günlerden dem vurup zamane insanlarını eleştiriyor, büyükannesi yıllar önce görmeye alışık oldukları kaliteli insanların, yerinde yeller estiğini söylüyordu. Her şey çok değişmişti. Belki haklıydılar, ama Joe bunları duymaktan artık sıkılmıştı, tanrı aşkına bu ikisinin hiç eğlenceli bir anısı yok muydu? Özlemle söz ettikleri anılar, ona çok kasvetli geliyordu.

"Bu Noel en çok ne istiyorsun... güzel bir hediye ya da milyarlarca liralık servet dışında keşke şu olsa, dediğin bir şey var mı?" diye sormuştu annesine Joe.

"Babanın diline doladığı okul şarkısına benzer 'Beyaz Noel'i kesinlikle söylememesini istiyorum, özellikle büyükannenin yanında."

"Peki ya sen baba, sen en çok ne istiyorsun?"

"Ben de annenin kristal kadeh, cam sürahi gibi gereksiz takıntılarından vazgeçmesini istiyorum; sonuçta aileden beş kişi biz bize yemek yiyeceğiz, üzerine isimlik konması gereken bir protokol masasında oturmayacağız. Merak etmesin, hindinin sosunu porselen kap yerine tavayla ya da testiyle getirdiği için masada onu suçlayacak aristokrat bir konuğumuz olmayacak." İşte Joe'nun korktuğu başına gelmişti sonunda. Heyecanla beklediği Noel yemeğine daha şimdiden düşmanlık bulaşmıştı.

Noel akşamı yaşanabilecek en kötü şey başka ne olabilirdi? Peki bu kavganın nedeni kimdi? Tabii ki büyükannesi ile büyükbabası. İki huysuz ihtiyar, daha eve gelmeden onları germeyi başarmıştı. Yine iğneli sözlerle her şeyi eleştirecekler, durmadan şikâyet ederek kavga ortamı hazırlayacaklardı. Ve sonunda annesiyle babası patlamaya hazır birer bombaya dönüşecekti. İşte daha şimdiden birbirlerine imalı sözlerle sataşmaya başlamışlardı bile; zararsız alışkanlıklarından korkunç bir hastalıkmış gibi söz ediyorlardı. Joe elinden gelse onların ağzına birer bant yapıştıracaktı. Anne babasının kavga ettiğini görmek onu çok üzüyordu. Tanrım, bu ne büyük talihsizlikti. Büyükannesi budalaca davranışlarıyla mutlu aile düzenlerine zarar verdiğinin farkında mıydı acaba?

"Çiçek saksılarınızın da plastik olduğunu gördüm..." demişti bir keresinde, sonra da bu çok büyük bir hataymış gibi derin bir çekip, "Ah bu ne çirkin bir görüntü, çok yazık, çok yazık" diyerek gerginliği tırmandırmaya devam etmişti. Her yıl sürekli konuşan bu ikisi yüzünden masada adeta matem havası esiyordu. Oysa annesiyle babasının belki de evlendiklerinden beri bu yüzden kavga ettiklerini sanmıyordu, çiçeklerin plastik ya da toprak saksıda yetiştirilmesinin onlar için önemli olmadığından emindi.

Büyükbabasının bir başka takıntısı da zamane müziğiydi. Şimdiki insanların dinlediği gürültüyü müzik olarak adlandırmanın çok saçma bir şey olduğunu söylüyordu. Onların zamanındaki gibi kulağa hoş gelen bir tınıya sahip değildi, solist diye boy gösterenlere de müthiş öfkeleniyordu. Bir zamanlar arkadaşlarıyla tek bir konserini bile kaçırmadan coşkuyla izledikleri ünlü şarkıcılarla mukayese bile edilemezlerdi, aralarında fanatiği olunacak tek bir yetenek dahi söz konusu değildi. Eğer iyi bir sesi olsaydı, şimdi onlara eski dönemin unutulmaz şarkılarından oluşan harika bir konser verirdi, o zaman müzik neymiş görürlerdi, ama ne yazık ki yoktu. Ancak büyükannesi zamane müzisyenlerine bakıldığında hiç de o kadar kötü bir sese sahip olmadığında ısrar edip kendisine büyük haksızlık yaptığını söyleyince, büyükbabası havaya girip bet sesiyle onlara konser verme cesaretini göstermişti. Joe o sırada köpeklerinin havlayarak ona katıldığını hatırlıyordu, Tanrım ne komik bir manzaraydı; konser değil, izleyenleri gülmekten yerlere düşürecek kadar gülünç ve budala bir gösteri olmalıydı...

Ama duyduğu hiçbir şeyi beğenmediği halde neden büyükbabasının iyi işitebilmek için kulaklık taktığını merak ediyordu. Aynı şekilde gördüğü hiçbir şeyi onaylamayıp, asla hoşnut olmayan büyükannesi de takoza benzer eski moda gözlüğünü gözünden hiç çıkartmıyordu.

Joe'nun bu Noel aklına ilginç bir fikir gelmişti.

Sonunda Noel'e bir gün kala beklenen misafirler gelmiş ve her yıl olduğu gibi yine her şey daha ilk günden ters gitmeye başlamıştı. Büyükannesi içeri girer girmez, sanki dünyanın en ücra köşesinde, medeniyetten bihaber yaşamaya mahkûm edilmiş, Tanrı'nın cezalı kulları olduklarını vurgularcasına, buraya gelebilmek için yapmak zorunda kaldıkları inanılmaz yorucu yolculuğu anlatmıştı. Büyükbabası onu destekleyip trende bir kompartıman dolusu alkolik serseriyle seyahat etmelerinden yakınmış, durmadan bağırıp çağırarak avaz avaz şarkı söyleyen bu ipsiz sapsızların, yol boyunca kafalarını şişirdiklerinden söz etmişti.

Joe planını henüz uygulamaya koymamıştı. O yüzden Noel'e bir gün kala sabrının sınırlarını zorlayıp katlanmaya çalışıyor, dört gözle Noel gününü bekliyordu. Büyükbabası yollardaki aşırı trafikten söz ediyordu hâlâ, görünüşe bakılırsa tatil dönüşü kesinlikle büyük facialar yaşanacaktı, felaket tellalı gibiydi. Büyükannesiyse yıllardır olduğu gibi yine evlerinin çok küçük olduğunu, ev dedikleri bu daracık yerde birbirlerine çarpmadan dolaşmayı nasıl becerebildiklerini soruyordu.

Noel sabahı hep birlikte kilisedeki ayine gitmişlerdi. Aman Tanrım, orada da eleştirilere devam etmişlerdi, Joe bunun Noel günü yaşanacak en kötü şey olduğunu düşünüyordu. Kilisedeki herkes onlara bakmıştı. Ayin sonrası eve gelip kahvaltıya oturmuşlar ve annesiyle babası her yıl olduğu gibi yine saçma nedenlerden ötürü birbirlerine diş bilemeye başlamışlardı. Babası özellikle onu kızdırmak için "Beyaz Noel" şarkısını mırıldanıyordu.

"Eğer bu şarkıyı söylediğini bir kez daha duyarsam, elime ucu kavisli bir bıçak alıp, kolunda bugünün anısına anlamlı bir işaret bırakacağım, böylece onu her gördüğünde bu aptal şarkıyı söylememen gerektiğini hatırlarsın." Hırsından dişlerini sıkan annesi, diğerlerinin duymaması için sesini mümkün olduğunca alçaltıp bunları söylerken keten peçeteleri katlıyordu.

"Ben de bu katladıklarını yine masaya dizdiğini ve kristal kadehleri parlattığını görürsem, daha içmeye fırsat kalmadan onları tuz buz edip, parçalarıyla birilerinin boğazını keseceğim" diye aynı alçak tonda cevap vermişti babası.

Joe ise avını kapmaya hazırlanan bir şahin gibi gözünü ayırmadan büyükannesiyle büyükbabasına bakıyor, harekete geçmek için fırsat kolluyordu.

İşte sonunda beklediği an gelmişti, hediyeler açılıyordu.

O sırada büyükannesi, sırf aristokrat arkadaşlarından birinden geldiği için yere göğe koyamadığı hediyeden söz ediyordu. Soylu arkadaşı ona mendillerinin arasında saklaması için ipek kumaştan dikilmiş olağanüstü şık bir lavanta torbası yollamıştı, onlar bunun anlamını bilmezlerdi, bu sadece asillerin birbirine verdiği çok zarif ve cömert bir hediyeydi, bunu almaya layık görüldüğü için gözyaşlarını tutamıyordu, peçetesiyle gözlüğünün ıslanan camlarını silmişti. Joe bu gülünç ve baştan savma hediye için büyükannesinin gözyaşı döktüğüne inanamıyordu.

Ama bu sayede Joe'nun beklediği fırsat ayağına gelmişti. Büyükannesinin gözlerini silmek için gözlüğünü masanın üzerine bıraktığını görünce, yaşlı kadının dikkatini başka yöne çekmek için köpeğine kuyruğunu kamçı gibi kaldırması talimatını vermiş ve büyükannesinin bu ilginç gösteriyi kaçırmadan izlemesini söylemişti. Bunun üzerine gözlüklerini bile takmasına fırsat kalmayan yaşlı kadın gözlerini kısıp öne doğru iyice eğilerek pür dikkat kesilmişti. Köpeğin iri gövdesine rağmen ince bir çomak gibi duran kuyruğunu nasıl bu kadar dik tutabildiğine hayretle bakıyordu. Joe kaşla göz arasında gözlüğü masadan alıp büyükannesinin oturduğu koltuğun arkasına atmıştı. Büyük bir zevkle hayvanın yaptığı bu numarayı izleyen büyükannesi, bir süre sonra yorulunca oturduğu koltukta geriye kaykılıp kendisini bırakmış ve ani bir çatırtı sesiyle birlikte kırık cam sesleri duyulmuştu. Ardından da kulakları sağır eden bir feryat.

Hemen faraş ve süpürge getirilip cam kırıkları toplanmış, bu arada büyükannesi teskin edilmeye çalışılmıştı. Hemen yeni bir gözlük alınması gerekiyordu, ama bu mümkün değildi tabii. Noel tatiline girmişlerdi, eczane ve gözlükçülerin hepsi kapalıydı, bu durumda tatil sonrasını beklemek zorundaydılar. Tatili kör gibi geçirecek olan büyükannesi, Joe'nun hınzırca gülümseyen yüzünü seçemezken, büyük bir şaşkınlık yaşıyordu, bu nasıl olmuştu?

"Halbuki normalde çok dikkatliyimdir."

Joe kahkahalarla gülmemek için kendisini zor tutarken, mümkün olduğunca nazik davranmaya çalışıyordu. O sırada mutfakta babasının annesine takıldığını duyuyordu. "Bu harika oldu, böylece bu yıl yemek tabaklarının tersini çevirip, onların Çin porseleni olup olmadığına bakamayacak."

"Gözleri bozuk olabilir ama sağır değil, hatta hepimizden iyi duyduğunu söyleyebilirim, 'Beyaz Noel' şarkısını söylediğini duyarsa çenesi yine durmayacaktır, ona göre."

Ama nedense büyükannesinde görmeye alışık oldukları huysuzluktan eser kalmamıştı.

Joe şimdi de büyükbabasına bakıyordu. Kulaklığının iyi çalışıp çalışmadığını kontrol etmek için sık sık kulağından çıkartıp kenara koyan yaşlı adam, bir süre sonra tekrar takıyordu. Bundan iyi fırsat olabilir miydi?

Kuyruğundan dolayı Kamçı adını verdiği Labrador cinsi sevimli köpeği, genellikle şöminenin yanına yayılıp mutlu bir şekilde saatlerce uyur, ama Noel zamanı nedense uzun süreliğine ortadan yok olup kendisini unutturdu. Anlaşılan zavallı hayvancağız bile iki yaşlı ihtiyarın çenesinden rahatsız oluyordu. Joe evin içinde uzun aramalardan sonra saklandığı yerden çıkardığı köpeğini oturma odasına gelmeye ikna edip peşinden sürüklemişti. Kamçı aslında yaşlı bir köpek sayılırdı, ama yine de çok çevik bir hayvandı, o da kendisi gibi Ipswick ile Arsenal futbol takımlarının UEFA kupası için şampiyonluk maçına çıktıkları 1978 yılında dünyaya gelmişti. Joe babasının Ipswich'in o yıl ki sürpriz galibiyetine çok şaşırdığından söz ettiğini hâlâ duyardı...

Büyükbabasına Noel hediyesi olarak küçük bir çalar saat verilmişti. Onun tik taklarını iyi duyup duymadığını kontrol etmek için iki dakikada bir kulaklığını çıkartıp kenara koyuyor, sonra tekrar takıyordu.

"Kap onu oğlum" dedi Joe, köpek talimatı duyar duymaz ışık hızıyla plastik cihazı kapıp anında çiğnemeye başlamıştı. Bırakmaya hiç niyetli görünmüyordu, anlaşılan bu küçük yeni oyuncağı pek sevmişti. Çok geçmeden onu tanınmayacak hale getirmişti, öyle ki, onun kulaklık olduğunu bir bakışta anlamak mümkün değildi. Bütün kabloları ezilip birbirine girmişti. Büyükbabası korkunç bir film izler gibiydi, dehşetten kocaman açılmış gözlerle köpeğe bakıyordu. Büyük bir şaşkınlık yaşarken, o sırada torununun attığı zafer çığlıklarını duyamıyordu. Sadece onu değil, kimseyi duyamıyordu. Avazları çıktığı kadar bağırsalar bile.

Noel için hazırlanan öğle yemekleri arka arkaya masaya dizilmeye başlamıştı. Her zaman olduğu gibi Joe'nun gözüne muhteşem görünüyorlardı. Tabakların altını çevirip markasını okuyamayan büyükannesinin uslu bir çocuk gibi olduğu görülüyordu.

Üstelik "Yemekler harika kokuyor" demişti. Onun yıllardan beri ilk kez bunu söylediğini duyan Joe, gerçekten de annesinin hindiyi döktürmüş olduğunu görüyordu. Ama bu kez geçen yıllarda olduğu gibi onu gümüş bir tepsinin içinde masaya getirmemişti. Her Noel bu gibi gereksiz detaylar yüzünden yaşadıkları üzücü olayları anımsamıştı Joe, oysa şimdi sıradan bir servis tabağının içinde yatan hayvancağız halinden oldukça memnun görünüyordu; onu masaya gümüş tepsiyle getirmekte ısrar etmek, masadakileri zorla üzücü anılara sürüklemekten başka bir işe yaramayacaktı ve sonunda annesi dayanamayıp, bu saçmalığa son vermişti.

Babası eline servis bıçağını alıp hindiyi taksim etmişti. "Sen but seversin, değil mi baba?" Ama birden onun kulaklarının duymadığını hatırlayıp, babasının tabağına servis yapmadan önce bir süre durmuş, onun onayını beklemişti.

"Teşekkürler evlat, çok güzel görünüyor" dedi büyükbabası sonunda.

Yemekten sonra yan odaya geçip yeni nesle ait müzikli bir oyun oynamışlardı, büyükannesi de katılmıştı; hepsi birden ayaklarını yere vurup ritim tutuyor, büyükbabası o sırada hiçbir şey duymuyordu. Kamçı'nın bu hareketli müziğe havlayarak eşlik ettiğinden bile haberi yoktu.

Noel akşamı televizyonda harika bir film vardı. Ama babası şimdiden onu izleyemeyeceklerini haber vermişti, çünkü büyükbabası yine zamane filmlerinin kabul edilemez olduğunu söyleyip, her zamanki hamasi nutuklarından birini atacaktı: Vatanseverliğin aynı ülkeden olan insanların birbiriyle dövüşmesi değil, iyi geçinmesi demek olduğunu söyleyecek, ayrıca filmde konuşulan dilin yüz kızartıcı olduğundan yakınacaktı.

Büyükannesi ise bu tip filmlerin Noel akşamı gösterilmemesi gerektiğini söyleyecekti. Herkes Noel akşamı masada oturup yemeklerini yerken, insanların içini dışına çıkartmanın anlamı var mıydı, neden bunların yerine hoş şeyler göstermiyorlardı?

Peki bu yıl da öyle mi olacaktı? Belki de? Joe filmi izlemesine izin vermesi için annesiyle babasının yüzüne umutla bakmıştı.

"Ne yapalım, o halde biz de azarlanmayı göze alırız" demişti babası, ama yine de tüm iyi niyetiyle bunun olmamasını diliyordu.

"Dünyayı başımıza indirecek değil ya" demişti annesi.

Filmi izledikleri sırada büyükbabasına bakmıştı, bir şey duyamasa da gördüklerinden memnun olduğu anlaşılıyordu. Çok geçmeden koltuğunda uyuyakalmıştı. Bulanık gören büyükannesiyse sahneleri takip edemese de müziğinden çok hoşlanıp bunun iyi bir film olduğuna karar vermişti. Bir süre sonra o da uyuyakalmıştı.

Her yıl Noel'in ertesi günü, annesiyle babası çevredeki komşularını içki içmeye davet ederlerdi. Ama büyükannesi her defasında onlara dudak bükerek bakar, alayının budala olduğunu söylerdi. Sanki Noel içkisiyle yeniden kutsanıp sınıf atlıyor ya da Noel'in onları küflerinden arındırdığına inanıyor gibi saf bir halleri vardı. Aslında bu kişiliksiz sınıfın topluma çeşni katıp eğlendirdiği kesindi, ama her horoz kendi çöplüğünde ötmeli, herkes yerini ve haddini bilmeliydi. Büyükbabasıysa bu insanların bir araya geldiklerinde hep para, içki, at ve futboldan konuştuğunu söyler, hiçbirinin eski insanlar gibi milliyetçi duygulara sahip olmadığından yakınırdı; ona göre tarihi masal kitabı sanan yeni toplum büyük bir kimlik sorunu yaşıyordu.

Ama bu yıl ikisi de komşuları iyi karşılamış, en ufak bir eleştiri yapmamışlardı; onlarla birlikte içkilerini içerlerken, kadehlerini kaldırıp yeni yıl için iyi dileklerde bulunmuşlardı.

Joe, fırından elmalı turtayı çıkarmak için annesiyle babasının mutfağa gittiğini, birbirleriyle şakalaştıklarını ve babasının eliyle annesine turta yedirdiğini görmüştü. Büyükannesi masaya konan kâğıt tabak ve peçeteleri görmemiş, büyükbabası Joe'nun babasının şefliğinde hep birlikte "Beyaz Noel" şarkısını söylediklerini duymamıştı.

Ertesi gün büyükbabasıyla büyükannesini yolcu ettikten sonra, babası Joe'ya dönüp "Bu yıl Noel çok farklı geçti, sence de öyle değil mi?" diye sormuştu.

"Kesinlikle öyle" diye cevap vermişti Joe. Ama bir dahaki yıl bu güzelliği yakalayamayacağından emindi.

"İkisinde de büyük bir değişiklik vardı" dedi annesi. Anlaşılan onlardaki bu ani değişimin Joe'nun planından kaynaklandığını fark etmemişti; yoksa fark etmişti de anlamazlıktan mı geliyordu? Ama bu hiç önemli değildi, annesinin gözlerinin parladığını görmek Joe için yeterliydi.

Tabii ki onları yerinden kımıldamaz hale getirmesi mümkün değildi, zaten istediği bu değildi, o sadece yeterince duyamayıp görememenin bir insanın başına gelebilecek en kötü şey olduğunu anlamalarını istemişti. Bu dersin onlara güzel bir Noel hediyesi olduğunu düşünüyordu, böylece bir daha onun Noel'ini tehdit etme cesareti gösteremeyeceklerdi.

Beyaz El Arabası

Ekmek tekneleri olan dükkânı ayakta tutabilmek için oldukça yorucu ve uzun bir yıl geçirmişlerdi. Her sabah erkenden kalkmışlar, geceleri geç saatlere kadar çalışmışlar, dükkâna gelen her yeni mamulün satışı için endişe duymuşlardı. Ama endişelerinin tersine, Patel'lerin şans grafiği hep yukarılara doğru tırmanmıştı. Bugün Noel arifesiydi ve dükkândaki aşırı kalabalık, Javed Amca'nın neşesini iyice yerine getirmişti; şu an onlar hakkında yanılmamış olmanın gururunu yaşıyordu. Şehrin merkezinde, işyerlerinin yoğun olduğu bölgedeki dükkân kendilerinindi. İlkin çalışanların öğle yemeği ihtiyaçlarını gidermek üzere fast food, salata ve sandviç gibi şeylerle işe başlamışlar, daha sonra genişletip küçük elektronik aygıtlar, çeşitli kırtasiye malzemeleri, deri cüzdan, kemer, çanta gibi değişik aksesuarlardan oluşan bir hediyelik eşya reyonu ilave etmişlerdi.

Diğer dükkân sahipleri başlarını iki yana sallayıp onların birer çılgın olduğunu söylerken, henüz yeni evli bir çift olan Patel'ler, değişik ürünler satma konusunda onlara sürekli akıl veren Javed Amca'nın teşvik ve önerileri doğrultusunda cesur girişimlerde bulunmaya devam etmişlerdi. Bu yüzden her marka ve türden çeşitli hazır gıda mamullerinin mevcut olduğu genç çiftin dükkânı, özellikle Noel alışverişini son dakikaya bırakmak zorunda kalan çalışanlar tarafından çok rağbet görmekteydi. Noel tatiline girmelerine saatler kala, meslektaşlarının gıpta ettiği dükkânlarının ana baba gününe benzer görüntüsüne gururla baktılar; üzeri tepelemesine paketlerle dolu beyaz el arabaları köşede dizilmiş, sahiplerini bekliyordu.

Bunların hepsi çalışanlar tarafından öğlen tatilinde satın alınmıştı, iş çıkışı ellerindeki ödeme makbuzunu kasaya gösterdikten sonra vakit kaybetmeksizin kendilerine ait olan el arabasını alıp gidiyorlardı. Her bir arabanın üzerinde keçeli kalemle sahibinin adı yazılıydı. Dükkân arı kovanı gibiydi, birbirlerine mutlu Noeller deyip, iyi dileklerde bulunanlar sayesinde içeriye Noel korosunu andıran tatlı bir uğultu hâkimdi. Patel'ler yüzlerce çeşit ürünün gördüğü aşırı ilgiden adeta şaşkına dönmüştü. Devamlı müşterilere yeni yüzler eklendiğini fark eden Javed Amca'nınsa keyfine diyecek yoktu, genç çiftin başarısını içtenlikle tebrik etmişti. Bay Patel devamlı müşterilerinden biriyle sohbet ederken, Javed Amca genç çifte yardım etmek için kolları sıvamıştı, üzerindeki etikette S. White adına ayrıldığını gösteren el arabasını, genç ve oldukça dalgın olduğu görülen bir bayana teslim ediyordu. Kadının tedirgin bir hali vardı, bakışlarının kimseyle karşılaşmasını istemiyor gibiydi, uzun saçlarını özellikle gözlerinin üzerine düşürmüştü. Bayan Patel buz gibi soğukta dışarılara kadar çıkıp bir müşterisine ilerdeki otobüs durağını gösterirken, Javed Amca üzerinde yine S. White yazan başka bir el arabasını, kambur gibi duran üzgün bakışlı bir adama teslim ediyordu. Sonunda onun haylaz bir erkek çocuğunu andıran zeki bakışları gözetiminde dükkânın kepenklerini indiren genç çift, güzel bir Noel tatilini hak etmiş olmanın verdiği huzurla evlerinin yolunu tutmuştu.

Patel'lerin dükkânından çıkan Sara White, caddenin köşesinde park edip onu sabırla bekleyen Ken'in kamyonetinin bagaj kapısına el arabasını yanaştırırken, her işyerinin Ken gibi güvenilir birine ihtiyacı olduğunu düşünüyordu; sağduyu sahibi, ağzına içki koymayan, özel yaşamını ikinci plana itip işini mükemmel şekilde yapmaya çalışan ve asla gereksiz yere konuşmayan birine. O her zaman her durumda insanlara yardıma hazır, iyi kalpli bir adamdı. Her yıl Noel arifesinde işyerindeki partilere katılan çalışanları evlerine taşımak Ken için neredeyse bir gelenek haline gelmişti. Sara'nın geldiğini görür görmez kamyonetten inmiş ve alışveriş poşetlerini el arabasından alıp düzgün bir şekilde bagaja yerleştirdikten sonra tekrar direksiyonun başına geçmişti. Sara dışında üç müşterisi daha vardı, şu an arkada neşe içinde şarkı söylüyorlardı. Ken onları evlerine bıraktığı sırada, eğlenceleri yarıda kesildiği için olsa gerek, kamyonetten inmeye pek istekli görünmemişlerdi.

İçlerinde sadece Sara suskundu, ön koltukta otururken oldukça ciddi ve ağırbaşlı görünüyordu.

"Bütün dükkânı satın almış olmalısın, bir ara hiç gelmeyeceğini sandım" dedi Ken.

"Haklısın, ama bu Noel onlar için diğer yıllardan çok daha zor geçecek, alışılmışın dışında farklı bir şeyler almak istedim" dedi Sara, o sırada yanındaki pencereden sağanak yağmur altında evlerine gitmeye çalışan dışarıdaki kalabalığa bakmıştı.

Sara'nın kocası geçen ilkbaharda onu terk etmişti; ansızın ve hiç beklemediği bir anda. Ama Sara bundan söz etmekten kaçınıyordu, işyerinde bile bu konuda çok az konuşmuştu. Ama tüm çabasına rağmen üzgün olduğu dikkatlerden kaçmamış, hatta birkaç kız arkadaşı Ken'e onun gizli gizli ağladığından bile söz etmişti. Zavallıcık günlerce kocasının onu arayıp eve döneceğini söylemesini beklemişti.

"Onlara yarın Thai Curry hazırlayacağım, Tayland mutfağını çok seviyorlar, bilirsin, çocukları sevdikleri şeylerle meşgul etmek, bazı şeyleri daha kolay unutmalarına yardımcı oluyor."

"Bilirim" dedi Ken, oysa bu konuda hiçbir bilgisi yoktu.

Evin önüne geldiklerinde Ken bagajdan poşetleri alıp taşımıştı. Geçen yıl kapıyı kırmızı kazaklı uzun boylu bir adam açmıştı. Yanlış hatırlamıyorsa adı David'di. Paketleri Ken'in elinden alıp onu içki içmeye davet etmişti. Bu yıl kapıyı iki çocuk açmıştı.

"Çok geç kaldın" diye çıkışmıştı küçük kız, aşırı kızgın bakışlarından annesinin bu davranışını hiç onaylamadığı anlaşılıyordu.

"Kim bilir ne aptal bir partiydi, bunun için geç kaldığına inanamıyorum" demişti oğlan.

"Ken'i hatırladınız mı?" diye sordu Sara neşeli bir sesle, Ken ilk kez onun sesinin canlı çıktığını duyuyordu. Hem de oldukça canlı.

"Evet" dedi kız.

"Selam" dedi oğlan.

Ken de onlara aynı canlılıkla "İyi geceler" demişti. Yok, hayır, içeri girmek istemiyordu. Sadece mutlu Noeller dileyip gitmişti.

"Şimdi..." dedi Sara

"Şimdi ne?" diye sordu on üç yaşında olan Adam, annesine belli etmemeye çalışıyordu ama çok kötü bir gün geçirmişti. Bütün arkadaşları heyecanlı bir Noel hazırlığı içindeydi, büyük olasılıkla aileleri onlara birbirinden güzel hediyeler almıştı, hepsi şu an evlerinde özenle süslenmiş Noel ağacının çevresinde toplanıp harika partiler veriyor olmalıydılar. Ama üzülmemeleri için Sara onlara Noel'in diğer günlerden bir farkı olmadığını söyleyip duruyordu, oysa vardı ve şu an içinde fırtınalar esiyordu. Bunu annesine hissettirip duyduğu acıyı bir şekilde kusmak istese de onu üzmekten çekiniyordu, o yüzden ne diyeceğini bilememişti. "Yine Noel'in sıradan bir gün olduğunu söyleyeceksin herhalde."

"Ne?" Erkek kardeşinin sorusunu yinelemişti on iki yaşındaki Katie, babasını çok özlemişti, eğer onları terk etmemiş olsaydı şimdi bu acıyı yaşamayacaklarını düşünüyordu. Ama gitmişti işte... elinden bir şey gelmiyordu... ve artık hiçbir Noel eskisi gibi güzel olmayacaktı. Babalarını en son gördüklerinde anneleriyle şiddetli bir kavgaya tutuştuğunu hatırlıyordu, o sırada babası öfkeyle homurdanıp içini çekmiş ve sanki Tanrı'dan yardım ister gibi bakışlarını gökyüzüne dikmişti. Anneleri bağırıyor, titriyordu. Kavganın nedeni yabancı bir kadındı. Hiç tanımadıkları bir kadın. Adam'la Katie, o günden beri babaları hakkında konuşmamaya karar vermişti. Onu unutmanın en kolay yolu buydu.

Ama Noel zamanı bu hiç de kolay olmuyordu. Annelerinin gözlerinin dolduğu ama bunu onlara göstermemeye çalıştığı dikkatlerinden kaçmıyor, zorla gülümsemeye çabalarken hiç de iyi rol yapamıyordu.

"Şimdi..." dedi tekrar Sara. "Gelin bakalım burada neler varmış, birlikte açalım." Mutfağa yönelip masanın üzerinde yığılı duran poşetleri yavaşça açmaya başlamıştı, ama çok geçmeden bunların kendisine değil de Bay Stephen White'a ait olduğunu anladığında beyninden vurulmuşa dönmüştü. Poşetlerin içinden adamın kredi kartı slipi çıkmıştı. Bir paket dilimlenmiş beyaz ekmek, bir kutu bezelye konservesi, iki porsiyon dondurulmuş hindi eti... hindinin göğüs kısmını sevdiği anlaşılan adam ayrıca tam on kutu kedi maması ve üzerinde Danimarka dilinde Mutlu Noeller anlamına gelen *Merry Yuletide* yazılı dört paket talk pudrasıyla dört tane de sabun almıştı. Gerçekten bu yaşadığı inanılır şey değildi, Sara paketleri açtıkça dehşete düşüyordu. Neden bu dünyadaki bütün terslikler onu buluyordu? Üstelik şu anda gördüğü yiyeceklerin hepsinden nefret ederdi. Hindi doldurmak için çeşitli malzemeler! Yoksa adam dondurulmuş göğüs eti, bezelye ve diğer malzemelerle hindi doldurmaya mı niyetlenmişti? Çünkü önündeki kutuların hepsi garnitür türünden şeylerdi ve Sara çoğunu daha önce hiç duymamıştı; kutuyla sıcak suya atılıp kısa bir süre kaynattıktan sonra üzerine sos döküp yenen şipşak yiyeceklerdendi. Bu müthiş yanlışlıktan dolayı yüzü gerilmiş, bir anda gözleri dolmuştu. Ağlamak üzereydi, onun bu halini gören Adam'la Katie birbirlerine şaşkınlıkla bakıyorlardı; babaları onları terk edip gittiğinden beri ilk kez annelerini böyle görüyorlardı. Adının Bayan Hunter olduğunu öğrendikleri yağlı saçlı, uzun hırkalı o kadınla gittiği gün bile ağladığını görmemişlerdi. Alışveriş karışıklığı yüzünden bu kadar üzülüp ağlamasını doğrusu çok garip bulmuşlardı.

Sara gözyaşlarını zorlukla tutmaya çalışırken ne yapabileceğini düşünüyordu. Bugün Noel arifesiydi ve şu anda saat akşamın sekiziydi. Bütün dükkânlar kapanmıştı. Ve adı Stephen White olan yarım akıllı bir adam, şu anda kim bilir şehrin hangi köşesinde, kızı Katie için aldığı yumuşak deriden bir çanta, oğlu Adam için özenle seçtiği on adet CD ve bir CD çalar, Katie'nin yeşil gözlerine çok uyacağını tahmin ederek aldığı saf ipek bir eşarp ve Adam'ın çok istediği fotoğraf makinesiyle acaba ne yapıyordu? Masanın üzerindekilere baktığında beyaz ekmek, dondurulmuş göğüs eti, biraz yeşillik, bir kutu bezelye, siyah zeytin, yeşil limon ve taze kişnişotu satın alan adam, şimdi oturup onun aldığı karidesin yanında çeşitli salata soslarıyla en kalitelisinden peyniri bir güzel yiyor olmalıydı. Gerçi şehirdeki marketlerden biri açık dahi olsa, Sara başka bir şey satın alacak durumda değildi. Bir ay çalışıp kazandığı maaşın yarısını Patel'lerin dükkânına bırakmıştı, şimdi onlar başarılarını ve mutlu evliliklerini kutlarken, acaba yaptıkları bu acemice hatadan dolayı bir anda dünyası başına yıkılan, çaresizlik içinde kalmış bir müşterinin varlığından haberdarlar mıydı? Sırf deneyimsizliklerinden dolayı çocukları şimdi oturup ya bu iğrenç yiyecekleri yemek zorunda kalacak, ya da hiçbir şey yemeyeceklerdi.

Sara bunu hak etmediğini düşünüyordu, bir ay boyunca deli gibi çalışıp bu parayı çocuklarına güzel bir Noel sofrası hazırlayabilmek için kazanmıştı. David'in davetini özellikle kabul etmemiş, çocuklarının oraya gidip saçlarına bir kez bile fırça değmemiş, yüzünü hiç yıkamamış izlenimini veren pasaklı Marjorie Hunter ve sahtekâr babalarıyla birlikte Noel yemeği yemelerini istememişti. Çocuklarını görmeden geçireceği bir Noel'in onun için hiçbir anlamı olmayacağını söyleyen David ona birkaç teklifi bir arada sunmuştu; gelip bir iki saatliğine onları görebilir veya arabayla alabilir ya da bir taksi gönderip aldırabilirdi. Aksi takdirde kendisini çok yalnız hissedeceğini söylemişti.

"Bunu onları terk ederken düşünecektin" demişti Sara kızgın bir şekilde.

"Lütfen Sara" diyerek ona yalvarmıştı David.

"Neden kendini yalnız hissedesin, David?" diye alaylı bir tonda sormuştu Sara. "Nasılsa yanında güzeller güzeli Marjorie Hunter var, o seni eğlendirir." Cevap vermesini beklemeden telefonu yüzüne kapatmıştı. Zafer onundu. Kendisini galip hissetmişti.

Çocukların üzgün bir şekilde onun yüzüne baktıklarını görüyordu.

"Şimdi bu yiyeceklerin hepsini çöpe mi atacağız?" diye sordu Katie.

"Ben buzdolabına bir göz atayım" dedi Adam.

"Onlar yiyecek falan değil" diye içini çekti Sara, omuzlarında hissettiği sorumluluk duygusundan bir anda sıyrılmıştı. "Evet hepsini çöpe atacağız, çünkü onlar normal birinin satın alacağı türden şeyler değil, onlar ancak Noel yemeği için deli bir adamın satın alabileceği şeyler" derken masanın üzerindeki kutular dolusu kedi mamasıyla fare yemleri ve bir yığın abuk sabuk şeye nefretle bakmıştı. Çocukların görmesini istemediği gözyaşlarını silmeye çalışırken, bunun yaşadıkları en kötü Noel olduğunu düşünüyordu.

İkisi de şaşırıp kalmıştı. Babalarının aylar önce onları terk edip gittiği günden beri ilk kez bu kadar gergin bir gün yaşıyorlardı. Katie annesinin yatağının ucuna ilişip onunla konuşmaya çalışmış, neden bu kadar üzgün olduğunu onlara anlatması için yalvarmıştı, ne olmuştu? Ama cevap alamamıştı. Sadece gülüyordu ve bu çok garip bir kahkahaydı, bugüne dek annelerinin hiç böyle güldüğünü görmemişlerdi. Adam, acaba onun hakkında okulla ilgili kötü bir şey duymuş olabilir mi diye geçirmişti aklından. Yoksa başka bir şey mi olmuştu? Ama ikinci kez aynı garip kahkahayı duyunca, bunun okulla ilgili bir şey olmadığını anlamıştı, neden bu kadar aptaldı? Bu kesinlikle babasının evi terk edişiyle ilgiliydi.

Ama yine de şaşkınlardı, onun bunca zaman sonra ağlamasına anlam veremiyorlardı. Anneleri acısının en taze olduğu günlerde bile çektiği bunca işkenceye rağmen tek damla gözyaşı dökmemiş, cevapları kendisinde saklı olan soruları dillendirmemişti. Onun çok güçlü bir kadın olduğunu biliyorlardı.

Katie ile Adam yavaşça onun yanına yaklaşıp hıçkırıklarla sarsılan omuzlarına dokunmak istemişlerdi. O sırada anneleri başını masaya dayamış, gözünü ayırmadan üzerindeki tuhaf malzemelere bakıyordu. Sonunda Katie dayanamayıp ona hafifçe dokunmuş, Adam gözlerini silmesi için koşup bir tomar kâğıt havlu getirmişti. Sonunda yavaş yavaş kendine gelmeye başlayan Sara dönüp çocuklarına bakmış ve burnunu gürültüyle temizleyip, onlara gülümsemişti.

"Beni bir daha asla böyle görmeyeceksiniz, bu ilk ve sondu."

Ama ne olduğunu anlayamamışlardı, bilmek istiyorlardı.

"Sizin için özel bir yemek hazırlamak istemiştim."

İkisi birden onun boynuna sarılmış, onu ne kadar çok sevdiklerini söylemişlerdi. Sara da onları çok sevdiğini söylemişti, hayattaki tek amacı onları mutlu etmekti ve Noel yemeğinin mükemmel olması için çabalamıştı. Ama olmamıştı işte... şimdi oturup bu garip malzemelerle bir yemek uydurmaya çalışacaklardı, üstelik onlar için aldığı harika hediyeler de gitmişti. Hepsi şu anda o deli adamın elindeydi.

"Ben senin yerinde olsam bunu hiç kafama takmam" dedi Katie. "Bunları yemek zorunda değiliz, başka bir şeyler yapabiliriz." Katie durup annesinin itiraz etmesini beklemişti. Ama Sara masanın üzerinden ona canavar gibi bakan malzemelere göz atıp derin bir iç çekmişti. Adam nefesini tutup annesinin gözlerinin içine bakmıştı. Artık ağlamadığını görüyordu.

"Hem bunlar o kadar da kötü yiyecekler değil ki, hani şu çabuk pişirilen türden" dedi Adam. "En azından deneyebiliriz, ayrıca Noel sonrası o deli adamı bulup hediyelerimizi geri alabiliriz."

Annesi onun küçük çenesine dokunmuştu. Annesini yeniden gülerken görmek Adam'ı çok mutlu etmişti. Belki de aylardan beri ilk kez onun bu derece içten gülümsediğini görüyorlardı. Oysa acılarını onlarla paylaşmaksızın tek başına yaşayan annelerini tekrar böyle görebileceklerinden ümidi kesmişlerdi.

Sara oğluyla kızına baktı, S. White adındaki adamın satın aldığı garip malzemeleri evirip çevirerek nasıl pişirileceğini anlamaya çalıştıklarını görüyordu. Konserve kutular, dondurulmuş yiyecek paketleriyle boğuşurlarken, sanki heyecanlı bir keşif yapar gibiydiler. Annelerini mutlu etmek için oldukça değişik bir Noel mönüsü hazırlığı içindeydiler. Ama Sara bu malzemelerle hiçbir şey yapılamayacağını biliyordu. Gülünç bir durumda olan zavallı çocuklarına baktı. Onlar her şeyin en iyisini, hediyelerin en güzelini hak ediyorlardı ve Noel'de tek istedikleri mutlu olmaktı. Birden silkinip kendine geldi.

"Babanızı aramak ister misiniz?"

Çocuklar şaşkınlıkla birbirlerine bakmış, ama bakışlarındaki heyecanı annelerinin görmesini istememişlerdi.

"İsterseniz onu yarın öğle yemeğine davet edebilirsiniz" diye ilave etti.

"Belki gelirken hediye ve yiyecek bir şeyler de getirir" dedi Katie, bu fikri çok parlak bulmuştu.

"Saçmalama! Onsuz geleceğini mi sanıyorsun? Tabii ki yanında onu da getirecek!" dedi Adam. Yaşamlarının bu hale gelmesine neden olan kadını görmek istemediği anlaşılıyordu. Bugüne dek saklamaya çalıştığı öfkesini sonunda kusmuş ve bunu söylerken annesinin üzüleceği hiç aklına gelmemiş olan kız kardeşine kızmıştı.

"Getirirse getirsin" dedi Katie, ama bunu söylerken bir an tereddüt yaşamıştı.

Sara, Bay S. White'ın satın aldığı yiyeceklere kuşkuyla baktı. "Bunlarla bir şey yapılabileceğini gerçekten düşünüyor musunuz?"

İkisi de kaşlarını kaldırıp birbirlerine bakmışlardı.

"Pişirmesi çok kolay" dedi Adam, kendinden oldukça emin görünüyordu. Katie başını sallayıp erkek kardeşini onaylamıştı.

Sara içini çekti. Çocukları haklıydı. Gerçekten de kolay ve pratikti. Kalkıp telefona gitti. "Ama yine de babanızı uyaracağım ve... tabii Marjorie'yi de..." Bunu söylerken pür dikkat kesilmiş iki sevimli yüze bakıp gülümsemişti. "Onlara bunun çok hafif ve oldukça kolay hazırlanmış bir yemek olacağını söyleyeceğim, fazla bir şey beklemesinler."

Stephen'ın Ziyafeti

Stephen White, işyerine çok yakın olan Patel'lerin dükkânını her zaman çok beğenirdi. Dükkânın sahipleri olan çalışkan genç çiftin neredeyse başlarını kaşıyacak vakitleri yoktu ama, ne olursa olsun müşterileriyle ilgilenip iki çift laf etmeyi ihmal etmezlerdi. Bay Patel bir keresinde ona hastanede yatan bir meslektaşına ne götürmesi gerektiği konusunda fikir bile vermişti. Bunun üzerine Stephen White kadına bir kutu çikolata satın almıştı. Ama sari giymiş ufak tefek Hintli bir kadın müşteri, onların sohbetlerine kulak misafiri olduğunu söyleyip araya girmiş ve götürülecek en uygun hediyenin zarflarıyla birlikte bir kutu tebrik kartı olduğunu söylemişti. Hatta üzerine pullarını yapıştırırsa çok daha mükemmel olurdu.

Stephen hediyesinin gerçekten çok makbule geçtiğini görmüştü. Hastanedeki hanım meslektaşı tebrik kartlarını görünce çok şaşırmış, çok ince bir düşüncenin ürünü olduğunu söylemişti. Ama aptal kafalı Stephen bunun markette rastladığı Hintli kadının fikri olduğunu açıkça söylemişti. Tabii bunu söyler söylemez hediyesinin hiçbir anlamı kalmamıştı; ama Stephen böyle biriydi işte, son derece samimi ve dürüst; kendisine ait olmayan bir şeyi ya da fikri sahiplenmek asla ona göre değildi. Hiçbir zaman bu yoldan şaşmamıştı. Kendisine bakılırsa, şimdiye dek bir zarar gördüğü de söylenemezdi. Gerçi diğerlerine göre bunun adı dürüstlük falan değil, düpedüz enayilikti. Onu aşırı derecede çekingen ve içine kapanık olmakla suçluyorlardı. Bu kişilerin başında babası geliyordu, ama o babası gibi girişken biri değildi, ona göre karısından boşanmasının nedeni de buydu. Babasıyla aynı fikirde olan kız kardeşleri için de öyle. Aslında karısı Wendy'nin onu sevdiğini ama sırf bu yüzden ondan ayrılmak zorunda kaldığını söylemişlerdi. Wendy, onun gibi hayatı dümdüz yaşayan aşırı saf birinin hiçbir zaman başarılı olamayacağını söylemişti; elindekiyle yetinen, haklarının yenmesine suskun kalan, en ufak bir hırsı dahi olmayan bir adamla daha fazla yapamayacaktı.

Oysa Stephen çekingen ve içine kapanık biri olduğundan bile habersizdi. O sadece doğru bildiği yoldan sapmadan yaşıyordu. Bir adam her sabah işine gider, para kazanır ve onu gereken yerlere harcardı. Girdiği kuyrukta bir yolunu bulup öne geçmeyi asla aklına getirmezdi, diğerleri nasıl sırasını bekliyorsa, o da yerine geçip sıranın ona gelmesini beklerdi. Zaten böyle olmamalı mıydı? Dünya kurulalı beri böyle değil miydi? Demek ki sistem değişmişti ve onun bundan haberi yoktu. Onun için hayat her şeyle o anda yüzleşmek, geriye dönüp baktığında yaptığından pişmanlık duymamaktı. Pişman olacağı bir şeyi yaparak vicdanını rahatsız etmek bir insanın en çekindiği şey olmalıydı. Ama işte öyle değildi ve düşündüğünde, neden tam Noel arifesinde başına bunun geldiğini ancak şimdi anlayabiliyordu. Uzun lafı kısası, sisteme ters düşmüştü ve ona her zaman başarılı bir memur olduğunu söyleyen patronu, konuşurken yüzüne bakamayıp utanmış, hatta kelime bulmakta zorlanmıştı.

"Bunu sana söylemek o kadar kolay değil, Stephen, yılın bu zamanında söylemek bir kat daha zorlaşıyor" diye söze başlamıştı.

Stephen onun ne demek istediğini anlamayıp, patronuna boş gözlerle bakmıştı.

"Sanırım bunun arkasından ne geleceğini tahmin etmiş olmalısın" diyen kadın gözlerini kaçırarak devam etmişti.

Ama Stephen ne geleceğini tahmin edememişti, neler olduğunu hâlâ anlayamamıştı. Aklına işten kovulmak gibi bir şey gelmemişti asla. Üstelik Noel arifesinde.

Patel'lerin dükkânına girip üzerinde S. White yazan alışveriş arabasını almış ve elindeki ödeme makbuzunu kasaya göstermişti; bunları yaptığını bile hatırlamıyordu, aklında hep bu konuşma vardı. O sırada dükkân sahibi genç çifte gıptayla bakmıştı, başarılı olmayı fazlasıyla hak eden çok iyi insanlardı, yüzleri neşeyle gülüyordu. Stephen ise çok üzgündü, işi ve geleceği olmayan asalak biri olduğunu düşünüyordu.

Acı haber öğleden sonra, Noel tatiline girmelerine saatler kala gelmişti. Oysa bir gün öncesine kadar işi olan bir adamdı, şu an otomatik pilota alınmıştı sanki, uzayda yürüyor gibi hissediyordu. Bu onun yapayalnız geçireceği ilk Noel'di, yetmiyormuş gibi işsiz de kalmıştı. O yüzden canı hiçbir şey istemiyordu, sadece çabuk pişirebileceği birkaç pratik konserve almıştı. Wendy ile boşanalı beri iki Noel geçirmiş, ikisini de erkek kardeşinin evinde karşılamıştı. Yemekten sonra oturup oyun oynamışlardı ama bu teknoloji harikası oyunlara pek fazla kafası basmıyordu. Zekâ gerektiriyordu ve çok fazla düşünmekten beyni yorulmuştu; bunun adı oyun olamazdı, hiç rahatlatıcı değildi. O yüzden bu yıl tek başına olmaya karar vermişti, akşam yemeğini kendisi hazırlayacaktı. Bunun için hindinin tamamını almak istememiş, onun yerine iki paket dondurulmuş göğüs eti almıştı. Tek başına bir hindiyi nasıl bitirecekti? Hiç kimse onun gibi üzgün biriyle Noel sofrasını paylaşmak istememişti, içlerinin kararacağını düşünmüş olmalıydılar. Sadece iş arkadaşı George ona dışarıda yemeyi teklif etmişti, hem böylece biraz dolaşmış olurlardı. Gerçi henüz bir planı yoktu, sadece bir olasılıktı. Ama Stephen ona dışarıda yemek istemediğini söylemişti, bu yıl yemeği kendisi hazırlamayı tercih ediyordu. İşte sırf bu yüzden bir yığın hazır konserve almıştı; içlerinde elmalı turta bile vardı. Sadece su ilave ederek on dakikada hazırlanan birkaç paket hazır çorba başlangıç için iyi olurdu. Yan komşusu olan bayanlara hediye almayı da ihmal etmemişti, onlar için en uygun hediyenin talk pudrası ve kokulu sabun olacağını düşünmüştü. Sonunda daha önce satın aldığı malzemelerle dolu el arabasıyla dalgın bir halde Patel'lerin dükkânından çıkmıştı.

Eve geldiğinde paketlerin hepsinin üzerinde "Mutlu Noeller" yazdığını görmüştü. Satışta albeni şarttı ve bunun gerçekten güzel bir buluş olduğunu aklından geçirdi. Demek ki üşenmeyip dükkândaki her malzemenin üzerine bunu yazmışlardı. Ne kadar çok yiyecek satın almıştı? Oysa az almayı planlamıştı. O sırada George arayıp bu gece gelemeyeceğini söylemişti, belki yarın birlikte dolaşırlardı. Stephen onu haklı bulmuş ve arkadaşına tek kelime sitem etmemişti; tabii gelmezdi, işten yeni kovulmuş üzgün bir adamla kim birlikte yemek isterdi ki? Ama böyle düşündüğü için onu suçlayamazdı, buna hakkı yoktu.

Telefonu kapatan Stephen üzgün bir halde aldığı paketlere bakmaya devam etmişti. Kafası o kadar dalgındı ki, onları satın almadığını bile fark edemiyordu, oysa ona ait olmadıkları açıktı. Eğer marketten çıkmadan önce bunu görebilse, el arabasının kendisine ait olmadığını anlayacaktı. Ama böyle bir yanlışlığı aklının ucundan bile geçirmiyordu; çünkü o herkesi kendisi gibi biliyor, işlerini mükemmel şekilde yaptıklarına inanıyordu.

Her zaman marketten aldığı dondurulmuş gıdaları muntazam

bir şekilde buzluğa yerleştirirdi ama bu gece hiç keyfi yoktu, uğraşamayacaktı. Sara White'a ait olduğunu bilmediği malzemeleri Wendy ile evlendiklerinde taşındıkları ve o gün bugündür yaşadığı evinin mutfak masası üzerine bırakır bırakmaz, yağmur altında yürümek için kendisini dışarı attı. Gözyaşları yağmur damlalarına karışıyor, kovulmayı hiç hak etmediğini düşünüyordu.

Ofisteki partiye gitmişti. Noel'de bu partilere katılmaktan çok hoşlanırdı. Ama herkes çılgınca eğlenirken o bir kenara çekilip diğerlerini izlemeyi yeğlerdi, bunun aptalca bir davranış olduğunu biliyordu ama dışarıdan görünenin tersine bunu asla kötü niyetle yapmıyordu. Sessiz kalmak hoşuna gidiyordu sadece. Ama bu davranışının kendisini diğerlerinden dışlamak isteyen içten pazarlıklı ve sıkıcı biri olduğu imajını yansıttığından haberi yoktu, o sırada çevresinde kümelenen kulislerin farkında olamamıştı. Bunu ancak şimdi görebiliyordu.

Bu yıl hepsi yanına gelip ona çok sempatik ve içten yaklaşmışlardı. En kısa zamanda yeni bir iş bulacağı yönünde onu yüreklendirmişlerdi. Çünkü artık arkasından kulis yapmalarına gerek kalmamıştı, zavallı Stephen acaba hemen iş bulabilecek miydi? Merak ediyorlardı.

Parti dönüşü tekrar eve gelip masanın üzerine öylesine çıkarıp koyduğu malzemeleri toplamaya başlamıştı. Bunların ona yeni yılın ilk günlerine kadar yeteceğini düşünüyordu, bunca yiyeceği iki günde tek başına tüketecek hali yoktu.

Onları buzluğa yerleştirdiği sırada, içinde iri cins karideslerin olduğu paketi görünce birden duraklamıştı. Patel'lerin ilk kez hata yaptığını aklından geçirdi, büyük olasılıkla başkasına ait bu paketi yanlışlıkla onun el arabasına koymuşlardı. Aslında o kalabalıkta bu çok normaldi. Karideslere baktı, sanki tarih öncesi zamana, dinozor çağına aitmiş gibi hatırı sayılır büyüklükteydiler. Bunları pişirip yemekten başka seçeneği olmadığını düşündü. Ardından ikinci paketi açtı, içinden deri bir çantayla birlikte yeşil renkte saf ipek bir eşarp çıkmıştı. Birkaç kavanoz yeşil zeytin, içi ballı gevrek kurabiyeler... elindekilere hayretle bakan Stephen White, sadece bir paketin değil, tümüyle el arabasının başkasına ait olduğunu nihayet anlamıştı.

Peki bu nasıl olmuştu? El arabasının üzerinde adı yazıyordu ve kredi kartı slibinin bu paketlerden birinin içinde olduğunu çok iyi biliyordu. Aynı şekilde bu araba kime aitse onun makbuzu da buralarda bir yerde olmalıydı, onu bulmak için paketleri hızla açmaya devam etmişti. Elindeki minyatür CD çalar bir servet olmalıydı. Sonunda makbuzu bulmuş ve onun Sara White adlı bir kadına ait olduğunu öğrenmişti.

Yaptığı alışverişe bakılırsa çılgın bir kadın olmalıydı. Uzakdoğu mutfağına ait bu pahalı ürünleri satın almak herkesin harcı değildi, hediye reyonundan seçilmiş diğer şeyler de öyle. Zavallı kadıncağız bunları büyük olasılıkla ailesi için satın almıştı ve şu anda şehrin kim bilir hangi köşesinde hiç alışveriş etmediği şeyleri görünce yaşadığı şoku tahmin edebiliyordu. Onu nasıl bulabilirdi? Kredi kartı sliplerinde adres yazmazdı. Koşup Patel'lerin dükkânına gitmeyi düşündü, çoktan kepenkleri indirmiş olmalıydılar. Stephen birden kendini çok yorgun ve üzgün hissetmiş, mutfak sandalyesine çöküp ağlamaya başlamıştı. Gözyaşları önündeki hindistancevizli sütün üzerine damlıyordu. Sara White'ı bulabilmek için telefon rehberine bakmaya gerek olmadığını düşündü, telefon kocasının adına kayıtlı olmalıydı. Zaten çok üzgündü, şimdi de başına bu aptal kadın çıkmıştı. Onun el arabasını yanlışlıkla alan şu aptal kadın. Ama aslında ağlamasının asıl nedeni bu değildi. Yiyeceklerinin başka birinin elinde olması hiç önemli değildi. Stephen White şu anda tam kırk sekiz yaşındaydı, işsiz kalmıştı ve bu yaşta yeni bir iş bulması çok zordu. Üstelik üç yıl önce karısı onu terk edip gitmişti, eğer bunu yapmamış olsaydı, şimdi onun da bir ailesi olacaktı; ama gitmişti işte ve o günden beri kendini yapayalnız hissediyordu.

O sırada kapı çalmıştı.

Elinin tersiyle yüzünü silip kapıya doğru yöneldi. Eşikte elinde bir şişe şarapla arkadaşı George duruyordu. Stephen yarı yarıya sarhoş görünen arkadaşına baktı, onu beklemiyordu.

"Dolaşırız diye düşündüm..." dedi George, şehrin öbür yakasında onun gibi yalnız yaşayan arkadaşı, işten kovulmuş bir adamın desteğe ihtiyacı olduğunu düşünmüştü.

Masanın üzerindeki yiyecekleri görünce birden afallayan George hayretler içinde kalmıştı.

"Şunlara bak. Gözlerime inanamıyorum! Thai Cury mi yapacaksın?"

"Öyle mi?" Stephen merakla sormuştu.

"Gerçekten sana hayran olduğumu itiraf etmeliyim, Stephen, işyerinden birkaç arkadaş iyi olup olmadığını çok merak etmiştik, bu öğleden sonra hiç iyi görünmüyordun... Dur, bekle... onları arayıp senin çok iyi olduğunu, hatta bizden habersiz parti verdiğini söyleyeceğim."

"Parti mi?"

George elindeki şişeden birkaç yudum alıp neşeli bir kahkaha patlatmıştı.

"Evet. Sakın bana yalan söyleme! Bunların hepsini tek başına yiyeceğine inanacak değilim! Şimdi söyle bakalım, bu parti ne zaman başlayacak?"

"Bilmem" dedi Stephen, şaşırmıştı.

İşyerinden birkaç arkadaşıyla birlikte oturup koca bir şişe kırmızı şarap içmek ve hiç tanımadığı çılgın bir kadının satın aldığı yiyecekleri yemek, işten yeni kovulmuş bir adamın yapacağı bir şey değildi. Buna inanamıyordu, yaşadıkları gerçekdışı bir olay olmalıydı.

"Onlara bu ziyafeti vereceğini ne zaman söyledin?" George onun en yakın arkadaşı olarak bunu hemen bilmek istiyordu.

"Kimseye ziyafet falan vereceğimi söylemedim" dedi Stephen.

George keyifle bardağına şarap doldururken aslında biraz bozulmuştu, ama üzerinde durmadı.

"Ne yani, ne zaman isterlerse gelecekler miydi?" George telaşlanmıştı, Stephen'ın yaptığı hiç akıl kârı bir davranış değildi. "Yapma Stephen, bunca malzeme aldığına göre bunun nasıl pişirildiğini bilmiyor olamazsın, hazırlaması çok zaman alır, vakit kaybetmeden önlükleri takıp önce mantar ve soğanları sote etmeliyiz."

"İyi ama niçin?" Stephen yalvaran gözlerle sormuştu.

"Tabii ki yapacağımız yemek için, sonra tavukları kızartacağız, sonra da hindistancevizi sütüyle yeşil kremalı bir sos hazırlayacağız..."

"Hayır bunu yapamayız!" diye telaşla bağırmıştı Stephen.

"Pekâlâ, anladığım kadarıyla karidesleri kullanmak istiyorsun, aslında onlar için kırmızı sos hazırlamamız gerekiyor ama fark etmez, sen ille de yeşil sos istiyorsan öyle olsun, kırmızı sosu da tavuk için yaparız, tamam mı?"

"Hayır! Ben insanlardan söz ediyorum! Çünkü ben kimseyi çağırmış değilim!" diye bağırdı Stephen.

"Düşündüğün şeye bak Stephen, dert etme, hemen hallederiz, birkaç kişinin kapısını çaldım mı, tamamdır."

Ve Stephen'ın dehşetten açılmış gözleri önünde, elinde bir şişe kırmızı şarapla ofisteki partiden çıkıp ansızın kapısında biten iş arkadaşı George, koridoru geçerek daire komşularının kapısını tek tek çalmaya başlamıştı. İlk durağı koca blokta en kaprisli kadın olarak bilinen site yöneticisi Bayan Johnson olmuştu.

Kadın Stephen'ın yüzüne bile bakmıyordu ama o yine de ona

Noel hediyesi olarak büyük bir kutu talk pudrasıyla kokulu sabunlardan almıştı, bunların güzel bir kitaptan daha hoşuna gideceğini düşünmüştü.

Ama onlar Sara White adlı hiç tanımadığı bir kadının elindeydi ve artık eski iş arkadaşı sayılan yarı sarhoş bir adamın şu anda kapısını yıkar gibi çaldığı Bayan Johnson'a aldığı pudraya büyük olasılıkla sinirden çıldırmış gözlerle bakıyor olmalıydı. Bu arada Bayan Johnson'un tepkisinin ne olacağını tahmin etmek hiç zor değildi. Stephen üst üste yaşadığı bu tersliklerden neredeyse bayılmak üzereydi. Bir an için bunları hiç yaşamadığını farz ederek gözlerini yumdu. Ama tekrar açtığında hiç beklemediği bir sesle karşılaşıp şaşırmıştı. Bayan Johnson hayatında ilk kez gördüğü George'la çok neşeli bir şekilde sohbet ediyor, hatta ona gelirken yanında ne tür bir içki getirmesi gerektiğini soruyordu.

"Hiçbir şey getirmenize gerek yok" diyordu George. "Neşenizi getirin yeter."

Birazdan döneceğini söyleyen George, Bayan Johnson'dan aldığı isim listesine göre tüm komşuları davet etmiş ve hepsine bir saat sonra gelmelerini söylemişti. O zamana kadar ancak hazırlanabilirlerdi.

O sırada Stephen mutfaktaki kırık dökük sandalyelerden birine çöküp masanın üzerinde duran yarısı bitmiş şarap şişesine bakıyordu. Yaşadıklarına inanmak çok zordu. Bunların hepsi kötü bir rüya olmalıydı. Şu anda derin bir uykudaydı ve birazdan uyanıp gerçek dünyaya geri dönecekti. Ama o sırada George'un merdivenlerden aşağıya telaşla indiğini duymuştu, on altı numaradaki çiftin harika insanlar olduğunu söylüyordu, oysa Stephen onlarla evin önündeki kaldırımda karşılaşıp selam verdiğini bile hatırlamıyordu. Ama George bütün bu insanları Sara White adlı kadının satın aldığı yiyeceklerle ağırlamayı planlıyordu. Bu yaptığı olacak şey değildi.

O sırada telefon çalmıştı.

Stephen oturduğu sandalyede birden irkilmişti, ona cevap verecek gücü bulamıyordu kendinde, ama mecburen açmış ve bir kadın sesiyle karşılaşmıştı.

"Stephen?"

"Evet" dedi heyecanla.

"Stephen White'la mı görüşüyorum?" Kadının ses tonu doğru yeri aradığından emin olmak ister gibi kuşkulu çıkıyordu.

"Ah, siz Sara olmalısınız, değil mi?" diye sordu, birden rahatlamıştı. "Aradığınıza ne kadar sevindim bilemezsiniz."

Kadın feci halde sinirlenmiş olmalıydı, gelip kendisine ait olan paketleri bir an önce almasını istediğini düşündü, tabii onunkileri de geri getirmesini.

"Hayır" dedi kadın, sesinden sanki hayal kırıklığına uğradığı anlaşılıyordu. "Hayır, ben Wendy, bu arada Sara kim?"

"Wendy!" Stephen böyle bir sürprizle karşılaşmayı hiç beklemiyordu.

"Evet, benim. Sadece arayıp iyi Noeller dilemek istemiştim, nasıl olduğunu merak ettim."

"Aslında pek iyi sayılmaz, bugün işten kovuldum."

"Senin için daha iyi olmuş" dedi Wendy. "Onlar için fazla dürüst biriydin, seni sömürüyorlardı ama bunun farkında bile değildin. Kendine daha iyi bir iş bulabileceğinden eminim, zevkle çalışacağın, takdir edileceğin başka bir iş."

"Haklısın..." Wendy bu gibi durumlarda soğukkanlılığını korurdu. Kendinden çok emin bir kadındı, hayata hep olumlu gözlerle bakar, her sıkıntıyı hayra yorardı. Onun için hayatta üstesinden gelinemeyecek sorun yoktu.

"Sakın bunu kafana takıp tatili zehir etme, şu anda evde yalnız mısın?"

Stephen bir an durup düşündü. Wendy eğer onu aradıysa, mutlaka kendisinde bir değişiklik olup olmadığını kontrol etmek istemiş olmalıydı, rahat görünmeye karar verdi.

"Hayır, aslında yalnız sayılmam, hatta bir parti veriyorum."

"Parti!" Wendy kulaklarına inanamıyordu.

"Evet, Thai Curry partisi, tavuklu ve karidesli" dedi gururla.

"Senin adına çok sevindim." Onun hep olduğu gibi yine yakınacağını sanan Wendy'nin sesi, eski kocasının yaşamındaki bu büyük gelişmeden dolayı oldukça neşeli ve yüksek tonda çıkmıştı.

"İstersen sen de gel. Buna çok sevinirim. Seni yeniden görmeyi çok isterim Wendy" dedi Stephen, eski karısına olan aşkı hiç bitmemişti.

"Peki tamam, ama gelmem bir saati bulur, bu benim için de harika olacak."

Ve Stephen White, eline partiye gelecek kişilerin listesini alıp ilk kez neşeyle bakmıştı; bir an önce önlüğünü takıp işe koyulmalıydı. Gidip dolaptan beş farklı içki çıkardı, bunları çok önce satın almıştı. Belki de güzel bir anı paylaşmak üzere ilk kez bugün açılmayı beklemişlerdi.

Medeni Bir Noel

Herkes bunun medeni bir boşanma olduğunu söylüyordu. Bu ne demekti? Bunun anlamı, Jen'in bugüne dek kocasına güzel Tina hakkında tek bir kötü söz bile söylememiş olmasıydı. Evlilikleri boyunca onu defalarca terk edip tekrar geri dönen ilk karısının aleyhinde ağzını dahi açmamış, her cumartesi boynuna atkısını bağladığı Stevie'yi elinden tutup iki otobüs değiştirerek annesini ziyarete götürmüştü. Ancak daima şık ve bakımlı bir halde kapıyı açan Tina bu jestinden dolayı ona teşekkür etmediği gibi, Jen'e karşı her zaman soğuk ve mesafeli olmuş, yüzüne hep zoraki bir gülümseme kondurmuştu. Bu yüzden içeri girmesi için Tina'nın yaptığı göstermelik davete her defasında hayır diyerek teşekkür etmiş, hafta sonu için ev alışverişi yapması gerektiğini söylemişti. Tina ev alışverişi sözcüğüne oldukça uzak bir kadındı, onun bu alışkanlığını garip karşılıyor, bunu tatil günü yapılan saçma ve gereksiz bir davranış olarak görüyordu. Ona göre cumartesileri yapacak çok daha güzel şeyler vardı. Stevie'nin ziyareti biter bitmez Tina onu bir taksiye bindirip eve gönderiyor, Jen her defasında şoföre ücretini ödeyip çocuğu taksiden teslim alıyordu. Tina muhteşem bir evde oturuyordu, önünde kocaman bir terası ve birbirinden büyük üç odası vardı; Her yer çiçekler içindeydi, holdeki antika ayna Jen'in her gördüğünde dikkatini çekmişti, sarı yaldızlı çerçevesiyle sanki saraylara ait kıymetli bir parça gibi duruyordu, ama evinin bu olağanüstü zengin görüntüsüne rağmen, Tina nedense oğlunun taksi ücretini ödeyemiyordu.

Evet, bunun medeni bir boşanma olduğu konuşuluyordu, çünkü her zaman çalıştığı kumarhane dışında turistik gemilerde de krupiyelik yapan Tina, mesleği gereği çok sık seyahate çıktığından oğlunun velayetini alma konusunda hiçbir girişimde bulunmamıştı. Çünkü işi oğluyla ilgilenmesine izin vermiyor, bazen gittiği denizaşırı ülkelerde birkaç hafta kalması gerekiyordu. Düzensiz çalışma saatlerinden ötürü, şu anda sekiz yaşında olan küçük oğluna ayıracak zamanı olamıyordu, o yüzden ona babasının bakması çok daha iyiydi. Zaten babası da bunu çok istiyordu, Tina'nın bu medeni teklifi, eski kocasının yanı sıra dostları tarafından da çok olgun bir davranış olarak yorumlanmıştı. Bazen hafta sonları, bazen on beş, yirmi günde bir oğlunu görmek, onun babasının yanında sağlıklı ve mutlu olduğunu bilmek kendisi için yeterliydi. Martin buna çok memnun olmuştu, Tina'nın çok iyi bir kadın olduğunu bile düşünmeye başlamıştı, her ne kadar ayrı olsalar da ona karşı birden sıcak duygular beslemesi doğrusu Jen'i çok şaşırtmıştı. Stevie de mutluydu, güzeller güzeli annesini her ziyarete gittiğinde çevresinde bakımlı, şık giyimli, yakışıklı ve güzel insanlar görmekten hoşlandığını belirtiyor, annesi kadar onun arkadaşlarını da çok sevdiğini söylüyordu. Ama Jen bunu olgunlukla karşılıyordu, ne de olsa o küçük bir çocuktu ve annesiyle babasının kavga ettiği günlerde biricik annesinin hıçkırarak ağladığını görmektense, ara sıra da olsa ziyaretine gidip onu mutlu görmeyi tercih ediyor olmalıydı. Boşanırken onu önlerine alıp konuşmuşlar, bunun üçü için de iyi olacağını söylemişlerdi, Stevie şimdi onların bu sözlerinde ne kadar haklı olduklarını anlıyordu. Annesi ona son model bir bilgisayar almıştı, ne zaman oraya gitse onunla oynayıp hoşça vakit geçiriyordu. Annesinin arkadaşlarının şarap içip neşeyle sandviçlerini yerken Stevie'ye harika bir çocuk olduğunu söylemeleri çok hoşuna gidiyordu. Annesi ona da bir tepsinin içinde aynı sandviçlerden getiriyor, üstelik yanına kocaman bir bardak elma suyu koyuyordu. Ayrıca her defasında saçlarını tarayıp kabartıyor, büyüyünce çok yakışıklı bir delikanlı olacağını söylüyordu. Stevie de ona aynı güzellikte sözlerle karşılık vermeye çalışıyordu, annesi bir gün gelip yaşlanacak, yanında arkadaşlarından hiçbiri kalmayacak, işte o zaman artık çalışmasına gerek olmadığını söyleyip ona kendisi bakacaktı.

Annesinin arkadaşları sırtını sıvazlayıp bu güzel düşüncesinden dolayı onu kutluyor, onun büyüdüğünü görmek için sabırsızlandıklarını söylüyorlardı. O zaman annesinin onu taksiye bindirmesine de gerek kalmayacaktı. Stevie onu her defasında apartmanın merdivenlerinden ıslık çalarak indirip, taksinin ardından el sallayan annesinin yüzündeki gülümsemeye hayran oluyordu. Annesi gerçekten çok güzeldi, belki de dünyanın en güzel kadınıydı.

Önceleri okuldaki insanlar Stevie'nin çok kötü durumda olduğunu düşünmüşlerdi, ne de olsa annesiyle babası boşanmıştı, ama doğruyu söylemek gerekirse çocuğun eskisine göre çok daha iyi göründüğünü konuşuyorlardı. Annesiyle babasını sürekli kavga ederken görmekten kurtulmuştu. Bu küçük bir çocuğun ruh sağlığı açısından çok sakıncalıydı, şimdi hiç değilse her ikisinin de mutlu olduğunu görebiliyordu. İş çıkışı eve gitmeden önce uğradığı barda her zamanki içkisini içen Martin, bardakları parlatan garson kadınla sohbet ederken, kadın ona çocuğun yeni annesinin yanında mutlu olup olmadığını sormuştu. "Ah, Jen çok iyi bir kadın, ama tabii onun öz annesi değil" demişti Martin. "Hiçbir kadın bir çocuğun gerçek annesinin yerini tutamaz." Bu çok net bir gerçekti ama şu anda evli olduğu kadından söz ederken gözleri parlamış, yüzünde büyük bir tebessüm belirmişti. Elindeki peçeteyle parlattığı bardakları bar tezgâhı üzerine sıralayan kadın bunu duymaktan çok memnun olmuştu, keşke herkes Martin ve karısı gibi medeni olabilseydi.

Bu onların birlikte kutlayacakları ilk Noel olacaktı. Jen, Martin ve Stevie. O yüzden Jen her şeyi en ince detayına kadar düşünmüştü. Her cumartesi sabahı dört saat bir markette çalışıyordu, çok yorucu bir işti, hele yılın bu zamanında... Kendisini sanki bir hafta boyunca hiç durmadan çalışmış gibi hissediyordu. Kasa görevlisiydi, marketin en soğuk köşesinde çalışıyordu, tam arkasındaki sürekli açılıp kapanan otomatik kapılar yüzünden, her defasında sırtına ve ayaklarına acımasız aralık soğuğu vuruyordu, o yüzden ister istemez ceketinin altına üst üste üç kazak giyiyordu. Hal böyle olunca, naylon iş önlüğü altında olduğundan fazla şişman görünüyordu. Oysa bundan önce okulda sekreterlik yaparken, ince yün elbisesi ve şık tayyörleri içinde çok daha ince görünüyordu. Okulda merkezi ısıtma sistemi vardı ve çalışma masası kapının önünde değildi. Jen markette çalışmayı sırf Noel için para biriktirebilmek için seçmişti. Kazandığı parayla çeşitli yiyecek, çerez ve masa üstü süslemeleri almıştı. Onlara nefis bir elmalı pay yapmayı planlıyordu, bunun için gerekli olan ince bisküvilerin yanı sıra oldukça pahalı olan bir kavanoz kestane püresi ve bir kavanoz da meyve jölesi almıştı, bunca şeyi kendi parasıyla satın alabilmenin mutluluğunu yaşıyordu.

Jen iyi bir aşçı değildi, ama Noel günü öğle yemeğinde neler yapacağını önceden planlayıp yemek tariflerini iyice öğrenmişti. Kaç gecedir hazırlık yapıyordu, uykusuzluktan neredeyse gözleri kapanıyor, ama o uyumamak için direniyordu. Başlangıç için yiyecekleri mezeleri şimdiden hazırlamaya koyulmuştu, son anda yalapşap yapıp lezzetsiz olmalarını istemiyordu. Ne de olsa bu onların baş başa geçirecekleri ilk ve gerçek Noel olacaktı; o, Martin ve Stevie. Bunu düşünmek bile onu heyecanlandırıyordu. Güzel Tina'nın yemek yapma konusunda son derece yeteneksiz biri olduğunu biliyordu, hep hazır yiyecekleri tercih etmişti. Noel zamanı insanların mutfağa girip saatlerce yemek hazırlamak yerine, restoran ya da bara gidip karnını doyurmalarından yanaydı; bu insanın enerjisini boşuna harcamayıp çok daha sağlıklı ve zinde kalmasına neden olur, hem de rahatça eğlenmelerini sağlardı. Onun için Noel sadece eğlenmek demekti.

Ama Jen aynı zamanda çok da endişeliydi, genellikle dışarıda, hatta çoğunlukla başka bir ülkede Noel'i karşılayan Tina'nın bu yıl vazgeçip ansızın karşılarında bitmesinden, onlara bu güzelliği zehir etmesinden korkuyordu. Kafasının içinde sürekli çalan bu tehlike sinyalini uzaklaştırmak için kendisini ne kadar zorlasa da, giderek sabit bir kuruntuya dönüşen bu olumsuz düşüncenin beynini kemirmesine engel olamıyordu. Evet, Tina çok güzeldi, görünüşte çok tatlıydı ama hastalık derecesinde bencildi. Bunu düşünmek bile Jen'in rahatsızlanmasına neden oluyordu. Üstelik Martin'in çok kötü bir huyu vardı; aralarında geçen onca şeye rağmen eski karısına karşı çok zayıftı. Onu görür görmez hemen yelkenleri suya indiriyor, kendisini herkesin içinde aşağıladığı, hatta adam yerine bile koymadığı günleri çok çabuk unutuyordu. Onunla evli olduğu günlerde güzel karısı, iş arkadaşlarım dediği diğer erkeklerle barda şarabını yudumlayıp birbirinden lezzetli sandviçler yerken, Martin yorgun argın eve gelip ağza atacak bir lokma yemek bile bulamıyordu. O günlerde Stevie daha bebekti, odanın ortasına kurulu, çevresi parmaklıklı oyun parkında oyun oynayıp altını ıslatıyordu. Ama çocuğun bezini değiştirecek annesi yanında yoktu, ya gemiyle haftalar sürecek uzun bir yolculuğa çıkmıştı ya da çalıştığı kumarhanede ertesi gün öğlene kadar kalmak zorundaydı. Martin o günlerde oğluna hep tek başına bakmış, bu yüzden çoğu zaman işine gidememişti. Tina ise bu konuda hep çok rahat olmuştu, kocasına mamasını yedirip altını temizledikten sonra çocuğu oyun parkına bırakıp gidebileceğini söylüyordu; ama buna gönlü elvermeyen Martin oğlunu yalnız bırakmamak için bir kez bile yapmamıştı bunu.

Şimdi bütün bunlar bir anda unutulup gitmişti, gitgide daha da güzelleşen Tina'nın oğlu konusunda ondan hiçbir talepte bulunmadığını gören Martin, eski karısının bu göstermelik uysallığına tav olmuştu. Oysa bunu tamamen kendi çıkarı için yaptığının farkında değildi. Onun baş döndürücü çekiciliği, upuzun bacakları, olağanüstü güzellikteki saçları, genç bir kız gibi görünmesi, ne giyse yakıştırması eski karısına karşı birden yumuşamasına neden olmuştu. Buna karşılık Jen onun kadar güzel bir kadın değildi, üstelik anaç tavırları ve sürekli koşuşturan hali yüzünden, kendisiyle yeterince ilgilenmeye zaman ayıramıyor, görünüşü tıpkı yaşlı bir okul müdiresini andırıyordu; üstelik bir çocuğu olmasını çok istemiş ama olmamıştı. Buna çok üzülüyordu. Ama hayat herkese cömert davranmıyordu, oysa uzun bacaklı Tina'yla aynı yaştaydı. Yirmi dokuz yaşındaydı, gelecek yıl otuz olacaktı, ama bir ona bir de Tina'ya bakan insanlar, aralarında en az on yaş fark olduğunu sanıp onun kırk yaşları civarında olduğunu söylüyordu. Kim bilir kırk yaşına geldiğinde nasıl görünecekti?

Jen onlara gönderilen Noel kartlarını kırmızı bir kurdeleye dizip duvara asmıştı.

"Harika oldu" dedi Stevie. "Bunu daha önce hiç yapmamıştık."

"Peki siz ne yapardınız?"

"Hatırlamıyorum, ama böyle şeyler asmazdık. Onu ilk kez geçen yıl babamla birlikte kaldığımız otelin duvarında görmüştüm, hani sen bizimle gelmemiştin, annemin de bize katılacağını sanmıştım ama vakti olmadığı için gelememişti."

Stevie bunları söylerken sözlerinde ne bir eleştiri, ne de ima vardı. Yaşının verdiği çocuksu bir heyecanla ona sadece gördüklerini anlatıyordu. Ama Jen yine de onu yatıştırma gereği duymuştu. Belli etmese de onun içten içe hüzünlendiğinin farkındaydı. Tabii annesinin vakti olmazdı, onun oğluna ayıracak vakti hiç olmamıştı zaten. Kumarbazlara kart dağıtıp oyun oynatırken, Noel'de evi süslemek, oğluna az da olsa vakit ayırıp küçük mutluluklar yaşatmak gibi bir düşünce aklının ucundan bile geçmemişti. Ama nedense Jen'in hep vakti olduğu düşünülüyordu, o bir şekilde zaman ayırırdı buna, hatta bunu yapmak zorundaydı. Çalışkan Jen sabah dokuzdan akşam dörde kadar okulda çalıştıktan sonra hemen koşarak eve gelip yemek hazırlar, cumartesileri doğru düzgün uyumadan kalkıp Tina'nın oğlunu giydirir ve iki otobüs değiştirerek annesini görmesi için ona götürürdü. Üstelik evdeki huzur bozulmasın diye, her defasında onun taksi parasını cebinden verdiğini de kimseye söylemezdi. Ama bütün bunları yaparken Jen'in hiç vakti olmadığı, ama ne yapıp edip insanüstü bir gayretle her şeyi halletmeye çalıştığı görmezden gelinirdi. Hep Tina çok iyiydi, hep Tina'nın vakti yoktu, hep Tina ön plandaydı. Bu düpedüz acımasızlıktı. Elbette kendine ayıracak zamanı olamazdı.

Martin de evdeki Noel süslemelerini çok beğenmişti. Çevresi sarmaşıklarla süslenip üzerlerine yaldızlı sprey sıkılmış duvardaki resimlere, pencerenin önüne dizilmiş küçük mumlara ve üzeri yüzlerce renkli ampulle donatılıp altına şık hediye paketleri konmuş muhteşem güzellikteki Noel ağacına bakmıştı.

"Harika" dedi. "Burası normal bir evden ziyade televizyonlarda gördüğümüz gerçek dışı evlere benzemiş."

Jen bunun iltifat mı, yoksa eleştiri mi olduğunu anlayamamıştı. Bu söze çok alınmış ama ona bir şey belli etmemişti. Oysa amacı burayı masalsı bir yere benzetmek değildi, sadece olması gerekeni yapmıştı. Ama tabii benciller kraliçesi Tina, her yıl züppe mesai arkadaşlarıyla bir bar köşesinde içki içip aptalca çene çalarak Noel'i karşıladığı için, oğlu gibi kendisi de gerçek bir Noel kutlamasının nasıl olması gerektiğini bilmiyordu. Onlara garip gelmesinin nedeni buydu.

Jen hiç değilse bu yıl bunu hakkıyla yaşamalarını istemiş, Tina'nın büyük bir turistik gemiyle seyahate çıkacağını öğrendiğinde çok rahatlamıştı. Böylece yüzlerce mil açıkta zengin ve nüfuzlu müşterilerine krupiyelik yaparken onlar evde huzurla Noel'i karşılayabileceklerdi. Geçen yıl yine Noel'de iş seyahatine çıkan Tina döner dönmez boşanmaya karar vermişlerdi. Jen o Noel tatilini geçirmek için annesinin yanına gitmiş, ama yaşlı kadının çenesinden usanmıştı. Annesi beş gün boyunca ona aklını başına toplamasını öğütlemişti. Ona göre karısından yeni boşanmış, üstelik küçük bir çocuğu olan adamla evlenmek akıl kârı bir davranış değildi; hayatını kendi eliyle zehir etmeye hazırlanıyordu, buna izin veremezdi. Martin de oğlunu alıp eğlenmek üzere bir otele gitmişti, Jen onlara özellikle katılmamıştı, baba oğul baş başa bir tatil geçirmelerini istemiş, Stevie'nin oyun salonunda değişik oyunlar oynamaktan hoşlanacağını düşünmüştü. En uygun olanı buydu, böylece Martin küçük oğluna sürekli değişen dünyanın hızına ayak uydurmaları gerektiğini söyleyerek, yaşamındaki bu büyük değişikliğe hazırlanmasını sağlayabilirdi. Ne de olsa o daha yedi yaşında küçücük bir çocuktu, yetişkin biri gibi bu gerçeği hemen kabullenmesi beklenemezdi. Babasının hep olduğu gibi yine onun bütün ihtiyaçlarını en iyi şekilde karşılayacağından emin olmalıydı, şu anda babasının yanında olan bu kadının çok yakında onun yaşamına üvey anne olarak gireceğini bilmesinin gereği yoktu. Bu tip hassas olaylarda zamanlama çok önemliydi. Öncelikle buna alışmalı, altın saçlı annesinin bu kadın yüzünden gözyaşı dökmeyeceğine inanmalıydı. Jen aslında bu tatil süresince Martin'in oğluna kendisinden hiç söz etmemesini istemişti, hele oğlunun gözüyle çok özel bir kadın olan Tina'yı bir anda saf dışı edip, kendisini asla ön plana çıkarmamalıydı.

Akşam yemeğinden sonra üçü bir arada oturmuştu, mumların hepsi yanıyordu. Jen Noel için sıcak bir sohbete hazırlanırken ikisinden de çıt çıkmadığını fark etmişti. Televizyonda ne olduğunu bile sormuyorlar, Martin işteki sorunlardan söz etmiyor, Stevie odasına gitmek için izin istemiyordu. Bunun üzerine Jen endişelenmiş, beynindeki kurt yine hareketlenmeye başlamıştı. Kötü bir şey mi olmuştu, düşündüğü gibi Tina yine bir bencillik yapıp son anda onların mutluluğuna gölge düşürmeye mi hazırlanıyordu? Ama bu gereksiz kuruntudan hemen kurtulmuş, beynine komut vererek bu kötü düşünceden kurtulmasını söylemişti. Ancak yapamıyordu, elinde değildi, içinde sabahtan beri anlam veremediği bir sıkıntı vardı; bu sabah onu telefonla arayan okuldaki sekreter arkadaşının söz ettiği yıldız falıydı bunun nedeni. Onunla birlikte çalıştığı dönemde, her sabah işe başlamadan o günkü yıldız fallarını okuyup ona göre hareket etmeyi alışkanlık haline getirmişlerdi. Jen bu sabah ona önsezilerinden söz edince kadın dikkatli olmasını önermişti. Okuldayken bu konu her açıldığında diğerleri onlara güler, oldukça aklı başında bir kadın olan Jen'in abesle iştigal ettiğini söylerlerdi. Bunlar komik şeylerdi, kafasını bu tip saçma şeylerle meşgul etmesine hiç gerek yoktu. Jen bunları düşünürken birden rahatlamış, ama Martin'in sözleriyle ansızın tokat yemiş gibi olmuştu.

"Bu sabah beni işyerimden Tina aradı."

Martin normalde işyerinden aranmaktan nefret ederdi, bir bankada memur olarak çalışıyordu, işi parayla ilgiliydi, her gün yüzlerce kişiye ödeme yapıp para alırken dikkatli olmak zorundaydı. Üstelik çok yoğundu, yanındaki pencereden dışarı bile bakamazken, oturup telefonla uzun uzun sohbet edecek durumda değildi, o yüzden sadece acil durumlarda kendisini aramalarını ve çok kısa konuşmalarını tembih ediyordu. Tina da bunu bilirdi. Tina buna rağmen aradığına göre, demek ki acil bir durum söz konusuydu.

"Seyahate çıkacağı geminin seferi iptal edilmiş, yurtdışına gidemiyormuş. Son dakikada haber vermişler, bu işten alacağı paraya güvenip elindeki paranın neredeyse hepsini harcamış. Kendine acilen yeni bir iş bulması gerektiğini söyledi, anladığım kadarıyla şirketin ona son anda attığı bu kazık artık bardağı taşıran son damla olmuş." Martin başını iki yana sallayıp eski karısı adına üzüldüğünü belirtmişti.

"Yani annem Noel'de evde mi olacak?" Stevie buna çok sevinmişti. "Onu sabah görmeye gidebilir miyim ya da belki başka bir şey de yapabiliriz, değil mi?"

Jen sabahtan beri gözünün neden seğirdiğini şimdi anlamıştı. Kahretsin! Tanrı'nın cezası Tina yine yapmıştı yapacağını. Neden normal bir insan gibi olamıyordu? Neden herkes gibi yaşayamıyor, kendisine uygun bir adam bulup evlenemiyordu? Neden o Tanrı'nın belası gemilerde, kumarhane ve barlarda sürtmek yerine düzgün bir iş bulup normal bir yaşam kurmuyordu? Ve neden bütün gemiler tıkır tıkır işlerken, hep aksilikler onun çalışacağı geminin başına geliyordu? Hayır, bu yalana inanmıyordu. Onun amacı başkaydı. Onların Noel'ini mahvetmek istiyordu. Bir iki saatliğine de olsa oğlunu görmek istediğini bahane edip buraya gelecek ve huzurlarını bozup gidecekti. Oysa oğlu umurunda bile değildi. Öyle olsaydı neden her yıl onu bırakıp gemiyle seyahate çıkıyordu? O hiçbir zaman umrunda olmamıştı ki. Bu haksızlıktı. Dönüp hırsla Martin'e baktı, başını iki yana sallamaya devam ediyordu.

"Asıl sorun..." dedi Martin, bakışlarını onların üzerinde dolaştırmıştı "Geminin iptal edilmesiyle Noel'de gidebileceği hiçbir yerin olmaması. Bütün gece evde tek başına oturamayacağını söyledi. Bunu düşünmek bile onu korkutuyormuş."

"Neden korkutuyormuş? Dünyanın yarısından çoğu Noel'i tek başlarına evde geçiriyor" dedi Jen, bu sözler düşünmeden birden ağzından dökülmüştü.

"Evet, tabii ama, sözünü ettiğin yabancı biri değil, o Stevie'nin annesi. Ayrıca Tina'yı bilirsin, çevresinde hep birilerinin olmasından hoşlanır, yalnız yaşayamaz. Onlar da nasılsa seyahate gideceğini bildiğinden, programlarını onu hesaba katmaksızın yapmışlar, anlayacağın o geceyi birlikte geçireceği tek bir arkadaşı bile yok."

Jen birden kalkıp perdeleri düzeltme gereği hissetmişti, oysa kalıp gibi duran kolalı perdeleri düzeltmeye gerek yoktu.

"O halde annem ne yapacak? Evde yalnız kalamayacağına göre nereye gidecek?" Stevie annesi için endişelenip merakla sormuştu.

"Sanırım aklında bir fikir var" dedi Martin. Tabii ki o kendisine gidecek bir yer bulurdu, hatta belki de çoktan bulmuştu, ama sırf onun aklını karıştırmak için bunu ilkin eski kocasına söyleyip nabzını yoklamak istemişti. Amacı onun kendisini kötü ve suçlu hissetmesini sağlayıp vicdanını rahatsız etmek, sonunda dayanamayacağını çok iyi bildiği eski kocasına Noel günü kendisini buraya davet ettirmekti. Böylece oğluyla hasret giderip birlikte güzel bir Noel yemeği yiyecekti. Evet, Tina'nın niyeti çok açıktı, o yüzden Martin'i aramıştı; bu şehirde onu her zaman affetmeye hazır, güvenilir ve saf bir adam vardı nasılsa. Orada taş gibi durmuş onu bekliyordu. Onu defalarca terk edip kaçmış, sonra tekrar dönmüş olmasının o adam için hiçbir önemi yoktu; her defasında dönüp dolaşıp kürkçü dükkânına gelmiş ve hep bağışlanmıştı. Ta ki Jen gibi onu çekip çevirecek bir kadına rastlayıncaya kadar, anlaşılan eski kocasının düzenli yaşamı Tina'yı çok rahatsız etmişti.

Jen'i eski kocası Martin'in gözünü açan bir kadın olarak görüyor, pabucunun dama atıldığını düşünüyordu. Oysa o ne yaparsa yapsın her zaman, her durumda özlenen, aranılan bir kadın olmalıydı. Ama Jen bu sömürüye daha fazla izin vermemeye kararlıydı. Odanın içindeki hava gitgide geriliyordu. Onu davet etmesini mi bekliyordu? Anlaşılan bunu bekliyordu. Ama yapmayacaktı. Kesinlikle yapmayacaktı. En iyisi kulağının üzerine yatıp umursamamaktı. Böyle bir şeyin ondan beklendiğini anlamazdan gelecekti.

"O zaman onu yine göremeyeceğim" dedi Stevie.

Jen birden patlamıştı. "Farzet ki annen gemiyle seyahate çıktı, o zaman nasılsa göremeyecektin, öyle değil mi? Ona uğrayıp Noel hediyesini de vermiştin, sana gönderdiği hediye de orada, ağacın altında duruyor."

"Ama o gitmemiş, şu an şehirde olduğunu bildiğim halde yokmuş gibi davranamam. Üstelik yapayalnız..."

"Ah Stevie, annenin gidecek binlerce yeri vardır, babanın az önce ne söylediğini duydun, belki de çoktan yeni projesini uygulamaya koymuştur bile."

"Ama yine de... onun şu an burada olduğunu bilmek farklı bir şey."

Jen son dakikada böyle bir şeyin olacağını hissetmişti. Şu anda mantosunu üzerine geçirdiği gibi kapıyı vurup çıkmak, yağmurun altında rüzgâra karşı çılgın gibi yürümek, sonra bir taksiye atlayıp Tina'nın evine gitmek, onu o cılız boynundan tutup ruhundaki pislikler dökülünceye kadar silkelemek istiyordu. Bu onu kendisine getirecek, sonra tekrar taksiye atlayıp eve dönecek ve hiçbir şey olmamış gibi neşeyle üçü için birer fincan sıcak çikolata hazırlayacaktı.

Ama bunu yapmadı, yapamazdı zaten, bu asla medeni bir davranış olmazdı. Bu onun kötü bir kadın olduğu izlenimini verecekti. İngiltere'de böyle birine ikinci, hatta üçüncü sınıf vatandaş gözüyle bakarlardı. Bu ancak aşırı öfkeli ve ateşli Akdeniz ülkelerine mensup insanlara göre bir davranıştı. O ülkelerde belki böyle fevri bir davranış, hatta cinayet bile normal karşılanabilirdi, ama burası ateşli Latin âşıkların, birbirinin gözünü oyan kıskanç karıkocaların yaşadığı bir yer değildi. Burası dünyanın parmakla gösterdiği birkaç medeni ülkeden biriydi. O yüzden Jen zorla da olsa yüzüne her zamanki tebessümünü kondurup, kocası ve üvey oğluyla değil de, geçmişi çarçabuk unutan bunak bir adamla, onun henüz emekleme aşamasındaki küçük oğluyla konuştuğunu farzetmişti.

"Tamam. Şimdilik bunları düşünmeyelim, bekleyip görelim, tamam mı? Annen bir şekilde sorunlarını çözecektir Stevie. Kendi ayakları üzerinde durmasını bilen yetişkin bir kadın ne de olsa. Şimdi söyleyin bakalım, kim sıcak çikolata içmek istiyor?"

İkisinden de çıt çıkmamıştı, bunun üzerine Jen ısrarcı olmayıp mutfağa gitmiş ve sadece kendisi için hazırlamıştı. Çok iyi biliyordu ki, şimdi tepsiye üç kupa sıcak çikolata doldurup getirse ikisi de hayır demeyecekti. Ama yapmayacaktı, neden yapsın ki? Neden suçlu biri gibi kendini onlara affettirme çabası içinde olduğu izlenimi versin? Onlar şöminenin ateşiyle duvarda sürekli şekil değiştirir gibi görünen resimlere dalıp gitmiş, zavallı güzel Tina için endişelenirken, o hiçbir şey olmamış gibi keyifle sıcak çikolatasını yudumlayacaktı.

Çok geçmeden Stevie odasına gitmiş ve Jen kocasına süper marketteki olaylardan söz etmişti. Bundan böyle pazar günleri de çalışmasını istiyorlardı, ayrıca işlerin yoğunluğundan dolayı Noel'den önce iki gün üst üste çalışması gerekiyordu. Buna evet demeli miydi? Aslında demek istiyordu, çünkü bu eve daha fazla para gireceği anlamına geliyordu. Ayrıca evet demediği takdirde ocak ortasında üzgün olduklarını söyleyip işine son vereceklerini biliyordu. Evet, belki çok yorulacaktı, ama ek bir kazanç için buna katlanmaya değerdi. Bu onların daha mutlu olup rahatlamalarını sağlayacaktı. Martin'in buna ne diyeceğini merak ediyordu.

"Ne istiyorsan onu yap" dedi Martin. Şu anda çok dalgın ve düşünceliydi. Birdenbire kabalaşmış, yüzündeki medeniyet maskesi düşüvermişti.

"Ne istiyorsam onu yapayım, öyle mi?" diye tekrarladı Jen, buna inanamıyordu. "Sen delirdin mi, Martin? Ne istiyorsam onu yapayım, öyle mi? Sen beni ne sandın? Acaba ben sabahleyin sıcacık yatağımda uyumak varken, kocamı uyurken bırakıp buz gibi soğukta yataktan kalkmaya, titreyerek giyinmeye ve daha güneş bile doğmamışken kendimi alacakaranlığın içine atıp, nefes nefese girdiğim markette bir yığın kaprisli müşteriyle cebelleşmeye, kasada en ufak bir hata yapmamak için gözümü dört açmak zorunda kalmaya ya da bir defada yüzlerce pound harcayan şımarık kadınlara imrenerek bakmaya hevesli biri miyim? Eğer benim bunu keyfimden yaptığımı düşünüyorsan gerçekten delirmiş olmalısın." Martin bu sözler üzerine sersemlemişti. Jen'in ilk kez kendisiyle böyle öfkeli konuştuğunu görüyordu. Gözleri dehşetle açılmış, yüzü kıpkırmızı kesilmişti.

"Ama ben demek istedim ki... yani ben senin sırf kendi adına para kazanmak istediğin için bunu yaptığını sanıyordum... Bana daha önce bunlardan söz etmemiştin... bilseydim..." Kekelemeye başlamıştı, ne diyeceğini bilemiyordu.

"Evet tabii ki para kazanmak için yapıyorum, ama sandığın gibi sırf kendim için değil, bizim için, evimiz için. Bu sıkıntıya sırf eve fazladan bir para girsin diye katlanıyorum. Yani sen, Stevie ve kendim için Martin, sırf bunun için yapıyorum. Senin yükünü hafifletmek için. Bugüne kadar Tina'nın ev taksitleri için her ay ödediğin para hakkında tek kelime etmedim. Her cumartesi öğleden sonra oğlun annesini görsün diye götürdüğüm sırada, onun o muhteşem evine hep hayranlıkla baktım, bizim oturduğumuz evden çok daha büyük ve güzel. Ve Tina aslında bizim bir ayda kazandığımız maaşın üç katını alıyor, hatta bazen bunu bir haftada kazandığı bile oluyor, ama buna rağmen neden hâlâ onun ev taksitlerini ödüyorsun diye sormadım sana. Biliyorum, biliyorum, şimdi bana onun kazancının sabit değil değişken olduğunu, bazı haftalar doğru düzgün para bile kazanamadığını söyleyeceksin. Ama bu onun şanssız biri olduğu anlamına gelmez, eğer kazandıklarını elinde tutmayı bilirse, geçici bir süre için para kazanamadığı zamanlarda dahi parasız kalmaz. Ayrıca madem o kadar endişeleniyor, neden benim ya da senin gibi düzenli maaş alabileceği düzgün bir işe girmiyor? Benim canım yok mu? Şımarık Tina insan da ben değil miyim?"

Jen bir süre nefes alıp durakladığı sırada, Martin uzanıp onun elini tutmak istemişti. "Bırak, bırak da sözümü bitireyim. Belki sana bunları çok daha önce söylemem gerekirdi, belki bunu yapmadığım için suçluyum, belki de bütün bunları hak ediyorum; üzerinde durmadım, hep alttan aldım, hep duymazdan, görmezden geldim, hep cesur olmaya çalıştım. Belki de bu kadar anlayışlı olmamalıydım, belki de senin başının etini yemeliydim; tıpkı eski karının hissettirmeden yaptığı gibi. Ama onun gibi bencil ve umursamaz bir kadın olmak istemedim. Senin huzur bulmaya, sessiz ve sıcak bir ortama ihtiyacın olduğunu düşündüm. Oysa şimdi bakıyorum da, ne kadar aptalmışım, meğer senin benim gibi saçını süpürge eden birine değil, onun gibi birine ihtiyacın varmış, ondan hiç ayrılmamalıymışsın, bunu şimdi daha iyi anlıyorum."

"Benim sana ihtiyacım var, benim istediğim sensin."

Jen başını sallayıp devam etmişti. "Öyle sandığım için sana bu ortamı sağlamaya çalışmıştım, hatta bunun için neredeyse kendimi feda ettim, zorluklarla tek başıma mücadele ettim, karşılığında sadece sıcak bir teşekkür bekledim, bana ne istiyorsan onu yap demeni değil... Sanki başka bir seçeneğim varmış gibi 'ne istiyorsan onu yap' öyle mi? Ben de diğer pek çok ev kadını gibi sıcacık evimde istediğim saatte uyanmak, sonra gidip keyfimce alışveriş etmek, ya da ne bileyim çiçek yetiştirmek, örgü örmek, kitap okumak, kısacası çalışmadan koca parası yiyip sadece kendimle uğraşmak istemez miyim sanıyorsun?"

"Ama beni yanlış anlıyorsun, ben bunu kendin için yaptığını sanmıştım, sen öyle istediğin için. Yeni insanlarla tanışmak, değişik bir ortamda bulunmak; kısacası bu işi sadece cep harçlığı için yaptığını düşünüyordum." Yüzü şaşkınlıktan gerilen Martin'in ona küçük bir çocuk gibi baktığını görüyordu, bugüne dek onun çalışma nedenini gerçekten anlayamamıştı. Yok hayır, Tina gibi biri tabii ki böylesine saf bir adamla yapamazdı, onunla neden evli kalmak istemediğini şimdi daha iyi anlıyordu.

Jen daha iyi anlayabilmesi için dolabı açıp içindeki lüks yiyecekleri, çerezleri, Noel yemeği için özel olarak aldığı tabak takımını, çam ağacı süslemelerini ve diğer dekor malzemelerini göstermiş, konuşmaksızın çalışma masasının yanında duran son moda abajuru, yeni dikilmiş perdeleri, şöminenin yanında duran içi kütük dolu pirinç bakracı işaret etmişti. "Dikkat edersen bunların içinde kendime aldığım tek bir şey bile yok, kazandığım bütün parayı evimizi güzelleştirebilmek adına harcıyorum. Bizim için. O yüzden üzgünüm Martin, bu kadar büyük bir özveriyle kurmaya çalıştığım sıcak yuvayı güzel Tina'nın bozmasına izin vermeyeceğim, buraya gelip Noel'imizi zehir edemeyecek. Onu davet edemem Martin, özür dilerim. Ben Noel'i sadece sen ve Stevie ile geçirmek istiyorum, tek isteğim bu. Sence bunu istemek hakkım değil mi?"

"Tina mı? Onun Noel'de buraya gelmek istediğini mi sanıyorsun? Böyle bir şeyi ima bile etmedi!"

"Ah lütfen bunu inkâr etme, gözlerinin içine baktığımda ne düşündüğünü okuyabiliyorum. Jen'in her zamanki gibi cesur, sakin ve medeni olmasını istiyorsun. Gidip Stevie'nin annesini davet etmemi bekliyorsun, bunu istediğini biliyorum. Ama yapmayacağım Martin, bunu benden bekleme sakın."

"Tina'yı burada görmek istediğimi de nereden çıkardın? Onun her yıl Stevie ile benim Noel'imi mahvettiğini, her şeyden önce beni aldattığını, kalbimi kırdığını, beni aşağıladığını, ardı arkası kesilmeyen yalanlarını, züppe ve şımarık tavırlarını unuttuğumu mu sandın? Neden bana bunca şeyi yapmış olan bir kadını buraya davet edeyim ki? Neden tekrar aynı acıları yaşamaya bu kadar istekli olayım? Ben ondan boşandım Jen, hatırladın mı? Artık seninle evliyim, ben aradığım kadını buldum, benim âşık olduğum kadın sensin."

"O halde neden Tina'nın tek başına geçireceği Noel sorun oluyor?"

"Neden sorun olsun? O kendine gidecek bir yer bulur nasılsa, bunu dert etme."

"Ben dert etmiyorum, sen ediyorsun, akşamdan beri başka konuşacak bir konumuz yokmuş gibi bunu tartıştığımızın farkında değil misin? Bu yüzden Stevie ile birlikte dünyanızın karardığını, adeta karalar bağladığınızı görmediğimi mi sanıyorsun?"

"Benim yüzümdeki endişeyi yanlış yorumladığını şimdi anlıyorum, oysa sana önemli bir şeyden söz etmek için Stevie'nin odasına gitmesini bekliyordum."

"Neymiş bu kadar önemli olan?" Jen meraklanmıştı.

"Öncelikle söylemeliyim ki, Tina insanları üzen, onların huzurunu bozan bir kadındır. Bu konuda endişelenmekte çok haklısın. Sana yerden göğe kadar hak veriyorum. Ama artık bizi rahatsız edemeyecek. Hatırlarsan az önce, Noel'de yapacağı seyahat iptal olunca bana yeni bir iş için birilerini aradığını söylediğinden söz etmiştim, onun Noel'i burada bizimle geçirmek gibi bir niyeti yok, onun amacı yurtdışına gitmek ve bir daha geri dönmemek. İşte bu yüzden Stevie'nin yatmasını bekledim. Çünkü sözünü ettiğimiz kişi onun öz annesi. Onu bir daha göremeyecek olduğunu düşünerek üzülmesini istemedim. Evinin taksitlerine gelince, benim ona bu konuda yaptığım maddi yardıma artık ihtiyacı kalmayacağını, borcunun azaldığını ve yeni işine girer girmez bunu halledebileceğini söyledi, ayrıca bugüne kadar yaptığım ödemeleri de geri ödeyecekmiş."

"Buna gözümle görmeden asla inanmam."

"Evet, doğru, çünkü ona gönderdiğim aylık çekleri artık istemiyor."

"Peki sen ne düşünüyorsun, buradan gidecek olmasına üzülüyor musun?"

"Sadece Stevie için, çünkü onun annesini özleyeceğini düşünüyorum. Ama bu gece eve gelip bu sıcacık ve harika yuvayı gördüğümde onun bu özlemi çok kısa süreliğine yaşayacağını anladım. Çünkü burada ikimize de kucak açan, burayı cennete çeviren harika bir kadın var."

Jen bu iltifatlara bayılmıştı ama yelkenleri hemen suya indirmek, hiç istemediği halde yüzüne takmak zorunda kaldığı çirkin maskeyi birden çıkarmak istemiyordu.

"Eğer onu gerçekten özlemeyeceksen, o halde yüzündeki endişenin nedeni ne? Sadece Stevie mi? Neden o halde bu kadar üzgünsün?"

"Üzgünüm çünkü bunun nedeni hep kötü bir koca olmam. Aptalın teki olduğumu düşünüyorum. Tina beni bu yüzden terk etti, sen hafta sonları bunu telafi etmek için çalışıyorsun. Bunların tek suçlusu benim, eğer saf ve geri zekâlı biri olmasaydım sizi üzmeyecek, sorun yaşatmayacaktım." Onun üzgün bakışlarını gören Jen daha fazla dayanamayıp önünde diz çökmüştü.

"Asıl ben aptalın tekiyim. Çünkü çok istememe rağmen, hiçbir zaman Tina gibi yırtıcı bir kadın olamadım, belki de seni bu yüzden hiç tatmin edemedim; ama şundan emin olmalısın, bir gün olsun senin aptal bir adam olduğunu düşünmedim, bir saniye bile, buna bütün kalbimle yemin ederim."

Martin eğilip karısını ateşli bir şekilde öpmüştü.

"Erkekler aslında çok aptal yaratıklardır" dedi. "Ortalıkta yalancı pehlivanlar gibi dolaşmayı çok iyi biliriz de, içimizden geçen duyguları dışa vurmayı hiç bilemeyiz. Sen çok güzel ve büyüleyici bir kadınsın, daha ilk gördüğüm anda senin gibi akıllı ve güzel bir kadını kaybetmekten korktum. Dul kalmış, işinde bir türlü terfi edemeyen sıradan bir banka memuru ve onun anne sevgisine muhtaç küçük oğluyla hayatını paylaşmayı asla kabul etmeyeceğini düşündüm. Ama ikimizi de bağrına basacağını söylediğinde kulaklarıma inanamadım, bir an rüya gördüğümü sandım. O andan itibaren geçmişi sildim, her şeyi unuttum. Tina'yı bir saniye bile aklımdan geçirmedim, dahası onun gibi bir kadından kurtulduğum için çok şanslı olduğumu düşündüm; tek endişem Stevie'ydi. Ama ona da analık yaptın. Öz annesinin yapamadığı fedakârlıklara katlandın, onu bir doğurmadığın kaldı, daha ne yapasın ki? O yüzden seni bu dünyada hiçbir kadının yerine koyamam. İstediği kadar özel ve güzel olsun, benim için güzel olan sensin, seni hiçbir kadınla karşılaştıramam. Asla."

"Biliyorum" diyen Jen onu sakinleştirmeye çalışmıştı, Martin gerçekten çok üzgün görünüyordu. Sanki bunca zamandır içinde biriktirdiği duyguları bir anda kusmak ister gibi daha da konuşmak istiyor, onun gönlünü almaya çabalarken güzel sözler bulmak için büyük bir çaba sarf ediyordu. Aslında şu anda kalbinden çok güzel duygular geçiyor ama küçük bir çocuk gibi bunu kelimelere dökmekte zorlanıyordu.

"Yıllar önce..." diye devam etti. "Bilirsin siyah beyaz filmler vardı, onlar yüzünden dünyayı sürekli siyah ve beyaz olarak izlemeye yönlendirilmiştik, ama bir şeyler yerine oturmuyordu, gerçek olana dair içimizde hep bir eksiklik duyuyorduk, ne zaman ki renkli film icat edildi, o zaman dünyamız birden renklendi, içimizdeki boşluk doldu. Hatırlarsın, hani şu ünlü Technicolor... işte seni ilk gördüğüm gün aynı duyguyu yaşadım; o günden itibaren dünyamı renklendiren Technicolor'um oldun."

Jen'in kahverengi yumuşak saçlarını ve pembe yanaklarını okşamış, kollarını boynuna dolayıp bağrına basmıştı. Jen'in üzerinde gri bir hırka ve grili eflatunlu bir etek vardı. Martin yüzünde çok hafif bir pudra olan karısının uçuk pembe bir rujla boyalı dudaklarını ve makyajsız gözlerini öperken "Sen benim Technicolor'umsun" diye tekrarladı.

Noel Dayanışması

Penny her hafta Avustralya'daki arkadaşı Maggie'ye yazdığı mektupta okuldaki sıkıcı yaşamı hakkında rapor veriyor, ona içini dökerken dertlerinden arındığını hissediyordu. Bir hafta boyunca öğretmenler odasında neler yaşandığından, asık suratlı disiplin kurulu müdiresi Bayan Hall'ün çocuklara verdiği cezalardan söz ediyordu; neredeyse yüzde otuzundan fazlasına kök söktürdüğü için olsa gerek, uzun zamandır öğrencilerin ona karşı saygı duygusunu tamamen yitirdiklerini fark ediyordu. Nitekim sonunda karikatürünü yapacak kadar ileri gitmişlerdi, tabii ki öğretmenleriyle bu şekilde alay etmeleri çok çirkin bir davranıştı ama yeni nesil, bu tip bağnaz kadın yöneticilere artık başkaldırmış durumdaydı. Onların yerine karşılarında modern zihniyette kişileri görmek istiyorlardı, tabu haline gelen bu kural yıkılmalı, ülkedeki resmi kurumların başına biraz da erkek idareciler getirilmeliydi. Penny aslında onları haklı buluyordu, kendisi de aynı sorunu yaşıyordu; anne babası da sözünü ettiği bu eski kafalılar grubuna dahildi. Yıllardır kadınların hâkimiyetine alıştıkları için sanki dünyayı yeniden fethedecekmiş gibi hâlâ ona umutla bağlanmaya devam ediyorlardı. Gerçi onları fazla suçlayamıyordu, doğduklarından beri muhafazakâr düzenin içinde yoğrulmuşlardı, kafa yapılarını bir anda değiştirmeleri beklenemezdi, yüzyıllar boyu kadınlar tarafından yönetildikten sonra, ülkenin başbakanının yine kadın olmasını istemekten vazgeçememişlerdi. Hal böyle olunca feminist monarşinin hızını kaybetmeden aynen devam ettiği bir ülkede, ailelerin kız çocuklarını geleceğin başbakanı yerine koyması, onlara bel bağlayıp kadınlardan çok şey beklemesi gayet normaldi.

Penny mektubunda ona koca bir yılın daha sonuna geldiklerini yazmıştı. Aynı okulda beşinci kez Noel'i karşılamaya hazırlandığına inanamıyordu. Oysa işe ilk başladığı gün, her an geri dönecekmiş gibi tedirgin olduğunu hatırlıyordu; hatta bundan o kadar emindi ki, o yüzden kimseye yeni işinden söz etmemiş, yirmi yedi yaşındaki Penny'nin şehirden oldukça uzak bir kasabada öğretmenlik yapmaya başladığının duyulmasını istememişti. Orada kırık dökük bir daire kiralamıştı, ama ilk yıllarda ne okula, ne de oldukça eski görünümlü bu daireye alışabilmiş, kalmaya pek niyeti olmadığı için kendini burada hep eğreti hissetmişti. Ama işte öyle böyle derken beş yıl geçip gitmişti. Şu an sonbaharın sert esen rüzgârıyla üşüyüp ellerini ceplerine sokmuş okulun hokey takımının oyununu izlerken buradaki ilk yıllarını düşünüyordu. Her yıl sonu kız öğrenciler sergileyecekleri Noel skeci için bayan öğretmenlerden yardım isterdi, bu onlar için bir tür feminist dayanışma gibiydi. Bu yıl beşinci kez sergilenecek Noel konserinin organizasyonu için ondan yardım istemişlerdi, aslında bu konuda pek fazla deneyimi yoktu ama onlara yardım edeceğine söz vermişti.

Aslında bunlardan Maggie'ye söz etmesine gerek yoktu, en iyi arkadaşı olarak bunları biliyordu. Aynı şekilde Maggie de ona iş yaşamından fazla söz etmezdi, bozkırda öğretmenlik yapmanın zorluklarını, imece usulü koyun kırkma saatlerinde neredeyse okulun bomboş kaldığını, yok yere bir kangurunun öldürülmesine karşı verdiği şiddetli tepkiyi daha önceki mektuplarında yazmıştı; ama verdiği tepkiye çok öfkeleneceklerini tahmin ettiği olayda herkesin gelip onu tebrik edişini unutamıyordu. Maggie daha ziyade ona erkek arkadaşı Pete'den ve onunla aralarında yaptıkları özel anlaşmadan söz etmişti. Bu anlaşma, Avustralya vatandaşı olmak için başvuran yabancıların imzaladığı De Facto gibiydi; burada yaşamaya kararlı olan birinin kendini gerçek anlamda Avustralya vatandaşı olarak hissetmesiyle ilgili anlaşmaya göre, eğer kişi bunu gerçekten istiyorsa, buradaki yaşam şartlarına ayak uydurması yeterliydi. O andan itibaren ilişkilerinde mutsuz olmayacaktı. O da öyle yapmıştı. Gerçekten de hayatından çok memnundu ama şimdiye dek bu konuda Penny'ye aynı tavsiyede bulunmak istememiş, özel hayatında duyduğu endişelerden neden bu yolla kurtulmayı denemediğini sormamıştı; çünkü o Jack'in nasıl biri olduğunu biliyordu, Penny onunla ilk tanıştıklarında yoğun bir şekilde Maggie'ye rapor verip ona duyduğu büyük aşktan, hayatına ansızın girmesinden ve kafasının içindeki sorulardan söz etmişti. Maggie ona cevaplarından bir türlü emin olamadığı bu sorular yüzünden kendini bu kadar harap etmesine gerek olmadığını söylemişti. Jack'in de ona âşık olduğundan, ona ihtiyaç duyduğundan emindi, ama Penny ne yazık ki emin olamıyordu, çünkü o evli bir adamdı, daha en baştan evini terk edemeyeceğini söylemiş ve bu ilişkinin gizli tutulmasından yana olduğunu belirtmişti.

Aslında Jack'e göre o oldukça komik, enerjik ve eğlenceli bir kadındı. Onun özgürlükten yana olan kafa yapısını çok beğeniyordu, o diğer kadınlar gibi geleceğe dair garanti isteyen, ilişkide sadece kendisini düşünen, bu konuda doğru bildiği çizgiden asla ödün vermeyen çıkarcı kadınlardan değildi. Gerçi Penny onun bekâr bir erkek olması durumunda aynı şekilde düşünüp düşünmeyeceğini merak ediyordu, ama yine de onunla ilişkiye girmekten kendisini alıkoyamamıştı. Dahası onun gözüne girebilmek için kendini özgür ilişkiden yana aşırı serbest bir kadın olarak göstermiş, kesinlikle baskı altına giremeyeceğini söylemişti. İlelebet bir erkeğe bağlanmaya katlanamazdı, bu saatten sonra derenin ortasında at değiştirecek hali yoktu, hele ona güvence vermesi için bir erkeğe asla yalvaramazdı. Hal böyle olunca elbette Jack ona bayılmıştı. O zamanlar Maggie'ye sürekli olarak Germaine Greer'ın *The Female Eunuch* adlı romanından söz ediyordu. Özellikle kadın erkek ilişkisinde kontrat imzalar gibi bir garantinin söz konusu olamayacağının anlatıldığı bölümü bir solukta okumuş, hatta neredeyse ezberlemişti. Aslında Penny özellikle bu tip gizli ilişkilerde hasar gören tarafın hep kadın olduğunun, sürekli arzularına gem vurup bir anlamda kendisini hadım ettiğinin anlatıldığı kitabın tümünü benimsememişti; sadece o bölümde yazılanlar ilgilendiriyordu onu. Çünkü diğer bölümlerin onu rahatsız etmesinden, kalbindeki aşkından vazgeçmek zorunda kalmasından korkuyor, ilişkisinin doğru olduğuna kendisini inandırmaya zorluyordu.

Gerçi Jack ona karısıyla yaşadığı tekdüze ilişkiden, aralarında bir şeylerin çoktan bittiğinden, sadece kâğıt üzerinde evli olduklarından söz etmişti. Bunun anlamsız bir birliktelik olduğunu kendisi de biliyordu, şu an aynı evin içinde birbirlerine buz gibi bakıp, sanki bir fotoğraf makinesine zoraki poz verir gibi boş boş gülümsemekten başka bir şey yapmıyorlardı... Bu düpedüz sahtekârlıktı ama ne yazık ki boşanması mümkün değildi. Hal böyle olunca Penny ilişkisinden başkalarına söz edemiyor, Jack'in uzun aralıklarla da olsa bazı akşamlar onun küçük dairesine gelip kaldığını kimseye söyleyemiyordu. Bu aslında onun aşkını tek taraflı yaşadığı anlamına geliyordu, ama ilişkileri başladığından beri bir kez olsun ona neden daha fazla vakit ayırmadığı yönünde şikâyette bulunmamıştı. Bu gibi durumlarda hemen Maggie'nin sözünü ettiği anlaşmayı devreye sokup kendini rahatlatıyordu. Maggie ona birini gerçekten seviyorsa, ilişkisini sorgulamadan, olduğu gibi yaşamasını öğütlemişti. Bunu ona gönderilen bir hediye paketi olarak düşünmeliydi, içinden ne çıkacağını bilmiyordu ama sonuçta bu onun için gelmişti; tadını çıkarıp aldığı hediyeden mutlu olmasını bilmeliydi. Onu öylece kullanmalı, değiştirmek ya da parçalarına ayırıp istediği şekle sokmaya çalışmamalıydı. Nitekim o da bu anlaşmayı yapmadan önce Pete'i değiştirmeye çalışmış ama olmamıştı. Pete bir türlü içmeye doyamayıp ara sıra dozunu kaçırdığı buz gibi biradan ancak kendi isteğiyle vazgeçmişti! Bu değişim tamamen zamana bağlıydı, yapması gereken tek şey sabırlı ve cesur olmaktı. Penny işler kötüye gittiğinde arkadaşının bu tavsiyesine sıkıca sarılmayı âdet haline getirmişti.

Jack'le birliktelikleri üç yıldır devam ediyordu, onunla üç yıl önce bir Noel günü tanışmışlardı, şu anda dördüncü yıla girmeye hazırlanıyorlardı. Penny ilk yıl, belki de yaşamının en kötü Noel'i olduğunu hatırlıyordu. Noel gecesi yapayalnız otururken, yapacağı hiçbir şey olmadığından televizyondaki aptal programları izlemişti. Sonra morali oldukça bozuk olduğu için zorla yerinden kalkıp kilometrelerce ötede onun için endişelenen annesiyle üvey babasını telefonla aramış, onlara hayatından memnun ve çok mutlu olduğunu söyleyip rahatlamalarını sağlamış, gönderdikleri güzel hediyeler için teşekkür etmişti. Oysa o anda ne kadar mutsuzdu, ama yine de hiç değilse birkaç dakikalığına onu görebilmek için evden kaçabileceğinin umuduyla Jack'i beklerken, beş dakikada bir ona hediye ettiği parfümü üzerine sıkıp durmuştu. Üç yıllık birliktelikleri boyunca Jack sadece geçen Noel gelebilmiş, ancak yarım saat vakti olduğunu söylemişti. Ofisinin çekmecesinden bir şey alması gerektiğini bahane edip gelmişti, çocuklar onunla birlikte gelmek için ısrar etmişti, ama yarım saat içinde döneceğini söylemiş, oynamaları için yakındaki parka bırakmıştı; çok istemesine rağmen fazla kalması mümkün değildi.

Penny onun arkasından belki iki saat ağlamıştı. Öğleden sonra koyu renk pardösüsünü üzerine geçirip yürüyüşe çıkmış ve özellikle onun evinin önünden geçmişti. Camın önünde kocaman bir Noel ağacı duruyor, üzerinde binlerce renkli ampul yanıp sönüyordu, duvardaki tebrik kartlarının çevresi sarmaşıklarla süslenmişti. Bunlar kimin içindi? Çocuklarının yaşı çok küçük olmalıydı. Ama bunu ona hiç sormamış, bunları gördüğünden ona hiç söz etmemişti.

Bu yıl aynı üzüntüleri bir kez daha yaşamamaya karar vermişti, nasılsa yine yalnız olacaktı, o yüzden seyahate çıkacaktı. Güneşli olan herhangi bir ülkeye gitmeyi planlıyordu, Noel'in kutlanmadığı Müslüman bir ülkeye. Fas veya Tunus'u düşünüyordu. Bunu söylediğinde Jack çok şaşırmıştı. Hem morali bozulmuş, hem de hiç beklemediği bir şok yaşamıştı.

"Biraz da beni düşünmelisin, eğer çekip gidersen kendimi bir pandomim oyuncusu gibi sessiz ve yapayalnız hissedeceğim" dedi "Oysa bunu birlikte yapabiliriz... bir yerlere kaçıp her şeyden uzaklaşabiliriz. Beni sevdiğini ve burada kalacağını sanıyordum, her şeye rağmen Noel'de gelip, kısa süre de olsa seni görmeye çalışmadım mı? Soruma cevap ver."

Penny bu sözler üzerine kendisini bencil biri gibi hissetmişti. Ama sonra iyice düşündüğünde bunun bencillikle bir ilgisi olmadığını anlamıştı. Her yerde Noel şarkıları söyleniyordu, mağazalar ışıl ışıldı, gözleri aşırı ışık ve süslemelerden yorulmuştu. Üstelik okulda da çok çalışmıştı, burada kalıp yine hüzünlenmek istemiyordu, o yüzden ses tonunu iyice yumuşatıp onunla konuşmuş, sekiz günlük bir tatilin onların dört yıllık aşklarına gölge düşüremeyeceğini söylemişti. Dört yıldır nasıl gittiyse, yine aynı şekilde devam ediyordu, gittiği yere kadar gidecekti ama bu süre içinde hiç kimse diğerinin yaşamının tam ortasında yer almak gibi bencilce bir hak iddia edemezdi; bu derece sahiplenmeye hakkı yoktu. Penny bunları söylerken ona karşı oldukça güçlü görünmesi gerektiğini biliyordu, o yüzden sözlerini dikkatle seçmiş, biraz da dokundurmuştu, ama asla dört yıldır incindiğini hissettirmeden... Bu şu anlama geliyordu; gördüğün gibi –beni yalnız bıraksan da– sana muhtaç değilim, kendi ayaklarımın üzerinde durabiliyorum. Ama geç kalmıştı. Jack ona bu yıl için bir sürpriz hazırlamıştı, Noel arifesinde onu güzel bir yere yemeğe götürecekti. Karısını oraya hiç götürmemişti, ilk kez onunla gidecekti. Penny ağır ve şaşalı bir restoran yerine kafeterya tarzı bir yeri tercih ediyordu. Örneğin sebze garnitürlü sosis yiyip, üzerine içecekleri birer fincan sütlü çay onun için yeterliydi.

Bunları düşünürken birden durmuş ve aslında bunun kendisi için daha iyi olduğuna karar vermişti. Kafasından geçenleri dinledi, evet, böylesi onun için daha iyiydi. Çünkü o sırada karşısında oturan Bayan Hall'e gözü takılmıştı, kadın şu an tahminen elli beş altmış yaşlarındaydı, üzerinde modası geçmiş bir hırka ve yıllardır giymekten eskimiş bir etek vardı. Şu anda okuduğu gazeteyi her gün eskilikten neredeyse eleğe dönmüş evrak çantasının köşesine sıkıştırır, gazetenin ucu bir yerlerden mutlaka görünürdü. Sürekli asık suratlı ve karamsar olduğu için saçları gibi yüzünün rengi de grileşmişti. Evet, Bayan Hall'e nazaran tercih ettiği yaşam onun için en iyisiydi. Kadının şehrin merkezinde kocaman müstakil bir evi, harcamakla bitmeyecek bir serveti vardı; ama yapayalnız olduktan sonra ne işe yarardı ki? Şu an elinde tuttuğu gazetenin sayfaları onun için pırlanta değeri taşıyordu, çünkü onlardan başka arkadaşı yoktu. Penny onun saatlerce ne okuduğunu çok merak ediyordu, dedikodu sütunlarında herkesin diline doladığı sosyeteden bir tanıdığı ya da politikacı bir dostu olduğunu hiç sanmıyordu, bulmacasını çözdüğünü de görmemişti.

O sırada öğretmenler odasının kapısı vurulmuştu, gelen Lassie Clark'tı. Okulda hoşlanmadığı birkaç öğrenciden biriydi. Penny onun derbeder görüntüsüne, özellikle yüzünü göstermemek için inat eder gibi suratının yarısını örten tuhaf saç modeline sinir olurdu. Sürekli omuz silkip kimseyle aynı fikirde olmadığını belirten küstah tavırları yüzünden, onun soğuk ve itici bir kız olduğunu düşünüyordu. Ürkütücü saçlarını pencere perdesi gibi kenara çekince gözleri meydana çıkmış, ağzının içinde geveler gibi üç buçuktaki müsamere provası hakkında bir şeyler mırıldanmıştı.

"Bu defa ne oldu?" diye sordu Penny. Lassie anne babasından mazeret dilekçesi getirmeye alışmıştı, bir gün bir nedenden dolayı müsamere provalarına gelemediğini, ertesi gün başka bir neden yüzünden derslerine çalışamadığını söyleyen kız, belki de okulun en sorunlu öğrencisiydi. Penny onu her gördüğünde yine bir şeyleri bahane etmesini bekler olmuştu.

"Bir şey olmadı" dedi Lassie. "Sadece fikrimi söylemeye geldim, okuldaki Noel skeçlerini çok aptalca buluyorum, artık başka şeyler yapılmalı."

Penny gidip onun ukala yüzüne okkalı bir tokat vurmayı çok istemişti. Maggie'ye yazacağı bir sonraki mektupta kız okulunda öğretmenlik yapmanın çılgınlık olduğundan söz edecekti. Üstelik bunalıp kendisini öğretmenler odasına attığında çevresindeki herkesin kadın olması, onun çok yakın bir gelecekte aklını kaçıracağına delaletti. Penny bu patlamanın giderek yaklaştığını yoğun bir şekilde hissediyordu.

Ama yine de öfkesine hâkim olmaya çalıştı.

"Kaç yaşındasın Lassie?" diye sordu, sesi sinirli çıkmıştı.

Lassie aslan yelesine benzer kabarık saçlarının arasından ona tıpkı mağara devrinde yaşayan bir vahşi gibi bakıyordu. Öğretmeninin ne demek istediğini anlayamamıştı, konunun yaşıyla ne ilgisi olduğunu düşünüyordu.

"Ne demek bu?"

"Haydi Lassie, sana çok basit bir soru sordum, zor bir imtihan sorusu değil."

"On beş" dedi Lassie, ama bunu söylerken isteksiz görünmüştü.

"Güzel. Bu yaşta bir kızın buraya gelip, her yıl gelenek haline gelmiş okul skeçlerini eleştirip onların baş belası şeyler olduğunu söylemesini normal bir davranış olarak yorumlamamı beklemiyorsundur sanırım. Yaptığın bu hatanın farkına varmış olmalısın, ama yine de bunu sana hiç yakıştıramadığımı itiraf etmeliyim. Keşke bunları hiç duymamış olsaydım, ama hemen şimdi bunu telafi edebilirsin, söyle bakalım hâlâ aynı fikirde misin, yoksa seni böyle konuşmaya yönelten başka bir neden mi var? Hangisi? Ama lütfen çabuk ol, akşama kadar burada oturup cevabını beklemek zorunda değilim."

Lassie birden afallamıştı. Aşırı sinirlenen öğretmen kontrolünü kaybetmiş gibi görünüyordu.

"Hâlâ aynı fikirdeyim, onların baş belası şeyler olduğunu düşünüyorum." Bu fikrinden taviz vermediğini cesurca belirtirken, özellikle öğretmeninin kullandığı sözcüğü sarf etmişti. Oysa odaya ilk girdiğinde, ağzından böyle bir kelime çıkmamıştı.

"Peki ne yapacaksın? Provalara girmeyecek misin?"

"Hayır."

"Sen ne kadar inatçı ve aptal bir kızsın! Ne kadar bencilsin! Sen hayatta kendinden başkalarını hiç düşünmez misin? Suratıma aptal aptal bakacağına diğerleri gibi provalara girip sana verilen rolü yapmaya çalışsan, bir kez olsun sorun çıkartmasan, olmaz mı? Şimdi hemen sınıfına dönüp arkadaşlarının provası bitene kadar orada bekleyeceksin, bu arada oturup ceza olarak sana vereceğim kompozisyonu yazacaksın. Yarın sana arkadaşların dünkü provaya neden gelmediğini sorup, büyük olasılıkla çoban ya da melek giysisini senin için ayırdıklarını söyleyeceklerdir. Ama sen onların bu sözlerine kulak asmazsın, arkadaşların sahnede oynarken, sen yıllardır yaptığın gibi öğretmenlerle birlikte bir köşede durup onları izlersin, bu nasılsa senin için en kolayı, öyle değil mi?"

Penny kızın gözlerinin kocaman açıldığını, onu ilgiyle dinlerken biraz da korktuğunu görüyordu.

"Evet, sanırım öyle" dedi. Her ne kadar korksa da inadından vazgeçmiyordu.

"Sanıyor musun, emin misin? İnsanın duygularından emin olması gerekir. Çünkü eminsen, bu cesaretin karşısında durum değiştirmek zorundayım, tıpkı bir zamanlar bu ülkede düzene karşı gelen kadınları kütüğe bağlayıp yaktıkları gibi, benim de bu tip asi öğrencilere uyguladığım cezalar var."

"Ne?" Lassie şaşkınlıkla sormuştu.

"Artık bunu sorman için çok geç küçük kız. Unutma ki her insan isterse kötü biri olabilir. Birazdan benim de en az senin kadar kötü olabildiğimi göreceksin. Şimdi yürü bakalım, sınıfa gidiyoruz."

Penny bir süre sonra kitaplarını almak için tekrar öğretmenler odasına döndüğünde, Bayan Hall'ün orada olduğunu fark etmişti. Yaşlı kadın pencerenin önünde durmuş, dışarıdaki ağaçların yağmurdan ıslanmış kuru dallarına bakıyordu.

"Sizi rahatsız ettiğim için özür dilerim" dedi Penny.

"Hiçbir şey duymadım. Ne oldu?"

"Ah, malum, Lassie Clark yine aptalca bir sorunla karşıma çıkınca dayanamayıp azarladım."

"Neden insanların çocuklarına hayvan isimleri koyduklarını anlamış değilim, belki de aslında bir köpek istiyorlar, o zaman neden çocuk yapıyorlar?" Bayan Hall'ün bu asabi çıkışı karşısında Penny çok şaşırmıştı.

"Belki bu adla çağrılmaktan memnundur."

"Hayır, onun tam dokuz yıldır bundan hiç hoşlanmadığını biliyorum, yaşı çok küçükken bile adının aptalca olduğunu söylerdi."

Penny'nin şaşkınlığı devam ediyordu, Bayan Hall'ün öğrencilerin geçmişiyle ilgili konuştuğunu ilk kez duyuyordu.

"Bence bu adla çağrılması onun için hiç önemli değil, o genel anlamda sorunları olan bir kız" dedi Penny. Az önceki siniri geçmiş, sesi yumuşamıştı.

"Ama şimdi Noel zamanı" dedi Bayan Hall. "Herkesin çok hassas ve duygusal olduğu bir dönem. Noel sadece mutlu olanların tepineceği bir bayram olarak düşünülmemeli, bazı insanların mutsuz olabileceği de akıllara gelmeli. Bence çocuk çok haklı, bana kalsa bu saçma âdeti hemen ortadan kaldırırım."

Aslında Penny de aynı fikirdeydi ama, az önce Lassie'ye bu yüzden çıkıştığı için ona açıkça itiraf edemiyor, hatta özellikle karşı çıkmasının yerinde olacağını düşünüyordu.

"Ah, lütfen Bayan Hall, bunun çocukların ne kadar hoşuna gittiği ortada."

"Ama Lassie gibi çocukların değil."

"Onu hiçbir şey mutlu etmiyor" dedi Penny. "O kadar mutsuz

ki, ilkbahar, yaz, sonbahar ya da kış olmuş, onun için hiç fark etmiyor."

"Ama yine de Noel zamanı başka" dedi Hall. "Yılın en dokunaklı zamanıdır, hele beklentilerinin hiçbiri gerçekleşmemişse, neşeli ve mutlu görünmen tabii ki beklenemez."

"Sizi anlamakta gerçekten zorlanıyorum, Charles Dickens'ın hikâye kahramanı Scrooge gibisiniz."

Penny bunu söylerken yanlış anlamaması için ona gülümsemişti. Her şeyi eleştiren, sürekli asık suratla dolaşan, çocuklara bağırıp çağıran, herkesin pinti ve katı yürekli bildiği o kaprisli yaşlı adamdı bahsettiği. Sanılanın aksine Bayan Hall Noel zamanı aşırı hüzünlenmesine rağmen yufka yürekli ve hassas biri olduğunu kimseye belli etmek istemiyorsa, onun da tıpkı Scrooge gibi biri olduğunu bir bakışta anlamak zordu.

"Ama düşünürsen haklı olduğumu anlayacaksın. Eğer insan Noel arifesinde değil de 26 aralık günü birilerine gizlice yardım etmekten, çocuklara hediyeler vermekten mutlu oluyorsa, Noel'in gelmesinden de mutlu oluyor demektir. Mutluluk insanların beklentilerinin gerçekleşmesiyle ilgili bir şeydir Penny, karakterleri ya da yaşlarıyla ilgili değil, çocuk ya da yaşlı fark etmez."

"Aslında haklısınız."

"Kendinden örnek biç, buraya geldiğin ilk günlerde kapkara olsa bile her şeyin hep parlak tarafını görürdün, çünkü mutluydun, yanılıyor muyum? Oysa şimdi Noel yaklaşırken gelmesini dört gözle bekliyor, ama bir an önce bitmesini istiyorsun, bunun nedeni bir şeyler konusunda hayal kırıklığı yaşaman değilse nedir?"

Penny'nin huysuz Bayan Hall'le bu konuda sohbet edeceği aklının ucundan bile geçmezdi. Evet, haklı olmasına haklıydı, gerçekten de insanlar mutsuzsa, Noel'in onlara fazla bir katkısı olamazdı, ama en azından bir şeylere her zamankinden farklı gözle baktırdığı kesindi.

"Evet bu gülünç oyunu daha fazla oynamama gerek yok. Noel'den çok 26 aralık gününü dört gözle beklediğimi itiraf etmeliyim. Çünkü o gün Noel bitmiş oluyor, böylece yapayalnız olduğum için oturup üzülmeme gerek kalmıyor. Ama insanların bu dönemde aşırı hassaslaşıp farklı beklentiler içine girdiği doğru, size katılıyorum."

Bunları söylediği sırada Bayan Hall'ün bakışları onun yüzünde geziniyordu, Penny'nin gözlerinin yaşla dolduğunu fark etmişti. Penny bunu ona hissettirmiş olmaktan fena halde sıkılmıştı, çünkü yıllardır Noel zamanı hep cesur ve güçlü görünmüş, üzüldüğünü kimseye belli etmemişti, insanların ona acımasını istemiyordu. Yaşlı kadının kendisiyle ilgilendiğini görünce "Hayır, hayır, benim için üzülmenizi istemiyorum" dedi sinirli bir tonda.

"Senin için değil, kendim için üzülüyorum, Penny. Acınacak durumdayken başka birine acıyamam."

Yaşlı kadının bunları söylerken oldukça üzgün olduğu görülüyordu. Penny sorunlu öğrencisi için aşağıya inmeye hazırlanırken, bir eli odanın kapısında öylece kalmıştı, ne yapması gerektiğini bilemiyordu.

"Sizin için yapabileceğim bir şey var mı?" diye tereddütle sordu, ne de olsa Bayan Hall'ün sağı solu belli olmazdı, ters ve hırçın bir kadındı. Şu anda ne kadar üzgün ve ilgiye muhtaç görünse de, birden değişip ona çok sert bir tepki gösterebilirdi. Ama düşündüklerinin tersine Bayan Hall ona çok farklı bakıyordu. Sanki bir şeyler daha anlatıp içini dökmek ister gibiydi, konuşmak için güç toplamaya çalışıyordu.

"Hayır... teşekkür ederim. Çok naziksin. Ama benim için yapılacak bir şey yok."

"Yapılabilecek bir şeyler mutlaka vardır" dedi Penny, bir çocukla konuşur gibi sesini iyice alçaltmıştı.

"O halde neden bunu kendinde uygulamıyorsun, neden Noel'i mutlu bir şekilde geçirmek varken, kendine zehir ediyorsun, neden bir an önce geçip gitmesi için dakikaları sayıyorsun?" Yaşlı öğretmenin bu sözlerinde samimi olduğu görülüyordu, herhangi bir aşağılama ya da kasıt söz konusu değildi. Onu eski canlılığına kavuşturmak için bir teşvikti sadece.

"Sanırım bunun değişmesini istemiyorum. Bugüne dek çoktan yapmam gereken şeyi yapmaktan korkuyorum."

"İşte bu çok mantıklı bir açıklama, ama şunu unutma, senin için kötü olacağını sandığın bu seçimden sonra iyileşmek senin elinde. İstersen yapabilirsin, bütün iş gerçekten bunu istemekte. İşte o zaman az önce söylediğin, herkes için yapılabilecek bir şeylerin olduğu cümlesini yüzeysel değil, inanarak sarf ettiğini göreceksin" dedi Bayan Hall. Bunları söylerken, bunun aynı zamanda düz mantık olduğunu doğrulamak için başını sallamıştı.

"Peki ya siz?" diye sordu Penny cesaretle, bugüne kadar yaşlı kadına hep tehlikeli bir bölgeye girer gibi yaklaşmıştı.

"Benim için bir seçenek söz konusu değil, yıllardır ne yapıyorsam yine aynı şeyi yapacağım. Ben asıl zavallı Lassie'yi düşünüyorum, asıl kötü olan, benim değil ama onun yaşında bir çocuğun önünde başka bir seçeneğin olmaması."

"O da aynı yolla mutlu olmayı denemeli" dedi Penny sert bir şekilde.

"Evet, ama Noel zamanı bu sandığın kadar kolay olmuyor. Üstelik o küçük bir kız, ayrıca bunu sen de biliyor olmalısın; eğer mutsuzsan, mutlulukla mutsuzluk aynı çizgide seyreder, anlayacağın Noel zamanı hissedilen mutsuzluk, sadece yetişkinlerin ya da yaşlıların çektiği bir hastalık değildir Penny, o küçük kız da mutsuz olabilir ve tıpkı senin ya da benim gibi onun da geçerli nedenleri var."

"Nereden biliyorsunuz?" Bayan Hall'ün bugüne kadar çocuklar hakkında bu derece derinlemesine bilgiye sahip olduğunu hiç duymamıştı. Okulun dışında onlarla ilgilenmeye devam ettiğini bilmiyordu.

"Ah, bunun için fazla bir çaba harcamama gerek yok, tabii ki dedikodu yoluyla. Kızın anne babası boşanıyormuş. Annesi başka bir adamdan hamileymiş, sevgilisinin evinde kalıyormuş, babası da evi terk edip gitmiş, o da kız arkadaşının evinde kalıyormuş. Bu durum onun yaşındaki bir kız çocuğu için Noel zamanı yaşayacağı en büyük mutsuzluk olsa gerek, Lassie asık suratla dolaşmasın da kim dolaşsın? Bütün bunlar yetmezmiş gibi, çocuklar onun Noel'de başkalarının evinde yaşayan asalak biri olmaya hazırlandığını söylüyor. Bu sözler kızın kulağına gitmiş olmalı ki, kimseden yardım isteyemiyor."

"Peki ne yapacak?"

"Sence ne yapabilir? Tabii ki birilerinin çıkıp ona yardım etmesini bekliyor ama bunu kimseye belli etmek istemiyor. Çünkü sefil ve perişan biri gibi görünmek, başkalarının yanında kalmanın ezikliğini yaşamak gururuna dokunuyor, kendisinden emin ve güçlü görünebilmek için çaba sarf ediyor. Tabii ki ona para yardımı yapacaklardır, ama sonuçta gideceği yer döküntü yığınına benzeyen eski evinden başka bir yer değil. Noel'i orada geçirecek, yalnız ama güçlü..."

Bayan Hall dokunaklı ses tonuyla bu tip kişilerin çevresindekilerden şefkat ve anlayış beklediğini vurgulamıştı. Penny kendini soyutlayan yaşlı müdirenin bu derece ince konulara girdiğine inanamıyordu, üstelik tespitleri çok yerindeydi.

"Ben de Noel'de yalnızım. Üstelik sadece bu yıl değil, son birkaç yıldır. Eğer isterseniz sizi görmeye gelebilirim... ya da siz..." Penny çok istemesine rağmen yaşlı kadını kendi dairesine çağıramıyor, Jack'in kısa süreliğine de olsa ona uğrayacağını düşünüyordu. Karşısında yaşlı okul müdiresini gördüğünde öfkeden gerilip küplere bineceği kesindi. Ama en azından o gittikten sonra, önünde koca bir terası olan yaşlı kadının evine gidebilirdi. Jack sürekli söylediği gibi sırf çocukları için yürütmeye çalıştığı evliliği yüzünden kendisini sessiz ve yalnız bir pandomimci gibi hissetmemek adına ailesiyle ilgilenirken, o da ilgiye muhtaç olan yaşlı kadın ve çocuklarla birlikte olabilirdi.

"Hayır, hayır, çok naziksin" dedi Bayan Hall.

"Ama neden? Buna ihtiyacınız olduğunu biliyorum. Bana gelmeyi kabul etmemenizi normal karşılayabilirim, ama hiç değilse ben size geleyim, bunu neden istemiyorsunuz?" Penny onun inatçılığına fena halde kızmıştı.

"Çünkü Noel'de evimde olmayacağım. O ev artık bana ait değil. Şu an çoktan başkasına satılmış olmalı."

"Size inanmıyorum. Peki nerede yaşıyorsunuz?"

"Bir öğrenci yurdunda."

"Bayan Hall, bu bir şaka mı?"

"Böyle tatsız bir şaka yapabilmek için delirmiş olmam gerek."

"Ama neden? O ev yıllardır sizin değil miydi? Bildiğim kadarıyla büyükbabanız, babanız hep orada yaşamıştı. Neden satıldı?"

"Borçlarımı ödeyebilmem için. Ben bir kumarbazım, Penny, hem de iflah olmaz bir kumarbaz. Keşke sana 'bir zamanlar kumarbazdım' diyebilseydim, ama tıpkı alkoliklik gibi bu da her an geri tepen bir hastalık, o yüzden şimdiki zaman fiilini kullanmak zorunda olduğumu biliyorum."

"Ama ilelebet yurtta yaşayamazsınız... bu imkânsız."

"Hatırlarsan az önce başka bir seçeneğim olmadığını söylemiştim. Ama evin satış işlemi tamamen bitip borçlarımı ödedikten sonra elime kalan parayla kendime küçük bir daire satın alabilirim belki."

"Ama bu zaman alacaktır, önemli olan şu an sizin için ne yapabileceğimiz. Gerçekten çok üzgünüm Bayan Hall, inanın bilmiyordum."

"Kimse bilmiyor, çünkü senden başka kimseye söylemedim. Sadece birkaç kişi biliyor, bana manevi olarak destek verip yüreklendirenler, yani borçlu olduğum kişiler. Bu aşamada okuldakilerin bilmesinin benim için çok kötü olacağını düşündüm, çünkü yönetim bunu anlayışla karşılamayacağı gibi, böyle sorumsuz bir nedenden ötürü bana yapılacak Noel yardımına da sıcak bakmayacaktır. Bu yaşta herkesin saygısını yitirip, bu derece aşağılayıcı bir duruma düşmektense, konunun hiç bilinmemesini istedim, o yüzden lütfen kimse bilmesin."

"Hayır, tabii ki" dedi Penny, zorlukla yutkunmuştu.

"Evimin, değerli tablo ve mobilyalarımın neden satıldığı konusunda uygun bir hikâye bulunur diye düşünüyorum; örneğin artık çok büyük geldiği, idare etmekte zorlandığım bahanesi uydurulabilir."

"At yarışı mı, poker mi oynuyordunuz, Bayan Hall?"

Bayan Hall ona gülümsemişti. "Neden soruyorsun?"

"Sizi daha fazla üzmek için değil, sadece öğrenmek için. Bunun başkaları tarafından duyulmasının sizi mutsuz edeceğini biliyorum."

Bayan Hall onun içtenliğine inandığını belirtmişti. Ona hafifçe gülümsedikten sonra sorusuna cevap verdi:

"Beni anladığına sevindim, o halde ben de soruna cevap vereyim, bakara oynuyordum."

"Bir kulüpte mi?"

"Evet, şehir dışındaki lüks bir kulüpte, oraya trenle gidiyordum. Anlayacağın kumar turuna katılıyordum. Ama oradaki kimse adımı bilmiyordu. İşte artık her şeyi biliyorsun."

Penny yaşlı kadının yaptığı bu büyük hatadan dolayı oldukça rahatsız olduğunu ve artık yalnız kalmak istediğini hissetmişti. Ne kadar istese de şu an ona vereceği hiçbir garanti yoktu, ayrıca bu zayıflığı yüzünden içten içe ona kızmaya devam ediyordu. Odadan çıkıp kapıyı usulca kapattı.

Uzun koridordan geçip aşağıya indiğinde, Lassie'yi yine aynı umursamazlıkla sırasında otururken bulmuştu. Yalnızdı.

"Hadi elindekini bırak ve evine git" dedi Penny.

"Gidemem. Önce bana verdiğin kompozisyonu bitirmem gerek. Bunu bitirmeden evime gidemeyeceğimi söyleyen sen değil miydin? Bir günde iki kez azar işitmeye niyetim yok."

"Evet doğru, ama bu kez farklı; evine gitmen gerektiğini söyleyen benim."

"Olmaz, hem gidip ne yapacağım ki, kimse yok."

"Tıpkı benim gibi" dedi Penny.

"Evet, senin de yalnız olduğunu biliyorum, ama aradaki fark bunun senin seçimin olması, üstelik yaşlısın."

"Hayır, sandığın gibi bu benim seçimim değil, ayrıca yaşlı da değilim."

"Pardon." Lassie yüzüne yarım yamalak bir gülümseme kondurmuştu.

"O halde ödevini hemen bitir, seninle bir konu hakkında görüşmek istiyorum."

Penny daha önce konferans salonu olarak kullanılan uçsuz bucaksız sınıfta oturup, Lassie Clark'ın kompozisyonunu bitirmesini bekliyordu. Sayfanın yarısını zorlukla doldurduğunu, iki satır daha yazmak için çabaladığını görüyordu. Başlık "Değişen dostluk ilişkilerimiz"di. Bu konuyu daha önce hiç vermemişti, sadece Lassie gibi sosyal ilişkileri kopuk çocuklara verdiği özel bir cezaydı bu.

Penny o sırada annesiyle üvey babasını düşündü, Noel'de onların yanına gitmek için çok geçti, bunu istese bile yapamazdı. Oraya gitmek onu heyecanlandırıyordu, yine babası aklına gelecek, anıları canlanacaktı. Oysa küçük bir kızken hiçbir sorunu olmadığını düşünüyordu.

Başka bir ülkeye gitmek içinse çok geçti, gerçi Noel'i kutlamayan sıcak bir ülkede kış ortasında havuza girip, palmiye ağaçları altında güneşlenmek çok keyifli olsa gerekti; ama o yine de burada kalmayı tercih ediyordu. Eğer gerçek anlamda seçimini yapacak olursa, Noel'ini kurtarmak için çok da geç kalmadığını düşünüyordu. Bütün iş bu seçimi yapabilmekti, ama o zaman da gerçekle yüz yüze kalmaktan korkuyordu. Kalbinde Jack için açmış olduğu pencerenin kanatlarını gerisin geri kapattığında onunla arasında açık tutmaya çalıştığı mesafe de kapanacak, işte o zaman ona karşı hissettiği şeyin gerçek aşk olmadığını anlayacaktı. Aslında bunun adının aşk değil, onu kaybetmek korkusu olduğunu biliyor, ama kendisini kandırdığını anlamak istemiyordu. Oturup ilişkilerine sırf duygusal açıdan baktığında, aslında hiçbir sorun yokmuş gibi görünüyordu; bu sadece sorunlarla yüzleşmeme aptallığını gösterdiği sürece geçerliydi. Artık bu saçmalıktan vazgeçip kendine acımayı bırakmalıydı. Son şans çekilişini bekler gibi umudunu boş şeylere bağlayıp akıntıya kürek çekmenin anlamı yoktu. Onunla harcayacağı birkaç aptal dakika yerine, bugüne dek sevimsiz ve soğuk sandığı Bayan Hall ile küstah ve saygısız bir çocuk olarak bildiği Lassie'yle birlikte olabilirdi. Derin bir soluk alıp önündeki sırada oturan kıza baktı. Yanlış mı görüyordu? Saçlarını kenara çekip muntazam bir şekilde kulağının arkasına mı sıkıştırmıştı? Üstelik yüz hatları da hep görmeye alışık olduğu asilikte değildi.

"Lassie?" dedi.

"Hâlâ benimle konuşmayı düşünüyor musun?" diye sordu Lassie.

"Evet, sana bir teklifimin olacak. Ama sözümü kesmeden sonuna kadar dinleyip sonra cevap vereceksin"

"Tamam."

Lassie onu hiç ses çıkarmadan dikkatle dinledikten sonra dönüp sormuştu. "Evin çok mu büyük, çok mu güzel?"

"Hayır. Ne çok büyük, ne de çok güzel. Üstelik Noel'de orada yalnız kaldığım için girmek bile istemiyorum. Ama fazladan bir odası var, isterseniz Bayan Hall ile birlikte orada kalabilirsiniz. Ama odada sadece tek kişilik bir çekyat var, bu durumda uyku tulumunu getirmen gerekiyor. Ayrıca odada bir televizyon da var, kısık sesle izlediğiniz takdirde sorun olmaz. Ben de kendi odamda yatarım."

"Ama Noel'e daha on gün var" dedi Lassie, birden sabırsızlanmıştı.

"Evet, ne olmuş?" dedi Penny, bu cömert teklifine sevinmesi gerekirken her zamanki hesap soran tarzı onu sinirlendirmişti. Üstelik bir öğrencinin Noel'i iki öğretmeniyle birlikte geçirdiği, dahası öğretmeninin onu evine yatıya davet ettiği pek duyulmuş bir şey olmasa gerekti.

"Bir şey yok, sadece orayı boyayıp güzelleştirebilecek zamanımız olduğunu söylemek istedim, hatta belki bir çam ağacıyla hazır yemekler bile satın alabiliriz, hiçbirimizin daha fazlasını istediğini sanmıyorum."

"Hayır" dedi Penny, yüzündeki gülümsemeyi saklamaya gerek duymamıştı.

"Onun parası var mı?" diye sordu Lassie, kimsenin duymadığından emin olmak için öğretmenler odasının kapısına doğru bakmıştı.

"Hayır, sanmıyorum, ama benim biraz var. Gerçi onu tam anlamıyla rahata erdirecek bir miktar değil."

"Büyük olasılıkla Noel için annemle babam bana para vereceklerdir, bunun daha fazla olmasını talep edebilirim, benden çabuk kurtulmak için kabul edeceklerinden eminim."

"Benimle sonsuza dek kalamayacağını biliyorsun, değil mi, Lassie? Teklifim sadece Noel için geçerli."

"Evet, tabii ki biliyorum, bu üçlü bir Noel dayanışması."

"O halde Bayan Hall'e gidip söyleyeceğim, kabul edeceğini sanıyorum."

"Kabul etmek şöyle dursun, bayılacak bence."

Bayan Hall onu heyecanla dinlemiş, Penny yaşlı kadının anlayabileceği kelimeleri seçmeye özen göstermişti. Sonunda "Evet" demişti. "Bu harika olur. Onunla benim sorunum birbirine yakın sayılır. Onun bilmesinde bir sakınca görmüyorum. Böylece sorunlarımızı halletmiş olduk, geriye sadece senin sorunun kaldı."

"Ne demek bu?" Penny birden afallamıştı, böyle bir cüretkârlık karşısında ona ne söyleyeceğini bilememişti. Okulun iki geçimsiz insanına Noel için cömert bir teklifte bulunmuş, ama teşekkür beklerken, özel hayatını deşme gibi bir tehlikeyle karşılaşmıştı.

"Onun evli bir adam olduğu demek" dedi Bayan Hall, sesinde onun bu davranışını kınayan bir ton vardı. "Hal böyle olunca sanırım onunla geçireceğiniz Noel için bir planınız da olamıyor, zaten eğer olsaydı bizi evine davet etmezdin, ya da belki de onu artık defterinden silmeye karar verdin, belki de yanlış yaptığını ancak şimdi fark edebildin, doğru mu düşünüyorum?" Bayan Hall ona bunları cesurca söylediği sırada, her sabah kahvesini içerken yanında yemeye alışık olduğu bisküvilerin kalanını bitirmeye yönelmişti.

"Hayır, hayır böyle bir şey yok, hiçbir zaman da olmadı" dedi Penny.

"Yani her yıl Noel'de aynı sorunu yaşadın, öyle mi? Ama tatlım sen bunu hak etmiyorsun" dedi Bayan Hall, sesi kangren olmaya yüz yutmuş bir yaranın derinlerine işleyen sakinleştirici bir merhem gibiydi. "Oysa sen çok sıcak ve akıllı bir kızsın, neden topal bir erkek ördek yerine, sana uygun olan yağlı bir kaz bulmayı denemiyorsun? İstersen böyle birini hemen bulabilirsin, seni kırmayacak, aşkına karşılık verecek, seni koşulsuz sevecek birini."

Penny onun şefkatli ve sıcak ses tonuna bayılmıştı, ama onun fikrine karşı çıktığında, sesinin birden güçleneceğini de iyi biliyordu. O yüzden ona "Doğru söylüyorsunuz" deyip gülümsemekle yetinmişti. "Kesinlikle haklısınız, bunu Noel'den sonra düşüneceğim. Şimdi yaralarımızı sarıp Noel'in keyfini çıkarmaya bakalım."

Ama Penny o gün olanları Maggie'ye rapor ettiği sırada Jack'ten çok az söz ettiğini fark etmişti. O geceden sonra Jack çok az aklına düşmüş, hatta aralarına giren soğukluk, giderek Penny'nin ondan uzaklaşmasına neden olmuştu. Bu çok dikkat çekici bir gelişmeydi. O Noel gecesi ona tedavi gibi gelmişti, kendisini giderek iyileşmeye başlayan bir hasta gibi hissediyordu. Hal böyle olunca, bu süreç içinde onunla görüşmesi, iyileşmesi açısından sakıncalı olabilirdi.

Yüz Miligram

Geçen yıl Noel'in hemen ertesi günü evlerine döndükleri için Helen'in annesi onlara fena halde darılıp Paskalya'ya kadar konuşmamıştı, bu yıl mecburen onun yanında daha fazla kalmaya karar vermişlerdi. Bu kez pazar akşamından gidip perşembe günü döneceklerdi. Bu, onunla geçirecekleri yaklaşık dört gün ve dört uzun gece anlamına geliyordu. İlk kez bu kadar uzun kalacaklardı. Aslında her yıl kendi başlarına olmanın özlemini çekmelerine rağmen, onun yapayalnız kalmasına içleri elvermediği için, Noel'i annesinin evinde karşılamak onlar için neredeyse bir gelenek haline gelmişti. Bu onların birlikte kutlayacakları onuncu Noel olacaktı ve oraya gittiklerinde nasıl davranacakları konusunda artık oldukça deneyimliydiler; daha açık bir ifadeyle evdeki gizli tehlikelere karşı hazırlıklıydılar, olağanüstü önlem paketi hazırlar gibi oturup liste bile yapabilirlerdi. İlk sıradaki tehlike aşırı soğuktu, çünkü gaz faturasının çok yüklü geldiğinden yakınan annesi kaloriferi yakmıyordu, o yüzden evin içi hep buzhane gibiydi. Helen hiç değilse ucuz yollu ısınsın diye ona bu yıl Noel hediyesi olarak bir gaz sobası satın almayı planlıyordu; ama annesinin buna nasıl bir tepki vereceğini bilmeden. Böylece her defasında yanlarına küçük bir elektrik sobası almak zorunda kalmayacaklar, bu şekilde ısınmanın milyarderlere mahsus olduğunu söyleyen annesinin çenesinden kurtulacaklardı, çünkü ne zaman onu kullandıklarını görse, aşırı elektrik harcayan sobanın hiç değilse bir kademesini yakmalarını söylüyor ve onları neredeyse geldiklerine pişman ediyordu. Helen onun tasarruf konusundaki bu aşırı tutumu yüzünden, her defasında yanına kalın giysilerin yanı sıra iki adet sıcak su torbası almayı ihmal etmiyordu. Sağı solu belli olmayan annesinin gönlü olana kadar soğuktan donup Noel tatillerini işkenceye çevirmeye niyeti yoktu.

Bir diğer tehlike de içkiydi. Annesinin büfesindeki bir iki şişe likör onların içki ihtiyaçlarına cevap veremediği için, her yıl yatak odalarına özel bir bar kurmak zorunda kalıyorlardı. Buraya gelirken valizin içine sakladıkları birkaç şişe içki sorunu pratik yoldan çözdüğü gibi, annesinin görmemesi için kapağını kapatıp kamufle etmek de kolay oluyordu; çünkü Helen annesinin görmesi halinde başına gelecekleri biliyordu. İçkinin damar sertliği, karaciğer yetmezliği, parkinson gibi ciddi hastalıkların baş nedeni olduğu konusunda annesi ona yine uzun bir konferans çekecekti. Ama yapacak bir şey yoktu, sonuçta o da her anne gibi kızının sağlığını düşünüyordu ve ister istemez öğütlerini ses çıkarmadan dinlemek zorundaydı. Ayrıca Helen geçen yıllardan farklı olarak bu yıl onunla en ufak bir tartışmaya girmemeye karar vermişti. Onu üzgün bir halde bırakıp vicdan azabı içinde eve dönmek istemiyordu. O yüzden her sabah tıpkı eskimoların buzdan yapılmış iglolarına benzeyen yatak odalarında uyanır uyanmaz, ağzından ve burun deliklerinden buhar çıkarak konuşurken kocasını uyarmayı ihmal etmiyordu. “Annem çok yaşlı bir kadın değil belki ama eski kafalı olduğu bir gerçek. Bazı şeyleri kolay kabul edemiyor, gençliği yokluklar içinde geçmiş, tasarruf etmek onun kanına işlemiş. Tüm yaşıtları gibi o da yaşamı çok ciddiye alıyor, sürekli endişeleri var, bunca yıldan sonra bir anda kafasını değiştirmesini bekleyemeyiz; o yüzden burada kaldığımız sürece onu kırmamak için annemi değil, kendimizi değiştireceğiz.”

Ama tahminlerinin aksine, dört gün göz açıp kapayıncaya kadar geçip gitmiş, üstelik tek bir kötü olay yaşamamışlardı. Hatta onuncu kez kutladıkları bu Noel, önceki yıllara bakıldığında belki de en iyisiydi. Her şeyden önce ev daha sıcaktı. Ayrıca annesi bugüne dek hep görmezden geldiği geleneği bu yıl ilk kez gerçekleştirmiş, Noel’in ertesi günü komşularını elmalı pay yiyip kiraz likörü içmeye davet etmişti. Üstelik bu samimi sohbet sırasında, zamanın artık çok değiştiği, hiçbir şeyin eskisi gibi olmadığı, bazı çok önemli değerlerin bile tamamen yitirildiği konuşulurken, her zamanki gibi başını iki yana sallayıp dizlerini dövmemiş, yaptığı ölçülü konuşmayla dikkat çekmişti.

Perşembe günü sabahıydı. Yeni uyanmışlar, yatakta yatıyorlardı. Tatil bitmişti, bugün buradan ayrılıyorlardı. Helen öğle yemeği için annesini şık bir restorana götürmeyi planlıyordu. Arabanın bagajına eşyalarını yerleştirmişlerdi. Yemekten sonra onu eve bırakıp havaalanına gideceklerdi. En önemlisi bu yıl evlerine içleri huzurla dönüyorlardı. Bu kez annesinin küsmesine neden olacak en ufak bir hata dahi yapmamışlardı; ortada suçluluk duymalarını gerektiren bir durum yoktu. Bu yüzden birbirlerini tebrik etmeleri gerektiğini düşünüyordu. Uzanıp Nick'i öpmüş, ama onun karşılık vermesini beklemeden sıçrayıp yatağından kalkmıştı. Annesinin evindeyken oldukça yüksek olasılık taşıyan bir başka tehlike de buydu işte. Bu evde seviştikleri zaman kendisini çok huzursuz hissediyor, annesinin her an kapıyı açıp aniden odalarına girmesinden endişe duyuyordu. Onları uygunsuz bir halde yakalamasından korkuyor, o yüzden buraya her gelişinde isteklerine gem vurmak zorunda kalıyordu; ama bu hiç önemli değildi, o tedirgin olmaya razıydı, şurada evlerine dönmelerine saatler kalmışken, yok yere sorun çıkarmanın gereği yoktu.

"Gidip ikimize de birer fincan çay getireyim" dedi Helen.

"Tamam, tamam." Nick, istediğini alamayan küçük bir çocuk gibi homurdanmıştı.

Helen mutfağa girdiğinde annesinin çoktan kalkmış olduğunu gördü. "Neden her sabah sen ona çay götürüyorsun, asıl onun sana getirmesi gerekmez mi?" Annesi kaç gündür gözünden kaçmayan bu durumdan hiç hoşnut olmadığını belirtmişti. Ama Helen'in ona hak verip yangına körükle gitmeye niyeti yoktu, kocasına karşı koruyucu bir tutum sergilemek de doğru olmazdı, bu durumda alttan almak en iyisiydi.

"Bu işi sıraya koyduk, bugün benim sıram" dedi gülerek.

"Nedense kaç gündür onun sırası gelmiyor. Üstelik onun durumundaki bir adamın sadece çayını değil, her sabah önüne tepsiyle kahvaltını bile getirmesi gerekir, ama tersine sen ona hizmet ediyorsun, üstelik sanki bunu yapmaktan şeref duyar gibi bir halin var."

"Bak anne, burada olduğum sürece senin iş yapmanı istemiyorum, tamam mı? Şimdi lütfen yatağına git, senin çayını da ben getireceğim."

"Hayır, kendi işimi kendim yapmalıyım, buradasın diye gevşeyemem, gittiğinde tek başıma kalacak olan benim. Yaşantıma aynen devam etmeliyim, ama bu arada sırası gelmişken söylemek isterim ki, senin hiç değilse yılbaşına kadar benimle kalacağını düşünüyordum, Bayan O'Connor belki sürpriz yapabileceğini söyleyip beni umutlandırmıştı..."

"Zaten bu tip şeyler ondan başkasından çıkmaz, kadının oldukça geniş bir hayal dünyası var" dedi Helen, bunu söylerken sinirini dolaptaki kap kaçaktan almaya kalkmış, aradığı şeyi bulmak için orada ne kadar tencere, tava varsa hepsini gürültüyle dışarı çıkarmış, o sırada birden kocasıyla birbirlerine verdikleri sözü hatırlayıp durmuştu. Buradan ayrılmalarına sadece beş saat kalmıştı. Mümkün olduğunca nazik ve sakin olmalıydılar. Son anda yapacağı geri dönülmez bir hatayla annesinin kalbini kırarak buradan gitmek istemiyordu.

"Bayan O'Connor Noel'de ne yapacakmış?" diye zoraki bir tebessüm takınarak sordu.

"Hiçbir fikrim yok. Sanırım yine kız kardeşine gidecektir. Çünkü ondan başka kimsesi yok."

Isıtıcıdaki su fokurdamaya başlamıştı.

"Kocan evde de böyle midir, bütün gün yataktan çıkmaz mı? Kalkıp giyinmez mi?"

Sakin ol Helen. Sakın fevri davranma. Yüzünden gülümsemeyi eksik etme. "Ah, biz tatil günleri genellikle evde de aynı saatte kalkarız. Bir gün kahvaltıyı ben hazırlarım, bir gün o. Ardından Hitchcock'u alıp uzun bir yürüyüşe çıkarız. Nick o sırada gazetesini alır, sonra bir otobüse atlar, tekrar evimize döneriz" dedi Helen. Bunları söylerken, sanki masal anlatır gibi neşeli görünmeye çalışıyordu, annesine evliliğinin iyi olduğunu vurgulamaya çabalıyor, sesine canlılık katmak için özel bir uğraş veriyordu.

"Öyle mi? Bari yemek de pişiriyor mu?"

"Tabii. Gerçekten. Noel boyunca yemek işiyle nasıl ilgilendiğini kendi gözlerinle gördün."

"Pek bir şey gördüğümü hatırlamıyorum, sadece tabakları masaya dizdi, sonrada üst üste koyup mutfağa götürdü, bunu küçük bir çocuk da yapar."

Oldukça eskimiş olduğu görülen su ısıtıcısının normalde üzerine oturduğu bir tabanlık olması gerekiyordu, ama yoktu. Bu durumda içindeki suyun kaynaması zaman aldığı gibi, en az üç saat sıcaklığını koruması da mümkün değildi, ama Helen bu konuda annesine en ufak bir şikâyette bulunmayıp, yüzüne kondurduğu zoraki gülümsemeyle fincanları götürmek için tepsi arama telaşına düşmüştü.

"Tepsi mi arıyorsun? Heyecanına bakılırsa beyefendinin sabah çayı epey gecikmiş olmalı."

"Hayır, sandığın gibi heyecanlı falan değilim, ama biliyorsun günümüzde artık eskimiş mutfak gereçlerini kimse elinde tutmuyor anne. Darılma ama, çok daha modern olanları elinin altındayken, bunları atmamakta ısrar etmen hayret verici."

"Niyetinizi şimdi daha iyi anlıyorum, kocanla bu konuda bir

plan yapmış olmalısınız, geçen gün kaldığınız odadaki eski eşyalara bayıldığını, onların iyi para edeceğini söylemişti."

"Anne bizi yanlış anlıyorsun, Nick senin mutlu olman için söyledi bunu, içerideki eşyaların antika olmadığını kendin söylemiştin, unuttun mu? O da aslında yanıldığını, onların hepsinin çok değerli olduğunu ve eğer elden çıkarmaya karar verirsen sana yardım edeceğini belirtmek istedi."

"O bana değil kendine yardım etsin asıl, işsiz güçsüz bir adam bana yardım edemez."

"Böyle düşünmene çok üzüldüm, anne." Helen ona kırıldığını ima ederken öfkesine hâkim olmaya çalışıyordu.

"Ama biraz düşünürsen, söylediklerimde haklı olduğumu sen de anlayacaksın Helen, o adam şerefimizi iki paralık etti. Senin yaşamının mahvolmasına neden oldu. Kimse bilmiyor mu sanıyorsun? Herkes biliyor. Onun yüzünden utancımdan yerin dibine geçtim, ama her şeye rağmen ayaklarımın üzerinde görünmeye çalıştım; o yüzden kimse bana bu konuda bir şey sormaya cesaret edemedi, hâlâ edemiyor, ama bu olanları unuttuklarını göstermez."

"Abartıyorsun anne, neden şerefimizi iki paralık etsin? Her gün yüzlerce kişi işten kovuluyor. Bunun nedeni sadece ekonomik kriz, Nick'in kötü biri olması değil. Ayrıca biz yine de şanslı sayılırız, hiç değilse bakmak zorunda olduğumuz bir çocuğumuz yok, oysa arkadaşlarımızın arasında beş çocukla işsiz güçsüz ortada kalanlar var."

"Ah, bak çok güzel bir noktaya değindin. On yıldır evlisiniz ve tek bir çocuğunuz bile yok. Sadece adı Hitchcock olan aptal bir köpeğiniz var. Çok merak ediyorum doğrusu, o ünlü adamın adını o avanak hayvana koyma fikri hanginizden çıktı?"

"İkimizin ortak fikriydi ve aptal da olsa onu çok seviyoruz. Çünkü bize hiçbir zararı yok, üstelik çok sadık, bütün gün kulübesinde oturup eve dönmemizi bekliyor."

Annesi yanlış, çok yanlış düşünüyordu. Ama ne yazık ki Helen bunu ona söyleyemiyordu. Dahası kendine verdiği sözü tutmak için öfkesine hâkim olmalıydı. Bir şeyleri deşmek için artık çok geçti. O sırada ısıtıcının düdüğü ötmeye başlamıştı, acaba su gerçekten kaynamış mıydı?

"Taşımak zorunda olduğunu düşündüğün bu çift kişilik yüke daha ne kadar katlanacaksın, Helen? Her kadın gibi senin de değişikliğe ve morale ihtiyacın var, ama bunca ağırlığın altında ezilmeye devam ederken, bunu ne zaman gerçekleştireceksin doğrusu merak ediyorum."

"Eğer yakında Nick'e bir iş bulabilirsem, işte o zaman kendime zaman ayırabileceğim, üstelik çok mutlu olacağım ve moralim de düzelecek" diyerek yüzüne capcanlı bir gülümseme kondurmuştu. Böyle yaparak annesinin bu sinir bozucu konuşmayı bir an önce kesmesini istiyordu, yoksa ağzından kazara çok kötü bir söz çıkacaktı.

"Benim söylemek istediğim şey sadece işi değil, Helen. Daha önemlisi var" dedi annesi ve onun gözlerinin içine bakıp, haklı olduğu konusunda onay bekledi.

"Öyle mi, neymiş o?" Helen sesine kibar ve yumuşak bir ton vermeye çalışmıştı, aslında annesinin neyi kastettiğini çok iyi anlamıştı ama anlamazdan gelmeyi tercih ediyordu.

"Bana anlamamış numarası yapma, Helen, ne demek istediğimi çok iyi anladın. O kadından söz ediyorum. Nick'in sevgilisi olan o kadından."

"Şimdi anladım. Ama o iş biteli çok oldu anne." Helen ona bir şey belli etmemeye çalışıyor, ama ne zaman bu konu açılsa göğsünün üzerinde bir ağırlık hissediyordu.

"Sence gerçekten bitti mi? Oysa hiç öyle görünmüyor, bence tam tersi, kocan seninle tıpkı bir metres gibi sadece Noel zamanı ya da özel günlerde ilgileniyor. Daha açık bir ifadeyle, seninle ilişkisi mevsimsel ve yüzeysel."

"Ah, hayır anne, çok yanılıyorsun, sandığın gibi değil."

"Sana yaptığı onca şeyden sonra bundan nasıl emin olabiliyorsun? Onun dürüstlüğüne nasıl inanabiliyorsun? En önemlisi onu yanında görmeye nasıl katlanabiliyorsun... Bunun nasıl bir duygu olduğunu açıklar mısın lütfen?"

"Nick'le mutluyuz anne, birbirimizi seviyoruz. Evet bir şeyler oldu ama bitti ve bu sadece ikimizi ilgilendirmeliydi. İnsanların bilmemesini isterdim ama ne yazık ki öğrendiler."

Kaynatıcıdaki su fokurdamaya başlayınca Helen suyu çaydanlığa aktarmıştı.

"Senin için bu kadar basit, öyle mi? Tamam, haydi koş o halde, koş ve onunla onursuz yaşamına devam et, demek ki sana yaptıklarını rahatlıkla sineye çekebiliyorsun."

"Başka seçeneğim var mı, anne? Lütfen söyle bana. Ne yapmamı önerirsin? Ne yapmamı istersin? Sen olsan ne yapardın?"

"Her fırsatta bunu o kalın kafasına vurup, yaptığının iğrenç bir şey olduğunu belli ederdim."

"Bunu yaptığımdan emin olabilirsin anne, hatta belki inanmayacaksın ama Nick ve Virginia'nın bu tavrım yüzünden yaptıklarından pişmanlık duyduğunu bile söyleyebilirim. Daha ne yapayım? Keşke zamanı geri döndürebilsem."

"O kadının adı Virginia mı?"

"Evet, Virginia."

"Bir fahişeye hiç yakışmayan bir ad, Virginia, erdem sahibi kadınlara özgü bir addır."

"İçindeki nefretin hiç geçmediğini biliyorum anne, eğer seni rahatlatacaksa lütfen söyle, gerçekten ne yapmamı istiyorsun? Ondan ayrılıp evliliğimizi bitireyim mi? Ne?"

"Benimle sesini yükseltmeden konuş, ben senin annenim ve senin için her şeyin en iyisini sadece ben isterim, bunu kafana iyice sok, başka kimsenin umurunda değilsin, anladın mı?"

"Eğer benim için her şeyin en iyisini istiyorsan bana işkence etmekten vazgeç anne" dedi Helen, gözlerinin yaşla dolduğu görülüyordu. Eline çay tepsisini alıp merdivenleri hızla çıkarak yatak odasına yönelmiş ve içeri girer girmez başını Nick'in omzuna yaslayıp hıçkırarak ağlamaya başlamıştı.

"Sonunda dayanamayıp, patladım... buradaki son günümüzde patladım, kendimi daha fazla tutamadım."

Nick karısının başını okşayıp sakinleştirmeye çalışmıştı.

"Haydi gel çaylarımızın içine bir miktar Brandy koyup yorganın altına girelim..." dedi Nick. "Buz devrine ait donmuş fosillere benzemekten ancak böyle kurtuluruz."

Eğer kocasının Virginia ile yaşadığı ilişkiyi kimse duymamış olsaydı, az önce annesiyle giriştiği bu tatsız tartışma hiç gerçekleşmeyecekti. Dahası evliliğini devam ettirmek ya da bitirmek konusunda daha sağlıklı düşünüp karar verebilecekti. Helen onların ilişkisini başlangıçtan beri bildiği halde, özellikle kimseye söylemeyip saklamıştı. Hem de çok uzun bir süre. Çünkü bu tip gizli ilişkilerin duyulması halinde durumun içinden çıkılmaz bir hal aldığını, yaraların sarılmasının daha da zorlaştığını görmüştü. Onu hemen affetmemişti elbette, bunun ilk ve son olduğuna inanacak kadar saf biri de değildi. O gerçeklerle kolay yüzleşebilen, oldukça cesur bir kadındı. Bu gerçeğin adı da Virginia idi. Evet Virginia belki aptal görünümlü biri olabilirdi ama ondan çok daha genç ve güzel olduğu aşikârdı, en önemlisi Nick'le aynı işyerinde çalışıyordu. O yüzden o da diğer kadınlar gibi, bu tip geçici ilişkilerin her zaman olabileceğini, işin boşanmaya kadar gitmesine gerek olmadığını söyleme gafletinde bulunamıyordu. Çünkü teoride düşünülen pratikte geçerli olmazdı her zaman. Aynı işyerinde çalışmaları bu ilişkinin çabucak bitemeyeceği anlamına geliyor, bu durum üzülen tarafın evli adamın karısı olacağı gerçeğini yansıtıyordu. Adamın tek sorunu karısıyla sevgilisinin kazara karşılaşmasıydı, onun için bu işin en tehlikeli yanı buydu. Duygusallık kısmının onu ilgilendirdiği pek görülmüş değildi. Öyle olsa bu ilişkiye girmezdi. Evet, ne yazık ki dürüst ve şerefli bildiği kocası Nick de bu şehvet çarkının içine girmiş ve onu da boynuzlu kadınlar sınıfına sokmuştu. Diğer bir ifadeyle güzel ve küçük sevgilisi Virginia, yıllardır her şeyini halleden karısı Helen'le kendisi arasında kocasını karar vermeye zorlamıştı, bunun adı bu değil miydi? Peki ama neden kendisine uygun başka bir adam seçmemişti? Bekâr adam kalmamış mıydı? Cevabı gayet basitti; Virgina'nın istediği adam Nick'ti. Belki de sırf bu yüzden işi özellikle dallandırıp budaklandırmak istemiş, belki de o kazayı bile canı pahasına özellikle planlamıştı. Ya hep ya hiç. Ve o kazayla her şeyi içinden çıkılmaz bir hale getirmeyi başarmıştı.

İki Noel önceydi, Nick ofiste verilen yıl sonu partisine katılmıştı. Helen, onun içkiye düşkünlüğünü bildiği için, aşrı alkollüyken arabasını almaması için daha sabahtan yalvarmaya başlamıştı. Nasılsa ofisin çevresi taksi kaynıyordu. İlle de arabasını almak ve parti bitimi birilerini evine bırakmak zorunda değildi. Sorumluluk almasına gerek yoktu, bunu ondan başka yapacak kimse yok muydu? Evet, inanılır gibi değildi, bunu o sabah kahvaltıda tartışmışlardı, insanın sarhoş olmasının miligramlara bağlı olduğunu konuşmuşlar, fazladan alınacak yüz miligramın insanı duta çevireceğinden bahsetmişlerdi. Böyle bir durumda insanın araba kullanması çok sakıncalıydı, bunda ısrar etmek, intiharla eşdeğerdi. Ama işte bazı cahil insanları bu tehlikeye inandırmak zordu, kuralları umursamadan içki limitini aştıkları yetmiyormuş gibi, trafik kanunlarını bir şekilde çiğnemiş olmak onlara sapıkça bir zevk veriyor olmalıydı. Evet, belki inanmayacaksınız ama bunları konuşmuşlardı. Ve Nick ona söz vermişti, eğer sarhoş olursa, ertesi gün almak üzere arabasını bırakacak ve bir taksiye atladığı gibi doğruca eve gelecekti. Ayrıca karısına Virginia ile ilişkisinin bittiğini de söylemişti. Helen buna çok sevinmişti, uzun zamandan beri ilk kez yüzü gülmüş, mutlu olmuştu. Bu durum Nick'in geç saate kadar dışarıda kalmayacağı, eve gelen sessiz telefonların kesileceği anlamına geliyordu. Yaşadıkları şiddetli fırtına süresince gösterdiği sabır ve metanetten dolayı Helen kendisini tebrik etmişti.

Ama saat yedide Virginia telefon etmişti. Peltek konuşmasından zil gibi sarhoş olduğu anlaşılıyor, sesi ağlamaklı çıkıyordu.

Helen'e Noel üzeri çok duygusallaştığını, Nick gibi özel bir adamın karısı olduğu için çok şanslı olduğunu söylemişti. Nick harika bir insandı, olağanüstü bir erkekti ve onu unutmakta çok zorlanacağı kesindi. Teselliye ihtiyaç duyuyordu, Helen'i o yüzden aramıştı. Helen onun bu cüretine çok şaşırmış, dahası bunun evli bir kadının karşılaşabileceği en iğrenç durum olduğunu düşünmüştü. Kocasının metresi sarhoş bir halde onu arıyor ve ilişkileri bittiği için sevdiği adamın karısının kendisini teselli etmesini istiyordu. Virginia ya deli ya da çok kurnaz bir kadın olmalıydı. Bunu ondan istemesi başka türlü nasıl açıklanabilirdi? Evli ve aklı başında bir kadının bunu yapabilmesi için mangal kadar yüreği ve çok geniş bir mezhebi olması gerekirdi.

Ondan kısa bir süre sonra Nick aramış, ofisteki aptal kızlardan bazılarının onu arayıp saçma sapan şeyler söyleyebileceğini hatırlatmıştı. Bu yüzden keyfini kaçırmasına gerek yoktu, zaten birazdan eve gelecekti. Helen ne demek istediğini anlayamamıştı, ama kim ararsa arasın umrunda bile olmadığını belirtmişti. Şu anda onun için önemli olan tek şey, kesinlikle sarhoş bir halde araba kullanmamasıydı, bunun için onu tekrar uyarmış ve hemen bir taksiye atlayıp eve gelmesini söylemişti. Ama Nick ısrarla sarhoş olmadığını, eve gelmeden önce bırakması gereken aptal bir kız olduğunu söylemişti, onu bırakır bırakmaz hemen gelecekti. Helen dehşetten kocaman açılmış gözlerle buna kesinlikle izin vermediğini söyleyeceği sırada Nick telefonu kapatmıştı.

Nick daha sonra o gece verdiği sözü tutmamakla büyük bir hata yaptığını itiraf etmiş, bir anlamda kazaya bile bile davetiye çıkarmış, Virginia'nın onu tuzağa düşürmesine izin vermişti; ama olan olmuştu bir kere, artık geçmişi sorgulamanın anlamı yoktu.

O gece cadde ve sokaklarda yoğun bir kalabalık vardı. Her yer araba kaynıyordu. Herkes telaşlı ve gergindi, insanlar evlerine gitmekte acele ettiği için adım başı kaza oluyordu. Hava yağışlıydı, sürücüler aşırı sağanak yağmurdan dolayı sileceklerin yeterli olmadığından yakınıyor, beş metre ötedeki aracın farlarını görmekte zorlandıklarından söz ediyordu. Trafik tek kelimeyle keşmekeşti.

Hasta ruhlu Virginia, o gece arabada kocasının yanına oturmuştu. Hıçkırarak ağlıyordu, Nick'in araba kullanan koluna yapışmış bırakmıyor, onu sürekli sarsıp terk etmemesi için yalvarıyordu. Helen'e telefon edip ilişkilerinin tamamen bittiğini söylemesi önemli değildi. Nick onu bırakmazsa aşkları aynen devam edebilirdi, aksi takdirde Noel'de başka bir adamla birlikte olacaktı. Bir yandan onu bu şekilde tehdit ederken, diğer yandan bu gizli ilişkiden pişmanlık duyduğuna inanmak çok zordu. Nick blöf yaptığını anlamıştı sonunda, Virginia'nın amacı karısını boşayıp kendisiyle evlenmesi için ondan söz almaktı. Nick başına çorap örmekten başka bir derdi olmayan yanındaki bu aptal kadından bir an önce kurtulması gerektiğini düşünüyordu. Onu bir daha asla görmeyecekti, şu anda tek isteği onu son kez evine bırakıp derhal karısının yanına dönmekti. Onun sahte hıçkırıklarına kulaklarını tıkayıp mümkün olduğunca kaygan yola konsantre olmaya çalışıyor, ama Virginia sürekli kolundan çekerek direksiyon hâkimiyetini kaybetmesine neden oluyordu. Ve sonunda istediği olmuş, araba birden savrulup ters dönerek karşıdan gelen kamyonun altına girmişti.

Kurtulmaları mucizeydi. Virginia'nın omuz ve kaburga kemikleri kırılmıştı, ön dişleri de. Nick'in hafif sıyrıklarla atlattığı kazada, ehliyetine ve arabasına üç yıllığına el konmuştu. Ama asıl kaybı daha büyüktü; iş arkadaşları, gazetelere manşet olan alkolik bir adamın artık aralarında işi olmadığını, onu bir daha görmek istemediklerini söylemişti. Böylece Nick rezil biri konumuna düşmekle kalmayıp işini de kaybetmişti. Hakkında açılan kamu davası aylarca sürmüş, sigorta şirketi tam hasarı ödemeye hazırlanırken, Virginia devreye girip gazetelere özel bir demeç vermişti. İlişkide olduğu adamın onu evlenme vaadiyle kandırdığını, bu yüzden sadece fiziki değil, manevi hasar tazminatı da talep ettiğini duyurmuştu. Suç asla onun değildi, adam evli olduğunu ondan saklamış, onun gibi masum bir kadının hayatını mahvetmişti. Bu durumda Helen olayı ne kadar saklamaya çalışsa da, başkalarının duymasını engelleyememişti. Biri gazetede okuduğu bu dehşet verici haberi diğerine söylemiş, sonunda kulaktan kulağa yayılan haber annesinin meraklı komşusu Bayan O'Connor'a kadar ulaşmıştı. Böylece Helen'in annesi her şeyi detayıyla öğrenmişti. Helen, annesinin olayı duymasının ardından tam iki yıl boyunca onun imalı sözlerine dayanmaya çalışmış, ama bu sabah artık patlamıştı.

"Özür dilerim" diye hıçkırarak burnunu çekerken, kocasının Brandy koyduğu çayı yudumlamaya çalışıyordu. "Sen harika bir adamsın, ben geçmişi çoktan unuttum, kafamdaki soruların hepsini fırlatıp attım, bunu biliyorsun. Ama annemi buna inandırmak çok güç. Öğle yemeğinde yine bu konuyu açacaktır, sakın aldırma, nasılsa artık dönüyoruz, bu son çırpınışları olacak."

Nick buz kesmiş parmaklarını sıcak fincanla ısıtmaya çalışırken uzaklara dalmıştı. O sırada Helen'in annesinin gürültüyle eşyaları fırlattığı duyuluyordu. Amacı yukarıya mesaj göndermekti. Bu mesaj, aşağıya indikleri takdirde oldukça çetin geçecek bir savaşa hazır olmaları uyarısını taşıyordu.

"Keşke buraya hiç gelmeseydik. Keşke bu Noel Hitchcock'la üçümüz bir arada olsaydık" dedi Helen.

Nick'in gözleri sanki ıslanmış gibiydi, yoksa Helen mi öyle görüyordu; uyanır uyanmaz içtiği Brandy onu sersemletmiş olabilir miydi?

"Çayın içine kaç miligram koydun?" diye sordu Nick'e. Bir insanın efkârını tamamen dağıtacak miktarın ne kadar olduğunu merak etmişti. Nick'in üzgün haline bakılırsa biraz daha koymalıydı. Nitekim birden dönüp Helen'e baktığında, tahmininde yanılmadığını anlamıştı. Evet, kocasının gözleri yaşlıydı.

"Yıllar önce kazara kırdığın o tabağı hatırladın mı?"

Helen çok şaşırmıştı. "Evet, hatırladım, annemin en sevdiği yemek takımına ait bir parçaydı, çok kızacağından korkup paniğe kapılmıştım."

"Ama onu hemen tamir etmiştik, hatırladın mı? Arasına zamk sürüp iki parçayı çok dikkatli bir şekilde birbirine tutturmuştuk."

"Evet, adeta sanatsal bir çalışma yapar gibiydik, ama başarmıştık, sonuçta tabaktaki çatlak hiç belli olmamıştı" dedi Helen. Kocasının neden birden bu olayı hatırladığını merak etmişti. Yıllar önce olan bir olaydı, tıpkı bugünkü gibi annesi fena halde sinirini bozmuş, Nick yine yatıştırmaya çalışmıştı.

"Ama o kadar tantana çıkarmasına rağmen, tabak kuruduğunda annen onu hemen kullanmak istemişti. Buna izin vermemiştik. Onu bir süre kullanmaması gerektiğini söyleyip dolabın en üst rafına kaldırmıştık, mümkün olduğunca yükseğe, çünkü kırılan yerin iyice yapışıp kemikleşmesi gerekiyordu, bunun için zamana ihtiyacı vardı. Aslında yapışmış gibi görünüyordu ama tam olarak değil. Normalde onu kullanmak riskliydi. Dokunulduğunda yeniden ayrılabilir ve tekrar yapışması çok zor olabilirdi, en azından iz kalırdı."

"Doğru. Nitekim sonunda iki parça iyice birbirine yapıştığında, tabağı alıp ait olduğu setin içine koymuştuk, ama kimse hasarlı bir tabak olduğunu anlamamıştı." Helen kocasını doğrularken, onun konuyu bir yerlere getirmeye çalıştığını hissediyordu, niyeti neydi acaba?

"Evet. Bu durumda onun geçmişte başına bir kaza geldiğini anlatmaya gerek yoktu, öyle değil mi? Bunun ille de bilinmesi gerekmezdi. Yapılması gereken tek şey, iyice kuruyana kadar sabırla beklemekti, çünkü bir süre sonra sağlamlarından bir farkı olmadığı görülecekti."

"Evet, çok haklısın."

"İşte, yaşadığımız o talihsiz olayda bizim de yapmamız gereken buydu Helen, annenin tabaktaki kırığı görmesini engellediğimiz gibi bunu da engelleyebilirdik. Ama biz öyle yapmadık, gereksiz bir paniğe kapıldık, sonuçta her şeyi yüzümüze gözümüze bulaştırdık, zamanla hasarsız bir tabak gibi görüneceğine önce kendimiz inanmalıydık, öyle değil mi?"

"Evet, sanırım yapmamız gereken şey buydu. Birbirimizle giriştiğimiz kavgalara son vermeliydik, olayı deşmemeliydik. Neden, niçin gibi sorularla birbirimizi yıpratmamız, nerede yanlış yaptığımızı sorgulamamız gereksizdi. Zaman her şeyin ilacıydı, ama bu gerçeği bilmemize rağmen hata yaptık. Oysa hiç yaşanmadığını düşünsek ne kadar iyi olurdu, öyle değil mi?"

"Üstelik çok da onurlu bir davranış olurdu. Ama sen ne yaptın? Hayatından hemen çekip gitmemi istedin; aslında bunu sen değil, annen istediği için söyledin. Oysa özellikle yaşadığımız çağda, evlilik onun düşündüğü gibi bitmeyen aşka dayalı kusursuz bir birliktelik değil. Günümüzde giderek ağırlaşan hayat şartları ya da benzeri sorunlar nedeniyle bazen beklenmedik sarsıntılar yaşanabilecek bir sosyal kurum. Ve önemli olan onu yok etmek değil, bu krizi atlatıp ayakta kalabilmesini sağlamak."

"Çok haklısın. Artık bizim evliğimiz de yıkılamayacak kadar mükemmel, öyle değil mi?" dedi Helen.

"Bu kendi görüşün mü, yoksa annen gibi sen de onu görmek istediğin şekilde mi görüyorsun?"

"Tabii ki kendi görüşüm, sen de öyle düşünmüyor musun?"

"Ben de öyle düşünüyorum elbette. Ama şunu da itiraf etmeliyim ki, seni gerçekten çok üzdüm, o yüzden kendimi bir cani gibi hissediyorum. Karısını aldatmış, işsiz güçsüz bir koca, sarhoş bir sürücü. Kısacası ben elle tutulacak düzgün bir tarafı olmayan, hedefsiz, asalak bir adamım."

"Ah, Nick, saçmalama, her şeyi unuttuğumu daha yıllar önce söylemiştim."

"Hayır. Buna inanmıyorum. Çünkü doğru olmadığını, senin için bunu unutmanın ne kadar zor olduğunu biliyorum. Sırf tatsızlık çıkmasın diye unutmuş gibi göründüğünün farkındayım, üstelik bana kızsan bile dışa karşı hep kalkan kesilmek zorunda kalıyorsun; bu senin çok hoşgörülü, sabırlı biri olduğunu ve..."

"Dinle beni" diye sözünü kesti Helen, yüzü öfkeden kıpkırmızı kesilmişti. "Dışa karşı demekle annemi kastediyor olmalısın, evet seni anneme karşı koruyorum, ama rol yaptığım için değil, sana gerçekten sadık olduğum, sana duyduğum saygı çok güçlü olduğu, aleyhinde söylenen tek kelimeye dahi katlanamadığım için. Belki inanmayacaksın ama seni ateşli bir şekilde koruma ihtiyacı duyuyorum, bu benim içimden geliyor, bilinçli yaptığım bir şey değil. O yüzden belki de anneme kızmak yerine teşekkür etmeliyiz, bu inatçı tutumu birbirimize daha da sıkı kenetlenmemizi sağladı."

"Yani biz de bir anlamda o kırılan tabak gibiyiz, öyle mi? Peki sence biz de onun gibi iyice birbirimize yapışmış olabilir miyiz? Dışarıdan bakıldığında ortadaki çatlak hiç belli olmuyor mu?"

"Bu biraz da görüş açına bağlı. Bir şeyi nasıl görmek istiyorsan öyle görürsün. Örneğin şimdi hemen aşağıya inelim ve kırık tabağı bulup tekrar yere çalalım, kesinlikle kırık yerinden ayrılacaktır. O zaman haliyle 'Demek ki yeterince yapışmamış' diyeceğiz. Bunu mu demek istersin, yoksa onun yapıştığından iyice emin olup hiç dokunmamayı mı?"

Nick ona sevgiyle bakmıştı. "Görüşünde çok haklısın, gerçekten gidip huysuz ve kaprisli annene teşekkür etmeliyiz. Bize bu gerçeği görebilme ortamı hazırladığı için. Ama yine de sormak istiyorum; aramızdaki kırığın iyice yapıştığına inanıyorsun, değil mi, Helen?"

O sırada aşağıda yine büyük bir gürültü kopmuştu. Hatta giderek daha da artıyordu. Nick ve Helen hemen yataklarından fırlayıp giyinmişler, bu gece yatmayacakları için yatağı muntazam bir şekilde düzelttikten sonra odadaki diğer eşyaları yerli yerine koymuşlardı. O sırada tabaktaki çatlağı kontrol etmenin ikisine de bir yararı olmayacağını düşünüyorlardı; kurcalamak büyük olasılıkla ayrılmalarına neden olacaktı. Ama onlar sırf başkalarını mutlu etmek adına bu tuzağa düşmek istemiyorlardı, sahte yüzlerin oyununa gelmeyeceklerdi, bu yüzlerin içinde onlara tek dost olanın aşağıdaki huysuz kadın olduğunu biliyorlardı. Yaşlı kadının tek isteği onların gerçekten mutlu olduklarından emin olmaktı. Aslında ona çok şey borçluydular, bunu ona kanıtlamak için oynadıkları mutluluk oyunu gerçeğe dönüşmüş, birbirlerine duydukları aşkı perçinlemişti. Bu yüzden ona verilecek en güzel Noel hediyesinin birbirleriyle dayanışma içinde, gerçekten uyumlu bir çift olduklarını kanıtlamaktı. Bunun için yapacakları tek şeyse, kalan dört saat boyunca tıpkı Noel çocuklarınınki gibi yüzlerine sıcacık bir tebessüm oturtmaktı. Hepsi bu.

Noel Balığı

Onunla ilk kez balık pazarında karşılaşmışlardı. Noel arifesiydi. Oldukça erken bir saat olmasına rağmen pazarda yoğun bir kalabalık vardı. İkisi de tezgâhta boylu boyunca yatan iri okyanus levreğine dokunmak için aynı anda ellerini uzatıp "Şunu" diye işaret etmiş, sonra da bu komik rastlantıdan dolayı birbirlerine bakıp kahkahayla gülmüşlerdi. Balıkçının küçük oğlu Hano da onlara katılmıştı. Janet öğretmenlik yapıyor, Liam bir bankada çalışıyordu.

"Siz alın" dedi Liam, centilmenlik yapmıştı.

"Hayır, hayır, önce siz söylediniz" dedi Janet.

"Dert etmeyin, onun sürüyle kardeşi var, ikinize de birer tane verebilirim" dedi Hano.

"Ama ben kardeşleri olduğunu duymak istemiyorum" dedi Janet.

"Anlıyorum ama yine de onları yemekten vazgeçemiyoruz, biz de az ikiyüzlü sayılmayız, öyle değil mi?" dedi Liam, yüzünü buruşturup gülümsemişti.

"Bu ağlamaklı suratları görünce, kim onları rahatlıkla yiyebilir?" dedi Janet, tezgâhtaki balıkların yüzlerini işaret etmişti. Hepsinde aynı masum ve üzgün ifade vardı, sanki kötü kaderlerine peşinen boyun eğmiş gibiydiler.

"Hey, bu kadar duygusal olmaya devam edersen sonunda Noel'de peynir ekmeğe talim edeceğiz" dedi Liam.

Janet içini çekmişti. "Ama bu duyguyu aşmam çok zor, bir şeyin yanlış olduğunu bilerek yapmaya devam etmek bana çok ters geliyor."

"Bense çok farklı düşünüyorum. Bu konuda hep başlarını kuma sokan devekuşlarının tekniğini uyguluyorum. Onların yüzüne hiç bakmıyorum, geride bıraktığı kardeşlerini de aklıma getirmiyorum, sadece ızgara yapıp mideme indiriyorum."

"Onu halka şeklinde dilimledikten sonra kızartacak veya fırında pişireceksin herhalde, çok büyük olduğu için ızgaraya sığmaz" dedi Janet.

"O halde birer kahve içip bu konuda sohbet edelim" dedi Liam aniden.

Hano balıkları ayrı ayrı paketlerken Janet ücretini peşin ödemiş, Liam kredi kartından çektirdikten sonra onu kolundan tutup pazarın içindeki küçük kafeyi işaret etmişti. İçerisi alışveriş sırasında mola verip birer fincan kahvenin yanında sıcak İtalyan poğaçalarından yiyen insanlarla doluydu. Hano onlara iyi günler dilerken arkalarından gıptayla bakıp el sallamıştı. Onlarla gitmek için neler vermezdi, böyle esprili, dost canlısı müşterilerle oturup iki çift laf etmeye çok ihtiyacı vardı, ama babasının gözleri sürekli üzerindeyken bunu yapması mümkün değildi; aynı şekilde iki abisiyle amcası da durmadan ne yaptığını kontrol ediyorlardı. Bugün burası yılın en yoğun gününü yaşayacaktı, daha şimdiden kalabalıktı. Çalışması gerekiyordu, hatta çığırtkanlık yapıp olabildiğince fazla müşteri çekmeliydi, hayal kurmanın sırası değildi. Noel günü burada her zamankinden daha çok balık satılırdı. Erkenden Pyremont'daki balık pazarına uğramak insanlar için gelenek haline gelmişti. Üzerinde envai çeşit balık ve deniz ürünü bulunan tezgâhlar arasında dolaşan müşterilerden bazıları, satın almasalar da pazarın havasını solumaktan hoşlanırken, bazısının bu konuda oldukça deneyimli olduğu görülürdü. Balığı satın almadan önce ince eleyip sık dokurlar, bazısı ise buna hiç gerek olmadığını düşünürdü; onlar için pahalı olan her şey güzeldi, önemli olan onları satın alma gücüne sahip olabilmekti, balıkların özgeçmişi hakkında kafa yormanın anlamı yoktu. Örneğin deminki adam. Çok zengin biri olmalıydı, Hano onun giydiği deri ceketin bir servet değerinde olduğunu düşünüyordu, herhalde beş yıl çalışsa alamazdı. Marka saati de öyle. Balığı alırken fiyatını bile sormamış, kredi kartını bakmadan imzalamıştı. Aslında evde onun yerine bu işi yapacak birileri mutlaka olmalıydı, gerçi yalnız yaşamadığı halde tek başına alışveriş etmekten hoşlanan bir yığın adam vardı. Belki de evliydi, ama az önce burada tanıştığı genç ve güzel kadına gösterdiği ilgiye bakılırsa bekâr olduğunu ya da yeni boşandığını tahmin ediyordu; en fazla otuz beş kırk yaşlarında gösteriyordu.

O sırada kafeye girdiklerinden beri, tıpkı Hano gibi Janet'in de kafasından aynı sorular geçiyordu. Hiç tanımadığı bir adamın ona gösterdiği bu yakınlık aklını karıştırmıştı. Ama espresso kahvenin ve fırından yeni çıkmış Foccacia'nın doyulmaz lezzetine vardığında, bunlar bir anda beyninin içinden silinip gitmişti. Adamın evli ya da bekâr olması o kadar önemli miydi? Belki onu evde yirmi kişi bekliyordu, belki de hiç kimsesi yoktu; önemli olan onun çok sıcakkanlı ve samimi biri olmasıydı, onu kendisine yakın bulup biraz sohbet etmek istemişti. Üstelik Janet de bundan çok mutlu olmuştu, öküzün altında buzağı aramanın anlamı yoktu. Kafenin yüksek taburelerine oturup başka ülkelerde Noel arifesinin nasıl yaşandığı konusunda koyu bir sohbete dalmışlardı. Liam birkaç yıl New York'ta bulunmuştu, orada hava hep soğuk ve yağışlı olurdu. İşyerinden çıkan insanlar, son dakika alışverişi için mağaza ve marketlere hücum eder, bu kısa tatilden yararlanıp mümkün olduğunca dinlenmek isterdi. Çünkü yıllık izinlerine kadar bir daha böyle bir şansın ellerine geçmeyeceğini bilirlerdi. Burada, Sidney'de olduğu gibi bir yıllık tatil toplamı, çalışma günü toplamından daha fazla değildi, orada hiçbir tatil haftalarca sürmez, dükkânlar uzun süre kapalı kalmazdı.

"Evet, yaz tatilimiz de çok uzun sürer" dedi Janet. Ne zaman bu konu açılsa, öğretmenlerin çalışan herkesten daha çok tatil yapıyor olmasından dolayı suç işlemiş gibi utanıp özür dileme ihtiyacı hissederdi. Öğretmen olmayan arkadaşları, onun yaşamının tatille özdeş olduğunu söylüyordu. Ama mecburen çocuklarla birlikte tatil yapıyor olmalarının dışında, bu mesleğin zorluklarını onlara anlatamıyordu. Öğretmenlik uzaktan görüldüğü gibi kolay bir iş değildi, aşırı sorumluluk gerektiriyordu, bütün gün kulağının dibinde çığlık çığlığa bağırıp duran çocuklarla ya da yeni yetişmekte olan gençlerin sorunlarıyla uğraşmanın ne demek olduğunu bilmedikleri için, tatilin onlar için ne kadar önem taşıdığını da bilemezlerdi. İlk ders ziliyle paydos zili arasındaki sürenin nasıl geçtiğini sadece o bilirdi. Ama buna rağmen, şimdi sorsalar, kuşkusuz yine hiç tereddüt etmeden öğretmenlik mesleğini seçerdi. Küçüklüğünden beri en çok yapmak istediği işin bu olduğunu Liam'a söylerken, bunun ona bu kadar cazip gelmesinin bir nedeninin de çok sayıda tatil imkânı olduğunu itiraf etmişti. İki koca sömestr ve upuzun bir yaz tatili, evet, gerçekten bu herkese nasip olmayan bir şeydi. Nitekim bu sayede neredeyse gidip görmediği ülke kalmamıştı. Bir keresinde Noel'de Fransa'ya gitmiş, bu seyahatin aynı zamanda Fransızcasını ilerletmesine de yardımcı olacağını düşünmüş, ama ilgisi Fransızcadan ziyade şaraba yönelmişti.

Bunun üzerine ikisi de şarap içmeyi çok sevdiğinden söz ederken, balık tezgâhlarının üzerine buzlu su döküp onların diri kalmasını sağlayan balıkçılara ve tezgâhlar arasında dolaşıp duran insanlara bakmışlardı. Konuşacakları konular sınırlıydı, bir yerde tıkanıp kalıyorlardı. Oysa ikisi de birbirlerini daha iyi tanıyabilmek için özel hayatları hakkında soru sormak istiyor, ama bundan çekiniyorlardı. Şu anda hiç kuşku yok ki ikisinin de aklından aynı şeyler geçiyordu; ikisi de bir aileyi doyuracak büyüklükte birer balık satın almıştı, ama ikisinin de parmağında alyans yoktu. Tabii bunlar evli olmadıkları anlamına gelmezdi. Evet, ikisinin de sanki bir an önce eve gitmek ister gibi tedirgin bir hali vardı, ama bu da evli olduklarına dair kesin bir işaret sayılmazdı. Üçüncü kahvelerini de bitirmişlerdi ve ikisi de daha fazla içemeyeceklerini düşünüyordu.

"Eğer biraz daha içeceksek, önce kalkıp biraz zıplamalıyım" dedi Liam.

"Ben de" dedi Janet, midesi bulanıyormuş gibi yüzünü ekşitmişti.

"Gerçekten mi, neyin var?" diye endişeyle sordu Liam.

"Hayır, hayır bir şeyim yok. Sanırım bu öğrencilik yıllarımdan kalma bir alışkanlık. Ayrıca insan sürekli çocuklarla bir arada olunca, gerçekten buna ihtiyaç duysun ya da duymasın, farkında olmadan dikkatleri üstüne çekmek isteyen şımarıkça sözler sarf edebiliyor."

"Hiç çocuğun var mı?" Liam'ın bu sorusuna hazırlıksız yakalanmıştı.

"Tam tamına iki yüz on bir tane..." dedi Janet ve çocuk konusunda ne kadar bıkkın olduğunu ifade etmek için "ama saat dört olunca ertesi gün görüşmek üzere vedalaşıyorum" diye ekledi.

"Anlıyorum" dedi Liam, onun bu esprili cevabı hoşuna gitmiş gibi görünüyordu.

"Peki ya sen?" diye sordu Janet.

"Benim de tam olarak doksan tane, ama hepsi bankada çalışıyor."

"Anlıyorum" dedi Janet, o da bu cevaptan mutlu olmuştu; demek ki o da bankadan ayrılma saati geldiğinde onlarla vedalaşıyordu. Biraz olsun rahatlamıştı. Evet, onun için kıyasıya savaş veren kadınların olduğu kesindi, ama en azından ağzında emzikle babalarının eve gelmesini bekleyen çocuklar söz konusu değildi.

Saatlerdir oturuyorlardı. Artık ayrılma vakti gelmişti.

"Tekrar buluşmak ister misin?" diye sordu Liam, yüzündeki ifade samimi ve dürüsttü.

"Evet, sevinirim" dedi Janet. Nasıl istemezdi? Buraya oturdukları andan beri bunu duymak istiyordu, hatta hiç sormayacağından korkmuştu. Birden üzerindeki gerginlik gitmiş, kuş gibi rahatlamıştı. Acaba telefon numarasını da isteyecek miydi? Kendi numarasını verecek miydi? İkinci buluşma ne zaman gerçekleşecekti? Janet bunları düşününce heyecandan nefesi kesilmişti.

"Ne zaman ve nerede buluşmak istersin?" Liam bunun kararını ona bırakmıştı.

"Sanırım gelecek yıl, yine aynı yerde" diyen Janet dönüp ona baktığında, ciddi bir ifadeyle cevabını beklediğini görmüştü. Aslında kendisini garanti altına almak ister gibi daha ilk tanıştığı erkeğin üstüne atlayan kadınlardan nefret ederdi, ama ne yazık ki verdiği bu cevapla şu anda kendisini öyle hissediyordu. Çünkü duyguları mantıklı konuşmasını engelliyordu, bu güzel yüzü çok özleyeceğini biliyordu ve onu tekrar görebilmek için böyle söylemekten başka seçeneği yoktu. Onu bir an önce daha yakından tanımak istiyordu.

"Ah, sanırım evet, bu çok iyi fikir" dedi Liam yumuşak bir tonda. "Gerçekten çok iyi fikir."

Janet birden buz kesmişti. Anladığı kadarıyla adam cevabını ciddiye almıştı.

"Evet" dedi Liam. "O zamana kadar birbirimizi ancak tanırız." Sonra ona dönüp üç gün sonra öğle yemeğinde bir restoranda buluşma teklifinde bulunmuştu.

"Restoranları açarlar mı?" diye heyecanla sordu Janet. Tatilde burada her yer kapalı olurdu ve onunla buluşamayacak olmaktan endişeleniyordu.

"Evet, açarlar."

Sanki bir şeyler daha söylemek ister gibi birbirlerine bakmışlardı. Arabaya doğru gitmek üzere pazarın içinden yürüdükleri sırada, Liam tezgâhtan bir broşür alıp en üstteki sayfayı yırtmıştı. Üzerinde kocaman bir okyanus levreği resmi olduğu görülüyordu. Sonra sayfaya bir şeyler yazıp Janet'e uzattı.

"Eğer fikrini değiştirirsen, araman için."

Bunun üzerine Janet aynı sayfanın ucundan bir parça koparıp kendi numarasını yazmıştı.

"Bu da eğer sen değiştirirsen" dedi.

"Hayır, ben fikrimi değiştirmem, üzerini fosforlu kalemle çizdim" dedi Liam gülerek.

"Ben de" dedi Janet. "Hatta dört gözle bekleyeceğimi söylemeliyim." Balık tezgâhları üzerine dökülen suların bacaklarına sıçramaması için özenle yürüyüp arabasını park ettiği yere geldikten sonra dönüp arkasına bakmıştı, Liam hâlâ orada duruyordu. Janet'in aklına birbirlerine mutlu Noeller demeyi unuttukları gelmişti. Oysa tanışsın ya da tanışmasın herkes birbirine bu sözü söylerdi bugün. Belki de Noel'e girmeden nasılsa görüşeceklerine inandıkları için buna gerek duymamışlardı.

Janet'in aynı evi paylaştığı üç öğretmen arkadaşı daha vardı. Her birinin güneş içinde geniş birer yatak odası, ortak kullandığı büyükçe bir mutfak, iki tane banyo ve çiçekler içinde bir bahçe vardı. Herkes bu pahalı evi tuttukları için onların çıldırmış olduğunu düşünüyordu. Her biri bu eve ödedikleri kirayla her ay taksit ödeyerek rahatlıkla kendi evlerinin sahibi olabilirlerdi, ama hiçbiri böyle bir şeye yanaşmıyordu. Anlaşılan yirmili ya da otuzlu yaşlardaki bütün kadınlar gibi birbirlerine destek vererek yaşamayı yalnız yaşamaya tercih ediyorlardı. Bu arada hiçbiri diğerinin özel yaşamına müdahale etmiyor, herkes birbirine karşı gayet saygılı davranıyordu. Haftada bir kez parasını ortaklaşa ödedikleri bir kadın çağırıp evi temizletiyorlar, hiç kimse televizyonun sesini fazla açmıyor, eğer sevgililerini odalarına davet edecek olurlarsa asla başkalarını rahatsız eder tonda bağrışıp tartışmıyorlardı. Sürekli neşeyle gülüp sohbet ettikleri için eve Menopozlular Malikânesi adını vermişlerdi. Bu adı biraz da eninde sonunda yaşayacakları gerçekten hiç değilse şimdilik uzak olduklarını vurgulamak için özellikle seçmişlerdi.

Noel'de hepsi evde olacak, bahçede kutlayacaklardı. Bunun için hepsinin geçerli bir nedeni vardı. Janet'in yeni üvey annesi Noel tatilinde babasıyla yalnız kalıp kafasını dinlemek istiyordu. Maggie'nin evli sevgilisi ailesiyle meşgüldü. Kate'in terfi edebilmesi için üç hafta sonra teslim etmesi gereken bir tezi vardı, Menopozlular Malikânesi'nde oturup her gün altı saat tez yazması gerekiyordu, hiçbir yere gidecek hali yoktu. İrlandalı Sheila ise aslında her yıl ülkesine giderdi, ama bu yıl para biriktirememişti, ayrıca aşırı yağmurlu ve soğuk oluşundan dolayı gitmeyi pek istemiyordu, Sidney'de kalmak ona daha cazip gelmişti. Bu yılın dördü için de güzel bir Noel olacağına inanıyorlardı. Biraz fazla duygusallaşacakları, hatta çakırkeyif olacakları kesindi, ama ne olursa olsun Maggie'nin evli sevgilisinden söz etmeyecekler, Sheila'nın en sevdiği İrlandalı müzik topluluğu Emerald Isle'in favori şarkısı "Danny Boy"u söylemeyecekler, Kate'in tezine el birliğiyle destek verecekler, Janet'in yeni tanıştığı yakışıklı ve zengin adam hakkında soru sormayacaklardı.

Noel'den bir gün önce Janet bahçede oturmuştu, sıcak bir akşamdı, her taraf çiçek kokuyor, uzaklardan bir yerden burnuna denizin kokusu geliyordu. Şu anda onun ne yaptığını merak ediyordu. Yüzünde hep alaycı bir tebessüm olan Liam adındaki o adam acaba ne yapıyordu? Ona bankacılık yaptığını söylemiş, ama bankada çalıştığından söz etmemişti. İkisi farklı şeylerdi.

Saat on civarında çalan telefonla birden yerinden sıçramıştı, onu daldığı derin düşüncelerden uyandıran telefonun büyük olasılıkla Sheila için olduğunu düşünüyordu. Onu İrlanda'dan arıyor olmalıydılar. Janet isteksizce kalkıp telefona bakmıştı.

"Janet?"

"Liam?" Onu ansızın karşısında bulunca çok heyecanlanmıştı.

"Sana mutlu Noeller dilemek istemiştim. Bugün ikimiz de unuttuk."

"Evet, haklısın, ama şimdi dilemiş olduk. Sana da mutlu Noeller." Janet bu gibi durumlarda ne söyleyeceğini bilemez, ahizenin ucunda beklemekten nefret ederdi.

"Noel günü levreği pişireceksin, değil mi?"

"Evet, evet" dedi Janet, tekrar uzun bir duraksama olmuştu.

"İyi o halde, sana iyi geceler."

"Sana da."

Telefonu kapattıktan sonra tekrar bahçeye dönmüş, oturduğu yerde dizlerini kollarıyla sarmalayıp yıldızlı gökyüzüne bakmıştı. Çok heyecanlıydı. Bu yıl her zamankinden değişik bir şeyler bekler gibi içinin kıpır kıpır olduğunu hissediyordu. Bunun nedeni şu an farklı duygular içinde olmasıydı, hiç değilse bu yıl Noel'de hayal kurmayı istiyordu. Sürekli Liam'ı düşünüyor, onun o harika gülümseyişi gözünün önünden gitmiyordu. Noel arifesinde, üstelik saat akşamın onu olmasına rağmen aradığına göre, hiç kuşkusuz o da aynı duygular içindeydi. Janet telefonda özellikle uzun konuşmak istememişti, çünkü karısı ve çocuklarından bahsedeceğinden korkmuştu. Aynı neden, uzun süredir birlikte olduğu biri için de geçerliydi. Ama onun bekâr olduğunu tahmin ediyordu, ya da karısından yeni boşanmış olmalıydı; aksi takdirde neden onu tanıştıklarından hemen üç gün sonra öğle yemeğine davet etsin? Kim ne derse desin bu durum onun hasretine en fazla üç gün dayanabildiğini gösteriyordu ve Janet kesinlikle onun kendisinden hoşlandığına inanıyordu. Evet, özel hayatları hakkında uzun uzun konuşmaya çekinmişlerdi ama birbirlerine karşı hissettiklerini çok kısa da olsa ifade edebilmişlerdi. Onun gelecek yıl hakkında yaptığı espriyi ciddiye alıp, o zamana kadar birbirlerini iyi tanıyacaklarını vurgulaması, onunla uzun vadeli bir ilişki düşündüğü anlamına gelmiyor muydu? Bunun başka bir açıklaması var mıydı? Her şey ortada değil miydi? Janet bunları düşününce heyecanlanmış, kollarıyla bacaklarını daha sıkı sarmıştı. Altı yıldır kalbi boştu, kimseye âşık olmamıştı; yirmi iki yaşından beri. Sevgilileri olmuştu tabii ama hiçbiriyle gerçek aşk ilişkisi yaşamamıştı. O yüzden gerçek aşkın nasıl muhteşem bir duygu olduğunu, insanı bulutların üzerinde nasıl uçurduğunu, bu dünyadan alıp masalsı bir âleme sürüklediğini neredeyse unutmuştu. O sırada birden çanlar çalmaya başlamış, akabinde kilisenin çatısından yükselen ilahilerin bütün caddeyi sardığı duyulmuştu. Bunun anlamı, saat gece yarısıydı ve bugün Noel'di.

Havada en ufak bir esinti yoktu ama o ürperiyordu. Bugün bunu ikinci kez yaşıyordu. Janet on sekizinci yaş gününde giydiği elbisenin fermuarını çekerken, annesinin söylediği sözleri hatırlamıştı birden.

"Çok mutluyum" demişti Janet, aynadan akseden muhteşem görüntüsüne bakıyordu.

"Bu dakikanın tadını çıkar, çünkü bir daha hiçbir zaman bu kadar mutlu olamayacaksın" demişti annesi. Janet buna çok öfkelenmişti. Ne demekti bu? O gün ağzından çıkan bu iddialı cümleyle bütün neşesinin bir anda kaçmasına neden olan annesi, mutluluk konusunda belki defalarca haksız çıkmış, ama bu sözler Janet'in beynine o gün bugündür çakılı kalmıştı. Halbuki yirminci yaş gününde, on sekizinci yaş gününden çok daha mutlu anlar yaşamıştı. O gün Mark'a âşık olmuş ve yaklaşık on dört ay süren birlikteliklerinde, her gün, her gece çok mutlu olmuşlardı. Hayır, annesi kesinlikle haksızdı. Peki neden durup dururken hatırlamıştı bunu? O da annesi gibi hiçbir zaman mutlu olamayan, sürekli yaşamın kötü tarafını gören bir kadın olduğu için mi? Saplantıları yüzünden mi? Onun için fazla mutlu olmak, sonrasında yaşanacak bir mutsuzluğa işaretti. Eğer gündüz kahkahalar atıp gülersen, gece yatağında gözyaşı dökeceksin demekti. Güzel hava, bir süre sonra çekeceğin şiddetli baş ağrısı, insanların sana sıcak ve dostane davranması, çok yakın bir tarihte kötülük yapacakları anlamına gelirdi.

Janet'in annesi öleli dört yıl olmuş, babası bu yıl tekrar evlenmişti. Yeni karısı ufak tefekti, Janet'in gözüne hep çocuk gibi görünüyor, sürekli kıkırdayıp durması daha ilk bakışta hafif biri olduğu izlenimi veriyordu. Başlangıçta babasının onda ne bulduğunu çok merak etmişti, ama şimdi bunun o kadar da önemli olmadığını düşünüyordu. Belki şimdi de birileri aynı şeyi kendisi için söylüyor, Liam'ın onun gibi soğuk nevale birinde ne bulduğunu konuşuyorlardı. Her ne kadar iki olayın birbirinden tamamen farklı olduğuna kendisini inandırsa da, aslında değildi. Sonuçta değişikliğe adapte olmak herkes için zordu ve karşıdan bakanlara daima gereksiz ve saçma bir şey gibi gelirdi. Babası üvey annesi Lilian'la televizyon stüdyosunda tanışmıştı; ikisi de stüdyoya dinleyici olarak gelmiş, kısa süre sonra da evlenmişlerdi. Janet bunu ilk duyduğunda beyninden vurulmuşa dönmüştü, babası nasıl bu kadar ucuz bir ilişkiye girebilmişti? Ama o da bu sabah Liam'la balık pazarında tanışmıştı, üstelik adam ona gelecek yıl Noel'e kadar birbirlerini iyice tanıyacaklarına dair garanti bile vermişti, ardından bu akşam telefon edip Mutlu Noeller dilemiş, böylece arkadaşlıkları başlamıştı. Sonunun nereye gideceğini tabii ki bilemezdi, peki iki olay arasında ne fark vardı? Sonuçta bu yeni arkadaşlık bu konuda kimseyi kınamamayı öğretmişti ona. Hiçbir şey dışarıdan göründüğü gibi değildi, önemli olan insanın seçtiği kişiyle kendini mutlu hissedebilmesiydi.

Noel günü diğerleri Janet'deki olumlu değişikliği bir bakışta fark etmişti. Bütün gün yüzünde sıcak bir tebessümle dolaşmış, espriler yapmış, salatalar hazırlamış, bahçeye masayı kurmuş, patatesleri ateşte közlemiş, şarabı soğutmuştu. Dördü içinde en fazla çalışan oydu. Bitmek bilmez bir enerjisi vardı. Sonra da onlara olağanüstü lezzetli bir okyanus levreği pişirmişti. Bu balığa Liam'ın elleri değmişti. Bu balığı alırken kahkahalarla gülmüşlerdi. İkisi de bu balığı çok istemişti.

Ertesi gün onunla öğle yemeğinde buluşacakları gündü ama bir türlü gece olmuyor, sanki gün garip bir şekilde uzuyordu. Janet saatin yedi olduğunu sanıyordu ama gidip baktığında daha beş olduğunu görmüştü. Normalde günler çok çabuk geçip giderdi. Sonunda sabah olmuş, artık onunla buluşmasına saatler kalmıştı. Janet aynaya baktığında göz altlarının hafif şiş ve mor olduğunu görmüştü; bunun nedeni bir gece önce heyecandan neredeyse hiç uyumamış olmasıydı. Kalbi çarpıyordu, bugün onun için büyük önem taşıyordu, sürpriz beklentiler içindeydi. Saçları da kirli görünüyordu, kuaförler açık değildi, bu durumda onları yıkadıktan sonra aynanın önünde şekil vermek için saatlerce uğraşması gerekecekti. Üzerine pembe bir tişört ve kot kumaşından gri bir etek giymeyi planlamış, ama giyince Oklahama çocuk korosunun formasına benzediğini görmüştü. Hava ceket giyilmeyecek kadar sıcaktı, daha hafif bir şeyler giyse, bu kez de plaja gider gibi gayri ciddi görünecekti. Aslında en rahat ettiği giysi, onunla pazarda karşılaştığı sırada giydiği kot pantalondu ama aynı şeyleri giyip başka kıyafeti olmadığı izlenimini yaratmak istemiyordu.

Sonunda keten eteğinin üzerine düz beyaz bir tişört giyip hemen taksi çağırmıştı. Taksi geç kalmış, Janet koşturmaktan kıpkırmızı olmuş, gergin bir yüzle restorandan içeri girebilmişti.

"Sana sormadan ikimize de karışık deniz ürünleri sipariş ettim" dedi Liam, yanlış bir şey yapmış olmanın endişesiyle yüzüne bakıyordu.

Janet küçük ve cahil bir kadınmış gibi, karşısındaki erkeğin onun adına yemek siparişi vermesinden normalde nefret ederdi. Ona göre yaptırım ifadesi taşıyan bu davranış şekli, daha en baştan kendini bir erkeğin egemenliği altına girmiş gibi hissetmesine ve fena halde rahatsız olmasına neden olurdu. Ama bugün görmezden gelecek, sinirlendiğini hissettirmeyecekti, o yüzden mümkün olduğunca nazik görünmeye çalışıp, yüzüne kocaman bir tebessüm kondurarak politik bir cevap vermeyi yeğlemişti.

"Daha iyisi can sağlığı, öyle değil mi?"

Öğle yemeği o gün balık pazarında mola verdikleri kafedeki gibi samimi geçmişti. İlkin bankacılık üzerine konuşmuşlar, Liam ona bu mesleğin zorluklarından söz etmişti. Bir bankacının hiç tanımadığı insanların şahsi tasarruflarını en kârlı şekilde artırmaya söz verip bu ağır sorumluluğu taşıması hiç kolay değildi; üstelik bu arada hem idareyi hem de müşteriyi memnun etmek zorundaydı. Bunun üzerine Janet de ona okuldaki yaşamını anlatmış, benzer sorunlardan söz etmişti. Çocukların kafalarından geçeni, asıl yapmak istediklerini, ümitlerini, hoşlandıkları şeyleri keşfetmenin başlı başına uzmanlık gerektirdiğini belirtmişti. Öğretmenlik sadece onların sınavlarını geçmelerini ve okuldan mezun olmalarını sağlamakla sınırlı değildi; bundan sonra seçecekleri meslekte başarılı olmalarını sağlamak da öğretmenin göreviydi ve bunun yolu onlara verecekleri eğitimden geçiyordu.

Karideslerini bitirememişlerdi, sosu çok ağır gelmişti. Onları tabaklarının kenarına iterken, Liam birden dönüp ona hiç beklemediği bir soru sormuştu. "Öğleden sonranı benimle birlikte geçirir misin?"

"Evet, tabii, nerede?"

"Bana ait bir yerde."

Janet'in yüzünde kocaman bir tebessüm belirmişti. Ona bu teklifi yaptığına göre evli değildi, biriyle birlikteliği de söz konusu olamazdı, çünkü yakalanmaktan korkardı.

"Ah, gerçekten mi?" dedi Janet, bu kez yüzündeki ifadenin umut dolu olduğu görülüyordu.

"Evet, her ihtimale karşı yer ayırttım, yani 'evet' dediğin takdirde gitmemiz için."

Ama burası Janet'in düşündüğü gibi onun özel dairesi falan değildi, lüks bir moteldi. Üstelik Liam rezervasyon yaptırdığına göre, onun bu teklifine evet diyeceğinden adı gibi emin olmalıydı. Janet ilk şoku atlatana kadar kalbinin hızla çarptığını duyuyordu, çok sinirlenmişti ve öfkesinin yüzüne yansıdığını tahmin ediyordu.

"Bir şey mi oldu?" diye sordu Liam.

"Hayır, hayır, hiçbir şey olmadı" dedi Janet, yüzüne tekrar o sıcak gülümsemeyi kondurmuştu. Liam aslında dürüst, yalanı dolanı olmayan dobra bir adamdı ve kendisinden hoşlandığını biliyordu. Böyle adamlar duygularını gizleme gereği duymazdı, kimse onlara istemedikleri bir şeyi yaptıramazdı. En basitinden onunla birlikte olmayı istemese öğle yemeğine davet etmez, Noel arifesinde saat gece yarısına yaklaşırken aramaz, ona pahalı deniz ürünlerinden sipariş etmez, lüks bir motelde rezervasyon yaptırmazdı. Onun iyi niyetli bir adam olduğunu düşünmekle aşırı saf davranıyor olabilirdi, ya da acaba çok mu fazla hoşgörü gösteriyordu? Belki de düşündüklerinin tam tersine, o sırf kendini düşünen bencil birinin tekiydi. Karşılaştığı ilk kadından bir an önce istifade etmek için önce onun gözünü boyamaya çalışan bir kazanovaydı. Bunun için onları ilkin şık bir restorana götürüyor, ardından yatağa atıyordu. Ama öyle bile olsa, o artık yetişkin bir kadındı, bunu isteyip istememek kendisine kalmış bir şeydi. Özgürdü, kimseye hesap verme durumunda değildi. En önemlisi her şey karşılıklıydı. Liam ondan istifade etmeyi düşünüyorsa, aynı şeyler Janet için de geçerliydi. Şartları eşitti. Artık bu tip teklifleri sadece erkeklerden beklemek, ille de onların koruyucu kanatları altına girmek, böylece gereksiz yere her bakımdan üstün yaratıklar olduklarını hissettirmek tarihte kalmıştı.

"Önündeki ıstakozla boğuşup daha fazla vakit kaybetmek gibi bir niyetin yok herhalde?" dedi Liam, ses tonu oldukça neşeliydi.

"Sanırım artık pes ettim" dedi Janet, kalkmaya hazırlanmıştı.

Motelin önüne geldiler. Janet her gün önünden geçtiği bu yerin içini hep merak etmiş, ancak odalarının nasıl olduğunu bu yolla öğreneceği hiç aklına gelmemişti. Birkaç saatliğine kiraladıkları oda temiz ve modern döşenmişti. Liam yanında bir şişe soğuk şarap da getirmişti. Bu onun daha önce birçok kez buraya aynı amaçla geldiğini gösteriyordu, şarabı bardağa döküp kendisine verdiğinde, Janet daha önce birçok defa içtiği şarabın çok lezzetli olduğunu biliyordu ama nedense bugün tadı sirke gibi gelmişti. Liam çok kibar ve nazik bir âşıktı, kollarını onun boynuna dolayıp yatarken oldukça rahatlamış olan Janet, sanki yıllardır onunla bu şekilde yatmaya alışıkmış gibi kendisini güvende hissediyor, kalbi hızla çarpıyordu. Belki de artık bu işler çok normal karşılanıyordu. Bir zamanlar sevgilisiyle otel köşesinde buluşan kadınlara toplumun hiç de iyi gözle bakmadığı kesindi, hatta bazıları hâlâ aynı şeyi düşünüyordu, ama çoğunluk için artık çok doğaldı, devir değişmişti. Yersizlikten dolayı isteklere gem vurma, bedenine eziyet etme dönemi kapanmıştı. Kimse cinsel tatmin konusunda köşe kapmaca oynamaya gerek duymuyor, diğer ihtiyaçlarından biri gibi görüyordu. En önemlisi karşılıklı ve istekle yapılan seks, eskiden olduğu gibi çiftleri bağlayıcı bir durum teşkil etmiyordu.

"Sana küçük ve aptal bir hediye aldım" dedi Liam, yatağın yanındaki komodinin üzerinde duran küçük pakete uzanmıştı. Janet bunu duyunca her şeye rağmen ondan hoşlanmaya devam etmekten alamamıştı kendini. Bugün öğleden sonra ona bir motelde buluşma teklif edince önce kızmış, sonra dürüst yaklaşımından dolayı mutlu olmuştu.

"Nedir?"

Aldığı Noel hediyesi bugüne kadar aldıklarından çok farklıydı. Hiçbiriyle karşılaştırılamazdı. Küçük bir kutu tuzlu balık. Onu Noel ağacının dalına asabilir ya da eğer altında mıknatıs varsa buzdolabının kapısına yapıştırabilirdi.

"Noel balığı" dedi Liam, onun yüzündeki mutlu ifadeyi görünce kendisi de mutlu olmuştu. "Ona baktıkça tanıştığımız günü, onu satın almak için nasıl kıyasıya mücadele verdiğimizi ve sonunda arkadaş olduğumuzu hatırlayacağını düşündüm..." diyerek ona sıkıca sarılmıştı "Olağanüstü güzellikteki, harika arkadaşlığımızı" diye ilave ederken kutuyu uzatmıştı.

"Evet, harika arkadaşlığımızı" diye tekrarladı Janet, ama ses tonu onunki gibi heyecanlı değil düz çıkmıştı. Ne kadar çabalasa da yüzündeki tebessümün zoraki olduğunu gizleyemiyordu. Aldığı hediyeden hiç mutlu olmamıştı, hatta hayal kırıklığı yaşıyordu.

"Ama anladığım kadarıyla pek makbule geçen bir hediye olmadı" dedi Liam, aldığı bu komik hediye için birden utanmıştı.

"Hayır, hayır, gerçekten harika" dedi Janet. Şu anda şehir merkezinden kilometrelerce uzakta olduğunu biliyor ve bir an önce buradan gitmek istiyordu. Neden arabasını almamıştı sanki? Buraya nasıl getirildiğini hatırlamaya çalıştı. Önce emrivaki yapmıştı, üstelik yetmiyormuş gibi kimsenin görmemesi için onu bu kadar uzağa getirmişti. O halde, şimdi de getirdiği gibi götürecek ya da parasını peşin ödediği bir taksiye bindirecekti. Bu, işi biten bir fahişe gibi basit hissetmesini sağlayacaktı; daha fazla katlanamayacaktı. Onuru yeterince kırılmıştı, biraz daha kırılmasının önemi yoktu.

"Karın şu an nerede olduğunu sanıyor?" diye birden hırsla dönüp sordu.

Liam hiç beklemediği bu soru karşısında şaşkın gözlerle ona bakmıştı, ama inkâr yoluna da gitmemişti.

"Sormadı, bende bir şey söylemedim."

"Ya çocukların?"

Neden bu soruları soruyordu sanki? Bunlar aralarında oluşan seviyeli arkadaşlığı bozmaktan öteye gitmezdi, kısa süreliğine de olsa güzel şeyler yaşamışlardı. Üstelik kimse onu bu ilişkiye zorlamamıştı. Hiçbir şey söylemeden bitirmek en güzeli değil miydi?

"Yüzme havuzundalar. Benim nerede olduğumu bilmiyorlar. Onlara bugün işimin biraz uzun süreceğini, beni beklememelerini söyledim."

Liam onun sorularına dürüst ve açıkça cevap veriyor, ama aynı soruları ona sormuyordu.

Birbirlerine çok yakın olup mutlu saatler yaşadıkları yataktan duş yapmak için kalktıklarında, Janet neredeyse yarım saattir suyun altında öylece durduğunu yeni fark etmişti. İçini burkan bu tatsız duygudan kurtulabilmek için kendisini bir spor kulübünün jimnastik salonunda farz etti. Duşa girerken Liam bornoz ve yüz havlusu uzattığında, bir an önce içeri girip havluyu yüzüne kapatmış, yanaklarından süzülen gözyaşlarını silmişti.

Arabada Liam'ın yeniyetme bir delikanlı gibi çocuksu bir mutluluk yaşadığını görüyordu. Ama aynı zamanda çok da zekiydi, çıktığı kadınlar konusunda seçici davrandığı belli oluyordu. Ona nerede yaşadığını sorarken, aslında şehrin en şık semtlerinden biri olan Balmain'de oturduğunu tahmin edip doğrudan oraya yönelmişti. Janet buna hem şaşırmış, hem de anaokulu çocuğu gibi onu kapının önüne kadar bırakmasına itiraz etmişti.

"Hayır kesinlikle olmaz, kapıya teslim..." Liam bunu söylerken dönüp gülerek yüzüne bakmıştı, ama bozulduğunu fark etmemesi mümkün değildi, bunun üzerine hafifçe dizlerine vurmuştu.

"Bu seni hemen başımdan atmak istediğim anlamına gelmesin. Tadı damağımda kaldı."

"Doğrudur" dedi Janet, ama zorlukla konuştuğu, bunun için büyük çaba harcadığı anlaşılıyordu.

Liam evin önüne geldiğinde Janet dönüp arka bahçeye bakmıştı. Bu saatte büyük olasılıkla güneşlenen Maggie, yarı uykulu bir halde evli sevgilisiyle olmanın hayalini kuruyor olmalıydı. Bu mümkün değildi tabii, adam Noel zamanı ailesini bırakıp yanına gelemezdi. Kate'e gelince, herhalde odasında çalışıyordu. Sheila'nınsa tenis oynamaya gittiğini sanıyordu, Noel zamanı evine gidememenin öfkesini bu şekilde çıkarıyordu. Aslında bu iyi haberdi, üçü de Janet'in kalbinin şu anda ne kadar kırık olduğunu anlayamayacak, böylece onlara açıklama yapmak zorunda kalmayacaktı.

Liam onun yüzüne bakmaya devam ediyordu. "Tekrar buluşacak mıyız?" Bunu sorarken çok istekli olduğunu da vurgulamıştı. Janet'le sohbet etmekten, gülmekten, ona sarılmaktan, onunla sevişmekten çok hoşlanmıştı. Buna devam etmemeleri için hiçbir neden göremiyordu, üstelik daha yolun çok başında, heyecanın doruğundaydılar.

O sırada Janet bu soruya evet dememek için kendisiyle büyük bir mücadele veriyordu, kalbi devam et derken mantığı bitirmek zorunda olduğunu söylüyordu; bu en doğrusuydu, devam etmenin ona acıdan başka bir şey vermeyeceğini biliyordu.

"Hayır. Teşekkürler, her şey için teşekkürler."

Ona hayretle bakan Liam'ın bu beklenmedik cevapla birden çok şaşırmış olduğunu, hatta yüzünü derin bir keder kapladığını görüyordu.

"Yoksa balık yüzünden mi? Böyle düşünmenin nedeni o küçük Noel balığı, öyle değil mi?" diye endişeyle sordu.

"Neden böyle düşündün?" diye sordu Janet.

Liam'ın yüz ifadesi değişmiş, aklı karışmıştı. Hediyesinin ciddi bir sorun yaratacağını hiç düşünmemişti.

"Beğeneceğini düşünmüştüm. Belki küçük, aptal bir şeydi ama bana göre taşıdığı duygusal anlam çok büyüktü; pahalı bir hediye alıp aramızdaki ilişkiyi farklı bir boyuta taşımak istemedim. Aslında sana altın bir broş ya da en azından beş yüz dolarlık bir takı da alabilirdim, ama bunu yanlış anlayabilirdin."

"Hayır, hayır, balık harika bir hediye."

"Ayrıca sence de onun özel bir anlamı yok mu? Hatırlarsan seninle balıkçının önünde tanışmıştık."

"Öyle ama buna basit bir rastlantı da diyebiliriz."

Aralarında uzun bir sessizlik olmuştu. Sonra Liam dönüp eve baktı.

"Çok güzel bir yerde yaşıyorsun." Havayı yumuşatmak için onun zengin ve zevkli biri olduğunu vurgulamak istemişti.

"Ah, evet" dedi Janet, ama evden çok özel hayatı hakkında soru sormasını beklerdi, bu konuda hiçbir şey bilmek istememesi onun için en kötüsüydü. Örneğin evli ya da çocuğu olup olmadığını sorma gereği bile duymamıştı. Demek ki daha ilk bakışta erkekler tarafından kolay elde edilen, hür ve bağımsız bir kadın olduğu izlenimi veriyordu; hal böyle olunca, onun özel yaşamı hakkında fazla kafa yormalarına da gerek kalmıyordu. Ağzı laf yapan her erkeğin iki çift güzel sözle kandırabileceği aşırı saf bir kadındı o.

"Arka tarafta bahçe var mı?" Sözleri az önceki partide tanıştığı yabancı bir adamın konuşması gibi geliyordu kulağına.

"Evet, küçük bir bahçe var. Ve biliyor musun Liam, Noel günü orada çok mutlu saatler geçirdim, yaşamım boyunca hiç bu kadar keyifli bir Noel geçirdiğimi hatırlamıyorum, bunu her yıl tekrar edeceğim." Bunu özellikle vurgularken sesinin titrediğini hissediyor, onun yüzüne bakmak istemiyordu. Çünkü bunu yaptığı takdirde ağlayacağını biliyordu. Ama ilk şoku atlatır atlatmaz duygularını tahlil edip daha mantıklı davranacağından emindi. Kadınların yaşlandıkça annelerine benzediklerini boşuna söylemiyorlardı. Çok doğru bir tespitti.

Janet birden ürpermişti. Gerçekten de giderek annesine benziyordu. Yıllar geçtikçe daha da katılaşacak ve sonunda onun gibi gülmeyi unutacaktı. Bu çok kötüydü, hemen gidip candan birileriyle dertleşmek, öyle biri olmak istemediğini haykırıp içini dökmek istiyordu ama etrafında kimse yoktu. İlk gördüğü dakikadan itibaren hoşlandığı adama elveda demeye hazırlanırken birazdan kendisini büyük bir boşluğun içinde ve çok kötü hissedeceğini biliyordu. Ama ne gariptir ki, her zamankinden farklı olarak bu ayrılığı isteyen kişi kendisiydi, üstelik bugüne dek onu anlayan, onun farklı biri olduğunu bir bakışta keşfeden, ondan gerçekten hoşlandığını hissettiren tek erkekti.

Bu Yıl Farklı Olacak

Ethel Merman, bazı isimlerin kişiye gerçekten şans getirdiğini düşünüyor ve büyük bir talihsizlik eseri kendisine konmuş bu isme kurban gitmiş daha kaç köle olduğunu merak ediyordu. Bugüne kadar adı Ethel olup, bir eli yağda diğeri balda yaşayan bir kadın olduğunu hiç görmemişti, göreceğini de pek sanmıyordu. Gerçi onun tanıdığı Ethel'lerin sayısı çok azdı ama hiç tanımadıklarının bile kesinlikle prenses hayatı yaşamadığına dair bahse girerdi.

Hatırladığı kadarıyla okulda iki tane Ethel vardı. Biri şu anda Üçüncü Dünya ülkelerinden birinde rahibelik yapıyordu, tabii ki bu onun kendi seçimi değildi, birileri onun adına daha doğmadan önce karar vermiş, sonuçta zavallıcık kendisine hiç uygun olmayan bu işi yapmak zorunda kalmıştı. Diğeri ise şu anda kırk yaşındaydı ve kendisini bildi bileli mutsuzdu; bu yaştan sonra yüzünü güldürecek bir olay olacağını sanmadığı için hayattan hiçbir beklentisi kalmamıştı. Yaşamı boyunca dişilik konusunda bencil efendilerine en mükemmel şekilde hizmet vermek için çabalayıp durmuştu. Yaptığı iş şimdilerde telekızlık olarak adlandırılıyordu, ama aslında meslekler klişeleşmiş adları dışında farklı şekilde tanımlanabilirdi, bu tamamen kişiye bağlı bir yorumdu, örneğin kendisine göre bu iş köpek bakıcılığıyla aynıydı.

Ethel bu gibi mesleklerin toplum içinde örnek bir model oluşturmadığını ve kesinlikle itibar görmediğini biliyordu elbette, ama yaptığı araştırmaya göre bu ada sahip kişiler genellikle sorunlu ve sert mizaçlı oldukları için kaçınılmaz bir şekilde erkeksi işler yapmakla meşgullerdi. Şimdi kalkıp onları sırf kadınsı bir zarafet içinde gösterebilmek adına, bir gecede mazbut bir ev hanımına dönüştürmek, ya da ağzı var dili yok misali munis bir dişi kimliğine sokmak mümkün değildi. Zaten sürekli ağzı kulaklarında dolaşan ve her türlü zor şarta rağmen gülümseyebildikleri için alkışlanması gerektiği söylenen bu kadınların gerçek olduğuna oldum olası inanmamış, hele kendisi gibi üç çocuklu olup çalışan bir annenin mutlu bir evliliği olduğu konusunda ısrar edilen filmleri izlerken, olayın geçtiği yerin kesinlikle başka bir dünya olduğunu düşünmüştü. Her gün yorgunluktan bitmiş bir halde işten eve gelip yemek hazırlayan her kadının bunun gerçekdışı bir fanteziden ibaret olduğu konusunda kendisiyle hemfikir olduğunu biliyordu.

Üstüne üstlük bütün bir yıl durmadan aynı şeyleri yaptığı yetmezmiş gibi, kıyı köşe Noel temizliğine girişmek, çıkıp tebrik kartları ve hediyeler almak, onları tek tek yazıp birkaç yakın arkadaşına göndermek daha da sinirlenmesine neden oluyordu. Ayrıca onlar gibi yaşamın ağır şartlarından hayatı kaymış aileler için ille de zengin bir Noel sofrası hazırlamak da neyineydi? Ama bir defa âdet olmuştu işte. Nitekim bunca yıl dışarıdan mutlu göründüğü iddia edilmesine rağmen, evliliği filmlerdekine hiç benzemiyordu; dişini tırnağına takıp çocuklarına hazırladığı muhteşem Noel sofrası hariç. O yüzden hepsinin dört gözle beklediği Noel'de onlara nefis yemekler pişirmek için neredeyse mutfakta mahsur kalan Ethel, içeriden Brandy kremalı kek, kestaneli pilav, jambon sarması, fırında hindi ve muhtelif garnitürlere ait enfes kokular yükselirken, sevinçle boynuna sarılan çocuklarının hep ona teşekkür edeceğini sanmıştı, ama yazık ki her defasında küçük bir çocuk gibi ağlamaklı bir sesle "Peki ya sosis?" gibi açgözlü ve şımarıkça istekleriyle karşılaşmış, işte o an kendisine boşuna köle adı takılmadığını düşünmüştü.

Aslında Ethel yemek yapmaktan çok onların karnını doyurmaktan ve sevdikleri yemekleri iştahla yerken yüzlerindeki mutluluğu görmekten hoşlanıyor, hatta bunu birinci vazifesi olarak görüyordu. Zaten ona göre dünyanın yarısından çoğunun aylar öncesinden hazırlıklara başlayıp kutlamak için sabırsızlandığı Noel, aslında birbirinden değişik yemeklerin sıralandığı bir ziyafet sofrasının başına oturup dua etmekten başka bir şey değildi.

Ama bu konudaki aşırı iyi niyetli yaklaşımını istismar etmenin de gereği yoktu. Sırf sevdiği yemekleri yiyip mutlu olmak adına bir grup doğuştan şanslı insanın diğerlerinin Noel'ini bencilce mahvetmeye hakkı var mıydı? Ethel bunun kesinlikle haksızlık olduğunu düşünüyordu. Örneğin kocası bugüne kadar Noel'de mutfağa girip bir işin ucundan tutmadığı gibi, bu konudaki suçlamaları da reddediyor, dahası ona yardım etmemesinin tek nedeninin yaptığı huysuzluklar olduğunu söylüyordu. Oysa her yıl yemek hazırlamak konusunda yardım etmeye günler öncesinden söz vermesine rağmen her defasında öne sürdüğü bu saçma bahane, kaytarmak için uydurduğu mesnetsiz bir yalandan başka bir şey değildi. Aslında kocasına göre erkeklerin mutfağa girmesi çok yanlıştı, nitekim bundan yirmi beş otuz yıl öncesinin çocuk denecek yaşta evlendirilen küçük kadınları, başlangıçta doğru dürüst iş bilmezken, sonradan tek başlarına her şeyin üstesinden gelmeyi başarmıştı. Üstelik kocalarından en ufak bir yardım istemek şöyle dursun, onlara şöminenin yanına gidip keyifle gazetelerini okumalarını söylemişlerdi. Ona göre sözünü ettiği küçük kadınların hepsi birer süper kahramandı. Elini kalbinin üzerine koyup bir onlara, bir de şimdiki kadınlara bakınca adaletsizliğin boyutu tüm çıplaklığıyla ortaya çıkıyordu. Tıpkı orta yaşa geldikleri için artık çok yorgun olduklarını söyleyip sürekli sızlanan, bu yüzden yetkililerden kale direklerini biraz daha geniş tutmaları gibi küstahça bir talepte bulunan yeteneksiz forvet oyuncularına benziyorlardı; bu yaptıkları şımarıklıktan başka bir şey değildi.

Onu bu şekilde ağır bir dille protesto eden sadece kocası değildi, iki oğluyla kızı da öyleydi. Aslında onlara kızamıyordu, çünkü çocukluklarından beri kendisi öyle alıştırmış, öncelikle ders çalışmalarını söyleyip su bardaklarını bile ellerine vermişti. Konsantrasyonları bozulmasın diye kalkıp kendilerinin almasını özellikle istememiş, her akşam önüne önlüğünü takıp, dağ gibi bulaşığa girişmiş, onlardan en ufak bir yardım bile beklememişti. Çocukları ödevlerine ne kadar fazla zaman ayırırsa o kadar mutlu olmuştu. Bu durum sadece lisede değil üniversitede ve bilgisayar kursuna gittiklerinde de aynen devam etmişti. Diğer kadınlar yağlı tabakları bulaşık makinesine bir çırpıda dizip rahat ederken, o hep çocuklarının isteklerini ön planda tutup kendi ihtiyaçlarını geriye itmişti. Sonuçta ektiğini biçiyordu, şu anki durumunun sorumlusu kendisiydi. Kalkıp şikâyet etmeye hiç hakkı yoktu.

Herkesin onunla birlikte yaşayan iki güçlü kuvvetli oğlunu hep kıskandığını düşünmüştü. Çünkü onlara göre, yirmi iki ve yirmi üç yaşına gelmiş iki delikanlının tek başına yaşamak üzere evi terk etmek varken hâlâ anasının dizinin dibinde oturması çok garipti. Oysa çoğu genç o yaşa geldiğinde ayrı eve çıkmak için can atardı. Keza artık on dokuz yaşına gelmiş kızı da öyle. Onun yaşındaki diğerleri yataklarını bir erkekle paylaşmak için çıldırırken, onun ısrarla komün hayatı yaşamaktan hoşlanması doğrusu komikti. Ethel ise çocukları yanında olduğu için çok şanslı bir kadın olduğunu düşünüyor, söylentilere kulak tıkıyordu. Kim ne derse desin, hepsini bir arada görmekten hoşlandığı çocukları onun dünyadaki en büyük servetiydi. Onlar için her zaman saçını süpürge etmeye hazırdı.

Ama bu yıla kadar... Bu yıl kafasına saksı düşmüş gibi artık kendisine yaptığı bu işkenceye nokta koymuştu. Buna okuduğu dergide gördüğü bir kadın sebep olmuştu; kırk yedi yaşında bir kadın. Pürüzsüz cildi, on sekizlik genç kızınki gibi muntazam vücut hatları, bir tanesi bile eksik olmayan bembeyaz dişleri, parlak saçlarıyla ona bakan kadını gördüğü andan itibaren dünyası değişmiş, hatta onun gibi olabilmek için hemen bıçak altına yatmaya bile niyetlenmişti. O yüzden bu yıl ilk kez Noel'i beklemiyordu. Bir kurnazlık yapıp onlara hem işte hem evde çalışmaktan çok yorulduğunu, bütün kemiklerinin aynı anda ağrıdığını söylemişti; o yüzden bu yıl ailesinin damak zevkine hizmet veremeyecekti. Her ihtimale karşı bunun sinyallerini onlara önceden vermiş, bu arada yıllardır hiç alışık olmadıkları bu durum karşısında büyük olasılıkla bozulacak olan ruhi dengelerinin düzelmesi için zaman tanımıştı. Ayrıca umurunda da değildi. Bugüne kadar fazla hassas olmanın karşılığını görememiş, yaptığı özveriye hiç değmemişti. Bundan böyle kendisini harap etmeyecekti.

Bu yıl, her yıl yaptığı şeyleri yapamadığı için onlardan özür dileyip işi dramatize de etmeyecekti. O yüzden çam ağacı ve renkli ampuller almamış, her yıl onlar için çok özel sayılan altı kişiye kart atmamış, hindi sipariş etmemiş, jambonlu rulolardan hazırlamamıştı. Bu yıl alışveriş listesi de yapmamış, hatta son dakika hediyelerini almak için işten çıkıp soluk soluğa aptalca bir koşturmaca yaşamaya da gerek görmemişti. İşten eve gelip her zaman olduğu gibi sadece akşam yemeğini hazırlamış, bulaşıkları yıkadıktan sonra oturup en ufak bir Noel hazırlığı yapmaksızın televizyon izlemeye koyulmuştu.

Sonunda ondaki değişikliği fark etmişlerdi.

"Ağacı ne zaman süsleyeceksin, Ethel?" diye sormuştu kocası.

"Hangi ağacı?" Ethel sanki son günlerde İrlanda'da görülen garip bir İskandinav âdetinden söz ediyormuş gibi boş gözlerle bakmıştı ona.

Kaşlarını çatan kocası "Sözümona bu yıl Noel ağacını Sean alacaktı" diyerek dönüp büyük oğluna öfkeyle bakmıştı.

"Elmalı pay yaptın mı?" Bu kez konuşan küçük oğlu Brian'dı.

Ethel ona tatlı tatlı gülümserken "Elmalı pay?.." diye sanki hiç duymadığı bir şeyden söz ediyormuş gibi sormuştu.

"Elmalı pay, yani Noel keki, hani küçük teneke kutularda hazır malzemesi satılır, sen sadece alıp kalıba döker, sonra da kremasını yaparsın" diye annesine hatırlatmaya çalışırken, onun bu beyinsiz hali karşısında hem çok şaşırmış, hem de sinirlenmişti.

"Ha anladım, aman dert ettiğin şeye bak, yapmaya değmez ki, dükkânlar onlarla dolu."

Ethel'in kocası başını iki yana sallayıp, patlamaya hazır bir bomba gibi duran Brian'ı annesine karşı tek bir söz dahi söylememesi için bakışlarıyla uyarmıştı.

Konu şimdilik kapanmış görünüyordu. Ama ertesi gün soru sorma sırası Theresa'ya gelmişti. Buzlukta hindi olmadığından yakınmış, şurada Noel'e sayılı günler kalmışken daha hindi siparişi bile verilmemesini hayretle karşılamıştı. Olacak şey değildi, Tanrı aşkına bu evde neler oluyordu? Ama Ethel üzerine bile alınmıyor, televizyonun sesini iyice yükseltip, ailesinin Noel mönüsü üzerine mutfakta yaptıkları hararetli tartışmayı duymak istemediğini belirtiyordu.

İşin bu şekilde çözümlenemeyeceğini anladıklarında onunla uzlaşmaya çalışmışlardı. İlkin tıpkı çıkarlarından taviz vermemekte direnen uluslararası ticaret delegasyonunun domuzdan bir kıl olsun kopartmaya ant içmiş, sözümona inatçı ama aslında arsız üyelerini andırıyorlardı. Ancak bu işe yaramayınca, biraz daha taviz vermek zorunda kalmışlardı; bu kez elçiliğe siyah çelenk koyup protesto mektubu gönderen sessiz provokatörlere benziyorlardı. Bu da işe yaramayınca, uçlarda dolaşmaktan vazgeçip, artık gerçeklerle yüzleşmenin zamanı geldiğine karar vermişlerdi.

"Bu yıl farklı olacak, Ethel." Kocasının bugüne kadar hiç alışık olmadığı kadar yumuşak ve şefkatli çıkan ses tonu karşısında şaşırmıştı. "Sana karşı haksızlık ettiğimizi anladık sonunda. Hayır, sakın inkâr etme. Bunun doğru olduğunu biliyoruz. O yüzden oturup bu konuyu tartıştık, bu yıl her şeyin çok farklı olduğunu sen de göreceksin."

"Bu yıl Noel akşamı bulaşığı ben yıkayacağım, mutfağın temizlenmesi de bana ait" dedi Sean. "Hediye kâğıtlarını da ben toplayacağım" dedi Brian. "Ben de keki süsleyeceğim, üzerine dökülecek bademlerden söz ediyorum" dedi Theresa.

Ethel hep olduğu gibi onlara yüzünde tatlı bir gülümsemeyle bakmıştı. Ama sadece "Çok güzel" demekle yetindi. Onları fazla pohpohlamak niyetinde değildi, temkinli hareket etmesi gerektiğini düşünüyordu. Çünkü bunun karşılığını almak isteyeceklerini biliyordu. Bu sessiz başkaldırının kıvamını iyi tutturmalıydı; karşılarında ağlayıp sızlanarak şikâyet edecek olursa, şu anda karşısında durmuş işbölümü yapacaklarından söz eden çete üyeleri, sırf çenesini kapatsın diye onun istediğini yapacak, ama sonra bunu onun burnundan fitil fitil getireceklerdi. Böyle bir durumda onlarla başa çıkacak ne hali, ne de enerjisi vardı, o yüzden en iyisi şimdi olduğu gibi hiç konuşmamaktı.

Kocası onun elini tutmuştu.

"Bize bir şeyler söylemek zorunda değilsin Ethel. Biz bir plan yaptık ve bunu Noel'den önce yürürlüğe koyacağız. Senden bütün istediğimiz bir süre mutfağa hiç gelmemen, son kez durum değerlendirmesi yapmak istiyoruz."

Hepsi birden karargâh toplantısına çağrılan askerler gibi uygun adım mutfağa gittiğinde, Ethel oturduğu koltuğa iyice yayılmıştı. Onları cezalandırmak gibi bir niyeti yoktu elbette. Onlara sonsuz bir şefkat besliyordu. Bütün isteği her şeyi onun omuzlarına yıkmayıp bir nebze olsun yardım etmeleriydi, yoksa onlara karşı elde edeceği bir zafer ya da uygulamaya geçireceği kurnazca bir plan söz konusu değildi.

Mutfakta mırıltıyla konuşup plan yaptıklarını duyabiliyordu. Çok heyecanlıydılar, birbirlerini sessiz olmaları konusunda uyarıyorlardı sürekli. Yıllardır farkına varmadıkları şeyi henüz keşfetmenin suçluluğu içinde oldukları ve bunu bir an önce telafi etmenin yolunu aradıkları anlaşılıyordu. Evet, içerdeki telaşlı toplantının nedeni bu olmalıydı. Bunca yıl onun ne kadar çok çalıştığını görmemelerinden kaynaklanan basit bir protestonun bu derece büyük yankı uyandıracağını, doğrusu hiç tahmin etmemişti. Yıllardır beş yetişkin sabahları işe ya da okula gitmek üzere evi terk eder, ama evi toplamak, alışveriş yapmak, yemek pişirmek ve diğer işleri halletmek hep tek bir kişinin üzerine kalırdı; işte isyanının tek nedeni buydu. Elbette çalışmak kadar evinin kadını olmak da göreviydi, her şeyden önce o bir anneydi ve bu ona Tanrı'nın verdiği bir görevdi. Ama belli bir yaşa gelince bu koşuşturma aptalca gelmeye başlıyor, insan artık biraz da dinlenmek istiyordu. Dahası içinde yaşadığımız çağda ev işlerinin boş şeyler olduğu söyleniyordu. Kimseden bu konuda yardım da görmeyince, işte o zaman gerçekten bunca yıl boşu boşuna harap olduğu gerçeği beliriyordu. Ama sözünü ettiği kişiler kendi öz çocuklarıydı, onlardan vazgeçmesi, ihtiyaçlarına sırt çevirmesi mümkün değildi. Ne yani, onlara bundan böyle başlarının çaresine bakmalarını mı söyleyecekti, sokağa mı atacaktı?

Hayır, hayır aslında bu onların değil, tamamen kendisinin hatasıydı. Ne kadar çok yorulduğunu görmemeleri ya da şimdiye dek bunu fark etmemeleri onların suçu olamazdı. Kimse ona bunları yapması gerektiğini söylememişti. O istemiş, onları buna kendisi alıştırmıştı. Çocuklarının mutfaktaki fısıltılı konuşmalarına mutlu bir şekilde kulak misafiri oluyordu. Tanrı'nın onları koruması, esirgemesi için annelerinin her daim duacı olduğunu bilmeliydiler. Aslında gerçekten yorulmuştu ve bitkin bir ifadesi vardı; bu özellikle yaptığı bir şey değildi, bu yüzden takındığı tavırdan pek de rahatsız sayılmazdı.

Ertesi sabah ona akşama işten kaçta geleceğini sormuşlardı.

"Her zamanki gibi altı buçuk civarında" dedi Ethel.

"Yedi buçukta gelebilir misin?" diye sormuşlardı.

Gelebilirdi. İş çıkışı arkadaşı Maire'yle birlikte bir içki içebilirdi. Maire ona ailesi için saçını süpürge ettiğini söylediğinde kendisini çok kötü hissettiğini hatırlıyordu. Bu yıl çocukların Noel hazırlığı için onu özellikle evden uzaklaştırdıklarını söylemek için sabırsızlanıyor, bu şekilde kırılan gururunun okşanacağını düşünüyordu.

"Sen alışveriş için hep süper markete giderdin" dedi Theresa.

"Alışveriş mi yapmam gerekiyor?" Ethel şaşkınlıkla sormuştu. Oysa her şeyi kendilerinin yapacağını söylediklerini hatırlıyordu.

O sırada oğlanların Theresa'ya kaşlarını çatarak baktıklarını gördü. Anlaşılan kız kardeşlerinin yaptığı patavatsızlığa çok kızmışlardı.

"Yani ne istersen yapabilirsin demek istemiştim" dedi Theresa.

"Pişirme kâğıdı almayı unutmayın" dedi Ethel. Ne de olsa çoğu şeyi fırında yapacaklardı, eğer yeterince pişirme kâğıdı olmazsa işleri yarım kalırdı.

"Pişirme kâğıdı mı?" diyerek boş gözlerle ona bakmışlardı.

"İsterseniz erken geleyim, hiç değilse bir işin ucundan da ben..."

Koro halinde hayır demişlerdi. Hiç kimse onun eve erken gelmesini istemiyordu. Bir süre dışarıda kalmalıydı. Daha Noel'e dört gün vardı ama ısrarla bu yılın diğerlerinden çok farklı olacağını söylüyorlardı. Sonuçta iyice meraklanmıştı ama bekleyip görmekten başka çaresi yoktu.

Ertesi sabah hepsi işe ve okula gitmişti.

Ethel yeni uygulamanın sınırları içinde kahvaltı bulaşıklarını yıkayıp masayı temizlemek olmadığını görüyordu, ama önemli değildi, şikâyet edip nankörlük yapacak hali yoktu. Alt tarafı beş fincan, beş tabak ve beş tane cornflakes kâsesi yıkayıp kurulayacaktı. Onlara tertemiz bir mutfak bırakmak istiyordu. Ayrıca her ihtimale karşı masanın kenarına yemek kitaplarıyla dergilerden kesip biriktirdiği tarifleri de koymuş. Tepsileri fırından çıkarırken ellerinin yanmaması için kullanılan büyük havluları görebilecekleri bir yere bırakmayı ihmal etmemişti. Ama artık daha fazla oyalanmayıp bir an önce çıkmalıydı, işe geç kalacaktı.

Maire iş çıkışı onu içki içmeye davet etmesine çok memnun olmuştu. Ama merak ediyordu. "Ne oldu? Seni bırakıp Bahama Adaları'na ya da başka bir yere mi kaçtılar?"

Ethel bir kahkaha patlatmıştı. Maire her zaman olduğu gibi evlilikle dalga geçiyordu. Ona göre evlilik, denemek bile istemediği çekilmez bir birliktelikti.

Bunun üzerine Ethel ona sabahtan beri söylemeye can attığı sırrı açıklamanın tam zamanı olduğunu düşünmüştü. Bu yıl her şeyi kendilerinin yapacaklarını söylemişlerdi. O da karşılığında onlara bir şeyler vermek istiyordu. Ofise her yıl olduğu gibi yeni mobilyalar alınmış, eskileri uygun fiyatlarla personele satışa çıkarılmıştı. Ethel acaba Sean için bir bilgisayar masası, Brian için de küçük bir sıra alsa nasıl olurdu? Oldukça eski görünen bu mobilyaları aldığı takdirde onlara yeterince önem vermediğini düşünürler miydi acaba?

İçtiği iki duble viskiyle oldukça rahatlamış olarak eve dönen Ethel, kapının önüne geldiğinde içeriye seslenmişti.

"Hey millet, ben geldim, mutfağa gelebilir miyim?"

Hepsi mutfağın kapısının önünde yan yana sıralanmışlardı, oldukça utangaç ve heyecanlı oldukları görülüyordu. Ethel de en az onlar kadar heyecanlıydı. Kendisine bir viski daha koyup bardağın içine kalınca bir dilim limon atmış ve oturduğu sandalyede kaykılıp ayaklarını iyice ileriye doğru uzatmıştı. Onlara Maire ile yaptığı güzel sohbetten söz etmiş, zamanın ne kadar çabuk geçtiğinden yakındıklarını anlatmıştı. Tıpkı bir köle gibi çalıştıkları gençlik yılları göz açıp kapayıncaya kadar geçip gitmişti. Ama kendini yine de çok şanslı görüyordu, zavallı Maire şimdi dairesinde yapayalnız otururken, Ethel'in kendisini bekleyen kocaman bir ailesi vardı. Üstelik ona bu yılın çok farklı olacağına söz vermişlerdi. Birden burnunun kaşınıp gözlerinin sulandığını hissetti, galiba ağlamak üzereydi.

Bugüne kadar ona hiç sürpriz yapılmamıştı. Gerçi doğum gününde kocası istediği şeyleri alması için ona bir çift hediye çeki vermiş, çocukları annelerine sevgilerini belirten kartlar yazmışlardı. Ama Noel'de ilk kez oluyordu bu. Genellikle Noel'de çocuklar ona değil, eve hediye almayı tercih ederlerdi. Örneğin geçen yıl küçük bir elektrikli konserve açacağı, ondan önceki yılsa aynısının büyüğünü almışlardı.

Nasıl birden bu kadar nazikleşip değişebilmişlerdi?

Sürekli parlayan gözlerle onun yüzüne bakıp bir an önce tepkisini ölçmek isteyen yerinde duramaz bir halleri vardı. Sürpriz diye sözünü ettikleri şey her neyse onun beğeneceğinden çok emin oldukları anlaşılıyordu, fazlasıyla heyecanlıydılar. Ethel çok sevdiği meyve jölelerinden aldıklarını tahmin ediyor, ama çevrede ona benzer bir kutu göremiyordu. Bakışlarını mutfağın çevresinde dolaştırdı, tezgâhın üzerinde ne fırından yeni çıkmış, ne mikserden geçirilmiş, ne de çırpılıp hazırlanmış bir şeyler vardı. Afacan çocuklar gibi gözlerini ayırmadan ona bakıyorlar, sürprizi kendisinin bulmasını istiyorlardı. Bunun üzerine Ethel onların bakışlarının yöneldiği yere dikkat etmişti, hepsi göz uçlarıyla hemen arkalarında duran, televizyon koymak için ayrılmış boş rafa bakıyordu. Ethel onların özellikle rafın tam önüne sıralanmasının nedenini şimdi anlamıştı. Dikkatli bakınca rafın dolu olduğunu görmüştü.

Sean tıpkı sirklerdeki şaklaban sunucular gibi dönüp "Dadaaaa!'" diye bağırmıştı.

"Sana bu Noel'in farklı olacağını söylemiştim, Ethel" dedi kocası.

Şu andan itibaren mutfakta bulaşık yıkadığı ya da yemek yaptığı için onlarla aynı programı izlemekten mahrum kalmayacaktı. Hepsi çevresinde daire olup onun mutluluğunu paylaşmak istemişti. Sean hediyeyi bir arkadaşının mağazasından ayarlamış, babası parasını vermiş, Brian eve getirmeleri için bir kamyonet tutmuş, Theresa da bağlantılarını yapmıştı.

El ele tutuşmuşlardı, çok heyecanlı oldukları görülüyordu. Ethel yüzündeki şaşkınlık ve hayal kırıklığını zor da olsa gizlemesi gerektiğini düşünmüştü. Sanki profesyonel bir dansçı gibi tamamen refleksle sevimsiz ve şekilsiz hediyeye doğru yaklaşırken, zorunlu olarak onu okşar gibi yapmıştı.

Sürpriz faslı bitince hemen akşam yemeği hazırlıkları başlamıştı. Onlar annelerini sevindirmenin mutluluğu içinde bu yılın çok farklı olduğunu düşünedursunlar, her zamanki gibi önüne önlüğünü takan Ethel istemeyerek televizyona baktı. Sevimsizliği yetmezmiş gibi onu eğreti durduğu rafa sığdırabilmek için her şeyi boşaltıp yeniden düzenlemesi gerekiyordu. Kendine modern bir köle olduğunu hatırlatan hediyenin yarattığı şaşkınlığı üzerinden atamamıştı. Dahası bu yılın çok farklı olacağını söyleyen sesleri kulağında yankılanıyordu. Haklıydılar, gerçekten farklıydı, yemek yapıp bulaşık yıkarken bu dangalak hediyenin onu zincire vurulmuş gibi mutfağa bağlayacağını düşününce, kendini her zamankinden farklı hissedeceği kesindi.

Sosislerin üzerini çizip patatesleri soyarak ilk kez ona yardım ediyorlardı. Aslında bunu onlardan istememişti. Peki o halde neden yapıyorlardı? Çünkü yine suratını astığını görmüşlerdi. Oysa Ethel bunu kasten yapmamıştı, ama demek ki böyle yapmak işe yarıyordu. Diğer kadınlar bunu belki yüzlerce kez yapıyordu; sürekli bir şeylerden şikâyet edip somurtuyor, kocalarından bir yığın talepte bulunuyorlardı. Ama onun böyle bir alışkanlığı olmamıştı. Belki o da öyle yapmalı, sonra da istekleri yerine getirildiğinde buna aşırı tezahürat göstermeliydi. Ama insan içinden gelmezse rol yapamazdı.

Dönüp tekrar hantal televizyona baktı. Tam ayarlanmadığı için görüntü karlıydı. Evet belki sevimsiz bir hediyeydi ama bu evdeki değişime yönelik bir başlangıç sayılırdı. Sabırlı ve sakin olmalıydı. Yaşam boyu süren kölelik bir anda bitmezdi. Eğer kafan çalışıyorsa, sinirlerine hâkim olabiliyorsan, gerektiğinde üzerine beyaz doktor önlüğünü geçirip kendi kendini tedavi edebiliyorsan, hangi sakinleştiricinin iyi geleceğini biliyorsan, durumun her geçen gün daha iyiye giderdi. Bütün iş sabır ve direnç gösterebilmekti.

Onların salondaki düz ve büyük ekran televizyonun önünde toplandıklarını görüyordu. Hepsinin yüzünde doğru bir şey yapmış olmanın huzuru okunuyordu, her zamanki gibi birazdan akşam yemeği de hazır olacaktı. Onlara göre her şey normale dönmüştü. Aslında büyük bir değişimin başladığının farkında değillerdi. Hep söyledikleri gibi bu yıl farklı olacaktı. Evet bu doğruydu, ama bu farklılığın bir televizyonla sınırlı kalmayacağını bilmiyorlardı; bunu nelerin takip edeceği konusunda hiçbir fikirleri yoktu.

Noel Öncesi Bir İlişki

Judith kocasının gizli bir ilişkisi olduğunu o an anlamıştı. Aslında bunun için hiç uygun bir yerde değillerdi; Noel'den üç hafta önce her zaman alışveriş ettikleri markette, yoğun kalabalığın tam ortasındayken, Judith dondurulmuş gıda reyonunda eğilmiş istediği ürünleri arıyordu. Başını kaldırıp limonlu mu, yoksa çilekli krema mı tercih ettiğini sormak için Ken'e baktığı sırada kocasının yüzünde daha önce görmeye alışık olmadığı umursamaz bir ifade olduğunu fark etmişti. Sanki şu an ona kremadan çok daha önemli bir sorunu olduğunu söylemeyi planlıyor, ama bunu başaramayacak olmanın âcizliği içinde kıvranıyordu. Judith ilk kez dudağını ısırdığını gördü, sanki işe yaramaz bir adam olduğu için istediği her şeyi söylemeye hakkı olduğunu ima eder gibi ondan özür dilemeye hazırlanan bir hali vardı.

Hiç kuşkusu yoktu, Judith kafasından geçen düşüncenin doğru olduğundan adı gibi emindi. Ansızın patlayan flaşla ortaya çıkan sihirli bir testere gibi hep kocasının yönüne doğru işlediğini işaret ettikten sonra aynı hızla gözden kaybolmuştu. Ama bu enstantane, Judith'in gerçeği görmesi için fazlasıyla yeterli olmuş, yüzündeki tebessüm birden sönmüştü. Elindeki paketleri atar gibi aldığı yere bırakırken derin bir nefes alma ihtiyacı hissetmiş, Ken onun rahatsızlandığını fark edip hemen yanına yaklaşmıştı.

"Ne oldu?" Gözlerini kocaman açmış ona bakarken karısı için endişelendiği anlaşılıyordu.

"Yok bir şey, sadece kramp girdi." Judith kendine gelmeye çalışırken, onu inandırmak için gerçekten sancı girmiş gibi kolunu silkelemişti. "Limonlu kremalardan alıp el arabasına koyarsan sevinirim. Sanırım gidip oturursam iyi olacak. Listeyi sen tamamlar mısın?"

Ken bir sandalye bulup oturmasına yardımcı olurken, velisi tarafından himaye altına alınan küçük bir çocuk gibi kolunu sıkıca kavrayınca, Judith birden canının acıdığını hissetmişti. Kolunu hemen bırakması için bağırıp çağırmak istiyordu aslında ama sinirlerine hâkim olmalıydı. İçinden sakin olmasını söylüyordu. Sakin ol, sakin ol. Şu an ona hiçbir şey söylememeli, iyice düşünmeliydi. Her şeyden önce market gibi yüzlerce kişinin olduğu bir yerde gözyaşlarına boğulup insanlara rezil olmamalıydı. Her çarşamba akşamı buraya geldikleri için herkes onları tanıyordu. İş çıkışı kendileri gibi alışveriş yapmaya gelen bu insanların Ken'in onu aldattığından kuşkulanmasını istemiyordu. Çok dikkatli olmalı, aklı başında hareket etmeliydi. O sırada markette "Sessiz Gece" isimli Noel ilahisi çalıyordu. Judith yıldızlı kutsal gecede doğan nur yüzlü bebeğin derme çatma kulübede huzurla uyuması için ninni özelliği taşıyan bu ünlü Noel şarkısının sözlerine kendisini kaptırınca birden rahatladığını hissetti. Marketin yüksek duvarlarına baktı. Küçük sarmaşık çelenkleriyle çepeçevre donatılmış olduğunu görüyordu, hepsinin uçlarından kırmızı kurdeleli küçük çanlar sarkıyordu.

"Bunun Noel sonrasına kadar konuşulmasını istemiyorum." Judith kafasından geçen bu sözlerin ağzından döküldüğünün farkında bile değildi. "Noel tatili sona erene kadar bu konu hiç konuşulmayacak. Çünkü bunu ne sen, ne de çocukların hak ediyor. O kadının Noel tatilimizi zehir etmesine asla izin vermeyeceksin."

Her çarşamba haftalık ihtiyaçlarını karşılamak için buraya gelirlerdi. Judith işbölümü yapmıştı; herkes sorumlu olduğu şeyleri satın alıp ayrı bir el arabasının içine koyuyordu. Örneğin o genellikle tatlı, krema, et, tavuk, dondurulmuş gıda gibi özel deneyim gerektiren ürünlerle birlikte temizlik malzemelerinden sorumluydu. Tommy ile Jane'in ilgi alanı meyve sebzeydi, onları seçip dikkatle tarttıktan sonra önlerindeki el arabasına yerleştirir, ama fasulye, lahana, havuç ya da pırasa, aldıkları sebze her ne ise, daha ziyade kendi damak zevklerine hitap edenleri tercih ederlerdi. Herkesin gözünde müşfik ve iyi bir koca modeli oluşturan Ken'e gelince, o da ekmek, meşrubat ve içkiden sorumluydu. Her defasında kola, gazoz, portakal suyu, birkaç şişe şarap ve yarım düzineden fazla birayı koyduğu el arabasıyla buluşma noktaları olan kasaların önüne gidip onları beklerdi. Ödemeyi yapmalarının ardından aldıkları malzemeleri küçük arabalarının bagajına yerleştirirler ve sonra hep birlikte bowling oynamaya giderlerdi. Bowlingten sonra hamburger ve kızarmış patates yiyip evlerine dönmeyi alışkanlık haline getirmişlerdi. O yüzden keyifli çarşambalar hepsi tarafından iple çekilir olmuştu. Judith'in arkadaşları, alışverişi bu derece zevkli bir işe dönüştürdüğü için ona hayran olduklarını söylüyordu. Gerçekten de alışveriş onun için başlı başına bir sanattı ve başlangıçta hiç de eğlenceli bir tarafı olmadığını düşünen ailesinin diğer üyelerine de bunu aşılamayı başardığı için kendisini tebrik etmeliydi. Hepsi bu işe bayılıyordu.

Ama şimdi bunları düşünecek durumda değildi. Kasaların hemen yanındaki sandalyelerden birine külçe gibi otururken kendisini sersemlemiş hissediyordu. Neden her şey yolunda giderken birden ters dönmüştü? Çocuklar onun oturduğunu görünce şaşırmışlardı. Oysa normalde reyonlar arasında ceylan gibi sekerek dolaşır ve alacağını bir çırpıda alıp çıkardı. Kimse onun hızına yetişemezdi, ama görünüşe bakılırsa bu kez öyle olmamıştı. Onlara doğru deterjanı ve pişirme kâğıdını almaları için tembihte bulunurken annelerinin yüzüne dikkatle bakıyorlardı. Çocuklarının aşırı endişeli halini görünce yüzünün normal ifadesine kavuşması için kendisini zorlamış, kafasındaki düşüncelerin moralini bozmasına izin vermemeye çalışmıştı. Onları korkutmamalıydı. Hayır, hayır, bir şeyi yoktu; onlara gayet iyi olduğunu söylemişti. Sadece az önce koluna küçük aptal bir kramp girmişti, hepsi bu. Aşağıya eğildiğinde olmuştu, büyük olasılıkla ters bir hareket yapmış, adalelerini zorlamıştı.

Ken'in ona ilgiyle baktığını görüyordu, iyi olduğuna sevinmişti.

"Ama yine de bu akşam bowling oynamasan iyi olur. Sakın beni yanlış anlama, ikinci bir kramp olayı yaşamaman için söylüyorum bunu." Neden son zamanlarda sürekli savunma gereği duyarak konuşuyor, kendisini acındırıp suçlu olmadığı izlenimini vermeye çalışıyordu? Bu yıllardan beri var mıydı, yoksa yeni edindiği bir huy muydu? Aslında iyice düşününce, Judith ondaki bu durumun Paskalya'dan önceki yedinci pazar, yani 25 mayıstan beri sürdüğünü hatırlamış ve gerçeğin tokat gibi patladığı yüzünde acı bir tebessüm belirmişti. Bu hesaba göre ilişkileri yaklaşık yedi aydır devam ediyordu ve Noel'de bunu resmen açıklama kararı almış olmalıydılar. Oysa başlangıçta kadının dostları olduğunu sanmıştı. Her neyse, şimdi bunları düşünmenin ne yeri ne de zamanıydı; yüzüne normal bir gülümseme kondurmak için kendisini zorladı.

"Ben iyiyim." Daha fazla yalakalık yapmamasını ima eder şekilde sert bir tonda uyarmıştı kocasını. İçinde ölümcül bir acı hissetmesine rağmen, çocukları tedirgin etmemek için yüzündeki gülümsemenin mümkün olduğunca doğal olmasına çalışıyor, ama aklına hücum eden anıları uzaklaştırmakta güçlük çekiyordu. Paskalya'ydı. Tatil için ailecek bir dinlenme tesisine gitmişler, birkaç günlük değişikliğin hepsine iyi geleceğini düşünmüşlerdi. Ken işlerinin yoğunluğundan dolayı aşırı derecede yorulmuştu. Jane çok çalışıp tatille birlikte sona eren ilk sömestr sınavlarını başarıyla vermiş, Tommy büyük uğraşlardan sonra okulun tenis takımına seçilmiş, Judith çalıştığı emlak danışmanlığı şirketinde müdür yardımcılığı görevine terfi etmişti. Gerçi bu terfi onun maaşında değişiklik yapmayacaktı ama yeni pozisyonu gereği daha fazla iş bağlantısı imkânına kavuşmuştu. Çok sayıda nüfuzlu kişiyle tanışması, daha fazla satış yapması ve daha çok prim kazanması anlamına geliyordu bu. Nitekim yeni görevindeyken ilkin genç bir kadına uygun fiyatlarla bir daire satmıştı. Kadının adı Sylvia idi, bir tatil köyünde halkla ilişkiler müdürü olarak çalışıyordu. Judith'in ona gösterdiği yakınlıktan dolayı küçük bir jest yapmak istemiş ve çalıştığı tatil köyünde onları keyifli bir hafta sonu tatili geçirmeye davet etmişti. Kendisi de orada olacaktı, Judith ve Ken'le bizzat ilgilenmek istiyordu.

Gerçekten de dediğini yapmış, onlarla çok yakından ilgilenmişti.

Judith ilk başlarda Sylvia'nın yemeklerde bile onlara katılmasına anlam verememişti. Neredeyse her öğün masalarındaydı. Ama sonra eğlenceli ve neşeli bir tip olduğu için herkesin ondan çok hoşlandığını görmüştü. Özellikle çocuklar. Tommy ona tenis oynayacak birini bulduğu için, Jane her gece bedava diskoya girip bol bol dans ederek kurtlarını döktüğü için Sylivia'ya minnet borçluydu. Bu arada onları da ihmal etmiyordu, sık sık Judith'in yanına gelip kollarını boynuna dolayarak onu sauna, fitness ve yüzme havuzuna götürüyor, hazır önünde yemyeşil bir saha varken, alt tarafı yerdeki dokuz tane deliğe top sokmaktan ibaret olan golf sporunu iyice öğrenmesini tembih ettiği Ken'e eline geçen bu fırsatı iyi değerlendirmesini söylüyordu. Böylece Judith vücuduna ve yüzüne yapılan çeşitli güzellik maskeleri ve masajlarla gençleşmeye çalışıyor, Jane yeni dansları öğreniyor, Tommy kortta rüzgâr gibi esip harikalar yaratıyordu. Ama güya konuklarını rahat ettirebilmek için yaptığı bu göstermelik koşuşturma sırasında tabii ki Sylivia'nın asıl hedefinin Ken olduğunu yeni anlıyordu. Bir kova dolusu golf topuyla ona uzun mesafe atışları konusunda özel dersler verirken, her geçen gün daha da iyi olacağı yönünde ümitlenmesine yardımcı oluyor, bu arada başına örülen çoraptan habersiz Judith, iyi kalpli Sylvia'nın mesleğinin gerçekten çok keyifli olduğunu düşünüyordu. Doğrusu böyle işe can kurbandı, insanın hem kendisini tatildeymiş gibi hissettiği hem de karşılığında oldukça yüksek bir maaş aldığı bir iş herkese nasip olmazdı. Üstelik hafta sonları istediği kişiyle bedava tatil yapma imkânı da vardı.

Paskalya pazartesi akşamına denk gelmişti. Sylvia ve Ken bütün gün golf oynamışlardı; saatler sonra döndüklerinde epey terlemişlerdi ama çok mutlu görünüyorlardı.

"Bundan böyle hafta sonu tatillerim oldukça tuzlu geçeceğe benziyor" dedi Ken. Ama buna pek de üzülmediği anlaşılıyordu, küçük bir çocuk gibi neşeyle gülmüştü. "Ve eğer golf gibi pahalı bir yeşil saha sporuna ciddi anlamda merak sararsam, korkarım maliyet her geçen gün daha da artacak."

"Ama esaslı bir yönetici konumuna gelmek istiyorsan bunu mutlaka yapmak zorundasın" dedi Sylvia. "Neden bir yığın devlet adamı ve yöneticinin boş zamanını golf sahalarında geçirdiğini sanıyorsun? O yüzden senin gibi tansiyon hapı ve Valium almalarına gerek kalmıyor."

Judith onların tıpkı evli bir çift gibi tartıştıklarını görüyordu. Ken'in yeni tanıştığı bir kadınla bu derece samimi olmasına, üstüne üstlük sakinleştirici hap kullandığını açıklamakta sakınca görmemesine doğrusu çok şaşırmıştı. Ama sürprizler bu kadarla da kalmayıp bir ay boyunca birbirini kovalamıştı. Judith o günlerde farkına varamadığı şeyleri şimdi daha net görebiliyordu.

El arabalarıyla marketin otoparkına gidip aldıkları malzemeleri bagaja yerleştirirken, Judith her zamanki gibi kırılacak şişeleri arkaya, ağırları alta, hafifleri üste gelecek şekilde gruplara ayırıp seri ve muntazam olarak dizmiş, ardından hepsi birlikte bowling oynamak üzere spor salonuna yönelmişti. Judith on beş dakika öncesine kadar her çarşamba akşamı düzenli olarak uyguladıkları bu programdan çok mutlu olmasına rağmen şu an değildi. Çünkü yaşamlarına Sylvia'nın girmiş olduğunu yeni fark etmişti... Peki bu kadın bunu nasıl başarmıştı? Çok kolay, kendi elleriyle ona yardım etmişlerdi. Onunla geçirdikleri hafta sonu tatilinden hemen sonra mesleği mimarlık olan Sylvia ile iyice samimi olmuşlar, daha doğrusu tek başına yaşayan kadına acımışlardı. Özellikle yalnızlar için pazar günlerinin çok zor geçtiği Londra her bakımdan soğuk bir şehirdi. Bu durumda sizi cuma akşamları ve pazar günleri öğle yemeğinde spagetti yemeye davet eden dostlarınız varsa kendinizi çok şanslı kişiler olarak adlandırabilirdiniz.

İşte Sylvia da bu ayrıcalıklı insanlardan biriydi. Üstelik dostları her defasında onun varlığıyla daha da neşelendiklerini itiraf ediyor, Jane dut yemiş bülbül gibi sessiz bir şekilde oturmak yerine okulda arkadaşlarına anlatacağı tatlı bir hafta sonu anısı olmasına, Tommy onun sayesinde yakında gençler arası tenis turnuvasında oynayacağına çok sevindiğini belirtiyordu. Yıllardır ailesine bile işyerinde olup bitenleri anlatmak istemeyen içten pazarlıklı Ken'in bile dili çözülmüş, kadının yanında her türlü alaverenin altından hep tepedeki şeytan kılıklı yöneticilerin çıktığını açıklamakta bir sakınca görmeyerek patronlarını aşağılayan türde komik hikâyeler anlatıp durmuştu. Judith de ev bakmaya gelen müşterileri hakkında ilginç hikâyeler anlatıyor, her gün dergilerde boy boy resimleri çıkan bu medya maymunlarının zenginlikleriyle isim yapmalarına rağmen bankada tek kuruşları dahi olmadığını, yine de ısrarla evleri gezmek istediklerini söylüyordu. Kısacası onun önünde her türlü sırrı paylaşırken bir an bile kadının onların mutlu aile düzenini kıskanacağı aklına gelmemiş, hatta hiç evlenmemiş Sylvia'nın evde kalmış kız kompleksine kapılmaması için elinden geleni yapmıştı. Belki de buna neden kadının oyunu kuralına göre ve çok akıllıca oynamasıydı. Nitekim ona gösterdikleri bu yakınlığı görünce birden içini dökme ihtiyacı hissetmiş ve yakın zamana kadar yaşlı bir adamla uzun süreli bir birliktelik yaşadığını itiraf etmişti. Hayatının en güzel on yılını ona vermişti; yirmi beş yaşından otuz beş yaşına kadar. Ona âşık olmuş, ama adam bir süre sonra ondan bıkmıştı.

"Beni istemeyen biriyle daha fazla kalamazdım. Bunu yapamayacak kadar gururluyum" dedi Sylvia, ses tonu sert ve kararlı çıkmıştı.

"Elbette, ama onunla evli olsaydın, çocukların olsaydı her şeye rağmen kalırdın" dedi Judith nazik bir şekilde.

Sylvia birden duraklamıştı. Hayır, çocukları olsaydı bile yapmazdı bunu. Bu onu istemeyen birini zorlamak anlamına gelirdi, zorla güzellik olamazdı. Ayrıca çocukları sevgisiz bir ortamda yaşamaya zorlamak da hiç adil bir davranış değildi.

Judith birçok konuda olduğu gibi yine aynı fikirdeydi onunla; ilk kez güç, zevk ve sınıf farkı üzerine konuştuklarında Judith aslında çok zeki bir kız olduğunu fark etmişti. Bir keresinde de evliliğin sıkıcı yanlarından konuştuklarını hatırlıyordu. Aslında bu konudaki fikirlerinin çok sivri olduğunu düşünmüştü, ama bugün bowling salonuna girip kendisini neredeyse bayılacak gibi hissettiği için hemen oturacak bir yer aradığında, gerçeğin acı feryadını beyninin içinde duyarak titremeye başlamıştı. Bu gerçek, Sylvia'nın bu konuşmayı boş yere yapmadığıydı. Ve şu an o gün konuştukları gerçekle yüz yüzeydi. Onun sevgisiz bir evde yaşamaya çabalamaması için onu uyardığı apaçık ortadaydı. Şu anda kendisini kocasının paçalarına zorla yapışmış, asalak bir kadın olarak görüyordu. O sırada diğerleri ayakkabılarını değiştirip başlama çizgisi üzerinde sıralanmış, Judith oturduğu duvara sırtını iyice dayamıştı. Görünüşe bakıldığında her şey normal, yolunda gidiyordu; tek değişen kendisiydi, kafasından geçen düşünceleri birileri okumuş gibi birden yüzü kızarmış ve ondaki garipliği sadece Ken fark etmişti.

"Eğer kendini kötü hissediyorsan, aklından geçen ve seni rahatsız eden bir şeyler varsa... ne olursa olsun bana söyle" dedi Ken.

"Evet, tabii ki, bunu ilk söyleyeceğim kişi sen olacaksın." Judith bunu söylerken gözlerinin içine bakmıştı. Onun o iri kahverengi gözlerine on altı yaşından beri inanmıştı. Çalıştığı şirket onu staj için yurtdışına gönderdiğinde, Judith'in annesiyle babası onların karakterlerinin uyuşmadığını, yapılarının asla bağdaşmayacağını söylemişti. Ama Judith bu sözlere kulak tıkamış, ona olan güvenini yitireceği, bu yüzden büyük acılar çekeceği aklından bile geçmemişti.

Evet, acı çekecekti, çünkü Ken'in yaşadığı gizli ilişkiyi çok yakında ona itiraf edeceğinden emindi. Büyük olasılıkla Noel'den önce. Eğer onu bunu yapmaktan alıkoyabilirse, her şey yoluna girebilirdi, ya da en azından araları şimdikinden daha iyi olabilirdi. Yaşamları şu an sonu bilinmez ve aykırı bir yola girmiş gibiydi. Bu öyle bir yoldu ki, nasılsa her iki türlü de aynı yere çıkacağı belli olduğu için kaldırım üzerindeki çizgiden gitmeyi reddedip aşağıdan yürümeye, ya da dişini sıkıp en zor olan ilk üç günü atlattığın takdirde, yaptığın rejimde başarılı olacağına kesin gözüyle bakmaya benzemiyordu. Her şeyde geçerli olan düz mantık bunda geçerli değildi. Tek çıkar yol kocasının bunu ona söylemesini geciktirebilmekti. Hatta tamamen vazgeçirebilmek. İşte bunu yapabilirse, bu Sylvia'ya karşı ciddi bir şeyler hissetmediği anlamına gelirdi. Doğruyu söylemek gerekirse bunu çok istiyordu. Sylvia'nın hep medeni olmak istediğini biliyordu ve bu sözcüğü onun ağzından ilk duyduğunda çok büyük konuştuğunu düşünmüştü; ama şu anda kararsızdı, acaba gerçekten onun söylediği gibi kader miydi bu, yoksa kendi düşündüğü gibi geçici bir aşk mıydı? Ama kesin olan bir şey varsa o da Sylvia'nın yanıldığını anlaması için ona fazla zaman tanımaya hiç niyeti olmadığıydı.

Evet, bir tür oldubitti anlamına gelen bu davranışının medeni olmayacağını biliyordu, ama Sylvia sürekli olarak kaybeden taraf için omuz silkip, kötü bir şekilde ayrılmak yerine herkesin haddini bilerek çekilmesi gerektiğini söylediği günleri hatırladığında bu durumu rahatlıkla kaldırabileceğini umuyordu. Aslında onun gibi medeni olabilmeyi çok isterdi ama bunun için zamana ihtiyacı vardı. Gerçi şu anda Sylvia'nın değil, kocasının duyguları önemliydi. Şu ana kadar ona hiçbir açıklamada bulunmayışını ilginç karşılıyordu. Belki de bunun nedeni duygularını iyice tahlil ediyor olmasıydı, belki de hayatında ilk kez gerçek aşkı bulduğunu düşünüyordu ve evet, büyük olasılıkla bunu açıklamak için doğru zamanı bekliyordu. Hayır Ken, tüm dünya Noel'e hazırlanırken, bunu sakın şimdi söyleme! O sırada Ken'in eline dokunduğunu anlayıp birden yerinden sıçramıştı.

"Bizi bekliyorlar Judith, katılmak ister misin?" Onu genellikle Judy ya da Jude diye çağırmaktan hoşlanmasına rağmen bugün özellikle söylememişti. Okul üniforması içinde karşısında durduğu gün onu bu adla çağırdığında gösterdiği tepkiyi hatırlıyordu. Judith için adının doğru söylenmesi çok önemliydi. Ama o Kenneth'in kısaltılmışı olan kendi adının Ken olarak söylenmesinden çok hoşlanıyor, bir insanın adıyla değil, kişiliğiyle önemsendiğine inanıyor, Judith'in düşündüğü gibi adının kısaltılması durumunda kişinin imajının bozulacağına katılmıyordu. Belki de kendisinin saçma sapan bulduğu bu tip fikir ayrılıklarını kocası fazlasıyla önemsiyor, o yüzden onunla anlaşamıyordu. Belki de emlak ofisindeki görevinde erkek gibi güçlü bir kişilik sergilediği için rahatsız oluyordu. Sylvia gibi sorunsuz ve hafif bir kadını özlüyordu. Belki de yatakta ondan daha hevesli ve ateşliydi; son zamanlarda kendisini çok yorgun hissettiği bir gerçekti. Belki de kocasının işiyle kendisinden çok daha fazla ilgileniyor, kırkına merdiven dayamış bir adamın psikolojisini ondan daha iyi anlıyordu. Belki de onu golf gibi prestijli ve güncel bir şeyler yapmaya yüreklendirmesi hoşuna gidiyordu. Ama bunların hepsi ayrılık getirmeyecek kadar saçma nedenlerdi. En feministi bile kadınların bu gibi sudan sebeplerden dolayı kocalarından ayrılmasını önermezdi. Yoksa tam tersine, bu derece azgın bir erkekle aynı evi paylaşmaktansa hemen ayrılmalarını mı önerirlerdi? Doğruyu söylemek gerekirse Judith son zamanlarda gazetede yaşı kırkı geçmiş erkeklerin yaşadığı bu gibi azgınlıkları okurken sanki kendi kocası yapmış gibi utandığını hatırlıyordu, oysa günümüzde kimse kimseyi kınayacak durumda değildi. Evlilikler ve ilişkiler artık eşit şartlar üzerine oturuyordu, aynı haklara kadınlar da sahipti ve sonuçta bunlar insani duygular olarak kabul ediliyordu.

O sırada tamamen refleksle bir vuruş yapmış, birkaç tanesi devrilmiş, çocukları onu heyecanla alkışlamıştı. Acaba babaları terk ettiğinde onlara nasıl bir hayat sunacaktı? Yine çarşambaları burada bir araya gelecekler miydi, yoksa geceler boş ve anlamsız mı geçecekti?

"Doğruyu söylemek gerekirse hiç iyi görünmüyorsun, Judith, bence oturup dinlenmelisin." Ken'in sesi şimdiye kadar hiç bu kadar şefkatli çıkmamıştı. Judith gözlerinin birden yaşla dolduğunu fark etti.

"Sanırım biraz dinlenmeliyim, haklısın, fazla çalışmaktan olsa gerek."

"Ben de senin gibi işte çok yorulduğumdan yakınıp dururdum" diyerek ona gülümseyerek bakmıştı. "Ama son günlerde bu kötü alışkanlığımdan vazgeçtim. Şuraya kısa süreliğine geliyoruz, keyfini çıkartmalıyız."

Söylediği her kelimede canını sıkan bir şeyler vardı. Sanki Sylvia'dan önce başka biri, şimdi başka biriydi. Sanki Sylvia yaşamına girmeden önce çok fazla yorulduğunu söyleyen o değildi. Hayata dair filozofça görüşleri hep yaşamın kısalığı üzerineydi. Judith çok yakın bir zamanda kendisine elveda diyeceğini duyar gibiydi. İki günlük dünyada mutluluğu kısa süreliğine de olsa herkesin yakalaması gerektiğini söyleyecekti sanki.

Hep birlikte hamburger ve kızarmış patates yemek için gittikleri restoranda kocasının Tommy'nin saçlarını okşayıp Jane'e gururla gülümsediğini görünce çok mutlu olmuştu. Ayrılsalar bile babaları onları her zaman sevecek, onlarla hep gurur duyacaktı. Judith belki de Sylvia kadar medeni olmamasının çok daha iyi olduğunu düşünüyordu; kocasını o kadından geri almak için Tommy ile Jane adına dövüşebilirdi. Evet, bunun adil ve medeni bir davranış olmayıp çocukları tarafından yadırganacağını biliyordu, ne de olsa biri on iki, diğeri on dört yaşındaydı. Artık ikisi de kocaman olmuştu ve eğer babaları Sylvia'yı tercih ettiyse, büyük olasılıkla bu kararına saygı duyacaklardı. Restoranda fon müziği olarak Noel şarkılarından biri çalıyordu. Judith bunun ortamı daha da zalimleştirdiğini düşünüyor, gelmesini dört gözle beklediği Noel'den artık neredeyse nefret ediyordu. Evinin ihtiyaçlarını karşılayabilmek için bunca yıl çılgın gibi çalışmıştı. Takdir beklerken terk edilmek çok ağırdı. Şu an en az kendisi kadar kocasının da zor durumda olduğunu hissediyordu; onu başka bir kadın yüzünden terk edeceğini söylemek kolay bir şey değildi, o yüzden çok yoğun ve yorgun olduğu bir zamanı kolluyor olmalıydı. O keşmekeş içinde şoku hissetmeyecekti, hatta daha da kolayına gidip telefonla bile söyleyebilirdi.

Nitekim ertesi gün masasındaki telefon çalmıştı.

"Senin işyerinin civarına gelmem gerekiyor, bu arada belki birlikte birer fincan kahve içeriz, ya da öğle yemeyi yeriz diye düşündüm, ne dersin?"

Ken'in onun işyerinin civarına geldiği, hele birlikte öğle yemeğine çıktıkları görülmüş şey değildi.

"Hayır Ken" dedi. "Ne konuşacaksak Noel'den sonra, lütfen, o zamana kadar bekleyebilir."

"Bu mümkün değil, gerçekten." Judith onun bu sabırsız çıkışıyla midesinin üzerine bir kova dolusu buzlu su döküldüğünü hissetmişti ama hiçbir şey belli etmedi.

"Mümkün olmak zorunda sevgilim. Şu anda çocuklarla birlikte bütün hazırlıkları yapmış geriye doğru sayıyoruz. Eğer Noel süresince aklı başında hareket etmemi istiyorsan, ortamı daha da germemek için tek bir söz dahi söylemeyeceksin, sabahları birbirimize günaydın deyip Noel tatili bitene kadar mutlu bir görüntü çizeceğiz, tamam mı?" Ses tonu kendisine bile sert gelmişti.

"Aynı evde yaşayan iki kişinin iletişim için tercih ettiği garip bir yol" dedi Ken.

Judith onun haklı olduğunu biliyordu, üstelik kocasının ses tonundaki kararlılığın giderek Sylvia'ya benzemesi karşısında iyice şaşkındı. Evet, küçük sarışın Sylvia alışkanlığı gereği yine kendisinden yaşça büyük bir adamla birlikte yaşamaya hazırlanırken, kimsenin ona müdahale etmesine izin vermemeye kararlı, elde ettiği başarıdan dolayı gururlu olmalıydı. Judith bir kez daha acı gerçeğin giderek yaklaştığını ve Sylvia'nın oyunu gerçekten kuralına göre oynadığını anlamıştı. On gündür ondan hiç ses çıkmıyordu. Belli ki son çırpınışların geçmesini bekliyordu, kazandığından adı gibi emindi. Yaklaşık altı aydır onu hiç bu kadar durgun görmemişti. Avını bekleyen pusuya yatmış kurt gibiydi. Normal şartlarda en fazla iki gün ses çıkartmadan dayanabilir, her şeyin yolunda olup olmadığını öğrenmek için mutlaka arardı. Ama bütün bunlara rağmen Judith gerçeği kabullendikçe hafiflediğini hissediyor, her ne kadar sadakatsiz kocasının yaptıklarını hatırladığında ona karşı tekrar bileniyorsa da artık bu aşamada yapabileceği bir şey olmadığını düşünüyordu. Sylvia bir süreliğine fotoğraf dışında kalmayı tercih etmiş olmalıydı, bu arada Ken'le bir anlaşma yaptığına ve ilişkilerini Noel günü öğle yemeğinde açıklayıp bu işi medenice bitireceğine dair ondan söz aldığına inanıyordu. Bunları düşününce iyice gerilmişti, havanın bile onlardan yana olduğunu düşünüyordu, garip bir ağırlık vardı.

Çift kişilik karyolada bundan böyle tek başına yatacaktı, oysa on yıl önce o karyolada birlikte sarılıp yattıklarında romantik şarkılar mırıldanırlardı, şimdiyse çoğu geceler uyku tutmadığı için saatlerce gözü açık yatıyor, onun soluk alıp verişleriyle çalar saatin kalın ve ritmik sesini dinliyordu. İki gece önce kocasına sokulup sıkıca sarılmış, uzun zamandır unuttukları romantizmi tekrar yaşamak istemiş, ama Ken gözü yarı kapalı halde yaptığı şeyin zevkine bile varamadan çarçabuk onunla seviştikten sonra uyumak istediğini söyleyip tek kelime konuşmadan arkasını dönmüş, Judith her zamanki gibi derin bir sessizlik ve yalnızlık içinde saatlerce tavanı seyretmişti. Bu gibi durumlarda Sylvia'nın ne yapacağını çok merak ediyordu. Acaba kocasının çocuksu bencilliğini, gelip geçici zaaflarını, çok çabuk karar değiştirebileceği, hatta onu da bir anda bırakabileceğini aklına getiriyor muydu hiç? Judith keşke böyle bir şey olsa diye aklından geçirdi ama bu tatlı bir hayalden başka bir şey değildi. Onu her şeye rağmen isteyen ve almaya kesin kararlı olan Sylvia ile geçenlerde kuaförde karşılaşmışlardı. Küçük çekici yüzüyle ona hâlâ ne beklediğini sorar gibi baktığını hatırlıyordu.

"Bu şekilde beklemekle bir sonuca varacağımızı sanmıyorum" demişti Sylvia. "Bence her şeyi bir an önce medenice halledip bitirmeliyiz."

Judith bu haksız saldırıya hazırlıksız yakalanmıştı, oysa kocasından emin olabilse ona "Hayır tatlım, tam tersine bunun çok uzun zaman alacağını bilmelisin" demek isterdi. Ayrıca "Biliyorum, bunu mutlaka Noel'de yapmak istiyorsun, çılgın bir partiyle bu birlikteliği kutlamak istediğinin farkındayım, ama ne yazık ki Noel'den sonrayı beklemek zorundasın. Şunu da bil ki, Noel'den sonra her şey çok farklı olabilir" diye ilave etmek için neler vermezdi. Tek amacı onun hem acele etmekle ne kadar komik duruma düştüğünü vurgulamak, hem de içine kurt düşürmekti. Ama bunları söylemek yerine "Tabii ki öyle olacak" demek zorunda kalmış ve onun öfke dolu bakışlarının bir an bile hedefi şaşmadan gözlerinin içine dikildiğini görünce, saçları tam olarak yapılmadan kuaförden çıkıp gitmişti. Kalbi hızla çarpıyor, düştüğü kötü durumun salondaki diğer kadınlar tarafından fark edilmemiş olmasını umuyordu.

Sonunda Noel günü gelip çatmıştı. Evlerini mükemmel şekilde

süslemişlerdi, aldıkları çam ağacı harikaydı. Her yer çok güzel görünüyordu. Tebrik kartları her zamankinden daha sanatsal dizilmiş, her bir hediye güzelce paketlenmişti. Noel yemeği masaya renkli ve sihirli bir güzellik katarken, elmalı payların üzeri bademlerle teker teker süslenmişti. Jambon ruloları ve doldurulmuş hindi, kraliyete ait bir ziyafet sofrası görünümündeydi. Judith'in babasıyla Ken'in annesi de yemekte onlara katılmıştı. Mumlar yakılmış, rengârenk ampuller odada ayrı bir coşku yaratmıştı. Judith oturduğu sandalyenin arkasına sıkıca tutunup ağlamamak direnirken, bunun son Noelleri olduğunu düşünüyordu. Ken yanında olmazsa sorunların altından nasıl kalkacaktı? Hayatlarının geri kalanını yapayalnız geçireceklerdi. Evet, çocuklarının anne babaları olarak kalacaklardı ama onun Ken'le olan ilişkisi tamamen bitecekti. Judith üç haftalık bir maratonun sonuna gelmiş gibi çok heyecanlı ve endişeliydi. Hindiyi fırından çıkartırken kendini son derece bitkin hissediyordu; yorgun bir savaşçı gibiydi, daha fazla dövüşecek hali kalmamıştı. Ken'in her ihtiyacı olduğunda onu arayabileceğini söyleyeceğinden adı gibi emindi ama önemli olan onu terk ediyor olmasıydı. Yirmi yıldan beri onu tanıyordu, on altı yıl bu iyi kalpli adamın karısı olduktan sonra onu kaybediyor olmak çok acı bir duyguydu. Yalnızlık kötü bir baş ağrısı gibiydi. Bunları düşündüğü sırada kocasının mutfağa girdiğini fark etmemişti. Diğerleri oturma odasındaydı, hediyeler açılmış, hepsi kendilerine alınmış bu özel şeylere hayran olmuştu. Ken ona doğru yaklaşıp elini avcunun içine aldı.

"Lütfen benden daha fazla kaçma, lütfen. Hiç değilse birkaç dakika. Geçmişteki birlikteliğimiz hatırına."

"Peki, tamam." Soluk soluğa olduğu için ses tonu biraz boğuk çıkmıştı.

"Bunu söylemek kolay değil."

"Hayır Ken, sakın söyleme, şimdi olmaz."

"Ne düşündüğünü biliyorum. Gerçekten bu çok can sıkıcı olur."

Judith onun söyleyeceklerinden korkuyordu ama kocasının haline bakılırsa sanki kötü bir şey söylemeyecek gibiydi. Judith bunu önlemek için çok uğraşmış, elinden geleni yapmıştı. Ama korkunun ecele faydası yoktu. Şu anda hayatının en kötü dönemini yaşıyordu. Çok yakın bir zamanda bu iyi kalpli, nazik adamdan, en iyi arkadaşından ayrılacaktı.

"Evet, çok kötü Ken" dedi. İçinden geçen duyguları kısaca ifade ederken, hiçbir suçlamanın ya da mazeretin ardına sığınma gereği duymamıştı.

"Evet. Ve bunun nedeni sadece benim. Çok büyük bir aptallık yaptım, hatta zalimlik, bencillik" dedi Ken. "Neden bilmiyorum ama hiçbir şeyde iyi olamıyorum, işimde, evimde, hiçbir şeyde. Belki de bunun için yaptım."

"Öyle olduğunu sanmıyorum" dedi Judith, onu rahatlatmaya çalışsa da ses tonundan kırgın olduğu anlaşılıyordu.

"Beni affedebilecek misin?"

"Sanırım bu aşamada hepimiz medeni olmaya çalışmalıyız, ama bu biraz zor olacak tabii" demiş, ondan böyle bir şey isteyebildiğine şaşırmıştı.

Ken uzanıp saçlarını okşadı. "Judith, gerçekten çok üzgünüm."

"Bu konuyu Noel'den önce konuşmak istemediğimi söylemiştim."

"Ama çok çaresizim..."

"Tek isteğim Noellerini bozmamak, özellikle bu yılın onlar için çok farklı olmasını istiyorum, hiç değilse geriye dönüp baktıklarında..."

"Bilmek zorundalar mı? Neden onlara söylemek zorundayız?"

"Ama gittiğinde..."

"Gitmek zorunda mıyım?"

"Gitmek isteyen sen değil misin?" Ona inanmaz gözlerle bakıyordu.

"Eğer bu kaçamağı sen yapmış olsaydın anlayışla karşılardım. Çünkü bu birbirimize sadakatsizlik yaptığımız anlamına gelmezdi. Seni hemen terk edip evliliğimizi bitirebileceğime nasıl inanırsın? Ama yapmamalıydım elbette ve bunun için çok üzgünüm, seni incittiğim için, böylesine büyük bir aptallık yaptığım için kendimi öldürebilirim."

"Yani onu sevmiyor musun, gitmek istemiyor musun?" Judith bunları sorarken, ses tonunda meraktan çok hayret vardı. O sırada çatlayıncaya kadar ovaladığı zavallı ellerinin parlattığı yemek masasının üzerindeki gölgelere dalıp gitmişti.

"Hayır, onu sevmiyorum ve gitmek istemiyorum. Ama yaptığım bu sadakatsizlik, bencillik ve zayıflığa rağmen beni sevebilecek misin?" Ken kocaman açılmış kahverengi gözleriyle ona bakarken gerçekten çok kötü durumda olduğu görülüyordu. Suçluluk duygusu altında ezilmiş gibiydi. Judith'in üç hafta önce onun yüzüne baktığında gördüğü utanç ve suçluluk dolu ifadenin aynısıydı. Ama bu kez farklı olarak umut vardı. Affedilme ve her şeye yeniden başlama umudu.

"Tabii ki sevebilirim ve hep seveceğim."

Judith kollarını onun boynuna dolamıştı, şu an kendini çok yorgun hissediyordu. Haftalardır onu terk edecek olmasının tedirginliği ve siniriyle savaşıp durmuştu. Artık o günlerin bittiğini anlamının mutluluğuyla kocasına doğru yaklaştığında kapı açılmış, içeriye oğlu, kızı, Judith'in babası ve kayınvalidesi girmişti.

Onları sarmaş dolaş yakalamış olmaları hiç önemli değildi. Noel, insanların garip şeyler yaşadığı bir dönemdi. Hatta bu yüzden bazen aptalca davranırlardı. Bunların hiçbir önemi olmamalıydı, çünkü kalplerinde taşıdıkları umut ve sevgi her şeyi bir anda silmelerine izin vermeyecekti.

Noel Telaşı

Bayan Doyle için Noel telaşına ekim ayında girmek yıllardır alışkanlık halini almıştı. Yapacağı çok iş vardı ve yetiştiremeyecek olmanın paniğini yaşıyordu. Noel kekleri, pudingler, mezeler, her şey onu bekliyordu. Gerçi eskiye nazaran işinin çok daha kolay olduğunu düşünüyordu; yani çocukları küçükken. Onca işin arasında düşe kalka büyümüş, hepsi birer yetişkin olmuştu; artık kendi başlarının çaresine bakabiliyorlardı.

İşe Theodora'nın kekini yapmakla başlayacaktı, ama gerekli malzemeleri masanın üzerine çıkarttığında tarifi kaybettiğini fark etmiş ve başlangıçtaki bu aksaklık ona her şeyin ters gideceğini düşündürmüştü. Ona göre bu bir faciaydı, işler zincirleme olarak aksayacak, arkadaşlarına söz verdiği örgüleri zamanında gönderemeyecek, mektuplara cevap veremeyecekti. Düzensizlik, keşmekeş, kargaşa, adına ne derseniz deyin, kesin olan tek şey hiçbir işin yolunda gitmeyeceğiydi.

"Oysa tarifleri içine koyması için ona bir albüm almıştım" diye feryat etti Brenda. "Gazete ve dergilerde gördüğüm tarifleri kesip oraya kaldırıyordum, ama onları kullandıktan sonra tekrar aynı yere koymayı unutuyor, bu huyu çok kötü."

Önceden tedbir almak konusunda uzman olan Brenda'nın dairesi evden ziyade donanımlı bir ofis görünümündeydi. Theodora'nın annesi için gönderdiği kek tariflerini saklamak ve Amerika'ya gönderilen postaların çetelesini tutmaktan sorumluydu. Noel telaşı sırasında her zamanki gibi aşırı heyecan içinde koşturup duran Bayan Doyle'un tarifleri kaybedeceğini düşünerek fotokopilerini çekmeyi ihmal etmezdi.

Diğer kızı Cathy ise, her yıl Noel'de yenecek akşam yemeği için Bayan Doyle'a birkaç saat yardım ettikten sonra, kendini neredeyse beş saat taş taşımış gibi hissediyor, yorgunluğunu atabilmek için gözlerinin üzerine soğuk kompres yapma ihtiyacı duyuyordu. Ona göre Noel yemeğini hazırlamak çok basitti, ama nedense annesi abartmayı çok seviyordu. Alt tarafı tüyleri yolunup içi temizlenmiş hindiyi yıkayıp fırına koyuyor, piştikten sonra da keskin bir bıçakla dilimleyip afiyetle yiyordun. Üzerine sos döküldüğü gibi, yanına garnitür olarak kızarmış patates, haşlanmış brükselllahanası, kestaneli pilav koymak da mümkündü. Bunlar klişeleşmiş, artık herkesin neredeyse gözü kapalı yaptığı yemeklerdi, havlu atacak kadar yorucu ve zor değildi. Onu asıl yoran Bayan Doyle'un askeri disipliniydi. Noel haftasında her akşam ertesi günün programını tekrar ediyor, hatta ne zaman yataktan kalkacağını bile hatırlatıyordu. Oğlu, iki kızı, damadı ve geliniyle birlikte Noel yemeği yemek yerine Caneveral uzay üssünde Ay'a roket gönderme hazırlığı içinde olan bir komutan gibiydi.

Michael Doyle bazen salonun ortasına yatıp, her yıl annesinin neyi kaç paraya aldığını onlara açıklama gereği duyduğu Noel yemeğine kadar kalkmamayı istiyordu. Onun bu huyuna çok sinirleniyordu, üstelik satın aldığı şeyler sadece hindi ve sebzeydi. Yaptığı kek ve tatlılar için gerekli malzemeyle, şarap, likörlü çikolata, bisküvi, cips ve Noel ağacını süslemek için kurdele, renkli ampul gibi dekoratif şeyleri hep Brenda, Cathy ve kendisi alırdı.

Akşamları evlerine döndüklerinde, haftalardır devam eden olayın gerginliğini ve endişesini yaşıyorlar, panik içindeki yaşlı kadını rahatlatmanın, daha da önemlisi ailesiyle birlikte yiyeceği Noel yemeğinden zevk almasını sağlamanın bir yolunu arıyorlardı. Brenda bu yılın hem ailesi, hem de kendisi için farklı olması gerektiğini düşünüyordu. Bekârdı, işinde çok başarılıydı, hırslıydı, hep patronluk taslamıştı, belki de başarısının nedeni buydu; ama zorunlu olarak takındığı bu rolü artık oynamak istemiyordu, aşırı güçlü bir karakter gibi değil, olduğu gibi görünmeye karar vermişti. Kendisi için yetmezmiş gibi aynı rolü ailesi için oynamak zorunda kalması bunalmasına neden olmuştu.

Kız kardeşi Cathy bunu başaracak güçte değildi, üstelik henüz beş aylık olan bir oğlu vardı; annesine ve çevresindekilere sorun yaratmayan çok uslu bir bebekti. Noel zamanı kimseye huzur vermeyen Bayan Doyle'un bitmek bilmez talimatlarına, merdivenlerdeki anormal koşuşturmaya ve aşağıda kasırga gibi esen telaşa rağmen yatağında mışıl mışıl uyuyordu. Ama Cathy yine de çok yorulmuştu, bebeği çok küçük olduğu için çoğu gece uyuyamamıştı. Bir de annesinin kaprislerini çekmek ona zor geliyordu.

Erkek kardeşi Michael da benzer bir durumdaydı, karısı Rose hamileydi, mümkün olduğunca stresten uzak kalıp dinlenmeliydi, bu derece gergin bir atmosferin içinde bulunmak ona zarar verebilirdi. Onun tüm isteği bu konuda kendisine çok yakın gördüğü görümcesi Cathy ile bebekler hakkında sohbet edip doğacak bebeğini konuşarak sakin bir Noel geçirmekti.

Eylül ayında Brenda planını uygulamaya koymuş, Bayan Doyle'a bu yıl Noel yemeğini onların hazırlayacağını söylemişti. Cathy keklerden, Rose pudinglerden sorumluydu, Brenda ise ana yemekleri yapacaktı. Bayan Doyle hiçbir şeye elini sürmeyip sakince oturacaktı. Noel ağacını onlar alıp edip süsleyecek, tebrik kartlarını onlar yazacak, hatta yaşlı kadının postanenin önündeki uzun kuyrukta beklememesi için pullarını bile üzerlerine yapıştıracaklardı. Bayan Doyle bu plana karşı çıkmış, ama hepsi birden hayır diyerek kesin kararlı olduklarını belirtmişlerdi. Bugüne kadar her şeyi o hazırlamıştı, artık değişiklik zamanı gelmişti.

Noel günü her şey yolunda giderken bunu daha önce neden yapmadıklarını düşünmüşlerdi. Bayan Doyle bugüne kadar hiç görmedikleri kadar sakindi, belki de hayatında ilk kez. Bazen yılların verdiği alışkanlık gereği telaşlanıp talimatlar savurmaya başlıyor, sonra birden bu yıl hiç işi olmadığını hatırlayıp sakince yerine oturuyordu. Hepsinin evi annelerine çok yakındı, her gün onu ziyaret etme şansına sahiplerdi. Brenda, Cathy ve Michael bu yıl böyle bir program yapmakla Noel telaşını yüzde seksen azalttıkları için kendilerini tebrik ediyorlardı. Ama bütün bunlara rağmen Bayan Doyle kendisine endişelenecek bir şeyler bulmakta gecikmiyor, bu kez de yolların buzlanmış olmasından yakınıyordu. Her ne kadar pulları üzerine yapıştırıldığı için kuyrukta beklemeyecek olsa da, yine de postada gecikmeler olacak, kuzenine gönderdiği kart zamanında gitmeyecekti. Ne yaparlarsa yapsınlar onun telaş alışkanlığının önüne geçemiyorlardı. Ona her şeyin yolunda gittiğini kanıtlamak için büyük çaba harcamışlar, Noel arifesinde evi baştan sona süslemişler, çam ağacını her zamankinden daha büyük seçerek çok sayıda ampulle donatmışlardı. Ağaç süsleme görevini üstlenen Michael ile Brenda yaptıkları işten son derece hoşnuttu. Kendilerine doldurdukları birer bardak portakallı votkayı içerken neşeli kahkahalar atıyor, çocuklar gibi heyecanlanıyorlardı. Cathy ise odanın dekorasyonuyla ilgileniyordu.

Damadı Brian her yıl olduğu gibi Bayan Doyle'un çok hoşlandığı uçları çıngıraklı sarmaşıklardan oluşan küçük çelenkleri duvara asarken, daha ufak boyda olanlarını başlarına geçirdikleri takdirde alınlarının tahriş olacağını, iyice yukarı kaldırmaları gerektiğini söylüyordu. Diğerleri kırmızı kâğıttan peçeteler, renkli şekerleme ve bisküvilerden satın almak için dışarı çıkacaklarını söyleyince, Michael da şöminenin ateşinin daha canlı görünmesi için ekstra ampul gerektiğini söyleyerek onlara katılmıştı. Hep birlikte dışarı çıkmadan önce öğle yemeği için masayı hazırlamışlar, sonra gidip Bayan Doyle'u öperek Noel'ini kutlamışlardı.

Brenda sıcak ve düzenli evin içinde dolaşıp gözüne dağınık gelen yerleri topluyor, aynı zamanda ertesi günün yemeğini de hazırlıyordu. Hindinin yanına garnitür olarak hazırladığı patates ve lahanaları tavada döndürmüş, sosun yanı sıra kestaneleri ve jambon rulolarını hazırlamış, sonra da üstlerini yaldızlı folyolarla kapatıp dolaba kaldırmıştı. Tüm yapması gereken hindiyi saat tam on birde fırına koymaktı. Geriye bir yığın boş vakti kalmıştı, mutfaktaki çekmecelere bakıp annesinin kaybettiği kek tariflerini aramaya koyuldu. Buralarda bir yerde olmalıydı, Brenda onları bulduğunda tekrar albümdeki yerlerine koymaktan mutluluk duyacaktı. Ama boşuna hayal kurduğunu anlamıştı. Her ne kadar kesip saklamak için çaba göstermiş olsa da, Bayan Doyle çekmecelerdeki fazlalıkları atmıştı. Büyük olasılıkla tarifler de atılan şeyler arasındaydı. Kap dolabını da düzenlemişti; her yer etkileyici bir biçimde muntazamdı, her şey yıkanıp parlatılarak kaldırılmış, raflara dantelli, kolalı örtüler serilmişti. Belki de bunları Cathy ile Rose yapmış, Bayan Doyle şöminenin yanında uyuklarken, bebeklerini sırtlarına bağlayıp çalışmışlardı. Çay saatinde yaydıkları örtü ve peçetelerin de yıkanıp ütülendiğini görüyordu, keza havlular yıkanmış ve kuruması için sandalyelerin arkasına serilmişti, büyük olasılıkla yarına kadar kururlardı. Tezgâhın üzerine kahvaltı tepsisinin şimdiden konduğunu görüyordu, ertesi sabah ayinden döndüklerinde yumurtalar çarçabuk haşlanacak, geriye keyifli bir kahvaltı yapıp, saat tam on birde hindiyi fırına vermek kalacaktı. Geçmiş yıllara bakıldığında en huzurlu Noel'i geçiriyorlardı. Bu hem çocukları, hem de Bayan Doyle için çok iyi olmuştu.

O sırada Bayan Doyle şöminenin yanına oturmuş kocası James'i düşünüyordu. Mermerin üzerine sıralanmış fotoğraflara baktı. Bu onsuz kutladıkları on ikinci Noel'di. Eğer yaşasaydı şimdi altmış iki yaşında olacaktı, kendisiyle aynı yaşta. Aslında hiç de o kadar yaşlı sayılmazdı. Ondan çok daha büyük bir yığın tanıdığı vardı, üstelik çoğunun kocası hayattaydı. On iki yıl geriye gidecek olursa elli yaş, bir kadının dul kalması için oldukça erken sayılırdı. James de o yaşta ölmeyi hiç hak etmemişti. Tam birbirlerinden destek alıp hayatın tadını çıkaracakları yaşta çekip gitmişti. O sırada kulağına Noel şarkıları gelmiş, birden gözleri yaşla dolmuştu. Noel, kendisi gibi eşini erken yaşta kaybetmiş, yalnız yaşayan insanlar için yılın en zor zamanıydı. Ama çocuklarının önüne gözleri şiş bir halde çıkmak istemiyordu. Kızlarının büyük olasılıkla onu incelemeye alacaklarını biliyordu. Hayır. Bunu yapmayacak, onun yerine sadece James hayattayken birlikte geçirdikleri güzel anıları, çocukları doğduğunda yaşadıkları heyecanı, ilk çocukları Brenda dünyaya geldiğinde kocasının herkese içki ısmarladığını, oğlu doğduğundaysa komşularının kapılarını tek tek çalıp müjdeli haberi duyurduğunu hatırlayacaktı. Ve Michael'ın derslerinde ne kadar başarılı olduğunu, imtihanlarda aldığı derecenin koltuklarını kabarttığını, mesleğinde başkasına seçilme hakkı tanımayacak kadar acımasız bir bilgi birikimine sahip olduğunu hatırladığında kendisini gülümsemekten alıkoyamayacak, kocasının ölmeden önceki son birkaç ay süresince çektiği acıları, bakışlarındaki umutsuz bekleyişi, yüzündeki soran ifadeyi asla gözünün önüne getirmeyecekti. Ve bütün bunlara rağmen ona ısrarla söylediği sözleri de. "Tabii ki ölmeyeceksin, James, daha çok gençsin, komik olma."

O yıl Noel'in her zamankinden zor geçtiğini hatırlıyordu. Bu görüntüler ruhuna işlemişti adeta, o yüzden önüne geçemediği bir duyguyla her yıl bir telaş yaşıyordu, ama başkalarının panik olarak adlandırdığı bu koşuşturmadan mutlu oluyor, eskiyi düşünmemesini sağlıyordu. Bunu yapma nedenini bilmese de elinde değildi.

Çocukları elleri kolları hediye paketleriyle dolu eve geldiklerinde, çevredeki herkes Bayan Doyle'un çocukları tarafından ne kadar sevildiğini ve korunduğunu görmüştü. Dahası camın önünde duran görkemli Noel ağacı dışarıdan geçenlerin fazlasıyla dikkatini çekiyordu. Öğle yemeğinde her şey önceden hazırlandığı için yorulmamışlardı. Anneleri kendisine ait sandalyede oturmuştu, Cathy'nin bebeği yukarıdaki odasında huzur içinde uyuyordu, Michael ve Rose gelecek yıl bebeklerinin doğuşuyla Noel'de çifte bayram yaşayacaklarından söz ediyor, Brenda çalıştığı bölümde işe yeni başlayan genç ve dul bir adamın onu gerçekten çok etkilediğini, eğer kartlarını doğru oynamasını bilirse, gelecek yıl Noel'de onu da yanında getirebileceğini söylüyordu. Hepsi bunun hayatlarındaki en mutlu Noel olduğunu konusunda hemfikirdi.

"Babanız öldüğünden beri" dedi Bayan Doyle.

"Elbette" diye aceleyle araya girdi Michael.

"Biz de bunu kastetmiştik zaten" dedi Cathy.

"Evet, biz de babamız öldüğünden beri demek istemiştik." Brenda onları doğrulamıştı.

Hepsi onu rahatlatma çabası içindeyken aynı zamanda şaşkındılar, çünkü anneleri yıllardan beri ilk kez Noel'de babalarından söz ediyordu. Üstelik yüzü asık ve üzgün değildi. Ama sesi sanki bunu canlı olarak değil de teypten söyler gibi çıkıyordu.

Bu yıl her zamankinden farklı olarak bir an önce yemeklerini yiyip evlerine koşmamışlardı. Masayı toplayıp bulaşıkları yıkamışlar, sonra da şöminenin etrafına toplanıp Bayan Doyle ile uzun bir sohbete koyulmuşlardı. Arada sırada televizyona bakıyorlar, Rose'un yeni doğacak bebeğiyle Cathy'nin tatlı bebeğinden söz ediyorlardı. Çay servisi başladığında bir tabak dolusu söğüş hindi etiyle birlikte Brenda'nın yaptığı olağanüstü lezzetteki ev ekmeği, kek ve kurabiyeler masaya gelmiş, bunları gören diğerleri az önce sözünü ettiği ve bir an önce kafakola almaya hazırlandığı dulun şanslı bir adam olduğunu söyleyip ona takılmışlardı.

Bir süre sonra etrafı toplayıp hepsi evlerine gitmiş, hediye paketlerinin kâğıtlarını annelerinin istediği gibi katlayıp düzenlice mutfaktaki alt çekmeceye kaldırmışlardı. Bayan Doyle gelecek yıl Noel'de onlarla birlikte olup olamayacağını bilmiyordu. Bu yıl onun için değişik bir şey yapmışlar, ona hiçbir iş bırakmamışlardı. Çocukları onun yıllardan beri ilk kez Noel'in keyfini çıkardığını sanıyordu, ama hiç de düşündükleri gibi değildi. Aldığı hediyeleri bir kenara yığmıştı, dönüp onlara baktı. Bir şişe parfüm, bir paket kokulu talk pudrası, şık bir dolmakalem ve kalem seti, çok beğendiği *RTE Guide* adlı derginin yıllık aboneliği, dünyaca ünlü bir konyak markası olan bir şişe portakallı Grand Marnier... evet, bunların hepsi Noel'de yaşlı bir kadına verilebilecek güzel hediyelerdi. Peki ama neden içinde bir huzursuzluk vardı? Belki de Brenda'nın sözlerine alınmıştı. Ona hediye gönderenlere teşekkür mesajı yazmasını tembih etmiş ve unutmaması için her hediyenin üzerine gönderen kişinin adını yazmıştı. Evet, elbette bu çok faydalı bir yöntemdi, ama daha altmış iki yaşındaydı, doksan iki değil. Onun önüne mama önlüğü takıp yemek yedirmelerine, bebek diliyle konuşmalarına, her defasında bunak olduğunu hatırlatmalarına gerek yoktu. Kimin kendisine ne hediye aldığını unutsa bile biraz düşündüğünde bulabilirdi.

Bayan Doyle Noel geceleri yatağa çok erken saatte giderdi.

Ama bu yıl şöminenin yanında saatlerce oturmuş ve kocasının fotoğrafını tekrar eline almıştı. Bu sabah kilisedeki rahip Tanrı'nın yarattığı tüm kullarının iyiliğini istediğini söylemişti, öyleyse neden Jim'e aylarca acı çektirmişti? Bu soru ve daha birçoğunun cevabını bulamıyordu, ama Tanrı'nın mutlaka bir bildiği olmalıydı ve şu anda kocasını erkenden elinden aldığı için onu suçlamakla büyük günah işlediğinin farkındaydı. Böyle düşündüğü için onu affetmesini söyleyip dua ettikten sonra yatağına gitmiş, karanlığın içinde gözünü kırpmadan uzun süre öylece yatmıştı.

Noel haftası bittikten sonra her yıl olduğu gibi yine onu ziyarete gelmişlerdi. Genellikle anneleri son gün yuvarlak hamurlar dökerdi ama bu yıl yapmamıştı, çünkü bu yıl çocukları her zamankinden farklı olarak askeri bir disiplin içinde ona hiçbir iş yaptırmama kararı almışlardı. İlk gelen Rose ve Michael'dı, ona bir tabak dolusu jambonlu sandviç getirmişlerdi. Öğleden sonra gelen Cathy ve Brian, canlan bakalım, çay saati! der gibi içeri girip ona bir şişe viski getirdiklerini söylemiş ve çok geçmeden fincanın içine birkaç damla viski damlattıktan sonra limon ve limon dilimiyle birlikte servis edilen çok lezzetli bir çay hazırlamışlardı. Derken Brenda elinde bir tepsi dolusu pasta ve kurabiyeyle içeri girmiş, böylece kadro tamamlanmıştı. Ama onun yüzündeki mutsuzluk ifadesinin değişmediğini görüyorlar, bir yerde hata yaptıklarını düşünüyorlardı. Anneleri çok sessizdi. Biri onunla konuşuncaya kadar tek kelime etmiyor, şikâyetini dile getirip görüş bildirmiyordu.

Dönüp birbirlerine şaşkınlıkla baktılar. Ortada bir sorun vardı ama ne olduğunu çözemiyorlardı. Bayan Doyle hiçbir ağrı ya da sızısının olmadığını söylüyordu. Aslında ondaki bu değişikliğin Aziz Stephen Yortusu'nda başladığını hatırlıyorlardı, bu durum takip eden perşembe günü de devam etmiş, cumartesi günü ciddi anlamda suskunlaşmıştı. Brenda işe gittiğinde annesindeki bu durumun kaynağını merak edip iyice düşünmüş, sonunda bulmuştu: Annesine hayat veren yaşadığı o heyecanlı telaş, hepsinin kasırga diye adlandırdığı kaos olmalıydı. Her ne kadar hoşlanmıyor gibi görünse de, onu hayata bağlayan tek şey bu uğraştı. Bir şeyler üretiyor olmak ona yaşadığını ve önemsendiğini hissettiriyordu. Ama her şeyin ötesinde, gerçekten çok güzel bir Noel yaşadığını da itiraf etmişti.

"Hepimiz için öyleydi" dedi Brenda.

Cumartesi öğleden sonra annesini telefonla aradığında ona yılbaşı için hiçbir şey hazırlamaması yönünde ikazda bulunmamış, annesi dükkânların sabaha kadar açık olup olmadığı hakkında soru sorana kadar sabırla beklemiş, sonunda beklediği sözleri duyunca sevinçle başını sallayarak onun dediklerini onaylamıştı. Henüz hiçbir şey yapmamıştı, derin dondurucuda bir yığın yiyecek vardı ve yılbaşı fırtınasını atlatmak için yeter de artardı bile.

"Alışverişe çıkacak mısın?" diye sordu Brenda'ya. "Her yer çok kalabalık ve gürültülü, insan doğru dürüst pazarlık edip ne alacağına karar veremiyor."

Bayan Doyle birden içindeki heyecanı dışa vurmuştu ama bunun farkında değildi.

"Neden yaparız bunu hiç anlamamışımdır zaten" dedi Brenda. "Aslında şu anda alışverişe çıkmak gerçek anlamda işkence, ama diğer yandan yılın bu zamanının pazarlık etmek için ideal bir dönem olduğunu da unutmamak gerek. Sabahın köründe kuyruğa girmek mi, yoksa ortalığın biraz durulması için birkaç gün beklemek mi daha akıllıca olur sence?"

Brenda birden Bayan Doyle'un sesine yaşama sevinci aksettiğini fark etmişti, annesini en can alıcı noktasından denemek istemiş ve başarmıştı; ondaki bu canlanmayı yeniden hissetmenin yarattığı sevinçle ödüllendirilmiş gibiydi. Kafasındaki endişe ve korkulardan arınmış, bazı değerlerin eskiye göre yok olduğu ve insanların hediye yerine bir tomar para karşılığı çarşıdan çöp aldıkları hakkındaki saplantıları tekrar su yüzüne çıkmıştı. Her zaman yaptığı gibi yıl içinde gazeteden kesip almayı düşündüğü şeylerin indirime girip girmediğini araştırmak ve ne alırsa alsın sıkı bir pazarlık yapmak onun hayatta en zevk aldığı şeylerin başında geliyordu. Ve bu alışkanlığına geri dönmüş olması, o eski ve mükemmel Noel kutlamalarına geri dönecekleri anlamına geliyordu.

“Tipik Bir İrlanda Noeli...”

İşyerindeki arkadaşları Ben'e Noel'i nasıl geçirdiğini sormuştu. Aslında onun için endişelenen bu insanlara iyi şeyler söylemek istiyordu ama bu dürüstçe olmazdı. Noel hiç iyi geçmemişti ve görünen köy kılavuz istemezdi, iyi görünmediği ortadaydı. Tabii ki çok haklıydı. O aşkını daha geçen ilkbahar kaybetmiş, acısı taptaze olan bir adamdı ve çok üzgündü. Bu durumda nasıl iyi görünebilirdi? Gördüğü, baktığı her şey ona Ellen'ı hatırlatıyordu. Sevgililerin, mutlu çiftlerin restoranda buluştuklarını, birbirlerine kucak dolusu çiçek sunduklarını, karanlık geceleri sıcak evlerinde birlikte geçirdiklerini görünce kahroluyordu.

Hele Noel onun için felaket anlamına geliyordu. Ona yapılan tüm davetleri geçerli bir mazeret bularak reddetmişti. Şükran Günü'nü Harry, Jeannie ve onların çocuklarıyla birlikte geçirmişti. O bitmek bilmez saatlerin nasıl geçtiğini sadece o bilirdi, yediklerini Ellen'ın yemekleriyle karşılaştırdığında hindi kupkuru gelmişti, hayatında hiç bu kadar lezzetsiz bir kabaklı pay yediğini hatırlamıyordu. Gerçi yine de onlara gülümseyip teşekkür ederek ortama uyum sağlamaya çalımıştı, ama aslında o anda bedeni başka yerde, kalbi başka yerdeydi. Oysa Ellen'a sosyal olacağına dair söz vermişti; evden işe, işten eve münzevi gibi yaşamayacak, akşamları ve tatil günleri dışarı çıkıp arkadaşlarıyla birlikte olacaktı. Ama verdiği sözü tutamamıştı.

Ellen da bunu istemezdi elbette. Ama o gece Şükran Günü'nde Harry ve Jeannie ile birlikte yemek yedikleri sırada geçen yıl bu zamanlar Ellen'ın hastalandığına dair en ufak bir belirtinin olmadığı, hayatta olduğu günleri hatırlamış ve birden dünyası kararıp kaskatı kesilmişti. Onu yapayalnız bırakıp gitmişti. İşte o yüzden Noel'de hiçbir yere gitmek istemiyordu. Çünkü Noel herkes gibi onlar için de yılın hep en özel zamanı olmuştu, satın aldıkları çam ağacını her yıl birlikte süslüyorlar, neşe içinde gülüp eğlenerek birbirlerini coşkuyla kucaklıyorlardı. Ellen ona İsveç'teki ormanlarda yetişen heybetli ağaçlarla ilgili hikâyeler anlatıyor, Ben de karşılığında küçükken Brooklyn'deki dükkândan satın aldıkları ucuz Noel ağacından söz ediyordu; arife günü oldukça geç bir saatte bütün müşteriler gittikten sonra ağaçların fiyatları yarıya inince onlar da evlerine ağaç alma şansı yakalamışlardı.

Çocukları olmamıştı ama insanlar onların birbirlerine duyduğu aşkın aynı hızla devam etmesinin çocuk sahibi olmaktan daha önemli olduğunu söylüyordu. Hiçbir çift onlarınki kadar büyük bir aşk yaşayamazdı. Ellen çalışan bir kadındı ve onun da Ben gibi oldukça yorucu bir işi vardı, o yüzden tütsülendikten sonra özel bir sosla marine edilmiş somon füme gibi uğraştırıcı yemekler ya da kek, pasta gibi şeyler yapacak zamanı yoktu.

"Beni başka bir kadın yüzünden bırakmayacağından emin olmak istiyorum" demişti Ellen bir keresinde. "Sana Noel'de değişik yemekler pişirecek biri olsa, beni bırakıp gider misin?"

Oysa o hayatından çok memnundu, Ellen'ın yaptığı yemeklerden büyük tat alıyor, onu terk etmeyi aklından bile geçirmiyordu. O yüzden güneşli bir ilkbahar günü ansızın onu bırakıp gittiğinden beri kendisine gelememişti, karısının öldüğüne hâlâ inanamıyordu. Noel'de New York tek başına dayanılmaz bir şehir olurdu. Ama insanların hepsinin ona karşı son derece nazik ve kibar olduğunu görüyordu, aslında ona gösterdikleri konukseverlikten nefret ediyor ve onlara bu aşırı anlayıştan sıkıldığını söylemek istiyordu; ama bu mümkün değildi. Yapılacak en iyi şey buradan uzaklaşıp başka bir yerlere gitmekti, onu hiç tanımayan kişilerin olduğu bir yere. Peki nereye?

Her sabah işe giderken bir seyahat acentesinin önünden geçiyordu, camında İrlanda'yı anlatan kocaman posterler asıldığını görmüştü. Nedendir bilinmez, birden içinden bu ülkeye gitmek gelmişti. Belki de bunun nedeni Ellen'la birlikte gitmedikleri ülkelerden biri oluşuydu, hiç değilse orada rahat edebileceğini düşünüyordu. Ellen zavallı kuzey halkının güneş yüzü görmeye aç olduklarından söz eder, o yüzden kış tatilini hep Meksika gibi sıcak ülkelerde ya da tropikal iklime sahip okyanus adalarında geçirmek istediğini söylerdi. Ben onun bu isteğini gerçekleştirmişti, Ellen'ın buğday teninin altın sarısına döndüğünü, her gün birbirlerine sarılıp güneşin ve denizin tadını çıkartırlarken herkesin onlara gıptayla baktıklarını hatırlıyordu. Güney halkı birbirlerine çok yakıştırdıkları için olsa gerek onlara hep gülümseyerek bakıyordu. Ben de onlara aynı şekilde karşılık vermek istiyor ama çekingen yapısından dolayı yapamıyordu; oysa Ellen onlara son derece sıcak ve cömert davranıyor, kolaylıkla arkadaşlık kurabiliyordu.

"Noel'de İrlanda'ya gidiyorum." İşyerindeki arkadaşlarına bunu açıklarken ses tonundan oldukça kararlı olduğu anlaşılıyordu. "Bundan böyle az iş, çok tatil." Kendinden oldukça emin konuşuyordu. Meslektaşlarına baktı, hepsinin yüzünde ondaki bu ani değişikliği görmenin şaşkınlığı okunuyordu. Bunun mucizevi bir gelişme olduğunu düşünüyorlardı, hayret içindeydiler. Bundan birkaç ay önce biri kalkıp onun yakında bir tarihte İrlanda'ya gideceğini, üstelik az çalışıp çok tatil yapmayı planladığını söylese hiçbiri buna inanmazdı. Üstelik Ben bunu birilerinin zorlamasıyla değil, kendi isteğiyle yapıyordu. Doğrusu hayret vericiydi. Ben ise onların bu derece hayret etmesine şaşırmıştı. Neden insanlar genelde birilerinin derdiyle aşırı ilgilenip durumunu abartır, sonra da bu krizi aştığını görünce hayal kırıklığına uğramış gibi şaşırırlardı? Bu garip çelişkiyi hiçbir zaman anlayamamıştı.

Sonuçta seyahat acentesine girip tatil için yer ayırtmıştı. Bankoda görevli olan esmer, minyon tipli kız onunla ilgilenmişti. Burnunun üzeri çil doluydu, Ben bunu görünce Ellen'ın da yazın burnunun üzerinin çillendiğini hatırlamıştı. Ama soğuk bir kış günü New York gibi ıslak bir şehirde çilli birini görmek garibine gitmişti. Kızın yakasında takılı isimlikte Fionnula yazıyordu.

"Pek duyulmuş bir ad değil" dedi Ben. Bunu söylerken İrlanda'daki Noel tatilinin detayları hakkında gerekli doküman ve broşürleri ona göndermesi için kartvizitini uzatmıştı.

"Ah, İrlanda'ya gittiğinizde sizin gibi düzinelerce kişiyle karşılaşacaksınız" dedi kız. "Siz de mi kimsenin gitmediği yerlere kaçmak isteyenlerdensiniz?"

Ben birden şaşırmıştı, böyle bir soruyla karşılaşmayı hiç beklemiyordu.

"Neden böyle bir soru sorma gereği duydunuz?" Ben kızın bu tespitine çok şaşırmıştı ve nedenini bilmek istiyordu.

"Çok basit, bana verdiğiniz kartvizitte başkan yardımcısı olduğunuz yazılı, sizin gibi insanlar rezervasyonlarını kendileri yapmaz, bu gibi işlerden sorumlu adamları vardır. Sizse bu işle bizzat ilgileniyorsunuz, gidişinizin ardında bir sır yattığı anlamına geliyor bu."

Kızın ilginç bir İrlanda aksanı ve yumuşak bir ses tonu vardı. Ben onunla konuşurken kendisini bir an oraya gitmiş gibi hissetmişti. Anlaşılan kızın ülkesindeki insanlar hiç beklenmedik sorular sormaya ve cevaplarıyla yakından ilgilenmeye pek meraklıydı.

"Evet doğru, buradan kaçmak istiyorum, ama bir kanunsuzluk yapmak için değil, iş arkadaşlarım ve meslektaşlarımdan bir süre uzaklaşmak için; ama doğruyu söylemek gerekirse bundan böyle az çalışıp çok tatil yapmayı planlıyorum."

"Size eşlik edecek kimse yok mu? Neden onu da yanınızda götürmüyorsunuz?"

"Yok, karım geçen nisan vefat etti." Ben sinirlendiği için ses tonu biraz asabi, hatta kaba çıkmıştı; bunun tek nedeni daha önce böyle bir soruyla hiç karşılaşmamasıydı.

Ama bu sorular Fionnula'nın müşterisinin karakter yapısını çözmesi için yeterli olmuştu.

"O halde fazla hareketli bir program istemiyorsunuz."

"Hayır, sadece tipik bir İrlanda Noel'i yaşamak istiyorum."

"Tamam ama size şimdiden kayda değer bir şey olmadığını söylemeliyim, yani oradaki Noel ile Amerika'da geçirdiğiniz Noel arasında pek bir fark yok. Ama karar sizin, eğer niyetiniz sadece tek bir şehre gitmekse, sizin için otel rezervasyonu yaptırabilirim. Otellerde Noel için paket program uygulanır, ayrıca şehrin ünlü barlarını gezip İrlanda folkloruna ait gösteriler de izleyebilirsiniz... ya da tüm ülkeyi dolaşıp değişik sporlar yapabilir, sürek avı turlarına katılabilirsiniz. İsterseniz bir ev kiralayıp kimseyle muhatap olmadan da yaşayabilirsiniz, ama hemen söylemeliyim ki bu size kendinizi çok yalnız hissettirebilir."

"O halde ne öneriyorsunuz?"

"Bilmem, sizin hoşlandığınız şeyleri bilmeden bir fikir veremem, bunun için öncelikle bana kendinizden söz etmelisiniz." Kızın tavrı son derece doğal ve dürüsttü.

"Sanırım her müşterinize bu hizmeti verdiğinize inanmamı beklemiyorsunuz, aksi takdirde rezervasyondan önce üç haftalık bir araştırma yapmanız gerekir."

Fionnula ona anlamlı bir şekilde bakmıştı. "Her müşteriye değil, bu hizmeti sadece size vereceğim. Bana eşinizi kaybettiğinizi söylediniz, bu çok farklı bir şey, bu durumda sizi doğru adrese göndermek bizim için çok önemli."

Ben de bunun çok doğru bir karar olduğunu düşünmüştü. Evet karısını kaybetmişti ve bunu her hatırladığında olduğu gibi yine gözleri yaşla dolmuştu.

"Sonuçta ailelerin tercih ettiği bir yer istemiyor olmalısınız, değil mi?" diye sordu Fionnula, o sırada onun ağlamak üzere olduğunu fark etmiş ama başını çevirip görmezden gelmişti.

"Evet, mümkün olduğunca uzak olsunlar, onlar da benim gibi tatsız biriyle aynı yerde olmak istemeyeceklerdir."

"Peki bu sizin için zor olmayacak mı?" diyerek tüm samimiyetiyle sormuştu Fionnula.

"Dünyanın yarısı bu sorunla başa çıkmayı başarıyorsa, ben de başarmak zorundayım. Ve bir gün mutlaka başaracağım. Ama sanırım bu şehirde kalarak değil, çünkü burada yakınlarını kaybedenlerin sayısı diğerlerine nazaran daha fazla." Bunları söylerken yine içine kapandığı görülüyordu.

"Bence siz orada babamla kalmalısınız" dedi kız.

"Ne?"

"Eğer kabul ederseniz bana çok büyük bir iyilik yapmış olacaksınız. O sizden çok daha içine kapanık ve insanlardan tamamen uzak kalmayı tercih eden biri. O da sizin gibi Noel'i tek başına geçirmek istiyor."

"Ah, evet anlıyorum, ama..."

"Ve şu anda bir çiftlikte iki büyük İskoç çoban köpeğiyle birlikte yaşıyor, her gün önündeki kumsalda kilometrelerce yol kat edip bir bara gidiyor ama çiftliğe bir Noel ağacı bile almak istemiyor, çünkü kendisinden başka seyredecek kimse olmayacağını söylüyor."

"Peki sen niye onunla birlikte kalmıyorsun?" Gösterdiği içtenlik bu soruyu sorma cesareti vermişti Ben'e.

"Çünkü anavatanımdan buraya, New York City'e kadar bir adamın peşinden geldim. Beni sevdiğini ve her şeyin yolunda gideceğini sandım."

Ben, her şeyin yolunda gidip gitmediğini sorma gereği duymamıştı. Ama Fionnula çok geçmeden açıklamıştı: "Babam zor şeyleri sever, beni de öyle yetiştirdi; o yüzden ben buradayım, o da orada."

"Ama istediğin zaman onu arayabilirsin, o da seni arayabilir."

"Bu sandığın kadar kolay değil, ikimiz de telefonun yüzümüze kapanmasından korkuyoruz. Aramazsan böyle bir durumla karşılaşmazsın."

"O halde uzlaştırıcı olmaya hazırım" dedi Ben.

"Bunu sizin gibi temiz yüzlü ve hassas birinden başkasının yapamayacağını biliyorum zaten."

* * *

Çoban köpeklerinden birinin adı Günbatımı, diğerinin adı Yosun'du. Niall O'Connor onu çiftliğine kabul ederken evinin yeterince lüks olmayışından dolayı özür diledikten sonra köpeklerin ikisine de bu aptal adları yıllar önce kızının koyduğunu söylemişti, ama işte insan kaderini bir köpekle paylaşmak zorunda kalabiliyordu bazen.

"Ya da kızıyla..." dedi Ben, uzlaştırıcılık görevini unutmamıştı.

"Evet, tabii bu da mümkün" dedi Fionnula'nın babası.

Kasabaya inip birlikte alışveriş etmişler, Noel yemeği için biftek, soğan, krem peynir, dondurma, çikolata gibi şeyler almışlardı. Arife gecesi küçük kilisedeki kutsal şaraplı ekmek ayinine katılmalarının ardından Niall O'Connor ona kendi karısının adının da Ellen olduğunu söylemiş, ikisi de gözyaşlarına boğulmuştu. O geceki ağlama ve dertleşme faslının ardından, ertesi gün gözyaşlarını unutup biftek pişirmek için kollarını sıvamışlar, sonra civardaki tepelere çıkıp göllerin çevresinde tur atmışlar, Fionnula'nın babası ona komşularından öğrendiği dedikoduları aktardığında kahkahalarla gülmüşlerdi. Dönüş tarihini sorduğunda Ben henüz karar vermediğini söylemişti.

"Bunun için Fionnula'yı aramam gerekiyor."

"Doğru, ne de olsa o senin acenten" dedi Niall O'Connor.

"Senin de öz kızın" dedi Ben.

Fionnula telefonda New York'un tıpkı İrlanda gibi çok soğuk olduğundan, ama orada olduğu gibi iki haftalık tatil boyunca dükkânların kapalı olmadığından söz etmişti.

"Bu gerçekten harika oldu, benim için tipik bir İrlanda Noel'iydi" dedi Ben. "Aslında kalıp tipik bir İrlanda yeni yılını da yaşamak isterdim.... ama biletim ona göre kesilmiş, öyle değil mi?"

"Ben, biletin açık, istediğin gün dönebilirsin. Bunun için beni araman yeterli, biliyorsun değil mi?"

"Biz de senin buraya geleceğini, yeni yılı bizimle birlikte geçirmek isteyeceğini ummuştuk."

"Ummuştuk derken..."

"Yani Günbatımı, Yosun, Niall ve benle birlikte tam dört kişinin umudundan söz ediyorum" dedi Ben. "Buna inanman için onları telefona verirdim ama köpekler uyudu, sadece Niall ayakta ve seninle konuşmak istiyor."

Telefonu Fionnula'nın babasına uzatmış, onlar konuşurken dışarı çıkıp Atlantik Okyanusu'na bakmıştı. Gökyüzü yıldızlarla doluydu. Bir yerlerden Ellen'ın ona gülümseyerek baktığını görüyordu. Anlaşılan yaşadığı bu değişikliğe o da çok memnun olmuştu. Derin bir soluk alıp rahatlamıştı, geçen ilkbahardan beri ilk kez huzurlu ve özgür hissediyordu kendini.

Umut Dolu Bir Yolculuk

Meg bu yıl Noel tatili için 11 aralıkta Avustralya'ya gideceğini açıkladığında, iş arkadaşlarının bariz şekilde onu kıskandıklarını görmüştü.

"Orada hava çok sıcak olmalı" demişlerdi.

Evet, Noel'i ilk kez sıcak bir havada karşılamak onun için büyük değişiklik olacaktı ama yine de buradaki dondurucu soğuğu, Londra'nın ıslak caddelerindeki kalabalığı, dakikalarca kilitlenen trafiği, her ne kadar ticaret koktuğu bilinse de o heyecanlı alışveriş telaşını özleyecekti.

"Şanslı Meg" demişti özellikle genç olanlar. Bunu söyleyenlerin çoğu yirmili yaşlardaydı ve Meg onu gerçekten kıskandıklarını görünce gülmemek için kendini zor tutmuştu. Şu anda tam elli üç yaşındaydı, gerçi çok yaşlı değildi ama birlikte çalıştığı çocuğu yaşındaki bu insanların gözle görülür kıskançlığı, onun hâlâ genç görünümlü ve çekici biri olduğunu kanıtlıyordu. Üstelik oldukça deneyim sahibi, güçlü ve saygın. Hepsi onun Avustralya'da yaşayan evli bir oğlu olduğunu biliyordu, ama bugüne kadar onunla pek ilgilenmemişlerdi. Çünkü çocuk buraya, öz vatanına gelip annesini hiç ziyaret etmemişti. O yüzden evli ya da bekâr olması onlar için önemli değildi, tek bildikleri Avustralya'da yaşayan oğlu Robert'ın yakışıklı bir çocuk olmasıydı. Aslında Robert yakışıklılığının dışında vasıfları olan bir gençti; okulunu birincilikle bitirmiş, çok başarılı bir öğrencilik dönemi geçirmişti, tüm notları A idi. Yirmi beş yaşına geldiğinde Rosa adında Yunan asıllı bir kızla evlenmişti, ama Meg geliniyle hiç tanışmamıştı.

Robert mektubunda nikâh töreninin sessiz geçtiğini yazmış, ama Meg elindeki fotoğraflara baktığında tersini düşünmüştü. Yunan gelinin belki düzinelerce akrabası ve arkadaşı olduğu görülüyordu ama damadın ailesi yoktu. Çünkü çağrılmamıştı. Meg telefonda sesini mümkün olduğunca sakinleştirmeye çalışıp bunun nedenini oğluna sorduğunda, Robert ona her zamanki soğukkanlılığı ve klişeleşmiş cümlesiyle cevap vermişti.

"Telaşlanma anne."

Meg onun bu cümleyi ilk kurduğunda beş yaşında olduğunu hatırlıyordu, kanlar içinde paramparça olmuş dizini sargı beziyle temizlerken kendisini neredeyse bayılacak gibi hissettiğinde Robert ona sakin olmasını söylemişti.

"Rosa'nın tüm akrabalarının geleceğini bildiğim için haber vermedim, çünkü babamla birlikte binlerce kilometre kat edip buraya geldiğinizde, onlar varken sizinle yeterince ilgilenemeyecektim. Üstelik o kadar büyütülecek bir olay da değildi, ama ilk fırsatta sizi çağıracağım, o zaman uzun süre birlikte olur, hasret gideririz."

Tabii ki çok haklıydı. Robert nikâhta davetlilerin çoğunun Yunanca konuştuğunu söylemişti. Meg oraya gittiğinde büyük olasılıkla eski kocası Gerald ve küçük şımarık karısıyla da karşılaşacaktı. Bu, onlarla konuşurken asla hoşgörü gösteremeyeceği ve sonuçta mutlaka kavgaya girişecekleri anlamına geliyordu. Evet, Robert gerçekten haklıydı, böylesi çok daha iyi olmuştu.

Ve işte şimdi söz verdiği üzere annesini oraya davet etmişti. Böylece bugüne kadar fotoğrafına bakmakla yetindiği esmer, minyon tipli Rosa'yla nihayet tanışacak, bir ay süreyle iç içe olacağı güneşin tadını doyasıya çıkaracak, dergi ve televizyonlarda gördüğü yerleri gezebilecekti. Okyanus aşırı uçak yolculuğundan dolayı üzerindeki sersemliği atar atmaz ona bir hoş geldin partisi de düzenleyeceklerini söylemişlerdi. Meg bunun bir tür yolculuk hastalığı olduğunu ve etkisinin iki gün kadar sürdüğünü biliyordu; ama Meg'in yaşından ötürü epey yorulacağını düşündüklerinden olsa gerek bu süreyi dört güne çıkartmışlardı.

Robert ona heyecanla yazdığı mektupta Rosa ile birlikte ona gerçek Avustralya'yı gezdireceklerinden söz ediyordu. Aslında Meg kıyı köşe turistik bir tur yapmak istemiyordu, oğlunun yaşadığı yeri şöyle bir görmek onun için yeterliydi. Doğruyu söylemek gerekirse, bütün gün dolaşmaktansa evin önündeki küçük bahçede oturup komşularıyla ortaklaşa kullandıkları yüzme havuzunda keyif çatabileceğini söylemelerini dört gözle bekliyordu. Meg'e göre en güzel tatil buydu ve yıllardan beri kışın ortasında bu kadar güneşli bir tatil yapmamıştı. Hatta hiç tatil yapmamıştı. Gençliği oğlunun ihtiyaçlarını temin etmek için durmadan çalışıp

para biriktirmekle geçmiş, her delikanlı g
özendiği giysi, bisiklet gibi şeyleri ona alab
sının yokluğunu hissettirmemek için elin
rald oğlunu sadece yılda üç kez görür,
sözler ve hayallerle kandırıp giderdi. Bi
ki bir gitar getirmişti. Robert bu enstrüm
du, nitekim Avustralya'da üniversite eğitimi yaptığı dön
harçlığını çıkarabilmek için barlarda gitar çalmaya başlamış, o sırada Rosa'yla tanışmıştı. Meg o günlerde oğlunun yazdığı mektuplarda hayatının kadınına rastladığından, ona ilk görüşte âşık olduğundan ve ömrünün sonuna kadar onu seveceğinden söz ettiğini hatırlıyordu.

Meg'in çalışma arkadaşları birleşip ona Noel hediyesi olarak şık ve kullanışlı bir valiz almışlardı. Uzun süreliğine yurtdışına çıkacak ihtiyacı olacak eşya için idealdi. Meg havaalanında kontrolden geçerken görevlilere verdiği valizin arkadaşları tarafından alındığına hâlâ inanamıyordu. Bugüne kadar aldığı en güzel Noel hediyesiydi.

Uçak oldukça kalabalıktı, seyahat acentesi yetkilileri ona bunun nedenini açıkladıklarında Meg çok şaşırmıştı; yılın bu zamanında yadigarların hepsinin güneye yolculuk yapmayı tercih ettiklerini söylemişlerdi.

"Yadigarlar?" Meg bunun ne demek olduğunu anlayamamıştı.

"Yani sizin gibi yaşlı insanlar, büyükanneler, büyükbabalar" demişti bankodaki genç adam.

Meg, gelini Rosa'nın hamile olup olmadığını çok merak ediyordu, eğer öyleyse onunla birlikte gezemeyecekti. Ama bunu ona sormayacaktı, sormamalıydı. Bu konuda soru sormamasını söylüyordu kendine sürekli; hamile değilse Rosa'nın bu sorudan tedirgin olacağı kesindi.

Uçaktaki yerine oturduğunda, yanına iriyarı bir adam düşmüş ve hemen tokalaşmak üzere elini uzatıp ona kendisini tanıtmıştı. "Bir süre sonra ikimiz de uykuya dalıp sürekli uyku halinde olacağımız için şimdiden birbirimizin adını öğrensek fena olmaz diye düşündüm" dedi adam, yayvan bir İrlanda aksanıyla konuşuyordu. "Ben Wicklow'dan Tom O'Neill."

"Ben de Londra'dan Meg Matthews" diyerek onunla tokalaşırken, geri kalan yirmi dört saatlik uçuş boyunca adamın onunla bir daha konuşmamasını ummuştu. Çünkü düşünmeye ihtiyacı vardı. Robert'ın "Telaşlanma anne" demesine gerek kalmayacak şekilde davranması için kendisini sakin olmaya hazırlamalıydı.

...günün tam tersine Wicklow'dan Tom O'Neill'in sessiz ve ...ır seyahat arkadaşı olduğunu görmüştü. Adam önüne kü... bir satranç takımıyla bir kitap açmış, gözlüklerini burnunun ...erine düşürmüş, en ideal hamleyi yapmaya hazırlanıyordu. Meg'in ise kucağında dergisi ve romanı kapalı bir şekilde duruyordu. Okumaktan çok düşünmeyi tercih ediyordu. Robert'a yılda ne kadar kazandığını ya da iki yıllık üniversite eğitiminden hemen sonra gittiği Avustralya'da çalıştığı kafede karşılaştığı Rosa'yla apar topar evlendiği için yarım bıraktığı akademik kariyerine tekrar geri dönüp dönmeyeceğini sormayacaktı. Meg bunu defalarca içinden tekrar edip kendini böyle tehlikeli sorular sormamaya ikna ediyordu. Oğluna neden sık sık telefon etmediğini, en önemlisi içine dert olduğu üzere neden Rosa'yla evlendikleri gün nikâhına davet etmediğini de sormayacaktı. O dönemde kendini ne kadar yalnız hissettiğini ona asla söylememeye söz verirken dudaklarının sürekli kıpırdadığının farkında değildi.

"Telaşlanmanıza gerek yok, sadece ara sıra tirbülansa giriyor" dedi Tom O'Neill, rahatlatmaya çalışıyordu.

"Pardon, anlamadım?"

"Deminden beri sürekli Rosary dediğinizi duyuyorum. Bunun üzerine ben de size tespihe ihtiyaç duyacak kadar vahim bir durum olmadığını, telaşlanmamanızı söylemek istedim. Tespih genelde daha kötü durumlarda gerekir" diyerek ona samimi bir şekilde gülümsemişti.

"Tespih mi? Hayır, ben ondan söz etmiyordum, ama hazır söz açılmışken, ne zaman kullanılır?"

"Belli bir zamanı yoktur, ama bildiğim kadarıyla bir defada en az elli tane çekmek gerekir. İnsanlar kötü zamanlarda tespih çektiklerinde içlerinde büyük bir ferahlık hissedip huzura kavuşacaklarını düşünürler, zamanı önemli değildir."

"Siz de çeker misiniz?" diye sordu Meg.

"Son zamanlarda değil, ama gençken çekerdim. O sihirli bir şey. Onun sayesinde ne atlar, ne köpekler, pokerde ne paralar kazanmıştım. Bu büyü bir hafta boyunca devam etmişti" diyerek yüzündeki mutlu ifadeyle ona bakmıştı.

"Umarım bu tip aptalca şeyler için tespih çektiğinizi söylemeyeceksiniz. Tespih bir ibadet aracıdır, kumar için kullanılamaz."

"Ama uzun vadede işe yarayan bir şey değil" demişti Tom, yüzündeki mutlu ifadenin yerini birden hüzün almış ve tekrar satrancına dönmüştü.

Meg yolculuk boyunca onun çok az yiyip hiç içki içmediğini

görmüştü, sadece bardak bardak su içiyordu. Bunun üzerine Meg birden ona dönüp bu konuda yorum yapma gereği duymuş, bu kadar yükseklikte yemek yemenin başlı başına bir zevk olduğunu, içkininse uyumaya yardımcı olduğunu söylemişti.

"Ama oraya vardığımızda formda görünmemiz gerekiyor" dedi Tom. "Bunun için bütün sırrın kovalar dolusu suda saklı olduğunu okumuştum."

"Ne kadar ilginç noktalarda dolaşıyorsunuz, çok değişik bir yaşam felsefeniz var" dedi Meg, ona yarı hayranlık, yarı eleştirel bir ifadeyle bakmıştı.

"Biliyorum" dedi Tom O'Neill. "Hayatım boyunca ya lanetlenmiş, ya da kutsanmışımdır."

Daha on beş saatlik yolları vardı. Meg ona hayatıyla ilgili bir hikâye anlatmasını söyleyip çene çalmak için cesaretlendirmek istemiş, ama kendisi hakkında konuşmak istememişti; en azından şimdilik. Çünkü daha yolun başında sayılırlardı, bunu belki yolculuğun bitmesine üç dört saat kala yapabilirdi. Tom ona asi bir kızın hikâyesini anlatmaya başlamıştı. Bu kız onun kızıydı ve annesi ölmüştü. Tom onu tek başına kontrol edemiyordu, çünkü kafasına eseni yapıyor, istediği gibi hareket ediyordu. Şu anda Avustralya'da yaşıyordu. Bir adamla birlikte. Ama bu adam onun kocası değildi ve alenen aynı evi paylaşıyorlardı. Kızı aralarında özel bir anlaşma olduğunu, liberal, çok modern bir yaşantı sürdüklerini söylüyordu. Kanundışı bir şey yapmıyorlardı, üstelik Avustralya hükümetine de bunu gururla bildirmişlerdi. Tom bunları söylerken başını esefle iki yana sallamıştı, ona çok kızgındı.

"Sanırım bunu kabul etmekten başka seçeneğin yok. Yani bu konuda savaş açarsan kaybeden sen olursun demek istiyorum" dedi Meg. Ama evladı söz konusu olduğunda bir ebeveynin bu aykırılığı kabullenmesinin o kadar da kolay olmadığını biliyordu. İnsanlar kendi başlarına gelmeyen bir şey hakkında başkalarına rahatlıkla akıl verirlerdi, ama bunu ancak o derdi yaşayan anlardı. Dönüp ona Robert'tan söz etmişti, onu nikâh törenine çağırmadığı için çok gücendiğini anlatmıştı. Ama Tom O'Neill ona aslında oraya çağrılmamakla çok şanslı olduğunu söylemişti, yoksa o öyle düşünmüyor muydu? Çünkü eğer gitseydi eski kocasıyla karşılaşacağı yetmiyormuş gibi, hiç alışık olmadığı bir dilde konuşup kafa şişiren bir kalabalığın içinde kalacaktı. O zaman gidip pişman olmak yerine şimdi gitmesi çok daha iyiydi. Nikâh günü diye bir şey mi vardı? O da diğer günler gibi sıradan bir gündü, ama oğlunun aşırı yoğun olduğu, bu yüzden onu görüp rahatlıkla hasret gidereceği bir gün değildi. Hepsi bu. Bunu kesinlikle böyle düşünmeliydi. Onun kızının adı da Deirdre'ydi. Güzel ve çok eski bir İrlanda adıydı, ama o kendisine kısaca Dee denmesini istiyordu; erkek arkadaşının adı da Fox'tu. Neden insanlar adlarını kısaltıp kuşa benzetmekten ya da bir yığın ad dururken oğullarına hayvan adı koymaktan hoşlanırlardı? Bir türlü anlamış değildi.

Siyah uyku bantlarını gözlerinin üzerinden kaldırdıklarında havanın aydınlandığını görmüşlerdi. Portakal suyu ve sıcak havlu servis ediliyordu. Bu durum yolculuğun sonunu işaret ediyordu. Meg ile Tom birbirlerini çok eski iki arkadaş gibi hissediyordu. Çok geçmeden uçak piste indiğinde, valizlerini beklerken birbirlerine son nasihatleri vermeyi ihmal etmemişlerdi.

"Sakın nikâh günü neden davet edilmediğinden söz etme" diyerek Tom onu uyarmıştı.

"Sen de sakın nikâhsız birliktelikleri yüzünden günah işlediklerinden söz etme. Bunu söylemekle onların bundan bir anda pişmanlık duymalarını sağlayamazsın, çünkü senin gibi düşünmüyorlar" demişti Meg.

"Sana adresimi yazdım" dedi Tom.

"Teşekkürler, teşekkürler" demekle yetinmişti Meg, karşılığında hemen ona oğlunun adresini vermesi gerektiğini biliyordu ama bunu yapamamıştı, bu yüzden kendini suçlu hissediyordu. Bunu yapamamıştı çünkü uçakta tanıştığı bir İrlandalıya ev adresi ve telefonunu vererek Robert'ın gözünde küçülüp, komik duruma düşmek istememişti.

"Üzerinde telefon numaram da yazılı... beni istediğin zaman arayabilirsin" dedi Tom, ama Meg onun sesinden hayal kırıklığı yaşadığını anlamıştı, büyük olasılıkla adresini vermediği için onu samimiyetsiz bulmuştu.

"Evet, evet, bu çok iyi fikir" dedi Meg.

"Bir ay kısa bir zaman sayılmaz" dedi Tom.

Bu süre içinde kısa da olsa birbirleriyle konuşma imkânı doğacağını düşünüyorlardı. Şu anda Avustralya'daydılar, her ikisi de çocuklarıyla karşılaşacak olmanın heyecanını ve gerginliğini yaşıyordu. Ama ilk coşku geçtiğinde, geriye oldukça uzun bir zaman kalacaktı.

"Ama Randwick oldukça uzak" dedi Meg.

"Hayır, hayır, eğer benimle bir fincan kahve içmek istediğini söylemek için ararsan, buna çok sevinirim, belki biraz yürüyüş yapar, çene çalarız."

Tom onu kaybedecek olmanın korkusunu yaşayan bir çocuk

gibiydi. Birbiri ardına bardaklar dolusu su içip dinç kalarak, aklınca Fox gibi bir adamla eşit şartlar altında karşılaşmak istiyordu. O tam adını söylemek varken kızını Dee olarak çağırmayı istemeyen ve onun saçma bir anlaşma çerçevesinde ne olduğu belirsiz bir adamla nikâhsız birliktelik yaşamak yerine resmen evli olmasını tercih eden, zamane insanlarına göre eski kafalı bir adamdı. Ama Meg'in onu anladığını ve koruması altına aldığını hissediyordu.

"Tamam o halde, seni arayacağım. Aslında her ikimiz de bu kültür şokunu atlattıktan sonra, büyük olasılıkla kaçmaya ihtiyaç duyacağız" dedi Meg.

Ona endişeyle baktığını ve o sırada alnının üzerinde kırışıklar oluştuğunu biliyordu, ne zaman aşırı heyecanlanıp telaşlansa, çalışma arkadaşları ona farkında olmadan kaşlarını çattığını söylerdi. Oğlunun da telaşlanmamasını söylemesinin nedeni, bir anda karmakarışık olan yüzünün bu aşırı sert ifadesi olmalıydı. Bu iyi kalpli ve dürüst adamla sohbete devam etmeyi çok isterdi, neden sanki havaalanının kafeteryasında oturup yarım saat daha konuşamıyorlardı? Hiç değilse daha önce yaşamadıkları farklı bir Noel hakkında konuşup hazırlık yapmış olurlardı. Meg birden ikisinin de hikâyesinin ve buraya geliş amaçlarının aynı olduğunu fark etmişti. Tom da tıpkı kendisi gibi buraya evladını görmek için gelmişti; Dee'yi görmek için. Aslında onun birlikte yaşadığı adamın Fox olması ya da resmen evli olup olmamaları fazla umurunda değildi. Meg için de aynı şeyler geçerliydi. Buraya Robert için gelmişti. Geliniyle tanışmak onun için o kadar da önemli değildi, ona nikâha çağırılmadığı için alındığını belli etmeye de niyeti yoktu. Benzer bir kaderi paylaştıkları için olsa gerek Tom'u tekrar görmeyi, en azından her şeyin yolunda gidip gitmediğini öğrenmeyi çok istiyordu. Yıllardan beri yakın arkadaş olsalar ancak bu kadar ısınabilirlerdi birbirlerine. Ama ikisinin de dul ve orta yaşlı olması, üstelik uçakta tanışmış olmaları, büyük olasılıkla spekülasyonlara neden olacaktı. Özellikle Robert ona zavallı gözüyle bakıp acıyacaktı, belki de Rosa bunun harika bir şey olduğunu söyleyip mutlu olabilir, kayınvalidesinin uçakta kendisine bir erkek arkadaş bulmasının onları rahat bırakacağı anlamına geldiğini düşünebilirdi. Ama öyle bile olsa kendisini karşılarında küçük hissedeceği kesindi. Bunların hiçbiri olmayabilirdi de; böyle olumsuz şeyler düşündüğü için birden kendisinden utanmıştı.

"Deirdre'ye şeyi söylemem gerektiğini düşündüm, yani Dee'ye, Tanrım onun adının Dee olduğunu unutmamalıyım" diye söze başlamıştı Tom, ama sonra birden duralamıştı.

"Neyi?"

"Ona seninle eskiden beri çok iyi iki arkadaş olduğumuzu. Beni anlıyorsun değil mi?"

"Anlıyorum" diyerek ona sıcak bir şekilde gülümsemişti Meg. Aslında fazla konuşmalarına gerek yoktu. Bakışlarının çok şey ifade ettiği ortadaydı. Eğer yakın iki arkadaş olurlarsa, biraz daha birbirlerini tanıyıp haklarında bilmedikleri şeyleri öğrenebilirlerdi. Ama bunun için çok geçti. Valizlerini koydukları el arabalarını çıkış kapısına doğru sürerlerken, orada birikmiş kalabalığın arasında çocuklarını arıyorlardı. Çoğu yanık tenli gençlerden oluşuyordu, onlar da aynı heyecanla uzun bir yolculuk sonrası kıtaya ayak basan büyükanne ve büyükbabalarını bekliyorlardı. Çocuklar çığlık çığlığa onların adını seslenirken, bir yandan da görmeleri için el sallıyorlardı. Çıkış kapısına doğru iyice yaklaştıkça kıtada yaz mevsiminin en sıcak günlerinin yaşandığı hissediliyordu.

Meg bir anda uzun bacaklarıyla Robert'ın orada durduğunu görmüştü. Üzerine bermuda bir şort giymiş, kolunu ufak tefek bir kızın omzuna atmıştı. Kızın iri gözleri ve siyah bukleli saçları vardı, onu beklerken endişe içinde dudağının kenarını kemirdiği görülüyordu. Çok geçmeden ikisi de Meg'i görüp bağırmaya başlamışlardı. "İşte orada!" Sanki bunca saattir ondan başka kimse bu yolculuğu yapmamış, tek tezahürata layık kişi oymuş gibi bağıra çağıra, büyük bir coşku içinde onu kucaklarken Rosa ağlamaya başlamıştı.

"Ah, çok gençsin, kayınvalide olmak için çok gençsin" diyerek onun sırtını sıvazlarken, gelininin bu sözlerinden gururlanan Meg de ağlamaya başlamıştı. Robert onlara sarılıp ikisini de sakinleştirmeye çalışırken, bu kez annesine telaşlanmamasını söylememişti. Kolunu oğlunun omzuna koyan Meg, o sırada az ötelerinde duran Tom O'Neill'ın güzel kızını görmüştü, ama hiç de babasının söylediği gibi asi ve vahşi tabiatlı biri gibi görünmüyordu. Dee o sırada gayet medeni bir şekilde Tom'a erkek arkadaşını tanıştırıyordu. Oldukça utangaç, yuvarlak yüzlü, kırmızı saçlı, gözlüklü bir genç adamdı. Büyük olasılıkla müstakbel kayınpederiyle ilk kez tanışacağı için olsa gerek, zorunlu olarak giydiği ama hiç alışık olmadığı her halinden anlaşılan takım elbisenin içinde rahat değildi, boynuna bağladığı kravat bile eğreti duruyordu. Tom o sırada çocuğun saçlarını işaret edip şaka yapmıştı, saçlarından dolayı adının kırmızı tilki olduğunu söylemiş olmalıydı, ya da söylediği her neyse, hepsi birden yerlere düşecek gibi gülüyorlardı.

Robert'la Rosa bir yandan gözyaşlarını silerken diğer yandan gülüyor, bu arada hep birlikte park yerindeki arabaya doğru yürüyorlardı. Meg yol arkadaşı Tom O'Neill'ı son kez görmek için geriye dönüp baktığında onunla göz göze gelmişlerdi. Onunla uçakta tanışmıştı ama kırk yıldır tanıyor gibiydi. O sırada Tom da aynı şeyi düşünüyordu, belki şu an ailelerini birbirleriyle tanıştıramıyorlardı ama bu önemli değildi. Nasılsa bir ay boyunca Avustralya'da olacaklardı, belki iki, üç kez buluşabilirlerdi; gençler gibi her dakika buluşacak halleri yoktu. Bir ay kısa bir zaman değildi ve yapacak başka bir şeyleri olmadığı için buna rahatlıkla zaman ayırabilirlerdi. Dahası ikisi de bu değişik iklimde, bu değişik kıtada aileleriyle birlikte Noel'i kutlayacaklardı, üstelik dünyanın yarısından çoğunun kutladığı zamandan farklı olarak.

Mutluluk Nedir?

Okulda herkes ona Parny demesine rağmen, Katy ve Shane Quinn tipik bir İrlandalı olan oğullarının gerçek adının tıpkı ünlü lider gibi Parnell olduğunda ısrar ediyor, bu arada onlara Parnell Monument'ın kim olduğunu da açıklıyorlardı. Ancak ne gariptir ki İrlandalı oldukları halde hiç kimsenin lider hakkında onlar kadar kapsamlı bir bilgiye sahip olduğuna şahit olmamışlardı. Daha doğrusu bu konuda ortada dolaşan dedikodulardan olsa gerek, onu pek önemsemedikleri görülüyordu. Ne zaman liderlik yapmış, niçin ona bu unvan verilmişti? Hiçbir şey bilmiyorlardı. Aslında Parny Dublin'e ilk geldiklerinde ondan çok etkilendiklerini hatırlıyordu, ama sonra onun bir Protestan, dahası kadın düşkünü bir zampara olduğunu öğrendiklerinde bir anda sevgileri nefrete dönüşmüş, bunun halkın uydurduğu gerçekdışı bir hikâye olmasını umut etmişlerdi. Parny Dublin'i çok sevmişti, küçük ama doğal kültür dokusunu kaybetmemiş bir şehirdi. Yaşadığı ülkenin insanlarıyla karşılaştırıldığında halkı fakir sayılırdı, o yüzden çoğu Noel'de şehrin merkezine inip eğlenme şansına sahip değildi. Onlar için Noel'i evde sıcak bir kap yemek yiyerek geçirmek, yağmur sularıyla dolu sokaklarda aylak aylak dolaşmaktan daha iyiydi. Çok daha iyi.

Buraya asıl geliş nedenleri kaçmaktı. Çünkü sürekli olarak eve babasının işlettiği otelin resepsiyon memuru olan o kadın geliyordu. Özellikle Noel zamanı huzurlarının bozulmasına neden olan kadının adı Esther'di. Dokuz yıldır babasıyla çalışıyordu, neredeyse Parny'nin bebekliğinden beri. Babası onun başarılı bir resepsiyon memuru olduğunu söylüyordu, ama özel hayatının aynı derecede parlak olduğu söylenemezdi. Babasına göre kadın yalnız ve mutsuz olduğu için böyle garip davranıyordu, annesine göre o kocasına kafayı takmış çatlağın tekiydi. O yüzden sık sık kapılarına gelip eşikteki merdivenlere oturarak avazı çıktığı kadar ağlıyor, her defasında annesiyle babası komşuların şikâyet etmesinden korkup onu içeri almak zorunda kalıyordu. Esther pencereyi açıp zırlamaması için ikaz eden komşulara bile bağırarak karşılık veriyor, camlarına taş atıyor, ev sahipleri onu içeri alana kadar şuradan şuraya gitmeyeceğini söylüyordu. Bunun üzerine annesiyle babası onu mecburen içeri alırken, Parny'ye de hemen yatağa gitmesini söylüyordu.

"Ama neden, daha yeni yataktan kalktım? Üstelik bugün Noel, Tanrı aşkına!" Haklı olarak feryat ediyordu. Ama annesi ısrarla oyuncaklarını alıp yatağa gitmesini söylüyor, bu durumda Parny homurdanarak kabul etmek zorunda kalıyordu, çünkü annesi kulağına birazdan Esther'in yukarı çıkacağını fısıldıyordu. Parny odasına gizlenip, onun merdivenleri telaşla çıkan ayak seslerini dinliyordu. Ona göre bu gerçekten şaşırtıcı bir durumdu. Evet, annesinin düşündüğü kesinlikle doğruydu, babasının Esther'le gizli bir ilişkisi olmalıydı. Aslında bu ilk bakışta imkânsız gibi görünüyordu çünkü babası çok yaşlanmıştı, üstelik Esther çok çirkin bir kadındı. Parny annesinin neden bu kadar üzgün olduğunu şimdi daha iyi anlıyordu. Babasından ayrılmak istiyor olmalıydı. Ama anne babasının başka bir kadın yüzünden ayrılacaklarını duymuş olan okuldaki çocuklar resmi boşanma gerçekleşmeden bunun olamayacağını söylüyordu. Bu olayı herkesin duymuş olması çok normaldi, çünkü Esther her yerde konuşuyor, dahası boşanma işleminin bir an önce gerçekleşmesi için babasına baskı yapıyordu. Parny onun babasına bağırıp, şu piç kurusu büyür büyümez bu işin bitmesini istediğini söylerken duymuştu. Piç kurusu olarak anılmaktan ve kadının ayak seslerini merdivenlerde duymaktan nefret ediyordu. Anne babası için de öyle olmalıydı; her defasında Esther öfkeyle evlerinden çıkıp giderken onu korumalarından anlıyordu bunu. Ama Parny yine de ortalık yatışıncaya kadar odasından çıkmayıp anne babasının söylediği gibi oyuncaklarıyla oynuyordu.

"Ben de biraz olsun mutlu olmak istiyorum. Bu benim de hakkım." Esther'in merdivenlerde bağırdığını, ardından babasının "Mutluluk nedir, Esther?" diye sorduğunu duymuştu.

Anne babası haklıydı. Bu durumda onun yukarıda, odasında kalması en iyisiydi. O gittiğinde gelip onu odasından alırlarken, her defasında yüzlerinin fazlasıyla üzgün olduğunu görüyor, ondan özür dilediklerini fark ediyordu. Ve Parny bütün bunlardan korkmak yerine neden bu hale geldiklerini merak ediyordu.

Bir keresinde tüm cesaretini toplayıp "Annemden boşanıp o kadınla gitmeyi mi düşünüyorsun baba?" diye sormuş, sonra pişman olmuştu. O sıralar evdeki fırtınalar oldukça sert esiyordu. Ama babası hemen cevap vermişti: "Hayır, bir zamanlar ona bunu yapacağımı söylemiştim ama bu ille de yapacağım anlamına gelmezdi. Senin anlayacağın ona yalan söyledim evlat ve bunun bedelini işte böyle ödüyorum."

Parny başını sallayıp anladığını ifade etmiş, ardından bilgece bir tavırla "Ben de öyle olduğunu düşünmüştüm" demişti. Annesi, yaptığı bu açıklamadan mutlu olup babasının elini okşamıştı.

"Baban çok akıllı ve cesur bir adam, Parny" demişti. "O yolunu şaşırıp evinden uzaklaştığı için acımasızca cezalandırılması gereken sorumsuz adamlardan değil."

Oysa Parny, kapılarının eşiğine gelip avaz avaz bağıran Esther'in yeterince büyük bir ceza olduğunu düşünüyordu. Hatta felaket. Acaba kadın her sıkıştığında böyle çığlık çığlığa bağırıyor muydu? Merak etmişti.

Hayır. Tabii ki hayır. Normalde son derece nazik ve sakindi, özellikle üzerinde beyaz ceketiyle işinin başındayken. Ama boş zamanlarında, özellikle tatillerde oldukça sinirli, üzgün ve hırçın oluyordu. Çalışma bayramı ve Şükran Günü'nde de onları aramış, ama nedense gelip rahatsızlık vermemişti. Esther yıl boyunca daha birçok kez evlerine gelmişti; yılbaşı arifesinde, babasının doğum gününde, Aziz Patrick Günü'nde verdikleri partinin tam ortasında. 4 Temmuz'da yaptıkları piknikte etleri mangala koymak üzere paketten çıkardıkları sırada karşılarına çıkmış, onu gören anne babası Parny'yi alıp arabaya atladıkları gibi süratle oradan uzaklaşmışlardı; onların sık sık omuzları üzerinden geriye bakıp peşlerinden gelip gelmediğini kontrol ettiklerini hatırlıyordu.

Bu yıl ondan kaçmak için çareyi İrlanda'ya gelmekte bulmuşlardı. Gerçi bu onların ne zamandır istediği bir şeydi, anne babası her yıl atalarının ülkesine gelip buraları ziyaret etmek istediklerini söylerdi. Parny de bazı şeyleri anlayacak kadar büyümüştü, bu arada işlerin giderek sarpa sardığını, acilen çözüm bulunması gerektiğini görebiliyordu. Ama Esther onları yine bulmuş, Şükran Günü'nde evlerine gelebilmek için astronot kıyafeti giymişti. Kapıyı açıp karşılarında onu görünce, önce şarkılı bir telgraf geldiğini düşünmüşler, ama sonra birden o olduğunu anlamışlardı. Parny hepsinin şaşkınlıktan dillerinin tutulduğunu hatırlıyordu.

İşte bu yüzden şu anda atalarının ülkesindeydiler. Parny, arkadaşlarını özlemişti ama yine de mutluydu, özellikle anne babasının giderek büyüyen bir sevgi bağıyla bağlandıklarını gördüğünde sevinçten havalara uçuyor, Esther'in öfkeden kıpkırmızı olmuş yüzü keyfine keyif katıyordu. Kadının onun doğum gününde de gelmesini bekliyordu, hatta okula gelip olay çıkartmasını. Ama yapmamıştı. Babasının doğum gününde kutlamalar yaparken, Parny onun delirmenin eşiğine geleceğini düşünüyordu. Neden kafasını babasına takmıştı? Annesi bu soruya cevap olarak "Çünkü onu babandan uzaklaştıracak başka bir adam bulamıyor" demişti. Ama Parny aslında bunun Esther'in şanssızlığından değil, tam tersine şansından kaynaklandığını düşünüyordu. Çünkü başkasını bulmak konusunda bu kadar şanssız olmasa, kader babası gibi bir adamı onun karşısına çıkarmayacaktı. Belki o zaman bu kadar özgür olamayacaktı, evli bir adamla birlikte olmasının verdiği rahatlıkla şu anda istediği gibi gezip dolaşabiliyordu. Bir gün babasına onu neden kovmadığını sormuştu. Ama babası bu gibi işlerin kanuna bağlı olduğunu söylemişti. Esther iyi bir işçiydi ve işyerindeki herkes ondan memnundu. Esther'i işten attığında diğerlerinin tepkisiyle karşılaşırdı, hatta hakkında dava bile açabilirlerdi. Ama anne babası artık Esther çevrelerinde dolaşmadığı için iyi ve rahat görünüyordu. Bazen onları izlerken utanıyordu ama en azından kendisinden başka kimse görmediği için içi rahattı.

Bu arada oteldeki belboylardan biri Parny'nin en iyi arkadaşı olmuş, otele gelen düzinelerce Amerikan turistinin İrlanda'yı baştan sona dolaşmak için erkek kardeşinden bilgi aldıklarını söylemişti. Çocuğun adı Mick Quinn'di, Parny bunu duyduğunda birden şaşırmış, onunla bir akrabalık bağının olduğunu düşünmüştü, yoksa neden soyadları aynı olsun? Mick Quinn otel boş olduğu zamanlarda Parny'nin anne babasının burada kaldığını ve birbirlerinin gözlerinin içine bakıp hayat hakkında uzun sohbetlere giriştiklerini söylemişti. Bunu öğrendiği zaman Parny çok mutlu olmuştu. Her sabah Mick'le birlikte gazeteleri dağıtıp valizleri taşımaya başlamıştı, bahşiş bile alıyordu. Bazen Mick'in sigarasını tutarak ona yardımcı olmaya da çalışıyordu, çünkü tiryaki olan Mick çalışırken sigara içemiyordu. Ancak bunun kötü bir tarafı vardı, onu gören herkes henüz on yaşındaki bir çocuğun sigara içmesini yadırgıyorlardı. Ama Parny bunu önemsemiyordu.

Mick Berna isminde bir kadınla evli olduğunu söylemişti. Bunun üzerine Parny ona nasıl bir kadın olduğunu sormuş, "Fena değil" cevabını almıştı. Parny bu söze çok takılmıştı, eğer Berna fena biri değilse, kötü olan nasıl biriydi? Ama Mick bunu sözün gelişi söylemişti. Bu bir tabirdi. Aslında Mick'le Berna birlikte büyümüşlerdi, birbirlerini çok iyi tanıyorlardı, başka arkadaşları da vardı. Bunlardan üçü İngiltere'de, biri Avustralya'da, biri de Avustralya kadar uzak bir mesafede, Dublin'in diğer ucundaydı. Parny, bütün gün Mick oteldeyken Berna'nın ne yaptığını merak etmişti. Mick'in annesi çok şık bir çiçekçi dükkânında çalışıyordu, aslında bir dişçinin karısı olmasına rağmen çalışıyor ve Berna'nın çalışmadan boş boş oturmasına pek iyi bir gözle bakmıyordu. Mick onun hiçbir yerde çalışmadığı gibi, gününü sürekli hoşnutsuzluk içinde geçirdiğini ağzından kaçırmıştı. Bunu Parny'ye söylediği için çok utanmış olmalı ki, bir daha gündeme getirmemişti.

Parny bir gün ona "Mutluluk nedir?" diye sordu.

"Eğer senin gibi istediği her şeye sahip olan biri bunu bilmiyorsa, geri kalanımız için bilmek oldukça zor" diye cevapladı Mick.

"Evet, sanırım her şeyim var" dedi Parny. "Ama çevremdekiler için bunun ne anlama geldiğini çok merak ediyorum. Örneğin Esther sadece mutlu değildi, aynı zamanda çılgındı, onu tıpkı kafese tıkıldığı için bağırıp çağıran bir kuşa benzetiyordum."

"Kuşlar bağırıp çağırmaz" dedi Mick, beklenmedik bu çıkışıyla Parny'yi şaşırtmıştı.

"Tabii, ben de aynı fikirdeyim" dedi Parny. "Sadece lafın gelişi söyledim, bu da tıpkı Berna'nın fena biri olmadığını söylediğin gibi bir şey işte."

"Ben kuşlara çok meraklı biriyim" dedi Mick Quinn, o sırada sigarasından bir fırt çekmişti. "Örneğin güvercinlere bayılırım. Ama Berna onların çok pis yaratıklar olduğunu söyler." Başını üzgün bir şekilde iki yana sallamış, Parny o anda Berna'nın kötüye çok yakın biri olduğunu hissetmişti. "Bu arada Esther kim?" Mick bunu sorarak konuyu tatminsiz ve sürekli mutsuz olan karısı Berna'dan uzaklaştırmak istemişti.

"Uzun ve karmaşık bir hikâye, vaktimiz olduğunda konuşuruz" dedi Parny. Aslında Esther'in deliliğinin nedeni, içinde yaşadığı atmosferdi. Müdür olmayı beklemişti, en azından yardımcı müdür veya danışman. Parny, yeni arkadaşı Mick'e ondan söz ettiğinde kadını anlayıp anlayamayacağını merak ediyordu.

"Belki bu öğleden sonra benimle bir tur atmak istersin, o zaman konuşabiliriz, ne dersin?" dedi Mick.

"Tabii. Sen de bana kuşlardan söz edersin" dedi Parny.

"Sana kendi kuşlarımı göstereceğim, bu ikimize de iyi gelecektir."

Bu arada Parny'nin annesi onu ihmal ettiklerini söylemişti. Bu yüzden babasıyla birlikte kendisini çok suçlu hissediyordu, onunla konuşacak birçok önemli konu vardı. Ama Parny için Mick'le birlikte olmak daha önemliydi. Bu öğleden sonra sinemaya da gidebilirlerdi. Mick ona iki seçenek sunmuştu; ya oraya ya da kuşlara gideceklerdi.

"Bunun anlamı kızların dünyasına girmek" demişti bir keresinde Parny'nin babası.

"Hayır." Parny bunu kabul etmiyordu. Mick kuşlarla ilgili konuştuğunda gerçek kuşları kastetmişti. Aslında kadınlarla fazla ilgilenen biri değildi. Evet, evliliğinde mutsuzdu ama onu memnun edecek başka kadınların peşinde de değildi. Parny bunu biliyordu, Mick ona söylemişti. Parny'nin annesi Mick'in doğru bir karar verdiğini düşünüyordu. O yüzden Parny'nin babasına anlamlı bir şekilde bakmış, erkeklerin çoğunun kendisi gibi böyle basit bir çözüm bulduğunu söylemişti.

Mick üzerinden iş giysisini çıkarttığında çok farklı görünüyordu. Otel üniforması içinde olduğu kadar harika değildi ama eski ceket ve pantolonunu giydiğinde kendisini martı kadar hür hissettiğini ve adeta göklere yükseldiğini söylüyordu. O sırada Parny ile birlikte otobüs durağına gelmişlerdi.

"Gideceğimiz yer kuşhane mi?" diye merakla sordu Parny.

"Hayır. Bir arkadaşıma ait bir ev. Güvercinlerle orada ilgileniyorum. Ama ikimizden başka kimse bilmiyor bunu" dedi Mick, çevresine bakıp onları duyan biri olup olmadığına bakmıştı. "Otelde de kimse bilmiyor" diye fısıldadı.

"Neden fısıltıyla konuşuyorsun? Sence bizi dinliyorlar mı?" dedi Parny. Çevresinde güvercinlerle ilgilenecek tipte birilerini göremiyordu. Ama yine de dikkatli olmalıydı, anlaşılan bu onlar için tehlikeli bir gezi olacaktı.

"Yaptığım işi kimsenin bilmesini istemiyorum. Öğrenirlerse güvercinlerimin nasıl olduğunu soracaklar. Bu konuda konuşmak istemiyorum."

Parny sorunu anlamıştı. İnsanlar hakkında hiçbir şey bilmedikleri şeyleri sorup öğrendiklerinde, güvercinlere ilgileri azalacaktı. "Korkarım kendimi bu konuda uzman biri sayamayacağımı düşünüyorsun" dedi Parny, toyluğu yüzünden onu ikna etmeye çabalamış, endişe edilecek bir durum olmadığını söylemişti.

"Biliyorum oğlum, sen açık fikirli birisin, genç ve açık fikirli."

"Bir keresinde Esther dışa kapalı olmayan, açık fikirli biri olduğumu söylemişti" dedi Parny. Bunu bir başka kişi söylese bu kadar şaşırmazdı. O sırada şehrin diğer ucunda bir yere gelmişlerdi, Parny bir anda kendini kaybolmuş hissetmişti. Mick'in de Esther gibi çılgın biri olmamasını ümit ediyordu.

"Sen hiç deli diye düşündüğün biri tarafından böyle bir konuma getirildin mi?"

Mick bu sorusu üzerine onunla dalga geçmişti. "Sen eğlence sektörünün içinde olduğun için bunu göremezsin Parny Quinn. Bu arada deminden beri cevap bekliyorum, Esther kim? Kız kardeşin mi?" Parny birbirlerinin sorusuna soruyla cevap verip hiç açıklama yapmadıklarını fark etmişti. O sırada otobüsten inip bir eve girmişlerdi. Parny'ye çok zavallı bir ev gibi görünüyordu. Ama onun Mick'in evi olmadığını düşünüyordu, onun evi bundan çok daha konforlu olmalıydı.

"Yaşadığın yer mi?"

"Keşke." Mick'in sesi özlem doluydu. Parny çevrelerindeki kırık dökük dolaplara, yerde yığın halinde duran gazetelere, üzerlerinde kurumuş yemek artıkları olan tabaklara, masanın üzerindeki boş süt şişesine bakmıştı. "Ne yazık ki hayır. Ben sürekli ayakkabılarımı çıkarmak zorunda kaldığım bir yerde yaşıyorum. Ayrıca o kadar gürültülü ki, şehrin öbür ucundan bile duyabilirsin. Burası arkadaşım Ger'in evi." Bunu söylerken beğendiği yer kendisine ait olmadığı için yüzünde bir kıskançlık belirmişti.

Ger, Parny'yi görmekten çok mutlu olduğunu söylemiş ve ilk işi ona iddia oynayıp oynamadığını sormak olmuştu. Parny hayır demişti ama yeterince büyüdüğünde para kazanmak için oynayabilirdi. Ger bunun çok mantıklı bir karar olduğunu söylemişti; onu sık sık bir ganyan bayisinin çevresinde görüyordu, ama bunu söylediği için ondan özür dilememişti. Bunun üzerine Parny, onun dürüst ve iyi bir genç adam olduğunu düşünmüştü.

Ona tavan arasını gösterip kuralları açıklamışlardı. Bu yalnızca üçünün arasında kalacaktı. Çok geçmeden güvercinleri görmüştü. Hepsi ev ortamına alışıktı. Evin arka bahçesi onlarla doluydu, acaba bunca özgürlük varken kafese girmekten hoşlanıyorlar mıydı? Hayır, hiç sanmıyordu, bu onların hayatlarını cehenneme çevirmek demekti! Eğer kuşları eğitebilirlerse, girdikleri yarışların hepsini kazanabilirlerdi. Ama hayır. Bunu yapmak yerine buraya gelip güvercinlerle birlikte oturmayı ve onların ötüşmelerini dinlemeyi tercih etmişlerdi. Parny Amerika'da böyle bir yer olup olmadığını bilmiyordu ama geri döndüğünde Ger'le Mick'e mektupla bilgi verecekti.

"Senin gibi genç bir arkadaş yazmayı sevmez" dedi Ger, o sırada güvercinler aşağı inip Parny'nin omuzlarına konmuştu; dost bildikleri mekânda yeni bir oyun arkadaşı bulmaktan memnun görünüyorlardı.

"Mektup konusunda çok iyiyimdir..." diye itiraz etti Parny. "Bunu benden isteyen herkese yazdım" dedikten sonra bir süre durmuştu. "Esther hariç."

"Sanırım şu Esther hakkında açıklama yapmanın zamanı geldi artık" dedi Mick Quinn. O sırada küçük arka bahçede sevimli kuşlar yere konup bir süre sonra hepsi birden tekrar havalanıyor, durmadan ötüşüyorlardı. Bu mitolojik devirlerde flüt, kaval gibi bir enstrüman sayesinde müzik yoluyla haberleşmek gibiydi.

Parny onlara Esther'den söz etmişti sonunda. Onu her Noel mutlaka evlerinde gördüğünü söylerken sanki heyecanlı bir film anlatır gibiydi. O sırada Ger'le Mick kadının bu garip alışkanlığını duyduklarında birbirlerine bakmışlardı. Böyle bir şey olabilir miydi? Aile sırf ondan kaçmak için Atlantik'i geçip buralara gelmişti.

"Peki ona mektup yazmanı neden istedi?" diye sordu Mick birden.

"Oradan ayrılmadan bir gün önce bizim bir yerlere gideceğimizi hissetmişti. Her nereye gidiyorsak, orada mutluluğu bulup bulamadığımı öğrenmek için kendisine mektup yazmamı istemişti. Ama ona hiç yazmadım. Çünkü bunu yazmam demek, anne babamın çok mutlu olduklarını yazmam demekti. Bu onu hepten çıldırtabilirdi."

O sırada Parny güvercinlerin yere inip tekrar havalandıkları noktada durmuş, onlardan birini havada yakalayıp tüylerini okşamıştı, ama kuş korkmuş görünmüyordu. Parny onun pamuk gibi yumuşak göğsünün inip kalktığını, ürkek kalp atışlarını duyabiliyordu. Gözlerini huzurla kapattı. Ger ve Mick'le olan arkadaşlığı ile kuşlarla olan arkadaşlığı arasında bir fark olmadığını düşünüyordu. Çünkü talep etmiyorlardı, tatminkâr ve kanaatkârlardı. Parny hayatında hiç bu kadar huzur duyduğunu, mutlu olduğunu hatırlamıyordu.

"Bence hata etmişsin. O zavallı kadına hiç değilse bir kart atabilirdin" dedi Mick.

"Bence de" dedi Ger. "Ama bunun için kendini suçlayıp kahretmemelisin, şimdi de yapabilirsin." O hayata hep farklı bir cepheden bakar ve bunun her zaman en iyi yol olduğunu düşünürdü.

"Artık çok geç, cuma günü dönüyoruz."

"O halde onu otelden arayabiliriz" dedi Mick.

"Esther'i mi? Annem bunu duyarsa öfkesinden mosmor kesilip ölür" dedi Parny.

"Annene söylemeyeceğiz."

"Bunun altından tek başıma kalkabileceğimi hiç sanmıyorum, Amerika'yı aramak bir servet."

O sırada Ger'le Mick birbirlerine bakıp başlarını sallayarak akılarından geçen şeyi onaylamışlar ve Parny'ye bunu dert etmemesini söylemişlerdi. Eğer bunca zamandır işkence çekmiş zavallı bir kadına güzel bir şeyler söylemek istiyorsa, bunun için en uygun zaman Noel'di; onu arayıp iyi dileklerde bulunmalıydı. Parny, Esther'in ne kadar çılgın bir kadın olduğunu ve babasıyla birlikte kaçmak istediğini onlara söylemenin doğru olup olmadığını düşünüyordu. Ama Mick'le Ger çok nazik inanlardı, onlara bunu anlatmak yerinde olmazdı.

Öğleden sonra kuş sesleri ve yumuşak tüyler arasında geçmiş, sonra otobüse binip otele dönmüşlerdi. İrlanda'da saat altıydı, orada ise öğle yemeği çıkma vakti. Parny uluslararası telefondan operatörle görüşmüş, rehberden Esther'i bulmuşlardı. Parny bu görüşmenin maliyetini çok merak ediyordu. O sırada Mick üzerine otel üniformasını giymişti, bazı günler vardiya usulü çalışıyor, sadece öğleden sonraları izin yapabiliyordu.

"Bana telefonu ver" dedi Mick ve ufak bir kâğıt parçasının üzerinde yazılı numarayı çevirdi. Parny telefonun çaldığını duyuyordu, heyecanla yutkunmuştu. Esther'in sesi şaşırtıcı derecede ince çıkmıştı, ama onun adını duyduğunda heyecanlanıp korkmamıştı.

"Ben Parny Quinn."

Esther birden ağlamaya başlamıştı. Resmen ağlıyordu.

"Beni aramanı baban mı söyledi? diyerek burnunu çekmişti.

"Seni aradığımı bilmiyor. Dinle Esther, posta burada çok kötü. Bana yeni yaşamımızda mutluluk hakkında bilgi vermemi istemiştin, hatırladın mı?"

"Sence mutluluk nedir?" dedi Esther.

Parny sinirlenmişti. Neden insanlar sürekli bunu soruyordu? Onu binlerce kilometre öteden arıyor, o kalkmış aynı şeyi soruyordu.

"Evet, ben de zaten seni bunun için arıyorum. Bunu söylemek gerçekten çok zor Esther, ama eğer onu buldum mu diye soracak olursan, evet buldum ve sana bunun kuşlarla ilgili olduğunu söyleyebilirim."

"Kuşlar?"

"Evet, kuşlar. Güvercinler. Kütüphaneye gidip ansiklopediden onlar hakkında bilgi edinebilirsin. Sana bütün şerefim üzerine yemin ederim ki Esther, o zaman sen de çok mutlu olacaksın."

"Baban kuşçuluk mu yapmaya başladı?"

"Hayır Esther, bu sadece benim kendi uğraşım. Eğer mutluluğu bulup bulamadığımı hâlâ merak ediyorsan, seni bulduğumu söylemek için aradım."

Ama Esther'in bundan mutlu olduğundan emin değildi. "Senin mutluluğundan bana ne çocuk?" dedi Esther. "Bana babanı ver."

"Burada değil" dedi Parny, birden göz pınarları yaşla dolmuştu. "Annemle babam Dublin'de, orada bir casinoya gittiler ve henüz dönmediler."

"Dublin'de misiniz?" Esther zafer çığlıkları atıyordu. "Hangi otel, konuş benimle Parnell, seni aptal çocuk, konuş, hangi otel?"

Parny telefonu kapatmıştı, Mick dışarıda bekliyordu.

"Sen elinden geleni yaptın, ona verdiğin sözü tuttun. Bundan sonra yapacağı iş güvercinlerle teselli bulmak. Unutma, güvercinler herkese teselli vermeye hazırdır" dedi Mick.

Ama Esther telefon görüşmesinden sonra Dublin'deki otellerin listesini almış ve Katy ile Shane Quinn'i akşamın yedisinde aramıştı.

"Bütün havayolları ve seyahat acentelerine sorup bizim izimizi sürmüş olmalı" dedi Parny'nin babası.

"O halde aynı şekilde şimdi onu buradan uzaklaştırmak zorundalar" dedi annesi, bunu söylerken yüzünde alaycı bir tebessüm belirmişti.

"O kadın gerçekten deli, dahası Parny'nin onu aradığını söyleyecek kadar hayalperest."

"Bunu söylerken kendinden emin bir hali vardı" dedi Parny'nin babası. "Güya onu arayıp kuşlarla ilgili bir şeyler söylemiş. Yazık. Çok yazık."

"Şimdi de Parny'ye taktı? Her zaman seninle ilgilenirdi, bunun hepimizi üzeceğini biliyor."

Parny'yse oturmuş günün olaylarını düşünüyordu. Bundan daha kötüsü olamazdı. Esther, Noel dolayısıyla uçakta yer bulamadığı için gelememişti. Babası santraldaki memura otelden ayrıldıklarını söylemesini istemişti. Parny onlara bu işle bir ilgisi olmadığını söylemişti. Bunun bilinmemesi için çok dikkatli olmalıydı. Eğer Esther'i aradığını saklayabilirse, onun gerçekten deli olduğu kanıtlanmış olacaktı. Ger ve Mick'in güvercinleriyle ilgili de konuşmayacaktı. Mick'in güvercinleri oteldeki herkesten sakladığını hatırlamıştı. Parny de öyle yapmalıydı. Bu arada Esther ona telefonda aptal çocuk diyerek onun ne düşündüğünü umursamadığını söylemişti. Neden onu ve onun söylediklerini kafasından atamıyordu? Neden yapamıyordu bunu?

Güvercinlerle olan ilgisi gizli kalacaktı, tıpkı Mick'in yaptığı gibi. Ve bir gün kuşlar tarafından koruma altına alındığında, onlar hakkında araştırma yapıp kitaplar okumaya başlayacak, kendi kümesini yapacaktı. O da tıpkı Mick gibi kadınların peşinde koşmayacaktı. Asla. Onları babasıyla karşılaştırdığında Ger'in kendi evinde ne kadar özgür, Mick'in bir o kadar sıcak kalpli olduğunu görüyordu.

Parny mutlu bir şekilde içini çekmiş, kafasını farklı bir konuyla meşgul etmek için sinemalardaki film listelerini okumaya başlamıştı. *Company of Wolves* adlı filmi izlemek için on sekiz yaş limiti vardı. Sinemadaki insanlara Amerika'dan geldiğini söyleyecekti, burada onun yaşındaki çocukların kendisinden daha olgun olup olmadığını çok merak ediyordu.

Şehirdeki En İyi Otel

İki anne de birbirini sevmek zorunda olan iki huysuzdu. Bu olumsuzluğu bilmeyenler dışarıdan gördükleri kadarıyla onların iyi anlaştığını sanıyordu, tam tersine birbirlerinden nefret ediyorlardı. Hem de saygın oğullarıyla kızlarının bundan tam on sekiz yıl önce evlendikleri günden beri. Çocuklarının evliliğinden bir yıl sonra büyükanne Dunne unvanına kavuşan Noel'in annesi, büzülmüş dudaklarıyla artık talimat verecek durumda olmamasına rağmen, yine de çenesi durmayan çok inatçı bir kadındı. Avril'in annesi büyükanne Byrne'ın da ondan aşağı kalır yanı yoktu; ortalığı karıştırma konusundaki performansından bir şey kaybetmediği gibi, ciyaklar gibi insanın kanını donduran ünlü kahkahasını atmaya devam ediyordu. İkisi de anlayışlı ve şefkatli kocalarını yıllar önce kaybettikten sonra, çocuklarının mutluluğu için tek başlarına mücadeleye girişmiş iki dul kadındı ve kader bir gün onların yollarını kesiştirip ortak bir yaşamı paylaşmak zorunda bırakmıştı. Yılda bir kez bir araya geliyorlardı ve bu genellikle Noel'de oluyordu. Ama bu buluşma, Noel'de bir ailenin mutlu bir şekilde bir araya gelmesinden çok, korku ve yıkımı da beraberinde getiren bir toplantı oluyordu.

Noel'in bu adla çağrılmasının nedeni, anlaşıldığı üzere Noel bebeği olmasıydı ve büyükanne Dunne, yıllar önce tam Noel öğle yemeği sırasındayken sancılarının başlayıp giderek arttığını, sonunda onu dünyaya getirdiği doğumhanenin dört bir yanının kutsal sarmaşık çelenkleri ve krapon kâğıtlarıyla süslendiğini anlatmaktan yorulmamıştı. Avril'e o günlerdeki görkemli Noel kutlamalarından söz ederken, bugünle kıyaslanınca Versailles Sarayı'ndaki balolar gibi olduğunu söylüyordu. Büyükanne Byrne ise kızına bu adı nisan ayında doğduğu için verdiğini, çünkü nisanın yılın en güzel ayı olduğunu, doğanın yeşerdiğini, her yerin güneş ışınlarıyla dolduğunu, topraktan rengârenk taze çiçeklerin fışkırdığını, yeşillikler arasında bembeyaz kuzucukların meleyerek dolaştığını, doğadaki her canlının hayata umutla sarıldığını söyleyemiyordu; çünkü bu ona kızı tarafından yasaklanmıştı. Bunu yaptığı takdirde tiz ve ince kahkahasıyla Noel'e ters ters bakacak, kızının on dokuz yaşında onunla evlendiği günden beri üzerindeki bahar tazeliğinin ve yaşam enerjisinin yok olduğunu, ümitlerinin uçup gittiğini iddia edecekti.

Ama Noel ve Avril annelerin birbirlerine olan bu karşılıklı hoşnutsuzluğuna rağmen yine de büyük bir zafer kazandıklarını düşünüyorlardı. Üstelik yıllar geçtikçe alışmışlardı. Bunun için şanslı olduklarını bile söylüyorlardı, dengeyi kurmakta başarılı olmuşlardı. Büyükanne Dunne ile büyükanne Byrne'nın karşılıklı salvolarını bildiklerinden her ikisi de annelerine karşı oldukça dikkatli hareket ediyor, ikisini birbiriyle kıyaslamak gibi tehlikeli bir girişimde bulunma gafletine düşmüyorlardı. Her ayın ilk pazarı dönüşümlü olarak muntazam şekilde ziyaret ettikleri büyükanne Dunne'ın evi, üç torununun da hoşlandığı bir yerdi, çünkü orada büyük bir akvaryum vardı. Keza büyükanne Byrne'ın evi de onlar için aynı derecede ilginçti, çünkü onun da kuyruksuz bir cins kedisi vardı. Hakkında hiçbir şey bilmedikleri kediye ait açıklayıcı bilgilerin yer aldığı kitabı her defasında tekrardan okuyan çocuklar ona yeniden hayran oluyorlardı.

Hayır, Noel ve Avril'in oradayken daima tetikte olmasının nedeni sanıldığı gibi çocuklar değil, sürekli sorun çıkaran yaşlı ev sahipleriydi. Nitekim büyükanne Dunne'a göre kediler hem nankör, hem de hastalık yayan pis hayvanlardı; bir kediniz varsa ve onu iyi terbiye edememişseniz, her türlü mikrobu eve taşımasını beklemeliydiniz. Bu durumda büyükanne Byrne dayanamayıp karşı saldırıya geçiyor ve hemen akvaryum konusunu gündeme getiriyordu. Ona göre bir grup tahtası eksik kişinin sırf nörotik saplantılarını yatıştırmak uğruna bir tank dolusu ılık suyu eve taşıyıp içine attıkları üç beş tane turuncu balığı ümitsizce yüzdürmeye çalıştığını, bunları gören insanların, onların normal olmadığını düşünmekte haklı olduklarını söylüyordu. Büyükanne Byrne aynı zamanda damadına da gönderme yapmayı ihmal etmiyordu, Avril'in modern teknolojiye ait ev aletlerini kullanmakta çok yetenekli olduğunu söylerken ne yazık ki çoğu kocanın karısına satın aldığı bu aletlerden almayı Noel'in aklına hiç getirmediğini ima ediyordu. Avril bunu duyunca dişlerini gıcırdatıp Noel'in elini sıkıyor, aslında bunları farkında olmadan söyleyen annesinin ondan memnun olmadığı anlamına gelmeyeceğini açıklamaya çalışıyordu. O sırada buna karşılık olarak büyükanne Dunne sazı eline almadan önce, büzülmüş dudaklarını uzun süre süzmeye devam edip sıranın kendisine gelmesini bekliyordu. Gerçekten gelini gibi kafasını sürekli makyaj yapıp şık giyinmekle bozmayan kadınlara hayrandı. Belki bakımsız görünüyorlardı ama saçlarını sevdikleri erkeğin mutluluğuna süpürge etmiş fedakâr kadınlardı. Ona göre bu tip kadınlar, erkeklerin gözünde kredisi olan, her bakımdan şık kadınlara karşı hep zafer kazanmıştı. Bu imalı konuşmadan dolayı bu kez el sıkma sırası Noel'deydi; karısının elini sıkıp annesinin sözlerine aldırmamasını işaret etmişti. İkisi de karşılıklı güven duygusuyla birbirlerine bağlı, evlilikte saygı ve sevginin önemini bilen kişilerdi, aralarında pozitif yönde bir elektriklenme vardı. Onlara göre şu anda yaşanan şey, kaprisli annelerin yarattığı gelip geçici bir gerginlikti. Aslında aralarındaki sevginin pekişmesi için o kadar da kötü bir şey sayılmazdı.

Kendilerine verilen ve daima polemik konusu olmuş süslü püslü isimlere karşılık, çocuklarına Ann, Mary ve John adlarını koymuşlardı. Çünkü her iki anne de ad yüzünden neredeyse birbirlerine girmiş ve akla hayale gelmeyecek sıkıntılar yaşamıştı. Hatta bu konu o kadar büyümüştü ki, vizyon ve tarz eksikliği yüzünden birbirlerini suçlayacak boyuta varmıştı.

Ann on yedi yaşındaydı ve Noel günü ailece izlenecek eğlence programından o sorumluydu. Çünkü okulda bilgisayar konusunda en iyi öğrencilerden biriydi ve bu bilgisinin büyükannelerin birbiriyle çelişkili istekleri yüzünden giderek zorlaşan eğlence programı seçiminde epey faydası olacağına inanıyordu. Bu zorluğun asıl nedeni tabii ki Noel tatili süresince birbiriyle yarış halinde olan televizyon kanallarının ve videoların sayısının çok fazla olmasıydı. Ann, anne babasına *The Sound of Music* adlı müzikalin yayınlandığı günlerde ya da papayla kraliçenin kavgasının yer aldığı zamanlarda bu sorununun çok daha kolay çözüldüğünü söylüyordu. Çünkü o zamanlar izlenecek şeyler bunlarla sınırlıydı. Avril'in annesi büyükanne Byrne'a göre ise bunun nedeni daha ziyade ulusal algılama sorunuydu; insanlar aklı başında seçimler yapacak olurlarsa böyle saçma sapan kanallar türemezdi. Eskiden toplumun her sınıfından insan kraliçenin Noel mesajını mutlaka izlerdi, kaldı ki bu çok doğal ve olması gereken bir şeydi. Bunun yedi göbek İngiliz ya da Britanyalı olmakla bir ilgisi yoktu, önemli olan insanın bu kültürün bir parçası olduğunu hissetmesiydi. Uzun zaman önce evdeki uşaklar bile kraliyet ailesiyle ilgili haberlerle çok yakından ilgileniyorlardı ve o insanların bu haberleri hâlâ büyüleyici bulduğundan adı gibi emindi. Çünkü onlar milliyetçi duygulara sahipti. Gerçi kendi hesabına konuşmak gerekirse, papanın Noel konuşmasını dinlemesine rağmen her sözünü kanunmuş gibi kabullenemiyordu. Milliyetçilik körü körüne bir fikri kabullenmek değildi, bu konuda değişik görüşler çıkması toplum adına sağlıklıydı. Katoliklik konusunda zayıf olmak anlamına da gelmiyordu. Yılın üç yüz altmış beş gününden sadece bir tanesinde papanın önünde diz çöküp kutsanmayı beklemek, ama diğer günler adını sanını dahi anmamak sahtekârlıktan başka bir şey değildi. Oysa önemli olan insanın bunu daima kalbinde hissedebilmesiydi.

Noel ile Avril bu konuda aklı başında hareket eden, dini ve ulusuyla gurur duyan insanlardı. Noel'de olduğu kadar diğer günlerde de gerekli vecibeleri yerine getiriyorlardı. Örneğin papanın konuşmasından sonra sağlık yürüyüşüne çıkmak, eve dönüp gerçekleştirilen hediye faslı ve yemeğin ardından Noel'in hemen ertesi günü elmalı, tarçınlı pay yemek gibi önemli şeyleri asla atlamıyorlardı. Ayrıca bütün bir Noel evde hapsolmak zorunda kalacak olurlarsa, deli gömleğine ihtiyaç duyacakları konusunda da hemfikirlerdi. O yüzden yağmur ya da kar fark etmez, mutlaka Noel yürüyüşüne çıkıyorlardı. Bu açıdan bakıldığında, Noel ve Avril gerçekten uyumlu ve mutlu oldukları kadar dindar bir çiftti, o yüzden bazı aileler gibi annelerinin onları barut fıçısı ya da bir volkana dönüştürmesine izin vermedikleri gibi, yangına körükle de gitmiyorlardı. Noel arifesinde kraliçenin mesajını dinleyerek içilen hafif bir kokteylin ardından yenilen kutsal öğle yemeğinden sonra, sıra ciddi bir sohbet ve çay saatine kadar şekerleme yapmaya geliyordu. Öyle ya, güzel bir fincan demli çayla birlikte alınan nefis Noel keki başka ne zaman yenecekti?

Video aldıklarından beri hayat kolaylaşmıştı. Böylece kanaldan kanala sürekli sil baştan zaping yapmaya ve sonunda kötünün iyisini seçmek konusunda insanları isteksiz oldukları bir şeye zorlamaya gerek kalmıyordu. Son birkaç yıldır neredeyse ailecek Normandiya Çıkarması'na hazırlanır gibi Noel'de izlenecek programlar konusunda tam bir keşmekeş yaşıyorlardı. Aşırı bir serbestlik ve vurdumduymazlık söz konusu olduğu için pop programları fazla tutulmuyordu, komedi programları da doğru bir seçim olduğu tartışma götürdüğü için kuşkulu gözle bakılan tercihlerdi. Diğer programlarsa üzerinde düşünülmeyecek kadar önemsizdi. Sonunda en iyisinin videoda film izlemek olduğuna karar vermişlerdi. Ama büyükanne Byrne ya da büyükanne Dunne'ın istedikleri bir kanal varsa, o zaman ne yapacakları merak konusuydu. Onların isteklerini duymazdan geldikleri takdirde, acaba özellikle büyükanne Dunne insanların hayatı boyunca bir hiçe karşı direnç gösterme nedenlerini hâlâ anlayamadığını söyler miydi yine? Ama her zaman büyükannelerin arzusuna uygun program bulmak da zordu. Ayrıca biri bir şeyi beğenirken diğeri beğenmiyor, biri uygun derken diğeri müstehcen bulabiliyordu. Hangisinin doğru seçim olduğunu bulmak, tıpkı içinden ne çıkacağı belli olmayan Noel hediyesi gibiydi. Sonunda önemli olanın, izledikleri şeylerin onları gençlik yıllarına sürüklemesi olduğunu keşfetmişlerdi, ya da o duyguyu verebilmekti. O yüzden Ann, eğlence programı seçmek gibi böylesine zor bir görevden sorumlu kişi durumunda olmakla şu anda kendisini çok önemli hissediyordu. Ayrıca bunun birçok soruna neden olacağını da peşinen kabul etmişti. Eğer *Back to the Future* adlı filmi saat tam beşte izlemek istiyolarsa, onu öğle yemeği sırasında kaydetmeleri gerekiyordu, ama acaba büyükanneleri bu filmi beğenecek miydi? Ann, çocukların *The Empire Striken Back* adlı filmi izlemek istediğini söylemişti ama büyük olasılıkla diğerlerinin bu isteğe karşı çıkmamalarını umuyordu. Gerçi film dörtten altıya kadar iki saat sürüyordu, bittikten sonra başka bir filmi rahatlıkla izleyebilecek zamanları kalacaktı. *Storm Boy* adlı filmin ailecek izlenecek bir film olduğunu düşünüyordu. *Falling in Love* adlı başka bir film daha vardı ama bu filmin konusunu fazla bilmiyordu. Tipik bir aşk filmi olmalıydı, ama eğer Meryl Steep ile Robert de Niro birbirleriyle iyice işi pişirip bunu alenen göz önüne seriyorlarsa, o zaman kızılca kıyamet kopabilirdi. Böyle bir durumda büyükannelerin bu muhabbet dolu sahnelere ne cevap vereceğini ezbere biliyorlardı. Noel ve Avril izlenecek film konusunda oldukça gerilen kızlarının yüz ifadesini inceliyordu. Mary ve John büyükannelerinin kesinlikle hoşlanmayacağını söylediği için müzik programlarından da fedakârlık etmişlerdi. Bir de oyun programı vardı. Noel komedisi olarak yayınlanacaktı, ama Bayan Dunne ile Bayan Byrne'ı mutlu etmek için seçilmiş en aptalca yol olabilirdi. Melodram tarzı dizilere gelince, onlar da Noel günü için uygun bir seçim değildi. Kilise korosunda ilahiler söyleyen çocukları dinlemekten de mutlaka hoşlanıyor olmalıydılar, ama yetişkinler için şarkı yerine uzun replikli sözlerle Noel'i anmak daha iyi olmaz mıydı? Ann, konuyu kardeşleriyle tekrar müzakere ederken uygun bir yol bulmaya çalışıyordu. Neden büyükanneler bu işi bu kadar büyütüyordu sanki, Noel onlar kadar çocuklar için de özel bir gün değil miydi?

Avril ve Noel de bu konuda üzüntü duyuyordu. Kızlarının yüzü neredeyse bu yüzden günlerdir gülmüyordu. Hayatı boyunca Noel gününü büyüklerle birlikte geçirmeleri gerektiğine ve onları hoşnut tutmanın önemine inanmış biriydi. Çocuklarına da bunu aşılamıştı. Bunları düşünürken farkında olmadan dudağının kenarını kemiriyordu. Büyükanne Dunne'la birlikte üzerine giydiği sıradan giysisiyle yürüyüşe çıktıklarında her yıl hep aynı şeyleri konuştuklarını, neredeyse binlerce yıldır Noellerinin hep aynı olduğunu düşünüyordu. Her yıl marketten seçtikleri şarap şişesinin etiketinin büyükanneler için uygun olup olmadığını incelemeden almıyor, neredeyse binlerce yıldır hep aynı şeyleri yiyorlar, hep aynı şeyleri yapıyorlar, yıllardır masanın altından birbirlerinin elini tutuyorlardı. Ama bunların hiçbiri önemli değildi. Noel ona tek önemli şeyin, herkesin sağlıklı olması olduğunu söylemişti. Evet bu çok doğruydu. Ama bunu çocuklara anlatmak zordu, Noel günü farklı şeyler yapmak istiyorlardı. Bir an için acaba büyükanneler olmasa neler yapacaklarını hayal edip derin düşüncelere dalmıştı. Böyle bir durumda büyük olasılıkla geç saatte yataktan kalkarlar, pijamalarıyla kahvaltı ederlerdi. Sonra videoda *Fawlty Towers*'ı izlerlerken fincan fincan çay içebilirlerdi. Bunu diğerlerine söylediğinde hepsinin bu fikri çok beğendiğini görmüştü. Böylece oturma odalarının iki güzel koltuğundan sürekli üzerlerine yönelen sinsi bakışlarla karşılaşmayacaklardı.

Örneğin kısa bir yürüyüş yapmak için hemen üzerlerine eski giysilerini giyip değişik bir yerlere gidebilir, orada gönüllerince gülüp sohbet edebilirlerdi. Tıpkı eski günlerde olduğu gibi. Gerçi büyükanneler eskiden olduğu gibi hızlı bir şekilde yürüyemez, aynı serilikte sorgulama ve gözlem yapamazdı ama olsun, bu önemli değildi. Artık ne papayı ne de kraliçeyi dinlemeye ihtiyaç duyacaklardı. Onların Noel mesajları kendi ailelerinden gelendi. O zaman hindinin lezzeti de daha farklı olacak, ufak tefek kusurlar için birbirlerinden özür dilemelerine gerek kalmayacaktı. Büyükanneler istemediği için bugüne kadar pudinglerde Yunan yoğurdu kullanamamışlardı, bunu denemenin tam zamanıydı, zaten onu Brandy'li kekten daha çok seviyorlardı. Dahası sürekli ağlayıp sızlanarak günahkârlıktan söz eden büyükannelerini dinlemek zorunda kalan çocuklar, artık zamane insanları tarafından bazı önemli değerlerin yitirildiği şeklindeki tatsız nutukları duymak yerine, yüksek sesle şaka yapıp gülebileceklerdi.

Noel'in iki erkek kardeşi ve annesi yokmuş gibi fütursuzca yaşayan kız kardeşiyle yılda bir kez buluşması gelenek haline gelmişti. Gelirken Avril'e şişeler dolusu Sherry ve likörlü çikolata getirip onun gözünü boyamaya çalışıyorlar, ağzına birer parmak bal çalıyorlardı. Ama ne onlar ne de Avril'in Limerick'te yaşayan kız kardeşi Noel'de annelerini çağırmayı akıl ediyorlardı. Sadece yılda bir kez, o da kendi istedikleri zaman buluşmayı gelenek haline getirmişlerdi. Peki bu hep böyle mi olmak zorundaydı? Eski alışkanlıklar değişmeli diye düşündü Noel hırsla. Ama bu yıl için çok geçti. Planlar çok önceden yapılmıştı. Bundan böyle buna izin verilmemeliydi. Avril ve Noel bunu fark edip dikkatle birbirlerine bakmış, ilk kez bunun baştan savılmayacak önemli bir durum olduğunu anlamışlardı. Ve bu değişimi gerçekleştirmek için birbirlerine söz vermişlerdi. Tabii ki bunun bir günde halledilecek bir şey olmadığını biliyorlardı. Hayat boyu onlarla bir şeyler paylaşmaya devam edecekler, ama sadece kendilerinin sömürülmesine izin vermeyeceklerdi. Noel sadece büyükler ve yaşlılar için değil, çocuklar için de çok önemli bir gündü ve bu coşkuyu çocuklarına gönüllerince yaşatmaya kararlıydılar.

İçlerindeki bu istek ve kararlılık Noel gününe dek aynı hızla sürmüştü. Çocuklar da bir yerlerde bir yanlışlık olduğunu düşünüyorlardı. Anne babaları Noel günü oldukça ricacı ve huzursuz olurlardı, yoksa içlerindeki Noel ruhunu mu kaybetmişlerdi? Üstelik bugüne kadar orta yaşlı kişiler oldukları için gizlice yaptıkları hareketleri alenen yapmaktan, birbirlerinin elini tutup sarılmaktan hiç utanmıyorlardı. Dahası Ann, Mary ve John onlara büyükanneleri hakkında ne planladıklarını sorduklarında yetersiz cevaplar almışlardı.

"Büyükanne Byrne'ın rahatça televizyon izlemesi için ona büyüteç alacak mıyız?" diye sordu Ann.

"Kendisi alsın" dedi annesi, ondan hiç beklenmedik bir şekilde.

"*RTE Guide*'ın verdiği promosyon gözlükler nerede?" diye sordu John, arife günü. "Büyükanne Dunne küçük harfleri de rahatlıkla görebildiği için bu aleti çok seviyor."

"Bırakın da o kahrolası büyüteçlerini de, gözlüklerini de kendileri düşünsün" dedi Noel.

Onlar için endişelenmişlerdi. Ann, babasının da tıpkı kadınlar gibi erkeklerde baş gösteren bir tür menopoza girdiğini düşünüyor, Mary annelerinin büyük olasılıkla orta yaş krizine girdiğini sanıyordu. Bunun ne olduğunu tam olarak bilemiyordu ama bir keresinde kireç sürmüş gibi bembeyaz yüzlü bir yığın kadının televizyonda bir program yaptığını görmüştü, hepsi annelerinin yaşındaydı. John ise en küçükleri olarak fazla aklı ermediğinden olsa gerek, annesiyle babasının tıpkı okuldaki kötü huylu öğretmenlere benzediğini düşünüyor, onların bu durumu kısa sürede atlatacaklarına inanıyordu. Ama doğruyu söylemek gerekirse, onları hiç bu kadar ters ve yüzleri asık görmemişti.

Noel'den bir gece önce ailece şöminenin önünde oturmuşlardı. Hepsi aynı filmi izlemek konusunda hemfikirdi. Birkaç dakika içinde çok istedikleri filmi seyrederken ailenin favori aktörü James Stewart da karşılarında olacaktı. O sırada şöminenin yanındaki şeref koltuklarında kimlerin ya da hangi huysuzların oturduğunun artık hiç önemi yoktu. Hiç kimse kimsenin büyüteç ya da gözlüğünden sorumlu değildi. Noel ve Avril içlerini çektikten sonra Avril onlara dönmüştü.

"Büyükanneler için üzgünüm!" dedi birdenbire.

"Bundan böyle Noel günleri siz de diğer çocuklar gibi davransanız iyi olacak" diye ilave etti Noel.

Üçü de inanmaz gözlerle birbirlerine bakmıştı. Yıllardan beri ilk kez böyle bir ortam yaşanıyordu. Genellikle büyükanneleri Noel'de buraya gelmelerinden dolayı şanslı olduklarını düşünürlerdi. Anne babaları onlara hep bunu söylemişti, gerçi buna hiçbir zaman inanmamışlardı ama huysuz ve aksi olmayı, insana iyi gelmeyen bir tür asabiyet ya da fast food'un kötü bir yiyecek olduğunu kabullenir gibi kabullenmişlerdi. Yıllardır Noel'de yaşadıkları, daha önceden yazılmış senaryonun bir parçasıydı. Senaryoya uymak, göz ardı etmekten hep daha kolay olmuştu. Oysa büyükanneleriyle ebeveynleri arasındaki bu gerginliğin nedeni tabii ki Tanrı'nın işi değil, bu senaryonun ta kendisiydi. Ama Ann, Mary ve John yine de bu gergin durumdan hiç hoşnut olmamışlardı. Bazı şeylerin değişmesini istemiyorlardı. En azından bu yıl ve tam Noel zamanı.

"Bu sizin de gününüz" dedi Avril.

"Onlardan çok sizin aslında" diye ilave etti Noel, yüzü öfkeliydi.

Şöminenin ışığında üç çocuğun birbirlerine şaşkınlıkla baktığı görülüyordu. Anne babaları tarafından yapılan Noel konuşmasını dikkatle dinlemişlerdi. Sonuçta korktukları gibi olmamıştı, konuşmanın içinde onlarla bu mutluluğu paylaşmaya hiç yanaşmayan teyze ve amcalar hakkında en ufak bir suçlama dahi olmadığı gibi "baş belası" ya da "yük olmak" gibi incitici kelimeler de yoktu. Çünkü Noel zamanı bu tip sözler söylenmezdi. Bunu onlara anne babası öğretmişti ama mümkün olduğunca çabuk konuşarak söylenmemesi gereken sözlerin önüne geçmeye çalıştıkları da gözlerinden kaçmamıştı.

"O halde hep birlikte *Star Trek VI* izleyip oradaki kahramanları kendimize uyarlayabiliriz. Kirk, Spock ve Scotty gibi..." dedi John.

"Örneğin büyükanne Byrne, Dracula veya Freankenstein olabilir" dedi Mary.

Bu Noel oldukça büyüyen Ann ise artık bir yetişkin gibiydi, hemen her şeyi anlayabiliyordu, birden ince sesiyle konuşmaya başlamıştı:

"Buradan daha iyi bir konaklama tesisi bulamazsınız. O yüzden Noel'de buraya kalmaya gelenler bana göre gerçekten çok şanslı, çünkü şehirdeki en iyi otel burası."

Noel Çocuğu

Paddy Crosbie ilk kez *School Around the Corner* adlı kitabının piyasaya çıktığı günlerde içindeki hikâyeyle neredeyse tamı tamına aynı olan gerçek bir hikâyeyle karşılaşmış ve ona bunu aktaran küçük çocuğa bu komik rastlantıyı herkese anlatmasını söylemişti. Bunun üzerine çocuk derin bir soluk alıp anlatmaya başlamıştı: "Noel arifesiydi, kız kardeşim İngiltere'den gelmiş ve hamile olduğunu söylemişti. Bunu duyan büyükbaba çok güzel, çok güzel demiş, hepimiz onun bu sakin cevabı karşısında kahkahalarla gülmüştük."

Ama Dot bu ilginç hikâyeyi duyduğunda diğerleri gibi gülmeyip aksine çok hüzünlenmişti; yıllardır kendisinden başka kimseye söylemese de bu gerçekten onun da hikâyesiydi. Gerçi bir Noel arifesinde bu haberi duyurduğu o günlerden bu yana bazı şeyler çok değişmişti. Hem de çok. Babası o büyükbabanın tersine buna hiç gülmemişti. Hatta o dondurucu ocak düğününde gülümsememişti bile. Bu sadece onun yaşlı ve geri kafalı bir adam olmasından kaynaklanmıyordu, genel tutum ve davranışları yaşlı bir adamınkine benziyordu elbette ama asıl önemlisi içinde bulundukları zamanın farklı oluşuydu; ayrıca yaşadıkları yer de çok küçük bir kasabaydı. Nitekim insanların çoğu onu suçlamış, bu yüzden Dot'un babası kızına yeterince ebeveynlik yapamamakla suçlamıştı kendini. Bu Dot'un annesine yaptıklarının bedeli olmalıydı, eğer yıllar önce ölen karısına verdiği sözü tutup ona ihanet etmeseydi bunlar olmayacaktı. Dot ise bunun doğru olmadığını, yanlış düşündüğünü babasına anlatmaya çalışmıştı. Ne kadar uzak durmaya çalışsa da Martin'in kollarında mutlu olduğu bir anda hamile kalmış ve o andan itibaren onun için önemli olan sadece doğacak bebeği olmuştu. Ama faydasızdı. Babası olaya bu şekilde bakmamakta inat ediyordu. Ona göre bu çok kötü ve aşağılayıcı bir durumdu. Ne yaptığını sanıyordu böyle; o adamdan hamile kalıp zorla evlenmek zorunda bırakmakla zafer elde ettiğini mi?

Dot ne zaman canı sıkılsa, ölü annesinin fotoğraflarına bakıyordu; yine öyle yapmıştı, onun bu konudaki tepkisini ölçmek ister gibiydi. Acaba annesi hayatta olsa onu yatıştırabilir, teskin edebilir miydi? Ama aşırı duygusal olmak küçük bir kasabada yaşayanlar için aptallıktan başka bir şey değildi, burada Ortaçağ kanunları geçerliydi hâlâ. Hiç kuşku yok ki fotoğraftaki kadının sakin bakan gözleri, kızı hakkında ortalıkta dolaşan saçma söylentiler yüzünden sakin bakmaya devam edemeyecekti.

Sonuçta güzeller güzeli kızı Dara ilkbaharda doğmuş, sonra evlenmiş ve mutlu evliliğini yıllarca sürdürmüştü: Tam yirmi yıl. Bu süre çoğu insan için oldukça uzun bir süreydi. Anne babasının evlilik süresinden bile fazla. Ama kocası ölünce, babası annesine tekrar kendisiyle birlikte yaşaması gerektiğini söylemişti. Doğal olan buydu. Neden koskoca ve bomboş bir evde anılarıyla birlikte yaşamak zorundaydı? Ama Dara buna karşıydı. Bu annesinin özgürlüğünün sonu anlamına geliyordu. Büyükbabasını annesinin zamanından önce yaşlanmasına neden olmaması için uyarmıştı. Bu artık onun isteğiyle olacak bir şey değildi. Annesi onun yüzünden tıpkı büyükannesi gibi vaktinden önce mezara gömülemezdi, üstelik o tek torununun doğmasını bile istemeyen kötü bir adamdı.

Dot, düğünde silah kullandığı için babası hakkındaki şikâyetleri örtbas etmeye çalışmıştı. O her zaman baş ağrısı olmuş ilkel bir adamdı. O yüzden Dara annesine eski evine, babasının yanına dönmemesi için yalvarmıştı. “Ona benden söz ettiğinde sana çok kötü davranmış. Geri dönme, o eski kafalı bir adam ve değişmesi mümkün değil.” Dot kızının bu sözlerine gülümsemişti. Doğru söylüyordu, babası her zaman bencil bir pansiyoner gibi davranmıştı, kızının söylediği gibi olacakları hayal etmesi hiç de zor olmamalıydı. Hiçbir zaman birbirlerine karşı büyük bir sevgiyle bağlanmamışlardı; değişen bir şey olmayacaktı. Ama bütün bunlara rağmen Dot onunla aynı evi paylaşarak giriş katına taşınacaktı, orada öğrencilere piyano dersleri verecek, böylece öğrenciler de babasını rahatsız edemeyecekti. Girişte ayrı bir yerde olacaklardı.

“Bunu yapabildiğine çok şaşırdım” diye çıkışmıştı annesine Dara. “Lütfen sözlerimi dikkate al, boşa çıkmadığını göreceksin.”

O yıllarca babasıyla yaşamıştı, nasıl bir şey olduğunu biliyor olmalıydı. Şimdi tek başlarına huzurlu ve düzgün bir yaşamları varken, onu bozmak resmen aptallıktı. Dara arkadaşlarıyla sık sık dışarı çıkıyor, onlarla birlikte hareketli bir yaşama ayak uydurmaya çalışırken gülüp eğleniyordu. Genelde arkadaşlarıyla uyum içindeydi. Biri hariç. Onunla evlenecek olan adamla. Dot ise bir an önce büyükanne olmak istiyordu, onun esmer güzeli kızı kendisine âşık olacak bir erkek bulup aile kurmalıydı. Dara gençleşmiyor, aksine yaşlanıyordu. Bu yüzden Dot ona sürekli yaşını hatırlatıyor, ona yeni iş arkadaşlarının hikâyelerini ve işteki başarılarını anlatmasını istiyordu. Zeki biriydi, bu şekilde kızına uygun bir koca adayı bulabileceğini düşünüyordu. Dara onun hayatının ışığıydı, küçük siyah gözleri vardı, iyi de bir kariyer yapmıştı, borsada çalışıyordu ve başarılı bir simsardı. Tokyo ve New York'taki borsalar hakkında geniş bilgisi vardı, annesine öğrencilerinin müzik çalışmalarından da söz ediyordu.

Dot bunları düşünürken derin bir iç çekmişti. O ve Martin tek kızları için hep en iyisini istemişti, öğrencilere ders vermek için yağmur çamur demeden saatlerce yol gitmişti. Kulağı sağır ama hırslı öğrencileri teşvik edip başarı grafiklerini yükselttikleri ve kendilerini zorlayıp yaptıkları işten zevk almalarını sağladıkları için ailelerinden sayısız hediyeler almışlardı. O zamanlar hep küçük bir otomobilleri olsun istemişlerdi ama yoktu, onu alabilecek güce kavuşmaya çalışıyorlardı. Bu arada Dara Amerika'da ihtisas yapmak istiyordu. Bunun için fazladan paraya ihtiyaç vardı, ama Dot'la Martin kızlarının bu isteğini de gerçekleştirmeye çabalarken onu dünyaya getirdikleri için bir an bile pişmanlık duymuyorlardı. İkisi de onu çok seviyordu, bu arada gayri meşru çocuk sahibi oldukları için onlardan utanıp evliliklerini onaylamayan ve tek kelimeyle hayatlarını mahveden Dot'un babasını da affetmişlerdi. Dot bunun özgürlük konusunda hep kobay konumunda kalan neslin kötü kaderi olduğunu düşünüyordu. Oysa babasının paskalyada kıssadan hisse hikâyeler anlattığını hatırlıyordu, öyle biri insan ilişkileri konusunda nasıl birden bu kadar duyarsız olabilirdi?

Dot her yıl Noel'de büyük bir mutluluk hissediyordu. Onu üzen babasına karşı içinde hiçbir zaman bir soğukluk olmamış, araya mesafe koymak aklına gelmemişti. Hemen eski evi dekore etmeye girişmiş, ayağına lastik ayakkabılarını geçirip üzerinde sarmaşıklar olan bahçelerinin duvarları önünde çizgi şeklinde biriken ıslak ve çamurlu yolu düzenlemişti. Her yıl Noel'de onlardan küçük çelenkler oluşturup, uçlarına çan ve kırmızı kurdeleler takarak tebrik kartlarıyla birlikte evin duvarlarını süslerdi. Martin'in hayatta olduğu zamanlar, Dara'yla birlikte bunu yapmayı büyük bir eğlence haline dönüştürmüşlerdi. Dot o zamanki Noelleri hatırladığında, Martin'in hindiyi kesip taksim edişini, en aşağı yirmi tane olan Noel kartlarının duvarda uzun bir sıra oluşturduğunu görür gibi oluyordu.

Dara artık çok büyümüş, hatta yaşlanmaya başlamıştı. Geçen yıllara nazaran daha yorgun ve bitkin görünüyordu ama onun için endişelenen annesini iyi ve mutlu olduğuna ikna etmeye çalışıyordu. Dot hiç kimseye nasihat etmeye meyilli biri olmadığı için kızına dua etmesi gerektiğini söyleyemiyordu. Ona göre Tanrı karşısına iyi bir adamı ancak bu şekilde çıkarabilirdi. Ama artık orta yaşlı sayılan bir piyano öğretmeni aynı zamanda borsada parlak bir kariyere sahip, genç bir yıldıza ne nasihat edebilirdi?

Dot'un babası duvardaki dekorasyona ilave olarak palmiye yaprakları getirmişti. Çok güzel değillerdi ama Dot yine de beğenmişti.

"Bunları da kullanabileceğimizi düşündüm" demişti babası çekingen bir sesle. Yaptığı her şeyde olduğu gibi bunun da doğru olduğuna inanıyor ve yaşlı bir inatçı keçi olduğunu kabullenemiyordu.

"Harika. Onun da çevresine kırmızı bir kurdele sararız" dedi Dot büyük bir olgunlukla. Ayrıca onu ampullerle de süslemişti. Gerçekten manzara çok güzeldi. Otlar ve çiçekler insanların yaşadığı mekânlara ayrı bir güzellik katıyordu. Aslında Martin'in anısına bununla ilgili bir şeyler yapabileceğini düşündü. Örneğin bir çiçekçi dükkânı açabilir, aynı zamanda dekorasyon ve süsleme malzemeleri de satabilirdi. Belki de bu iş müzik kulağı olmadığı halde, onlardan sanatçı çıkarmakta ısrar etmekten çok daha iyiydi. Kendi kendine sessizce gülümserken yeni bir kapının açıldığını hissetmenin gizli sevincini yaşıyordu. O sırada derin düşüncelere daldığından kapının açıldığını duymamıştı. Gelen Dara'ydı.

Noel günü şöminenin etrafında oturmuşlardı; kızı, dostları ve arkadaşlarıyla birlikte. Dara son anda hediyeler için dükkânlardaki kalabalığa dalmış, neyse ki eve zamanında yetişebilmişti. Sonunda sıra hediyelerin açılmasına gelmişti. Dot kendisine ait paketi açmış ve içinde muhteşem güzellikte kırmızı renkli ipek bir ceket görmüştü.

"Gözlerime inanamıyorum..." Şaşkındı. Bunun kendisinden

çok genç bir kadına uygun bir giysi olduğuna inanıyordu. Ama kızı bu ceketi vitrinde gördüğünde ona her yıl annesiyle birlikte süsledikleri kırmızı kurdeleli kartları hatırlattığını söylediğinde, Dot'un gözleri bir anda yaşla dolmuştu. Ceketi denemiş, onun içinde kendini yaşlı biri gibi hissetmediğini fark etmişti, aynadaki aksine şaşkınlıkla bakıyordu. Dara'ya baktı. Annesine bakarken gözleri parlıyordu. Dot kızının ona bu hediyeyi almakla haklı olduğunu düşündü.

"Sana bu Noel güzel haberlerim var" dedi Dara.

Dot'un kalbi birden hızla çarpmaya başlamıştı. "Nedir?" derken yüzündeki ifade ümit doluydu.

"Bakalım büyükbabam ne diyecek? Belki de zaman onu da değiştirmiştir."

Dot bunun ne anlama geldiğini biliyordu. Gururla kızına baktı. Orada kendinden emin bir şekilde duruyordu. Noel haberi, doğacak olan bir bebekti ve bu bebek onların evine neşe getirecekti. Dot kızını kollarının arasına aldı, kadife gibi koyu renk saçlarını okşadı. Dara o sırada mutluluk gözyaşları döküyordu.

"Bana ondan söz et, ne zaman tanışacağız onunla? Ne zaman evleniyorsunuz?"

"Ah, anne, ben kimseyle evlenmiyorum" dedi Dara.

"Hayır, hayır lütfen yanlış anlama." Dot'un sesi yatıştırıcıydı, bu harika anı tartışarak bozmak gibi bir niyeti yoktu.

"Bu hiç olmayacak, ben bu acımasız çarkın bir parçası olmayacağım."

"Anlıyorum" dedi Dot.

Birlikte şöminenin çevresine oturduklarında Dot uzanıp kızının elini tutmuştu, tıpkı yıllar önceki Noellerde olduğu gibi. Dara her şeye rağmen gelecek yıl aralarında yeni bir bireyin yer alacak olmasından mutluydu. Kızı bir bebek bekliyordu. Kırmızı kurdeleli kartlar ve renkli ampullerle donatılmış Noel ağacına gülümseyerek baktı. Şu anda torununun babası olan adam hakkında hiçbir şey bilmiyordu ama asla sormayacaktı, dahası bu konuda konuşmak bile istemiyordu. Dara'ya başına gelmesini istemediği şeyleri yaşatmayacaktı. O sırada kapının önünde bir tıkırtı duyulmuş ve Dara birden doğrulmuştu.

"Büyükbaba!" koşarak onun kollarına atılmıştı. "Bir bebek bekliyorum!" diye bağırdı.

"Güzel, çok güzel. Bu çok güzel bir haber" dedi büyükbabası. "Bunu bir şişe şampanyayla kutlamalıyız, öyle değil mi Dot?"

Dot şaşkınlıktan dilini yutmuş gibiydi, hayretle babasının

yüzüne bakıyordu. Neden yıllar önce olmamıştı bu? Neden bu mutluluğun tadını çıkarmak için bu kadar beklemişti? Kalbinin hızla attığını duyuyordu.

"Ama ben evlenmeyeceğim büyükbaba, çünkü kendimi buna hazır hissetmiyorum. Ne dediğimi sanırım anlamışsındır" diyerek ona imalı bir şekilde bakmıştı. Kendisinden emin bir duruşu vardı.

O sırada Dot dikkatle babasını inceliyor, onun torununu anlamaya çalıştığını görüyordu. Keşke yıllar önce de yapabilseydi bunu diye geçirmişti içinden.

"Sanırım bu durum en çok seni heyecanlandırmıştır Dot, çünkü sen hep duygusal bir kadındın. Şimdi bunu kutlamak için bize şampanya mı ısmarlayacaksın, yoksa Noel bitene kadar orada öyle ağzın bir karış, gözlerin çay tabağı kadar açık halde bize mi bakacaksın?"